Die Tore der Zeit
Die geheimnisvollen Weltentore

Elben, Zwerge, Zauberer und Feen
steigen aus Bergen, Wäldern, Lüften und Seen.
Sie öffnen die Tore der Zeit,
ihre Welten zu sehen, sind wir bereit.
Ihre Sprache, ihre Geschichte, ihre Magie
und ihr Leben
wollen sie uns zeigen und geben.

Widmung
Für Sandra und Stephan
Die Kinder meines Lebens

Anke Simon

DIE
TORE
DER
ZEIT

Die geheimnisvollen
Weltentore

Bibliografische Information der Deutschen Nationalbibliothek:
Die Deutsche Nationalbibliothek verzeichnet diese Publikation in der
Deutschen Nationalbibliografie; detaillierte bibliografische Daten sind im
Internet über http://dnb.dnb.de abrufbar.
© 2017 Anke Simon - Alle Rechte vorbehalten
Korrektorat: Anke Simon
Umschlaggestaltung: © Eva Pospiech
Umschlagmotiv: ©Anke Simon/Eva Pospiech
Innenillustration: © Eva Pospiech
Herstellung und Verlag: BoD – Books on Demand, Norderstedt
ISBN: 978-3-751-97849-1

EIN ABENTEUER BEGINNT

Die Zeichen deuteten sehr offenkundig auf eine Veränderung hin. Es wurden sogar Stimmen laut, dass die Legende wieder auferstehen würde. DIE LEGENDE AUFERSTEHEN! Das hatte es seit tausend Jahren nicht mehr gegeben.

Die Menschen von Rhog, einem kleinen Dorf in der Nähe von Glastonbury, verband ein Geheimnis. Früher war das Dorf eine Grafschaft gewesen und plötzlich sollte sich dort ein Tor der Zeit geöffnet haben - eines jener großen Portale, die einem Tunnel glichen, in dem keine Zeit mehr existierte. Dadurch war es möglich, sehr schnell von einem Ort zu einem anderen, von einer Welt in eine andere oder auch durch die Zeit zu reisen. Das Tor von Rhog soll in ein magisches Reich geführt haben. Feen sollten dort leben, die plötzlich angefangen hatten, Menschen zu sich zu rufen. Sie wollten ihnen ihr Wissen geben und die Menschen sollten es dann in ihre Welt bringen. Auf diese Art und Weise soll die Familie des Grafen und ein paar andere Familien verschwunden sein. Doch die Menschen waren in dem magischen Reich hinter dem Tor geblieben und das Tor hatte sich wieder verschlossen. Als die Bewohner von Rhog diese Geschichte Fremden erzählten, waren sie nur belächelt worden. So hatten sie sich im Laufe der Zeit zurückgezogen und blieben lieber unter sich. Nach und nach war das Dorf sogar von der Landkarte verschwunden. Doch die Menschen hier störte das nicht. Sie erzählten sich die Geschichte in ihren Familien weiter. Aber irgendwann war daraus eine Legende geworden, denn niemand glaubte mehr daran.

Wirklich niemand? Tim Hunter behielt seine Vorliebe für diese Legende für sich. Im Moment saß er im Unterricht seines Lieblingsfaches Geschichte. Irgendetwas Magisches lag heute in der Stimme seines Lehrers. Diese Magie entfachte in ihm den Wunsch nach einem neuen Abenteuer, und plötzlich wurde eine Idee geboren, die ihre Flügel ausbreiten wollte. Tims Kopf drehte sich wie von selbst zum Fenster, seine Blicke wanderten zum weiten Horizont und seine Gedanken schweiften zu dieser Legende, die wohl viel zu phantastisch war, als dass man auch nur in Erwägung ziehen konnte, sie zu glauben. Die Menschen von Rhog begannen, das Dorf wieder zu verlassen. Das wurde als klares Zeichen einer Veränderung angesehen. Es waren vor allem die jungen Leute, die nicht mehr bleiben wollten. Eine von ihnen war Tims ältere Schwester Lea. Sie war gerade achtzehn Jahre alt geworden und schwärmte wie viele ihrer Freunde von der großen weiten Welt. Am liebsten würde sie einige Zeit in London leben und dann durch Europa und Amerika reisen. Tim wollte auch andere Welten sehen. Nur waren *seine* Welten eher phantastischer Natur. Er wünschte sich sehnlichst, dass es die Tore der Zeit gäbe und das Tor von Rhog seine Pforte wieder öffnen würde. Er wollte unbedingt auf die magische Seite des Tores gehen. Seine Seite bezeichnete er als nicht magisch. Vielleicht gab es ja dort außer den Feen auch *all die anderen phantastischen Wesen*, die in seinen Büchern beschrieben waren.

Nur ein einziges Mal hatte Tim jemanden davon erzählt, seiner Schwester Lea. Aber sie hatte ihn nur ausgelacht. Er solle sich nicht in *solchen* Geschichten verrennen. Aber *er* liebte nun mal *solche* Geschichten, genauso wie Abenteuer. Die Jagd auf alles Geheimnisvolle schien Tim angeboren zu sein, und jetzt wollte er ein neues Abenteuer erleben. Ihm war durchaus bewusst, dass es dabei gefährlich werden konnte. Hoffentlich würden seine Freunde, vor allem Robby, wieder mitmachen. Das Verbot, sich ja nicht mehr in neue Abenteuer zu stürzen, schob Tim dabei erfolgreich zur Seite. Lea behauptete immer noch, dass seine Eltern bisher viel zu nachsichtig mit ihm gewesen seien und dieses Verbot längst überfällig war. Für Tim war das völlig überzogen. Er hatte mit Nick und Robby nur ein Lagerfeuer auf dem Feld hinter ihrer Wohnsiedlung ausprobieren wollen. Dass der Wind sich plötzlich drehen würde, hatte er doch nicht ahnen können. Das Wetter wurde immer sehr präzise vorausgesagt und von einem Sturm war keine Rede gewesen. Übrigens ein weiteres Zeichen für eine Veränderung. Die Erwachsenen waren schnell herbeigeeilt und hatten das Lagerfeuer dann gelöscht. Leider hatte dieses Abenteuer die Toleranzschwelle seiner Eltern überschritten und sie hatten dieses leidige Verbot ausgesprochen. Tim hatte sogar eine Woche Hausarrest bekommen, seine Freunde auch - aber kein Verbot. Es war nur allzu bekannt, dass Tim immer diese verrückten Ideen hatte.

«Tim! Pass auf!»

«Aua. Bist du verrückt geworden?» Tim rieb sich seine schmerzende Hüfte. Robby, der neben ihm saß, hatte ihm mit voller Wucht den Ellenbogen in die Seite gerammt. Kurzzeitig hatte es sogar feuerrot vor Tims Augen aufgeflammt, bis er wieder seine normale Sicht besaß.

«Der Lehrer ...» Robby deutete mit seinem Kopf nach vorn.

Tim folgte dem Blick und sah seinen Geschichtslehrer mit geschmeidigen Bewegungen auf ihre Bankreihe zukommen.

Hastig schlug er sein Lehrbuch auf und vergrub seinen Kopf darin. Auch Robby starrte angestrengt in sein Buch, das er hatte gerade wegpacken wollen. Nur war es jetzt verkehrt herum.

«Träumst du wieder, Tim?» Der Geschichtslehrer hatte seine ganze Aufmerksamkeit nur auf ihn gerichtet.

«Ich … Äh, nein. Ich pass schon auf.»

Der Lehrer lächelte nachsichtig. Olowen Scout war neu an der Schule und führte einen guten Unterricht. Aber keiner wusste so recht, woher er kam. Sein Alter war schwer zu schätzen und seine Stimme akzentfrei. Das längere Haar schimmerte in einem satten Braun, die großen blauen Augen besaßen einen wachen Ausdruck und das Gesicht wehrte sich standhaft gegen Falten. Sein Lächeln vertiefte sich. «Die Stunde ist zwar gleich vorbei, aber du solltest noch etwas davon mitbekommen», sagte er zu Tim, bevor er sich wieder nach vorn begab.

«Pfff … Das ging ja gerade noch mal gut.» Robby war ziemlich erleichtert, da der Lehrer nur Tim beachtet hatte. Zufrieden klappte er sein Lehrbuch zu und bemerkte dabei, dass es auf dem Kopf stand. Schnell ließ er es im Rucksack verschwinden.

Unterdessen drehte sich Tim um. Hinter ihm saß Nick, der Dritte in ihrem Freundschaftsbund. Ein vertrautes Bild zeigte sich ihm. Nicks Arm schnellte voller Konzentration nach oben. «Stimmt es, dass jedes alte Haus in unserem Dorf einen Geheimgang besitzt?», fragte er wissbegierig. Sie hatten gerade über Burgen mit ihren Geheimgängen gesprochen und Olowen Scout soll sich sehr genau über das Dorf erkundigt haben, bevor er auch noch in ein altes Haus gezogen war.

Olowen Scout nickte. «Ja, das stimmt. Die Geheimgänge dienten dazu, die Bewohner in Kriegszeiten zu schützen. Unter der Erde befindet sich ein riesiges Tunnelsystem. Ein paar Geheimgänge sind jedoch verschollen, wie auch in dem alten Herrenhaus, in dem sich heute die Grundschule von Rhog befindet. Geheimgänge wurden früher übrigens auch dazu benutzt, üble Machenschaften zu vertuschen.»

«Also da möchte ich nicht gelebt haben!» Ohne sich zu melden, hatte Selina Ferber ihrem Herzen einfach Luft gemacht. Empört und mit hochroten Wangen starrte sie ihren Geschichtslehrer an, als ob *er* diese ganzen Geheimgänge ins Leben gerufen hätte. Das Mädchen besaß viel Temperament, ohne jede Frage.

Der Lehrer blieb nachsichtig. «Du lebst ja zum Glück *jetzt*.»

Selina war auch ziemlich froh darüber.

Tim hatte diesmal sehr gut zugehört. Das Abenteuer, das er plante, hing genau mit diesen Geheimgängen zusammen. Umso besser, wenn schon einmal Nick dafür Interesse zeigte.

Endlich ertönte das Pausenklingeln. Es war wohl das magischste Signal, das es in einer Schule geben konnte, denn es rief umgehend quirliges Leben und frohe Leichtigkeit bei den Schülern hervor.

«Schaut euch den Stoff bis zur nächsten Stunde noch einmal an», sagte der Lehrer, schnappte sich seine Tasche und verschwand durch die Tür.

Das Klassenzimmer leerte sich rasch, nur drei Jungen blieben noch ungewöhnlich lange zurück.

«Los Nick! Beeil dich!»

Tim stand zusammen mit Robby neben der Bankreihe von Nick und beobachtete ungeduldig, wie sein Freund mit einer unnachahmlichen Sorgfalt seine Schulsachen im Rucksack verstaute.

«Warum packst du deine Bücher und Stifte nicht schon eher weg?», fragte Robby spitz.

«Das würde er doch nie tun, nicht der Herr Professor persönlich. Man muss immer bis zur letzten Minute lernen. Stimmt's Herr Professor?», flötete auf einmal eine ihnen nur allzu bekannte Mädchenstimme spöttisch hinter ihnen.

«Selina, was machst du denn noch hier?», rief Nick ungehalten.

«Geh nach Hause», ergänzte Tim und funkelte das Mädchen böse an.

Robby sagte gar nichts.

«Pah, wegen euch bin ich bestimmt nicht zurückgekommen. Hab bloß meine Federmappe vergessen», fauchte Selina beleidigt. Mit einer erhabenen Geste warf sie ihren Kopf so heftig nach hinten, dass ihr kastanienbrauner Pferdeschwanz einen ordentlichen Schwung bekam und auf und ab wippte. Wütend ging sie zu ihrer Bankreihe und schnappte sich ihre Federmappe, die tatsächlich noch auf dem Tisch lag. Ohne die Jungen auch nur noch eines weiteren Blickes zu würdigen, rauschte sie zur Tür hinaus.

«Weiber», moserte Tim kopfschüttelnd und rollte genervt mit seinen Augen.

«Ach kommt endlich. Der Bus wartet nicht.» Robby drängte seine Freunde zum Aufbruch und wollte damit nicht nur den Bus erreichen, sondern auch von Selina ablenken. Er brachte dem Mädchen eine gewisse Zuneigung entgegen und hatte sich deshalb auch nicht in den Streit mit ihr eingemischt. Zu seinem Leidwesen jedoch existierte er für Selina überhaupt nicht. Sie behandelte ihn wie Luft. Das Mädchen hatte nur Augen für Tim, was Robby jedes Mal einen heftigen Stich im Herzen versetzte.

Schnell zog Nick den Reißverschluss seines Rucksacks zu und die Jungen rannten los. In letzter Sekunde schafften sie den Schulbus, der sie nach Hause bringen sollte.

Während der Busfahrt schwiegen die Freunde. Es dauerte nur sieben Minuten, dann hatten sie die Rosenallee, in der sie wohnten, erreicht. Hier standen schmucke Einfamilienhäuser und die Gärten davor malten diese Idylle farbenfroh an. Besonders stolz waren die Menschen dieses Ortes auf den herrlich angelegten Naturschutzpark mit dem großen See. Wenn die Jungen mit dem Fahrrad zur Schule fuhren, dann verlief der Weg durch diesen Park. Ein kleiner Bach floss mit seinen gleichmäßig plätschernden Lauten außerdem noch durch die Landschaft und ein paar Plätze mit Bänken luden zum Verweilen ein.

Der Bus hielt am Anfang der Rosenallee und etliche Schüler stiegen aus. Tim, Nick und Robby waren die Letzten.

«Machen wir heut noch was zusammen?», fragte Nick, bevor jeder nach Hause gehen würde. Er blickte dabei besonders auf Tim, denn er hatte nun mal die besten Einfälle.

Tim freute sich. Er hatte ein neues Abenteuer vor und jetzt war die passende Gelegenheit, es seinen Freunden zu sagen. Sie wussten nichts von seinem Abenteuerverbot. Warum auch? *Er* wollte schließlich immer noch Abenteuer erleben und seine Freunde bauten auf ihn. «Mir ist heute im Geschichtsunterricht die Idee für ein neues und bedeutsames Abenteuer gekommen», sagte er gerade heraus.

«Das hört sich gut an», sagte Nick zufrieden.

«Schieß los!», forderte ihn Robby gespannt auf. Ohne ein Abenteuer war es einfach zu langweilig. Er war zwar der immer der Vorsichtige unter ihnen - aber nur zu Hause sitzen, machte auch keinen Spaß.

«Ich will heimlich in den Keller der Grundschule und nach dem verschollenen Geheimgang suchen.»

Nick und Robby wurden aschfahl.

«Du willst - *was*?» Robby dachte, er hätte sich verhört. Seine Vorfreude erstarb mit einem Schlag.

Tim ließ sich nicht aus der Ruhe bringen. Er hatte schon mit einer derartigen Reaktion gerechnet. «Ich will wissen, ob was Wahres an der Legende dran ist.»

«WAS WAHRES AN DER LEGENDE? Du bist verrückt», entfuhr es Nick entgeistert.

«Verrückt ist noch milde ausgedrückt. Völlig bekloppt. Genauso wie dein Einfall mit der Monsterjagd oder dem Eishockeyspiel auf dem See. Eingebrochen sind wir und klatschnass nach Hause gekommen. Und dann der nächtliche Ausflug in die Spinne. Wir können froh sein, dass der Wirt nicht die Polizei gerufen hat. Minderjährige haben nachts *nichts* in einer Kneipe zu suchen. Von dem Lagerfeuer mal ganz zu schweigen.» Robby pustete aufgebracht eine nervige Haarsträhne aus dem Gesicht. Offensichtlich war sein Freund durch irgendwelche üblen, nicht wahrnehmbaren Einflüsse verrückt geworden. Kein normaler Mensch stieg freiwillig in einen Geisterkeller. Und das sagte er auch laut und deutlich.

«Nun beruhigt euch doch». Tim musste seine Freunde unbedingt überzeugen. «Es ist jetzt fünf Jahre her, dass der Martin Winter verschwand. Seine Mutter behauptete, dass er in die Grundschule wollte, um das Tor von Rhog zu suchen.

Laut der Legende soll sich das Tor in dem verschollenen Geheimgang der Schule befinden und Martin Winter soll sich auf Legendenjagd begeben haben und tauchte nie wieder auf. Einige sagen, er sei im Keller ums Leben gekommen, weil dort gerade gebaut wurde, und sein Geist soll jetzt dort spuken. Aber die meisten sind davon überzeugt, dass er von zu Hause wegging, um sich woanders eine neue Zukunft aufzubauen. Er lebte ja nur mit seiner Mutter zusammen, die kurz nach seinem Verschwinden bei einem Autounfall ums Leben kam. Ich will einfach die *Wahrheit* herausfinden. Wollt ihr das nicht auch?» Tim sah seine Freunde so eindringlich an, als ob er sie hypnotisieren wollte.

Bei Nick schien es auch zu funktionieren. «Vielleicht sollten wir den Keller wirklich untersuchen.» Sein logischer Verstand gewann die Oberhand. Für alles gab es eine wissenschaftliche Erklärung, also auch für ein Tor der Zeit oder einen Geist.

«Jungs, das ist doch 'ne Spur zu gefährlich für uns. Es gibt *kein* Tor der Zeit ... und ... na ja, sicher auch keinen Geist. Der Hausmeister der Schule hat Martin Winter in den Keller gehen sehen. Und da er nicht zurückkehrte, muss er dort ums Leben gekommen sein. UMS LEBEN - versteht ihr?»

«Wenn der Hausmeister das behauptet, dann lügt er. Die Lehrer wollen auch nicht, dass er diese Geschichte verbreitet. Martin Winter wurde nie gefunden. Also ist er entweder durch ein Tor der Zeit gegangen oder er hat Rhog verlassen.»

Diese Worte waren nicht von der Hand zu weisen und Robby wurde endlich ruhiger. «Wie willst du denn in den Keller kommen? Der bleibt doch immer verschlossen.»

«Nicht immer. Der Hausmeister ist nachmittags noch in der Schule. Dann ist der Keller offen, weil er dort arbeiten muss.

Er unterhielt sich einmal mit einem Lehrer darüber», erklärte Tim triumphierend.

Robby saß wieder einmal in der Zwickmühle. Waghalsige Vorhaben riefen eine gewisse Achtsamkeit bei ihm hervor. Trotzdem wollte er seine Freunde auch nicht im Stich lassen. Vielleicht würde es ja gar nicht so gefährlich werden. «Von mir aus, untersuchen wir diesen Keller.»

Tim freute sich. «Klasse. Wir treffen uns in einer Stunde bei Nick auf dem Hof.»

Die Jungen schlugen in einer Abfolge von verschiedenen Handschlägen ein und bekräftigten so ihren Bund. Das fühlte sich jedes Mal sehr gut an und schien sie stärker zu machen. Danach machten sie sich auf den Heimweg.

Tim verzog schon an der Eingangstür sein Gesicht. Lea war heute eher von der Schule nach Hause gekommen. Ihr Schulrucksack stand im Flur und aus der Küche drangen eindeutige Geräusche. Er musste sich wohl oder übel damit abfinden, ihr über den Weg zu laufen. Entschlossen betrat er die Küche. Auch er hatte Hunger.

«Hallo Tim», flog es ihm schon entgegen. Erwartungsvoll blickte Lea zu ihrem jüngeren Bruder. Sie saß am Tisch und von dem Teller, der vor ihr stand, stiegen heiße Dampfwolken auf.

«Hallo», warf Tim seiner Schwester kurz angebunden hin und ging übellaunig zu seinem Platz. Er wusste genau, dass er nicht zum Schrank gehen und sich einen Teller mit Besteck herausnehmen musste. Auf dem Tisch an seinem Platz befand sich ein turmhoch bepackter Teller mit Nudeln und der perfekt gewürzten Tomatensoße seiner älteren Schwester. Ein glänzendes Besteck lag auch bereit.

«Ich habe dir schon alles hingestellt», sagte Lea großzügig.

«Danke», murmelte Tim verdrossen. Das Lächeln seiner Schwester war ihm entschieden zu mütterlich und er vermied jeglichen Augenkontakt. Dies war immer noch die beste Strategie, ihr aus dem Wege zu gehen.

Lea blitzte Tim aus ihren blauen Augen höchst unzufrieden an. Da er nicht reagierte, wurde sie ärgerlich. «Du zeigst nicht gerade viel Dankbarkeit.»

«Ich bin ja dankbar … wirklich.»

«Das sieht aber nicht so aus. Als ältere Schwester fühle ich mich für dich verantwortlich und will dir nur helfen.»

«DAS MUSST DU ABER NICHT!»

«Also weißt du …»

«Ich kann das auch allein! Ich bin schon dreizehn, falls dir das entgangen sein sollte», murrte Tim. Es reichte ihm. Er beachtete Lea einfach nicht mehr und widmete sich dem Essen. So schnell wie möglich wollte er die Küche wieder verlassen. Außerdem hatte er noch etwas vor und musste sich beeilen.

Lea schwieg beleidigt, beobachtete ihren Bruder aber weiter. Da fiel ihr plötzlich auf, dass er sein Essen sehr schnell in sich hineinstopfte. «Hast du es eilig?»

«Was geht *dich* das an?»

«Mach ja keine Dummheiten. Du hast Abenteuerverbot, vergiss das nicht!», brach es aus Lea hervor.

Tim rollte genervt mit seinen Augen, die übrigens dasselbe leuchtende Blau besaßen wie die Augen seiner Schwester. Auch ihre Haarfarbe leuchtete in einen ähnlichen Ton. Aber gegen Leas langes, wallendes Haar war Tims Haarschopf wesentlich kürzer.

«Abenteuerverbot - wie das klingt? Kann man nicht mal was mit seinen Freunden machen?», nuschelte Tim zwischen zwei Bissen.

«Vernünftige Sachen schon, aber kein Lagerfeuer hinter der Wohnsiedlung entzünden oder auf einem nur halb zugefrorenen See Eishockey spielen.»

«Hör bloß auf, mich andauernd bemuttern zu wollen», entgegnete Tim unwillig.

«Ich mach mir nur Sorgen», verteidigte sich Lea entrüstet. Sie beugte sich weiter vor, um Tims Gesicht besser sehen zu können. Dabei rutschten ihr etliche lange goldbraune Haarsträhnen nach vorn, die Lea schnell wieder hinter ihre etwas länglichen Ohren steckte.

«Es reicht schon, wenn Mutter sich Sorgen macht, und das braucht sie *auch* nicht», brummte Tim gereizt.

«Oh doch. Du mit deinen verrückten Ideen andauernd. Hör bloß auf, dich mit diesem phantastischen Kram beschäftigen zu wollen, und werde etwas bodenständiger.»

«Und dir täte etwas mehr Phantasie gut.»

Die Geschwister starrten sich unter zusammengekniffenen Augen wütend an.

In diesem Moment klackte draußen die Tür und ein Luftzug wehte durch das Haus, dessen blumiger Duft die Mutter von Tim und Lea ankündigte, die gleich darauf die Küche betrat. «Hallo ihr beiden», sagte sie froh gestimmt.

Tim löste sich aus dem Blickkontakt mit seiner Schwester. «Hallo Mum. Ich will gleich wieder weg - mit Nick und Robby zu unserer ehemaligen Grundschule.»

«So? Du hast deine Grundschule doch noch nie besucht», stellte Mary Hunter verwundert fest.

«Besser spät als nie, sagst du doch auch immer. Und das ist ja hoffentlich nicht verboten», entgegnete Tim.

«Nein, natürlich nicht», schüttelte seine Mutter den Kopf.

«Na also. Ich geh dann mal. Bis heute Abend.» Tim wartete erst gar keine Antwort ab, sprang vom Tisch auf und eilte aus der Küche. Er war heilfroh, Schwester und Mutter entronnen zu sein und zumindest einen Teil der Wahrheit gesagt zu haben. Rasch brachte er seinen dicken Schulrucksack in sein Zimmer und tauschte ihn gegen seinen wesentlich dünneren Abenteuerrucksack aus. Utensilien wie Katapulte, Pflaster, Strick, Taschentücher, Notizblock, Stifte und Taschenlampen hatten ihr Zuhause in diesem Rucksack gefunden und fühlten sich dort auch sehr wohl.

Tim warf einen kurzen Blick auf seine Uhr und erschrak. Er war spät dran. In höchster Eile verließ er das Haus und raste gleich darauf mit seinem Fahrrad die Rosenallee entlang. Haarscharf fegte er an den Grundstücken vorbei, hier und da über einen gepflegten Rasen hinweg, und ab und zu streifte er ein paar Hecken. Bald hätte er auch noch Frau Williams, die ältere Nachbarin von Nick, erwischt.

«Jungchen, kannst du nicht aufpassen?» Die alte Frau hob drohend ihren Stock.

«Tut mir leid», rief Tim laut und fuhr auf den elterlichen Hof von Nick, wo seine Freunde bereits ungeduldig warteten.

«Da bist du ja endlich», sagte Nick. «Das hat ganz schön lange gedauert.» Vorwurfsvoll tippte er auf seine Uhr. Tim war eine viertel Stunde zu spät dran.

«Tut mir leid», wiederholte Tim und schnappte nach Luft. Obwohl er es eigentlich vermeiden wollte, begann in ihm ein kleiner Vulkan zu brodeln. «Ich habe es nicht eher geschafft.»

Tim ärgerte sich schon genug darüber, und dass er fast auch noch Abigail Williams umgefahren hätte.

Nicks ältere Nachbarin schien nur auf eine Gelegenheit gewartet zu haben, ihren ganzen inneren Groll loszuwerden. «Diese Jugend von heute …» Abigail Williams lief ein paar Schritte nach vorn, um die Jungen besser sehen zu können. «Nur Unsinn im Kopf … Seit eurer missglückten Monsterjagd hat meine Katze grüne Flecken. Also wenn ihr meine Kinder wäret …» Die unausgesprochene Drohung wurde mit einem erhobenen Stock zum Ausdruck gebracht.

«Sind wir aber nicht», rief Robby. Er erkannte, dass Tim gleich explodieren würde, und hob beschwichtigend die Hände. «Ist ja schon gut. Wir sind ja jetzt alle da und können gleich los», versuchte er die Wogen zu glätten. Während er Tim versöhnlich anlächelte, erhielt Nick einen heftigen Stoß in die Rippen.

Nick zuckte erschrocken zusammen. Da hatte er wohl etwas über die Stränge geschlagen. Seine sehr korrekte Art besaßen weder Tim noch Robby, und genau das gefiel ihm an den beiden. Da konnte er viel erleben und viel lachen. Reumütig wandte er sich an Tim. «War nicht so gemeint. Ich dachte nur, wir sollten uns beeilen. Der Hausmeister ist doch auch nicht ewig da.»

Tim beruhigte sich. «Schon gut. Lasst uns endlich fahren.»

Erleichtert und mit vollem Schwung sausten die Jungen nun an Frau Williams vorbei, die ihnen verdattert hinterherblickte, und einem ungewissen Abenteuer entgegen.

DAS GEHEIMNIS IM SCHULKELLER

Der Radweg zur Grundschule führte durch den herrlichen Naturschutzpark, dessen Ende in das Anwesen der Schule mündete. Die Freunde traten kräftig in die Pedalen und die herrliche Landschaft zog vorbei, ohne von ihnen beachtet zu werden. Sie wollten die Schule noch erreichen, bevor der Hausmeister nach Hause ging.

Endlich kamen sie an dem Seiteneingang, der auf das Schulgelände führte, an. Sorgfältig stellten sie ihre Fahrräder an der kleinen Mauer ab und schlichen durch das eiserne Tor zu dem altehrwürdigen Herrenhaus, in dem sich jetzt eine Schule befand. Ihre Köpfe rotierten beständig nach allen Seiten hin und her, damit ihnen ja nichts entging.

Sie wollten es vermeiden, dem Hausmeister zu begegnen. Er war ein Griesgram, wie er im Buche stand. Manchmal setzte er sogar absichtlich eine finstere Miene auf, um andere abzuschrecken. Alle machten einen großen Bogen um ihn.

Leise schlichen sie zur imposanten Eingangstür der Schule. Tim drückte vorsichtig die dicke Klinke hinunter und spähte durch den Spalt, der sich öffnete. Gähnende Leere sprang ihm aus dem weitläufigen Flur entgegen.

Nach einem Zeichen von Tim schoben sich die drei Jungen in das alte Gemäuer mit den hohen, gewölbten Räumen. Totenstille legte sich wie ein schwerer Umhang über die Freunde. Auf Zehenspitzen bewegten sie sich vorwärts. Selbst der winzigste Ton würde ein lautes Echo erzeugen und die heimlichen Besucher unweigerlich verraten.

Der Hausmeister war zum Glück nirgends zu sehen. So kamen sie ungehindert zum Keller. Die Tür stand wie erwartet offen und schien sie auch einladen zu wollen, in eine unbekannte Finsternis hinabzusteigen.

«Jetzt geht es in eine düstere Unterwelt.» Robby war dieses Abenteuer doch nicht mehr so geheuer. Wer weiß, was sie dort unten erwarten würde. Am liebsten wäre er umgekehrt, aber seine Füße besaßen einen eigenen Willen und folgten Tim und Nick die steinerne Kellertreppe hinunter.

«Robby, bei dir ist immer gleich alles eine Unterwelt - sogar eine Kneipe oder ein See. Und hier haben wir einen ganz normalen Keller.» Tim wollte Robby zur Ruhe bringen und damit verhindern, dass irgendetwas Schlimmeres passierte. Wegen Robbys Angst hatten sie die Katze von Frau Williams aus Versehen mit Farbe bespritzt und waren bei ihrem Eishockeyspiel in den See eingebrochen. Robby hatte auf das Eis eingehämmert, nur um zu testen, ob es auch fest war.

Die Freunde ließen gerade die letzte Treppenstufe hinter sich und Tim gab Nick und Robby je eine Taschenlampe, die das Licht in dieser Dunkelheit sein würde. Mit dem hellen, kreisrunden Schein liefen die Jungen weiter.

Eine Tür streifte auf der rechten Seite ihren Weg. Tim lauschte und drückte die Klinke hinunter. Besen, Rechen und andere Gerätschaften kamen zum Vorschein. Hinter der nächsten Tür befanden sich kaputte Stühle und Tische, eine Werkbank und etliches Werkzeug. Die dritte und letzte Tür führte in einen leeren Raum. Als Tim diese Tür wieder schloss, umfing sie nur noch ein langer und kühler Kellergang, dessen Ende in einem schwarzen Nichts verschwand. Selbst wenn sie es vermeiden wollten, beschlich die Jungen plötzlich ein unbehagliches Gefühl. Sie erschraken vor merkwürdigen Schatten, die an der kalten und glitschigen Kellerwand herumgeisterten, bis sie merkten, dass es ihre eigenen Schatten waren.

Tim und Nick konzentrierten sich, bis es ihnen gelang, das Unbehagen wieder abzuschütteln. Vor allem Tim wollte sich nicht ins Bockshorn jagen lassen und führte seine Freunde unbeirrt weiter durch den Keller. Ab und zu trat er ganz nah an das kühle Mauergestein heran und ließ seine Hände darüber streichen, aber jedes Mal ohne Erfolg.

«Glaubst du wirklich, dass *ausgerechnet du* den verschollenen Geheimgang entdeckst? Oder ein Tor der Zeit? Sieh dich doch um, es ist *nur* kalt und dunkel hier unten.» Robby fühlte sich angesichts dieser kühlen Düsternis im Recht.

«Warte doch ab. Wir haben noch längst nicht alles gesehen. Einen Geist scheint es hier jedenfalls nicht zu geben.»

«Na das wäre ja auch noch schöner gewesen», schüttelte Nick den Kopf.

«Wir haben doch sowieso nicht an Geister geglaubt», meinte Robby großspurig.

Tim sagte nichts dazu und lief weiter. Stumm folgten ihm seine Freunde.

Nach einer Weile kam es ihnen so vor, als ob ihre Schritte ungewöhnlich laut widerhallten. Erneut beschlich die Jungen eine gewisse Anspannung. Aber diesmal konnte sie Tim nicht so leicht abschütteln.

Lautlos huschten sie durch den kalten und modrigen Gang, der hier und da kleine Einbuchtungen aufwies. Je tiefer sie in den Keller vordrangen, desto eisiger und auch unheimlicher wurde es. Doch keiner sagte etwas. Bald kamen sie an einer

Gabelung des Ganges an. Finsternis sprang ihnen von *beiden* Seiten entgegen.

«Und nun?», wollte Robby mit belegter Stimme wissen.

«Gehen wir hier entlang.» Tim deutete auf die linke Seite.

Doch dieser Gang war kurz und leer. Nichts wies auf einen Geheimgang oder gar ein Tor der Zeit hin. Selbst als Tim über die nasskalten Mauerwände strich, geschah nichts. «Also gut, untersuchen wir den anderen Gang.»

«Muss das wirklich noch sein? Hier unten ist doch nichts. Auch der andere Gang wird leer sein», brummte Robby verdrießlich. Er musste seine Bedenken einfach äußern. Die Kühle, die in diesem Keller herrschte, folgte ihnen auf Schritt und Tritt und schien Robby nun erfasst zu haben. Er schlotterte am ganzen Leib. Dazu kam noch dieses stetige Tropfen von den Wänden. Klack, klack, klack. Robbys Nerven lagen blank.

«Robby! Beruhige dich. Dir passiert hier schon nichts», sagte Tim ziemlich forsch.

«Wir passen auf», ergänzte Nick und lief Tim entschlossen hinterher.

Robby gefiel das überhaupt nicht, aber wenn er in diesem Gruselkabinett nicht allein bleiben wollte, musste er seinen Freunden wohl oder übel folgen.

Der zweite Gang war *anders*. Etwas Bedrohliches zerschnitt hier die Luft.

«L-Leute, j-jetzt sagt bloß, i-ihr spürt *das* n-nicht auch.» Robbys Stimme überschlug sich fast.

Tim drehte sich um und leuchtete seinem Freund ins Gesicht. Ängstliche, weit aufgerissene Augen blickten ihm entgegen.

WUSCH …

«Was war das? Es wird nun doch … ziemlich beängstigend hier unten», meinte Nick sehr zögerlich.

Tim wollte auch weiterhin mutig sein, aber er musste zugeben, dass tatsächlich ein kalter und schauriger Luftzug gespenstergleich durch den Gang zog.

WUSCH …

Gab es in diesem Keller doch einen Geist, der zwischen dem Jenseits und dem Diesseits wandelte? Wollte er sie holen, wie es die Leute aus der Umgebung jedem prophezeiten, der sich in diesen Keller traute? *Stimmte die Spukgeschichte am Ende etwa?* Wahrheit und Fiktion verschwammen auf einmal auf seltsame Art und Weise ineinander.

Der Luftzug wurde immer stärker und pfeifender und fühlte sich tatsächlich wie der eisige Atem der Unterwelt an.

«Ich muss zugeben, irgendetwas stimmt hier nicht.»

«Na endlich.» Durch Robby schwang eine wahre Welle der Erleichterung über Tims Erkenntnis.

Tims Herz schlug plötzlich heftig gegen seine Brust. Ein feines Kribbeln durchdrang seinen Körper. Sein Blut wurde mit einem Mal heiß, als ob kochende Lava durch seine Venen rauschen würde. Aber es tat nicht weh. Eine glutrote Flamme tauchte vor seinen Augen auf. Verwirrt strich er sich über die schweißnasse Stirn. Was passierte hier mit ihm? Das Feuer in seinen Adern entfachte eine pulsierende Kraft.

«Tim? Spürst du das auch?»

«Ja, mir wird ganz heiß», antwortete Tim wie in Trance.

«Heiß? Jetzt ist er völlig übergeschnappt. Hier unten ist es kalt wie in einem Gefrierschrank.» Robby rüttelte Tim ziemlich hart.

Die Lava, die durch Tims Venen floss, beruhigte sich. Sein Blut und sein Zustand wurden wieder normal.

«Sorry Leute, lasst uns einfach bis zum Ende des Ganges gehen. Wenn wir dort auch nichts finden, kehren wir um.»

Robby und Nick wussten, dass sie Tim nicht umstimmen konnten. Zumindest war er bereit, umzukehren. Sie liefen mit ihm weiter. Doch je mehr sie in die Dunkelheit vordrangen, desto eisiger wurde es. Robby jammerte nun ohne Unterlass über die furchtbare Unterwelt und Nick schimpfte über sich selbst, weil er Tim immer wieder folgte. Unvermittelt standen sie vor dem Ende des Ganges. Eine dicke Mauer versperrte ihnen endgültig den Weg.

«Oh nein», entfuhr es Tim enttäuscht.

«Bloß gut», rief Robby umso erleichterter. Er roch förmlich das Ende dieses schrecklichen Abenteuers. «Hier ist nichts zu finden. Es gibt keinen Geist, keinen Geheimgang und auch kein Tor der Zeit. Damit wäre das ja wohl geklärt und wir können wieder nach Hause», sagte er hoffnungsvoll.

Tim drehte sich traurig um die eigene Achse und leuchtete ziellos die Wände und den Boden auf und ab, konnte aber nichts entdecken. «Schade, ich hätte schwören können, wir finden hier was.» Tims Herz sprang erneut aus seinem gewohnten Tempo, sein Blut wurde heiß. Ein inneres Glühen wollte durch seine Adern rauschen. «Mir wird auf einmal ganz komisch zumute.»

«Mir auch», bemerkte Nick.

Alles verschwamm mit einem Mal vor ihren Augen. Der gesamte Keller schien sich zu bewegen.

«H-hier spukt es doch. W-wir s-sollten v-verschwinden», bibberte Robby.

«Ja», bestätigte nun auch Nick. Dieser unheimliche, kalte Luftzug streckte eisern seine Finger nach ihnen aus. Auf dem Absatz machte er kehrt und ging zurück.

Robby schloss sich ihm heilfroh darüber an.

Tim resignierte endlich. Die heiße Lava, die durch seine Venen floss, war kaum noch auszuhalten. Auch er musste raus hier.

RUMMS!

Tim blieb wie angewurzelt stehen.

RUMMS!

Nick und Robby drehten sich erschreckt um. Die Jungen starrten fassungslos auf die Mauer vor ihnen, die mit einem dröhnenden Geräusch in Bewegung kam. Die massive Steinwand schob sich, getrieben durch irgendwelche unsichtbare Kräfte, zur Seite. Hinter der Mauer tauchte ein riesiges, weißes, waberndes Licht auf. Gleißende Strahlen blendeten die Jungen so heftig, dass sie schützend ihre Hände vor die Augen halten mussten.

Endlich riskierte Tim einen Blick in das Licht und wurde von ihm magisch angezogen. Nie zuvor hatte er etwas Vergleichliches gesehen.

Der eisige Luftzug kam eindeutig von dem Licht. Mehr und mehr entwickelte er sich zu einem starken Sog, der an Kraft und Intensität zunahm. Mit aller Macht stemmte sich Tim gegen den heftigen Sog. «*Ich* hab's geahnt. Hinter diesem Licht ist bestimmt der Geheimgang verborgen, vielleicht sogar ein Tor der Zeit», rief Tim seinen Freunden nach hinten zu.

«Das kann nicht sein», rief Robby verwirrt, aber angesichts dieses weißen Lichtes konnte er nicht mehr von der Unterwelt sprechen. Da war es nämlich stockduster.

«Also wissenschaftlich ist das kaum zu erklären.» Nick ging wieder ein paar Schritte vorwärts.

Tim wartete, ohne den Blick von dem gleißenden Licht zu wenden. Nick tauchte endlich neben ihm auf und sah wie gebannt in das Licht.

«Umwerfend, nicht wahr?»

«Du sagst es.»

Als Robby nach einer Weile immer noch nicht neben ihnen stand, drehten sie sich nur sehr widerwillig um. Ihr Freund klebte immer noch am selben Fleck und rührte sich nicht.

«Hey aufgewacht!», rief Tim. «Wir sind fündig geworden. Martin Winter wird dieses Licht auch entdeckt haben und *hindurchgegangen sein*. Wer weiß, was *dahinter* liegt?»

«Das Licht will uns verschlingen.
Nach Atem muss ich ringen»,

hauchte Robby plötzlich und lief endlich los, mit starrem Blick auf das Licht zu.

«Robby!» Tim hielt ihn gerade noch zurück.

«Ich folge dem Ruf ...» Robby starrte seine Freunde an wie aus weiter Ferne.

«Robby! Komm wieder zu dir!» Tim hatte nicht oft Angst, aber im Moment machte ihm sein Freund Sorgen. Was war mit ihm los? Tim rüttelte ihn kräftig.

Robbys Blick klärte sich. «Oh weh, das war vielleicht gespenstig. Ich muss raus hier.» Er wollte davonrennen, aber seine Freunde hielten ihn zurück.

«Ohne das Licht untersucht zu haben? Kommt nicht infrage», sagte Nick rigoros.

«Wir werden noch alle draufgehen wie Martin Winter.»

«Martin Winter ist nicht draufgegangen und wir werden das auch nicht. Wir gehen jetzt durch das Licht und kommen wieder zurück, versprochen!», erwiderte Tim fest.

«Wie ihr wollt. Aber sagt hinterher nicht, ich hätte euch nicht gewarnt.»

Tim und Nick hakten Robby einfach unter und zogen ihn mit sich. Je mehr sie sich dem Licht näherten, desto stärker wurde der Sog. Bald hatten es Tim und Nick nicht mehr nur mit der ungeheuren Kraft des Soges zu tun, sondern auch mit der immensen Widerstandskraft von Robby. Seine Angst wurde immer größer. Er wollte nur noch weg aus diesem unheimlichen Gewölbe. Endlich konnte er sich losreißen und taumelte zurück.

Tim und Nick überlegten, ob sie noch einen Schritt in Richtung des Lichtes setzen oder auch umkehren sollten. Da wurde ihnen die Entscheidung plötzlich auf eine noch unfassbarere Art und Weise abgenommen.

Ganz weit hinten erschien etwas in dem Licht. Wenn sie es nicht besser gewusst hätten, hätten sie denken können, da käme wahrhaft ein Geist auf sie zu. Aber das war unmöglich! Tim und Nick starrten wie gebannt in das Licht hinein. Spielten ihnen ihre überreizten Sinne einen Streich oder gab es hier unten wirklich einen Geist? Die Erscheinung nahm menschenähnliche Umrisse an und näherte sich in einem rasanten Tempo. Sie *flog* förmlich durch das Licht und würde sie gleich erreicht haben.

«Aaah …» Ein gellender Aufschrei aus drei entsetzten Mündern hallte durch das unterirdische Gewölbe. Die erschrockenen Abenteurer flüchteten Hals über Kopf. Sie hechteten durch den nasskalten, langen Kellergang und erklommen in halsbrecherischem Tempo die Treppe.

Die Eingangstür der Schule flog auf, sie stürzten hinaus, rannten zu dem kleinen Seitentor der Schule, schnappten sich ihre Fahrräder und rasten wie von Furien gehetzt durch den Naturschutzpark davon. Erst in der Rosenallee hielten sie an und brachten ihren Atem zur Ruhe.

«Was war das?», stellte Nick endlich die Frage, die alle drei brennend interessierte.

«Frag lieber: *Wer* war das? Ich würde sagen, ein Geist.»

«Robby! Schluss mit dem Geisterquatsch. Das muss irgendjemand gewesen sein, der diesen Geheimgang kennt und ihn von der *anderen Seite* geöffnet hat. Vielleicht ist das Licht wirklich ein Tor der Zeit und jemand wollte von *der magischen Seite* zu uns kommen.»

«Genau», ergänzte Nick. «Wir dürfen jetzt nicht aufgeben.» Hier schien eine Sensation auf ihn zu warten und sein analytischer Verstand arbeitete auf Hochtouren. Wenn das Licht ein Tor der Zeit war, dann stimmte die Legende. Die Wissenschaft konnte sich auf solch ein Phänomen freuen, und er auch. Ein Tor der Zeit - was es da alles zu entdecken gab? Nicks Wissensdrang meldete sich immer stärker.

Robby gab auf. Seine Freunde wollten den Keller unbedingt weiter untersuchen. Zumindest konnte er eine gewisse Neugier auch nicht leugnen. Und einen Geist gab es nicht. Das war absurd. Die Erscheinung musste ein *Mensch* gewesen sein. Aber wer? War es jemand aus dem Dorf, der nicht zugab, den Geheimgang zu kennen, oder war es jemand aus einer fremden Welt. «Ihr seid wirklich hartnäckig, was?», sagte Robby schließlich zu seinen Freunden.

«Ja», erwiderten Tim und Nick gleichzeitig.

«Versprecht mir nur eines - wenn es gefährlich wird, brechen wir ab.»

«Versprochen.»

«Dann gehen wir am besten gleich morgen wieder in den Keller. Je eher wir es hinter uns bringen, desto besser.»

«Sehr gut, morgen um dieselbe Zeit.» Tim war schon sehr aufgeregt, was ihn wohl hinter diesem Licht erwarten würde.

EIN GESPENSTIGER AUSFLUG

Am nächsten Tag erschien Tim pünktlich auf Nicks Hof. Robby traf mit ihm ein und die drei Jungen machten sich auf den Weg.

Während sie durch den Park fuhren, schaute Tim immer wieder zum Himmel hinauf. Im Laufe des Tages hatte sich die Wolkendecke verdächtig zusammengezogen. Es sah stark nach Regen aus. Ein heftiger Wind, der viel zu kühl für den Frühling war, setzte ein. Tim hatte auf die Erkundung in der Grundschule nicht verzichten wollen und hoffte, dass das Wetter noch aushielt. Sie beeilten sich und erreichten das Grundstück der Schule in kürzester Zeit.

Das gesamte Gelände lag vollkommen verlassen da. Sie versteckten ihre Fahrräder am Seiteneingang und schlichen zu dem alten Herrenhaus. Der Wind pfiff durch die breite Wiesenfläche vor der Schule und summte ein Lied von Blitz und Donner. Es schien ihm Spaß zu machen, der Vorbote eines Unwetters zu sein.

«Ich glaube, hier *braut sich doch was zusammen*», meinte Nick mit einem skeptischen Blick nach oben.

«Beeilen wir uns», drängte Tim.

Schnell schlüpften die Freunde zur Tür des alten Gemäuers hinein. Wie schon am gestrigen Tag wurden sie von einer unheimlichen Stille empfangen.

Die Lehrer waren längst zu Hause und vom Hausmeister fehlte jegliche Spur. Die Kellertür stand offen.

«Das ist komisch. Der Hausmeister ist nirgends zu sehen und auch nicht zu hören.» Robby biss sich auf die Lippen, damit seine Zähne nicht aufeinanderschlugen, was ein untrügliches Zeichen für seine Angst war.

«Wenn der Hausmeister nicht da ist, erleichtert das nur unser Vorhaben.» Tim machte sich keine Gedanken darüber und stieg beherzt die erste Treppenstufe hinab.

Nick folgte ihm unverdrossen und Robby blieb gar nichts anderes übrig, als auch einen Schritt vor den anderen zu setzen. Von der Unterwelt sprach er diesmal nicht.

Unten die letzte Treppenstufe, oben schwere Schritte und ein gleißender Lichtstrahl. Völlig entgeistert und auch geblendet fuhren die Jungen herum. Das gesamte Areal dieses unterirdischen Gewölbes flammte taghell auf.

Wie ein Unheil verkündender Geist stand der Hausmeister der Grundschule an der Kellertür. Grimmig stemmte Rufus Smirny seine derben Hände in die Hüften. Ein gewaltiges Gewitter lag nicht nur draußen, sondern auch drinnen in der Luft. «Was habt ihr hier zu suchen?», donnerte er schroff los.

Tim, Nick und Robby starrten den Hausmeister verstört an. Rufus Smirny trug einen großen, dreckigen, mausgrauen Schlapphut auf dem Kopf. Um seinen Körper war ein langer dunkelgrauer Mantel geschlungen, der weder Knöpfe noch Ärmel besaß und am oberen Rand nur mit einer rostigen Spange zusammengehalten wurde. Merkwürdige schwarze Stiefel vollendeten das äußere Bild. Längeres, graues Haar lugte unter dem Hut hervor und eisige, graublaue Augen durchbohrten die Jungen wie eisige Dolche. Die Adlernase und etliche Narben im Gesicht verliehen ihm ein furchterregendes Aussehen. Der Hausmeister schien wie eine farblose Gestalt aus einer Filmrequisite von Urgroßmutters Zeiten entsprungen zu sein. So abschreckend hatte er noch nie gewirkt, doch auf eine schauerliche Art und Weise passte dieses Äußere zu ihm. Mit zitternden Knien harrten die Freunde der Dinge, die da kommen sollten.

Rufus Smirny polterte auch schon die Treppe mit einem zornentbrannten Gesicht hinunter. Er wollte die Jungen einschüchtern, und das gelang ihm auch. «Es ist Schülern - egal wie alt sie sind - verboten, in den Keller zu gehen.»

«Wir wollten …» Robby ließ vor lauter Schreck seine Taschenlampe fallen. Woher sollte er so schnell eine Ausrede nehmen, die auch noch plausibel klang?

«Wir haben Sie gesucht», erklärte Nick plötzlich hellwach. Er hatte den Schock über das Auftauchen dieses gruseligen Hausmeisters überwunden und sein messerscharfer Verstand arbeitete auf Hochtouren. Logische Erklärungen lagen ihm im Blut, genauso wie Tim seine Ideen.

«Warum?», fragte der Hausmeister misstrauisch.

«Wir waren auf dem Weg nach Hause, da wurde die Kette an meinem Fahrrad locker. Wir wollten Sie um Hilfe bitten und waren auf der Suche nach Ihnen.» Ohne mit der Wimper zu zucken und ohne jegliches schlechte Gewissen hatte Nick diese Notlüge vorgebracht. So fest er nur konnte, blickte er den Hausmeister in dessen stechende Augen.

«Was habe ich mit deinem Fahrrad zu schaffen. Dein Vater soll sich darum kümmern. Bist du bis hierhergekommen, so kommst du auch wieder nach Hause», knurrte Rufus Smirny unwirsch und sah forschend von einem zum anderen. «Ihr … seid doch hoffentlich noch nicht weiter hinten im Keller gewesen», wollte er lauernd wissen.

Nick ließ sich nicht beirren. «Nein, wir sind gerade erst gekommen.»

«Gut.» Der Hausmeister beugte sich immer weiter nach vorn. «Haltet euch von dem Keller fern. Ihr wisst, was man sich erzählt. Und nun verschwindet!»

Die drei Freunde hätten froh sein können, so glimpflich davongekommen zu sein. Aber sie rührten sich nicht. Der Schock war endgültig vorüber. Hier ergab sich eine unerwartete Gelegenheit, bei der sie mehr über den Keller erfahren konnten. Ob der Hausmeister etwas über diesen Geheimgang mit dem seltsamen Licht wusste? Wenn ja, warum sprach er dann nicht darüber?

«Was erzählt man sich denn?», fragte Tim scheinheilig.

«Sagt bloß, ihr habt noch nichts von Martin Winter gehört?», erkundigte sich Rufus Smirny ungläubig.

«Ach so», gähnte Tim und winkte ab. «Diese Geschichte. Er soll hier im Keller ums Leben gekommen sein und sein Geist soll jetzt hier spuken. Das ist doch Unsinn.»

«Unsinn?», ereiferte sich der Hausmeister wütend. «Ich habe ihn gesehen, den Martin Winter. Er wurde von einem Gerüst erschlagen, ein tragisches Unglück. Sein Geist spukt jetzt hier, aber ich habe keine Angst.» Rufus Smirny senkte seine Stimme zu einem verschwörerischen Flüsterton. «Glaubt mir. Ich sage euch ...»

«Was ist hier los?» Frau Leander, die Schulleiterin stand unvermittelt an der Kellertür und sah den Hausmeister voller Empörung an. Sie warf einen kurzen Blick auf die drei Jungen, entspannte sich kurz und kehrte wieder mit gerunzelter Stirn zum Hausmeister zurück. «Was soll das, Herr Smirny? Erzählen Sie den Kindern schon wieder irgendwelche Schauermärchen über den Keller? Wenn Sie nicht sofort aufhören, diese Spukgeschichte unter den Leuten zu verbreiten, sehe ich mich gezwungen, Sie zu entlassen. Und seien Sie versichert, wir werden auch einen anderen Hausmeister mit guten handwerklichen Fähigkeiten finden. In diesem Keller ist *niemand* ums Leben gekommen! Martin Winter ging von zu Hause fort, um sich woanders eine neue Zukunft aufzubauen. Aber das ist nicht unsere Angelegenheit. Jeder ist für sich selbst verantwortlich.»

Der Hausmeister hatte die Zurechtweisung stillschweigend über sich ergehen lassen und sah aus wie ein begossener Pudel. Auf keinen Fall wollte er seine Arbeit verlieren. «Ich ... Also ich wollte die Kinder bloß vom Keller fernhalten, damit nichts passiert», verteidigte er sich.

«Hier ist *nie* etwas passiert und wird auch *nichts* passieren», sagte Frau Leander spitz. «Es ist definitiv das letzte Mal, dass ich Sie ermahnen werde, derartigen Unfug zu unterlassen.»

«Natürlich, ich werde mich in Zukunft daran halten», antwortete Rufus Smirny beflissen und verbeugte sich vor der Schulleiterin wie vor einer Königin. Ihm schien es äußerst unangenehm zu sein, dass sie plötzlich aufgetaucht war.

«Gut! Gehen Sie jetzt wieder an Ihre Arbeit!» Der Ton der Schulleiterin duldete keinen Widerspruch. Ohne sich noch weiter um den Hausmeister zu kümmern, wandte sie sich an die drei Jungen. «Und *ihr* ... kommt mit mir!» Mit einem geräuschvollen Rascheln ihres Rockes drehte sie sich um.

Robby hob schnell seine Taschenlampe auf und schlängelte sich mit seinen Freunden an dem Hausmeister vorbei.

«Ihr kommt hier nicht mehr rein. Der Keller bleibt von nun an verschlossen», zischte Rufus Smirny.

Tim, Nick und Robby zuckten kaum merklich zusammen. Der Hausmeister war wütend auf sie. Offensichtlich gab er ihnen die Schuld daran, von der Schulleiterin erwischt worden zu sein. Die Freunde waren nun doch froh, dass sie ihm den Rücken zukehren konnten.

Im Zimmer der Schulleiterin blieb Frau Leander vor ihrem massiven, dunkelbraunen Schreibtisch stehen und richtete sofort das Wort an die Jungen. «So sehr ich mich auch freue, wenn uns ehemalige Schüler besuchen, so frage ich mich doch ernsthaft, was ihr ausgerechnet im Keller zu suchen hattet.»

Nick sagte diesmal nichts. Auch Tim und Robby schwiegen. Sie wollten Frau Leander nicht anlügen. Im Gegensatz zu dem Hausmeister besaßen sie ihr gegenüber ein Gewissen. Die Schulleiterin war eine beliebte Lehrerin und hatte für ihre Schüler stets ein offenes Ohr. Durch sie besaß die Schule nicht zuletzt ihren guten Ruf.

Als Frau Leander die schuldbewussten Gesichter der Jungen sah, seufzte sie. «Ich hatte ein Lehrbuch vergessen und wollte es holen, da hörte ich Stimmen aus dem Keller. Eure Abenteuer sind in der ganzen Umgebung bekannt. Hatte Tim die Idee, in den Schulkeller zu steigen?»

Tim sah betreten nach unten und Nick und Robby schwiegen weiterhin eisern. Sie wollten ihren Freund nicht verraten.

Die Schulleiterin musterte Tim. «Du hattest diese Idee, nicht wahr? Ich kann es dir ansehen. Wolltest du nach dem verschollenen Geheimgang suchen? Oder herausfinden, ob diese Legende wahr ist?»

«Und wenn die Legende nun stimmt?», platzte es aus Tim heraus.

«Natürlich nicht. Es gibt KEIN TOR DER ZEIT!»

Tim erwiderte nichts, Robby und Nick sowieso nicht.

Ein dumpfes Grollen drang plötzlich durch das geöffnete Fenster herein und brachte die Kunde von dem Unwetter, das schnell heraufziehen wollte. Frau Leander runzelte die Stirn. Sie musste mit dem Fahrrad nach Hause fahren und die Jungen auch. Eile war geboten.

«Winde, stürmisch und kalt,
fegen über das Land - ohne Halt.
Mitten am Tag bricht die Nacht herein.
Das Unwetter wird heftig sein.»

Tim hatte einen starren Ausdruck im Gesicht und schien nicht einmal mitbekommen zu haben, was er da sprach.

«Junge, das sind die Worte aus dieser Legende. Komm wieder zu dir!», rief Frau Leander besorgt.

Tims Aufmerksamkeit kehrte in den Raum zurück. Er wirkte etwas konfus. Wahrscheinlich hatte er sich schon viel zu viel mit dieser Legende beschäftigt und merkte nun nicht einmal mehr, wenn er einen Spruch daraus zitierte. *Das* wollte er auch nicht. Er musste achtsamer werden.

Frau Leander verschloss das Fenster und lächelte ihre ehemaligen Schüler mütterlich an. «Ich kann euch ja verstehen. Welcher Junge sucht nicht nach Abenteuern. Aber eine alte Legende? Also wirklich? Und nun macht euch auf den Heimweg. Das Unwetter kommt rasch näher.»

Tim, Nick und Robby verabschiedeten sich hastig und liefen aus dem Zimmer.

«Können wir dieses Abenteuer jetzt bitte hinter uns lassen? Wir kommen sowieso nicht mehr in den Keller. Denk dir was anderes aus, Tim», sagte Robby und musste vergebens auf eine Antwort warten. Das konnte ein gutes, aber auch ein weniger gutes Zeichen sein.

Die Freunde waren inzwischen am Seiteneingang des Schulgeländes und bei ihren Fahrrädern angelangt.

«Habt ihr mir überhaupt zugehört?», hakte Robby noch einmal nach.

«Wir können den Keller trotzdem noch untersuchen.»

Es war also ein weniger gutes Zeichen. Tim wollte nicht aufgeben und Nick schien damit auch noch einverstanden zu sein.

«Ich will jetzt erst recht wissen, was sich *hinter* diesem Licht verbirgt. Der Hausmeister weiß doch mehr, als er zugibt. Zum großen Frühlingsfest dringen wir in den Schulkeller ein.»

«Zum großen Frühlingsfest?»

«Ja, das Frühlingsfest ist zwar erst in fünf Wochen, aber es die beste Gelegenheit, um in den Keller zu kommen. Das Fest findet immer auf dem Gelände der Grundschule statt. Die Schule ist dann offen und der Keller auch, weil dort die Getränke gelagert werden, damit sie schön kühl bleiben. Die Krönung des Festes ist die Übernachtung der Kinder und Jugendlichen in der Schule. Wir machen wieder mit, und wenn alles schläft, schleichen wir uns in den Keller.»

«Eine tolle Idee.» Nick war sofort bei der Sache.

Robby gefiel das überhaupt nicht. Krampfhaft suchte er nach einer Möglichkeit, diese Unternehmung zu verhindern. Da fiel ihm etwas ein. «Und wie willst du am Zimmer der Aufsicht vorbei? Die Türen stehen immer ein Spalt breit offen. Sie passen auf und machen auch Kontrollgänge.»

«Ich werde Lea fragen. Meine Schwester ist schon achtzehn Jahre und spielt sich gern als Mutter auf. Aber ohne ein Buch wird sie die Aufsicht nicht übernehmen. Wenn sie erst mal darin versunken ist, schaut sie nicht zur Tür und wird auch nicht so schnell einen Kontrollgang machen.»

«Du bist der Beste.» Nick war begeistert.

«Ihr spinnt doch.» Robbys Hoffnung sank ins Bodenlose. Wie es schien, war ihr Abenteuer *noch lange nicht vorbei.*

«Robby, du wirst doch mitmachen, oder?»

Doch Robby wurde um eine Antwort gebracht. Regen setzte plötzlich so heftig ein, dass die Freunde bestürzt zum Himmel sahen. Ein erneutes Donnergrollen ertönte. Der Wind nahm zu und sprach von entfesselten Naturgewalten. Ein greller Blitz tauchte das Schulgebäude und die Umgebung für Sekundenbruchteile in eine gespenstige Helligkeit. Robby sah noch einmal zur Schule und stockte. «Leute! Seht mal!»

Tim und Nick wandten ihre Köpfe. Trotz Regen, Sturm und Kälte blieben sie stehen und schauten nach vorn.

Rufus Smirny lief auf das Haupttor der Schule, das sich auf der anderen Seite befand, zu. Die Eingangstür der Schule stand offen. Was hatte der Hausmeister vor? Am großen Haupttor blieb er stehen und stemmte sich gewaltsam gegen Sturm und Regen. Ein Auto brauste plötzlich vor das große Eingangstor und Scheinwerfer blendeten mit ihrem Licht. Das Auto stoppte, das Licht erlosch. Unvermittelte Finsternis trat ein. Die Fahrertür klappte auf und zu. Ein Mann marschierte auf den Schulhof und blieb vor dem Hausmeister stehen. Beide trugen lange Mäntel und Hüte bis tief ins Gesicht gezogen. Es war ein ziemlich gespenstiger Anblick.

«Die Hölle öffnet ihre Schleusen. Düsteres Wetter zieht düstere Gestalten an», munkelte Robby leise.

«Ich muss wissen, was da vor sich geht.»

«Wieso willst du wissen, mit wem sich der Hausmeister trifft? Das geht uns gar nichts an», murrte Robby.

Doch Tim schlich im Dunkel des beißenden Sturmes vorwärts und versteckte sich hinter einem dicken Strauch, der in der Nähe der beiden zwielichtigen Gestalten stand.

«Na los, wir lassen ihn nicht allein», sagte Nick und zog Robby einfach mit sich.

«Auch das noch.» Robby schlitterte auf dem glitschig nassen Boden fast haltlos hinter Nick her und Nick fing ihn immer wieder auf. Zum Glück erreichten die Jungen den Strauch, hinter dem Tim Deckung gefunden hatte, auch ungesehen. Gemeinsam beobachteten sie nun, was hier geschah.

Der mysteriöse Fremde übergab Rufus Smirny gerade einen Umschlag, der in seiner Manteltasche verschwand.

«Wir sollten in die Schule gehen. Da ist es trocken», rief der Hausmeister laut gegen den Sturm.

«Warte, ich muss noch etwas aus dem Auto holen.» Der Fremde stapfte davon und Rufus Smirny sah ihm nach.

«Sie müssen an uns vorbei, wenn sie zur Schule wollen. Wir dürfen nicht entdeckt werden. Schnell! Der Weg zur Schule ist kürzer als zurück zu unseren Fahrrädern.»

Auf leisen Sohlen und dennoch schnell genug rannten die Freunde los und stürzten wenig später patschnass in den breiten, leeren Schulflur.

«Wohin jetzt?» Robbys Zähne schlugen verdächtig laut aufeinander.

Tim sah sich hastig um. «In den Keller!», sagte er intuitiv.

«In diese Unterwelt?»

«Nach oben dauert es zu lange!»

Das stimmte auch wieder und Robby gab nach.

Nur Sekunden später stürzten die Freunde die Kellertreppe hinab in ein düsteres, unterirdisches Gewölbe. Oben öffnete und verschloss sich die Eingangstür der Schule. Schwere Schritte näherten sich dem Keller.

Tim, Nick und Robby rannten den Kellergang nach hinten. Als sich der Gang gabelte, eilten sie auf dem Weg weiter, der zu dem geheimnisvollen Licht führte. Sie hatten nicht einmal vor, das Licht zu suchen Sie wollten sich nur verstecken. Dieser Gang war länger und sein Ende wurde von einer undurchdringlichen Düsternis verschluckt.

Völlig außer Atem hielten sie an der hinteren Mauer an und knipsten ihre Taschenlampen aus. Der Gang wirkte dadurch noch dunkler. Die Schwärze in der Luft schien der Schwärze an den Wänden die Stirn bieten zu wollen. Abermals umwehte sie ein kalter Luftzug. Er schien in diesem Gang immer vorhanden zu sein.

«H-hoffentlich werden wir nicht erwischt.» Robby lehnte sich erschöpft an die Mauer hinter ihm. Dabei kam er an die Stelle, an der sich ein hervorstehender Stein befand. Unter Robbys Gewicht wurde der Stein in die Mauer gedrückt.

RUMMS!

Die Mauer schob sich auf.

RUMMS!

«Robby, kannst du nicht aufpassen?»

«Ich … Ich wollte das nicht …» Erschrocken taumelte Robby zurück.

«Du hast offensichtlich einen Mechanismus betätigt, der die Mauer von unserer Seite öffnet.» Nick sah mit seinen großen grünen Augen zu der steinernen Wand, die immer mehr ein gleißendes Licht freilegte.

Ein heftiger Sog schoss plötzlich von dem Licht auf die Freunde zu.

Tim, Nick und Robby konnten nicht mehr rechtzeitig zurückweichen und wurden von der Kraft des Soges erfasst. Diese Macht war so stark, dass sie ihr nichts entgegensetzen konnten. Helle, blitzende Strahlen tauchten vor ihnen auf und luden sie auf eine unbekannte Reise ein. Stille umfing sie. Ein heller Lichtstrahl explodierte neben ihnen in einem grellen Blitz. Der Stoß traf sie völlig unvorbereitet und riss sie mit sich fort. Sämtliche Empfindungen setzten aus. Mit unvorstellbarer Geschwindigkeit wurden sie auf einem gleißenden Weg durch raumloses Universum getragen. Die Zeit verschmolz zu einem einzigen Punkt oder besser gesagt, Raum und Zeit existierten gar nicht.

Die Freunde konnten es kaum noch aushalten. Ihre Sinne wollten aufgeben, ihre Körper wollten aufgeben. Was mit ihnen geschah, darauf hatten sie keinen Einfluss mehr. Sie mussten sich der göttlichen Macht, die hier am Werk war, ergeben. Eine erlösende Ohnmacht setzte ein.

HINTER DEM TOR

Ganz langsam öffneten sie die Augen.

«Leben wir noch ... oder sind wir tot?», stöhnte Nick und fühlte seine schmerzenden Glieder. «Aua! Also leben wir noch», setzte er folgerichtig nach.

«Du meine Güte, das war vielleicht 'n Höllentrip.» Robby versuchte, seine Glieder zu bewegen. Es knackte das eine oder andere Mal sehr verdächtig. Alles tat höllisch weh. Trotzdem stellte er beruhigt fest, dass nichts gebrochen war. «Was ist passiert? Dieses geheimnisvolle Licht scheint es ja ganz schön in sich zu haben.»

«Ja. Ich glaube, es ist sogar ein Tor der Zeit - und das ist ein Fall für die Wissenschaft.» Nick tastete den Boden unter sich ab. Es war so stockduster, dass sie kaum die Hand vor Augen sehen konnten.

«Wissenschaft? Ich bin froh, dass wir noch leben.» Robby ließ seine Hände wie Nick und auch Tim über den Boden gleiten.

Mit einem Schlag waren sie hellwach. Unter ihnen befand sich *Gras, feuchtes Gras!*

«Wo sind wir?», wollte Robby bange wissen. «Kannst du was sehen, Tim?» Sein Freund besaß immer noch die besten Augen, die er kannte. Überhaupt besaß er die besten Sinne. Sein Geruchssinn war ziemlich intensiv und sein Gehör sehr stark ausgeprägt.

Tim sah sich angestrengt um. «Hinter uns liegt ein kleiner Wald und vor uns ... ein großer Hügel, auf dem eine ... Kirche steht und ...»

«Ah …», unterbrach Robby Tim. Ihm fiel ein Stein vom Herzen. «Dann sind wir nicht weit weg von zu Hause. Wir sind in *Glastonbury*. Das Licht scheint wirklich ein Tor der Zeit zu sein. Aber es ist nicht das Tor von Rhog, das uns in ein magisches Reich bringt. Es gibt offensichtlich *mehrere Tore* und dieses Tor ist nur mit Glastonbury verbunden. Das wäre sogar eine sehr interessante Reisemöglichkeit.» Robby musste grinsen.

«Lass mich doch ausreden», rüffelte Tim Robby an. «Auf dem Hügel stehen auch Häuser. Ein paar Wege führen zum Hügel hinauf. Dieses Licht *muss* das Tor von Rhog sein. Ich glaube, wir sind auf der magischen Seite - *hinter dem Tor!* Auf unserer Seite gibt es *keine* Häuser.»

«Wie bitte?» Das Grinsen auf Robbys Gesicht erstarb.

Nick staunte. «Du meinst, wir haben wirklich das Tor von Rhog gefunden?» Ihm schien diese Erkenntnis zu gefallen. Sein Forschungsdrang wurde geweckt.

«Ja. Eine andere Erklärung gibt es nicht. Die Legende ist … *wahr!* Wir sollten zur Kirche und den Häusern auf dem Hügel gehen. Dann haben wir Gewissheit.»

«D-das kann nicht sein!» Robby konnte sich nur schwer mit dem Gedanken anfreunden, in dem magischen Reich *hinter dem Tor* zu sein.

Mit weit ausholenden Schritten marschierten sie los. Tim fand einen Weg, der geradewegs zur Kirche führte. Als sie den Hügel erklommen hatten, offenbarten sich ihnen vier helle, einfache Steinhäuser und ein kleiner Kirchenbau.

Die Kirchentür stand offen. Entschlossen traten sie in das kühle Gemäuer. Von Kirchen waren sie Kargheit gewohnt und auch hier sah es nicht anders aus. Holzbänke reihten sich auf jeder Seite aneinander und ganz vorn stand ein Altar, auf dem sich etliche brennende Kerzen befanden. Kerzenleuchter hingen auch an den Wänden.

Ein Mann stand zu ihrer linken Seite an der Wand und entdeckte die Jungen. Mit einem freundlichen Lächeln kam er auf sie zu. «Willkommen in unserer Kirche.» Eine Augenbraue schnellte nach oben. «Oh, wie ich sehe, seid ihr von der anderen Seite *vor* dem Tor. Mein Name ist Thomas. Ich konnte nicht schlafen. Unruhe ergriff mich und ich musste in die Kirche gehen. Nun weiß ich auch, warum.»

«Wo sind wir hier?»

«In Rhog. Auf *eurer* Seite des Tores heißt dieser Ort Glastonbury.»

«Unser Dorf heißt auch Rhog», warf Tim ein.

Thomas blickte den Jüngling erstaunt an. «Früher gab es eine Grafschaft *vor* dem Tor, die diesen Namen trug. Die ersten Menschen kamen von dort. Sie wollten diesen Namen für ihre neue Heimat auch hier übernehmen. Deshalb heißt dieser Ort Rhog. Wir dachten, die Grafschaft hätte sich aufgelöst. Aber offensichtlich ist ein Dorf daraus geworden, das es heute noch gibt. Wir wussten nur, dass Glastonbury auf der anderen Seite des Tores liegt.»

«Das ist unfassbar», rief Robby.

«Das Tor von Rhog öffnet sich also wieder. Die Feen wollen erneut Menschen zu sich rufen. Sie hoffen immer noch, dass ihr Wissen den Weg auf die andere Seite des Tores findet und Menschen zurückkehren werden.»

«Habt Ihr auch schon Feen gesehen?», wollte Tim wissen.

«Nein, die Feen blieben bis jetzt verborgen. Aber wenn sich das Tor von Rhog wieder öffnet, sind sie nicht weit.»

«Was macht ihr hier?», wollte Tim wissen.

«Wir sind vier Druiden und wohnen in den Häusern auf dem Hügel. Wir hüten diesen Ort mit unserer Magie und empfangen Menschen, die von der anderen Seite des Tores zu uns kommen, so wie ihr. Vor fünf Jahren erreichten uns das erste Mal wieder zwei Menschen von der anderen Seite des Tores. Es waren ein Jüngling und ein älterer Mann - und nun seid *ihr* da.» Der Druide bemerkte, dass die drei Jungen zitterten. «Die Nacht lässt euch frösteln. Kommt mit. Eine kräftige Suppe und ein heißer Tee werden euch guttun.»

Tim, Nick und Robby gingen dankbar mit dem Druiden in eine geräumige, karg eingerichtete, aber sehr warme Küche. Glutrote Flammen tanzten in einem großen Kamin. Die drei Freunde waren immer noch überwältigt, ein Tor der Zeit durchquert zu haben. Die Menschen von Rhog mussten die Wahrheit erfahren. Aber wie kamen sie wieder zurück? Tim stellte Thomas diese Frage.

«Nur die Feen bringen die Menschen zurück. Sie öffnen und schließen das Tor von Rhog. Dieses Tor ist ein *Feentor*. Wenn jemand einen *Ring der Tore* besitzt, kann er es *auch* öffnen und schließen. Er kann damit *jedes* Tor öffnen und schließen. Leider besitzt hier niemand solch einen Ring und wir können auch nicht sagen, wann sich das Tor wieder öffnet. Die Feen sind ziemlich unberechenbar. Mit unserer Magie ist das nicht vorherzusehen. Aber ein untrügliches Zeichen dafür ist der Nebel. Wenn er am Hügel aufsteigt, dann öffnet sich ein Feentor. Ihr werdet wohl darauf warten müssen. Bis dahin könnt ihr bei uns bleiben. Ihr seid herzlich willkommen.»

«Oh nein!», rief Robby betroffen. «Wer weiß, wie lange wir hier festsitzen? Wochen, Monate oder vielleicht sogar Jahre?»

«Macht euch keine Sorgen. Die Feen wissen immer, wer durch ein Tor kommt. Wenn sie euch zurückschicken wollen, werden sie es tun. Wenn sie euch jedoch in ihr Reich holen wollen … Nun, dann müsst ihr euch auf einen *längeren* Aufenthalt gefasst machen.»

«Das darf nicht wahr sein.» Robby wurde noch bestürzter.

«Also ich will immer lernen», meinte Nick lakonisch.

«Du bist ja auch nicht normal.»

«Jungs …» Tim deutete auf Thomas.

Der Druide sah fragend von einem zum anderen und lächelte dann. «Ihr werdet euch schon noch daran gewöhnen.» Mit einer tiefen Gelassenheit gab er Teller und Löffel auf den Tisch und ging zu der großen Feuerstelle. Ein Kessel, aus dem es verführerisch duftete. Eine Suppe, die auf Teller geschöpft wurde. Das bedeutete endlich etwas die Ruhe und Wärme.

Tim, Nick und Robby löffelte die Gemüsesuppe, als wäre sie ihr einziger Rettungsanker für ihre doch ziemlich groteske Situation. Thomas stellte noch drei irdene Becher mit einem wohlschmeckenden Tee aus frischen Kräutern auf den Tisch. Der freundliche Druide, die warme Gemüsesuppe und der stärkende Tee durchfluteten ihre Därme und ihre Seele und brachten tatsächlich ein gewisses Wohlgefühl.

«Habt ihr einen Ruf gehört?», wollte Thomas schließlich wissen.

«Was für einen Ruf?» Tim verstand nicht recht.

«Den Ruf des Tores natürlich… und auch der Feen, die ihn durch das Tor senden.»

«Also *ich* habe etwas gehört», antwortete Robby. «Ich war in einem merkwürdigen Zustand und habe irgendetwas Komisches gebrabbelt.»

«Bei mir war das anders. *Ich* wollte nach dem verschollenen Geheimgang suchen und herausfinden, ob die Legende wahr ist. Dabei haben wir das Tor von Rhog entdeckt», meinte Tim.

«Und ich wollte wieder meinem wissenschaftlichen Drang folgen», erklärte Nick.

«So hat jeder von euch *auf seine Art und Weise* einen Ruf gehört.», stellte Thomas fest. «Ihr *solltet* hierherkommen. Ich bin überzeugt, dass euch die Feen ein Zeichen geben.»

Robby gähnte plötzlich. «Dann ist es ja gut», sagte er. «Wenn uns die Feen ein Zeichen geben, können wir sie ja bitten, uns wieder nach Hause zu bringen.»

«Das könnt ihr natürlich tun», sagte Thomas freundlich. «Bis dahin gibt es hier ein paar leere Kammern, die wir euch gern zur Verfügung stellen.»

Die Jungen bedankten sich und schliefen bald in einfachen, aber sehr weiche Betten ein.

Am nächsten Tag stiegen sie zum Hügel hinab, um dort zu warten, ob sich ein Tor der Zeit öffnete oder ein anderes Zeichen von den Feen kam. Die Mahlzeiten nahmen sie sehr schnell ein, um ja nichts zu verpassen würden.

Vier Tage ging das so, aber nichts war geschehen. Heute Mittag saßen sie mit Thomas in der großen Küche und fragten ihn endlich nach dem Leben auf *der magischen* Seite des Tores.

«Einst lebten hier nur Feen. Auch Elben kamen von ihrer Welt hierher. Als die ersten Menschen hier eintrafen, war es eine Gemeinschaft. Doch inzwischen leben Feen und Elben sehr zurückgezogen. Wir sehen sie kaum.»

«Elben? Es gibt sie wirklich», staunte Robby.

«Ja. Auch sie unterrichteten mit den Feen früher Menschen in Magie, Alchemie, Heilkunde, dem gesamten Wissen über das Leben. Für die Menschen wurden Häuser erschaffen, um ihnen während ihres Aufenthaltes hier ein Heim zu bieten. Auch die fünf großen Häuser des Wissens, in denen damals und auch heute noch gelehrt wird, entstanden. Es gibt folgende Häuser:

das Haus der Alchemisten,

das Haus der Magier,

das Haus der Druiden,

das Haus der Heiler und

das Haus der Gelehrten.»

«Da würde ich auch gern mal lernen», wünschte sich Nick.

«An diese Häuser sind noch *nie* Menschen von der anderen Seite gekommen. Aber vielleicht ist es ja bei euch möglich. Ihr seid gerufen worden.»

«Dann hoffe ich das mal.»

«Spinnst du? Wie lange willst du denn hierbleiben?» Robby hatte kein Verständnis für seinen Freund.

«Das weiß ich nicht. Aber willst du nicht auch noch mehr erfahren?», hielt ihm Nick entgegen.

«Ich … Ach was …» Robby winkte einfach nur ab.

«Die Menschen früher wollten hier viel lernen, und auch heute ist das noch so», meinte Thomas. «Aber niemand wollte je auf die andere Seite des Tores zurück. Der Graf von Rhog errichtete sogar eine Burg und benannte das Land nach ihm. So bekam auch der Ort, an dem sich die fünf Häuser des Wissens befinden, seinen Namen - Rhogat. Die Feen waren nicht gerade erfreut darüber und holten Menschen aus anderen Grafschaften, aber auch sie kehrten nicht zurück. So entstanden hier weitere Orte. Serún, Kiltur und Studeny - allesamt nach den Grafenfamilien benannt. Die Grafen wollten zumindest nicht mehr über andere herrschen, das hatten sie gelernt. Sie wurden einfache Landesherren, die den Menschen halfen. Trotzdem waren die Feen ziemlich erzürnt, verschlossen ihre Tore und zogen sich endgültig zurück. Die Menschen mussten ihr Wissen nun allein weitergeben.

«Ihr habt ein sehr friedliches Leben. Wahrscheinlich wollten die Menschen deshalb nicht auf die andere Seite des Tores zurück», mutmaßte Tim.

Thomas wiegte bedächtig den Kopf. «Nun, so friedlich ist es nicht mehr bei uns. Ein Schwarzer Zauberer tauchte hier vor etlichen Monden auf. Über Nacht errichtete er mit seiner Magie eine Schwarze Burg in Kiltúr. Der junge Landesherr konnte sich gegen den dunklen Bann wehren und weigerte sich, dem Schwarzen Zauberer zu dienen. Doch seine Kraft ließ nach und er wurde in den Kerker geworfen. Marwin, so heißt der Schwarze Zauberer, zieht durch die Lande und belegt Männer und Jünglinge mit seinem Bann. Sie werden Morkas - Schattenkrieger. Die Menschen verschanzen sich immer mehr in den Dörfern und Burgen. Die Magie der Feen reicht auch nicht aus, um diese finstere Macht zu besiegen. Marwin will die Erde unter seine Herrschaft bringen.

«Die Erde? Ich meine, die *ganze* Erde?», rief Robby. Beklommen starrte er auf Thomas.

«Ja. Nicht nur die Menschen auf dieser Seite des Tores sind in Gefahr, sondern *alle* Menschen.»

«Dann müssen wir zurück. Wir müssen sie warnen», rief Robby bange.

«Würden sie euch denn glauben?»

Für eine Weile herrschte Stille.

«Wahrscheinlich nicht», gab Tim endlich zu. «Keiner glaubt mehr an die Legende von dem Tor der Zeit. Und ich habe immer nur verrückte Ideen. Für mich leben wir auf der nicht magischen Seite des Tores und ihr auf der magischen.»

«Zeigt ihnen das Tor und die Magie kommt auch zu euch», meinte Thomas.

Tim überlegte. «Das ist gut. So werden sie uns glauben.»

«Gibt es denn gar nichts, was diesen Schwarzen Zauberer aufhalten kann?», fragte Nick.

«Es gibt eine Prophezeiung – die *Prophezeiung der Magischen Vier*. Sie ist uralt, besteht seit Anbeginn der Zeit. Die Magischen Vier sind Auserwählte, die gegen die Mächte der Finsternis kämpfen sollen. Sie besitzen eine besondere Kraft. Aber ob sie siegen werden, ist nicht gewiss. Die Feen und die Elben erzählten den Menschen von dieser Prophezeiung.»

«Dann hoffen wir mal, dass diese Magischen Vier kommen und gegen den Schwarzen Zauberer antreten werden», meinte Robby.

«Das hoffen wir alle», erwiderte Thomas.

«Ihr sagtet, dass vor uns ein Jüngling und ein älterer Mann hier ankamen. Wer waren die beiden? Und wo sind sie jetzt?» Tim interessierte das brennend. Irgendjemand wusste bereits von dem Tor der Zeit.

«Wir kennen sie nicht. Sie gingen gleich ins Dorf. Seither haben wir nichts mehr von ihnen gehört.»

«Hm …» Tim dachte nach und wandte sich an seine Freunde. «Ich vermute, dass der Jüngling Martin Winter war. Er verschwand vor fünf Jahren. Das passt.»

«Stimmt. Aber wer war dann der ältere Mann?», fragte Nick.

Darauf hatten alle drei keine Antwort.

«Mir ist es ziemlich egal, wer sie waren und wo sie jetzt sind. Ich will wieder nach Hause, versteht ihr? NACH HAUSE! Also halte *ich* jetzt weiter Ausschau nach einem Tor der Zeit. Wir waren schon viel zu lange hier drin.» Robby stand abrupt auf und ging zur Tür. «Was ist? Kommt ihr mit?»

«Ich komme mit. Wenn sich eine Fee zeigt, dann würde ich wirklich gerne wissen, warum wir hier sind», meinte Nick und stand auch auf.

Tim schloss sich seinen Freunden an. Nach einem kurzen, entschuldigenden Blick auf Thomas verließ er mit Nick und Robby die Küche.

Die nächsten fünf Tage verliefen alle gleich. Sie verbrachten die Zeit auf dem Hügel und stopften sich zwischendurch das Essen schnell hinein.

Am zehnten Tag nach ihrer Ankunft geschah endlich das ersehnte Wunder. Weißer, magischer Nebel wallte plötzlich auf und zog sich um den ganzen Hügel. Mitten in diesem Nebel erschien eine wehende weibliche Gestalt und kam auf sie zu. «Wollt ihr wieder nach Hause?»

«Und ob wir das wollen!», rief Robby erlöst.

«Bist du eine Fee», rief Nick?

«Ja.»

«Warum sind wir hier?»

«Die Antwort wird noch zu euch kommen. Geht nun durch das Tor. Ihr kommt in derselben Zeit wieder an, in der ihr eure Heimat verlassen habt.» Die Fee mit den Libellenflügeln gab jedem ein grünes Blatt. «Von einer Welt in eine andere zu reisen, ist eine Magie. Aber durch die Zeit zu reisen eine andere. Diese Magie besitzt ihr noch nicht. Nehmt das. Es sind Torblätter, die euch unbeschadet durch die Zeit reisen lassen. Zerkaut sie, dann entfalten sie ihre Kraft.»

Tim, Nick und Robby steckten das Blatt in den Mund. Sofort spürten sie einen starken Energiestoß.

Aus dem weißen, nebelhaften Licht brach ein heftiger Sog hervor, der die Freunde augenblicklich erfasst hatte.

«Kommt wieder», wehte es ihnen noch hinterher, bevor sie durch raumloses Universum getragen wurden. Sie fühlten sich zwar wesentlich stärker, wurden aber dennoch ohnmächtig.

Ein harter, kalter Steinboden. Feuchte Mauerwände. Stille. Dunkelheit. Sie befanden sich wieder in dem unterirdischen Kellergewölbe ihrer ehemaligen Grundschule. Die Mauer hinter ihnen war verschlossen.

«Endlich wieder zu Hause», sagte Robby zufrieden.

«Habt ihr gehört, was uns die Fee zugerufen hat? Wir sollen zurückkehren», sagte Tim nachdenklich.

«Und ich hatte schon gehofft, du hättest *das nicht* gehört», meinte Robby.

«Also *ich* habe es auch gehört, und die Fee ist mir noch eine Antwort schuldig», meinte Nick.

«Das ist doch nicht euer Ernst.» Robby verschränkte seine Arme demonstrativ vor der Brust.

«Robby, die Fee will uns bestimmt ihr Wissen geben. Für die Menschen auf unserer Seite des Tores wäre das sicher gut. Am Ende würde es sogar als Schutz gegen den Schwarzen Zauberer dienen», erwiderte Tim.

Aber Robby hatte kein Ohr für seine Freunde. «Ihr seid verrückt - alle beide. Also ICH fahre jetzt nach Hause und werde NIRGENDWO hingehen. Ihr habt doch keine Ahnung, worauf ihr euch da einlasst.»

«Robby, was ist los mit dir? Willst du nicht *auch* die Welt der Feen kennenlernen?»

«*Die Welt der Feen?* Weißt du, wie sich das anhört? Wie aus einem deiner phantastischen Romane.»

Tim lachte. «Die hast du doch auch immer gerne gelesen.»

«Lach mich ja nicht aus. Ich bin eben nicht so waghalsig wie du», verteidigte sich Robby.

«So war das nicht gemeint.» Tim ärgerte sich, dass er gelacht hatte, und wollte nun einlenken. «Gut, gehen wir erst mal nach Hause. Die Fee hat ja nicht gesagt, dass wir *gleich* auf die magische Seite zurückkehren sollen. Das können wir immer noch zum großen Frühlingsfest tun.»

«Ich mach da nicht mit! DIESMAL NICHT!» Robby stand immer noch mit verschränkten Armen da und sein Gesicht war zu einer einzigen Faust geballt.

«Robby?»

«NEIN! NEIN UND NOCHMALS NEIN!» Robby blieb hartnäckig. «Aber ich werde euch nicht verraten», setzte er noch großzügig nach. «Ich bin euch schon viel zu oft gefolgt. Das hat jetzt ein Ende!» Robby rannte ohne ein weiteres Wort davon. Da sich ihre Augen bereits an das Dunkel des Schulkellers gewöhnt hatten, war er schnell verschwunden.

Tim und Nick blieben verdattert zurück. Die drei Jungen waren seit Kindheitstagen befreundet und hatten immer alles gemeinsam gemacht. Robby gehörte einfach dazu. Wie sollte es nur ohne ihn werden?

«Ob er sich wieder einkriegt?», fragte Nick hilflos.

Tim zuckte mit seinen Schultern. «Ich hoffe es. Wir werden jedenfalls zurückkehren. Auf dieses Abenteuer will ich nicht verzichten. Fahren wir jetzt auch nach Hause.»

Am nächsten Schultag erkannten Tim und Nick, wie ernst es Robby meinte. Er distanzierte sich konsequent von seinen Freunden. Am liebsten hätte er sich auch umgesetzt, aber es war kein Platz mehr frei.

«Robby, was soll das?», wollte Tim in der Pause von ihm wissen.

«Lasst mich ja in Ruhe», erwiderte Robby und stürzte aus dem Klassenzimmer. Erst zum Vorklingeln kam er wieder herein. Dieses Ritual zelebrierte er von nun an zu jeder Pause.

Auch im Unterricht wollte sich Robby von Tim nicht mehr helfen lassen, was tatsächlich einem achten Weltwunder glich. Selbst bei der Mathearbeit, die sie zwei Tage später schrieben, wehrte Robby jegliche Hilfe ab. Nur einmal bemerkte Tim, wie Robby auf sein Heft schielte und eine Lösung abschrieb.

Am Samstag feierte Tim seinen vierzehnten Geburtstag. Es war das erste Mal, dass Robby nicht dabei war. Auch Tims Eltern und seine Schwester wunderten sich darüber. Tim versuchte, sich nichts anmerken zu lassen, doch es war nicht dasselbe ohne Robby.

Robby saß an diesem Tag auch nur misslaunig zu Hause herum. Am Montag in der Schule erklärte er, dass er nicht kommen konnte, weil es ihm nicht gut gegangen war. Und das war nicht einmal gelogen. Nach dieser Erklärung und einer nachträglichen Gratulation zog er sich wieder zurück.

MAGISCHE FÄHIGKEITEN

So vergingen fünf Wochen. Tim und Nick trafen sich allein und Robby saß zu Hause. Die trübe Stimmung zwischen den Freunden belastete sie, doch keiner änderte etwas daran. Auch den Klassenkameraden entging das Zerwürfnis der drei Freunde nicht, und sie versuchten Robby, der ihnen etwas verloren vorkam, in ihre Unternehmungen einzubinden. Das brachte Robby zumindest in dieser Zeit mit Selina zusammen, was ihn sehr freute. Dennoch bemerkte er, dass sie nach wie vor nur für Tim schwärmte.

Tim ließen diese offenkundigen Schwärmereien jedoch völlig kalt. Er ignorierte Selina mit einer steten Gelassenheit.

Aber Selina gab nicht auf. Sie suchte immer wieder seine Nähe und kam so zu einem Gespräch zwischen ihm und Nick dazu. Die Jungen standen in der Pause neben Tims Bankreihe und Selina schlich sich leise von hinten an.

«Am Wochenende findet endlich das große Frühlingsfest statt. Dann gehen wir wieder zurück», sagte Nick leise.

«Ja, wer hätte gedacht, dass sich hinter dem Licht im Schulkeller ein Tor der Zeit verbirgt.»

«Welches Licht? In welchem Schulkeller? Etwa in unserem? Ein Tor der Zeit? Ist die Legende etwa wahr? Sagt mal Jungs, was brütet ihr da eigentlich wieder aus?»

Tim und Nick hechteten wie von der Tarantel gestochen herum. Entsetzt blickten sie in Selinas Gesicht. Keiner von beiden hatte sie bemerkt. Warum musste ausgerechnet *sie* alles mitbekommen? Seit ihrer Grundschulzeit hatte sie eine außerordentliche Vorliebe für Tim entwickelt und versuchte ständig in seine Nähe zu kommen. Am liebsten würde sie bei *jedem* Abenteuer der Jungen mitmachen. Aber die Freunde hatten es bisher sehr erfolgreich geschafft, Selina auf Abstand zu halten. Nur heute war ihnen das Glück nicht hold gewesen.

Mit einem hingebungsvollen Augenaufschlag musterte Selina ihren heimlichen Schwarm.

Tim rollte genervt mit seinen Augen. Was wollte sie bloß von ihm? Er hatte keinerlei Interesse an ihr. Sie sollte ihre Aufmerksamkeit lieber Robby widmen. Er fand nun mal aus irgendwelchen, nicht nachvollziehbaren Gründen Gefallen an dem vor Temperament sprudelnden und ziemlich vorlauten Mädchen. Tim wurde immer ungehaltener.

Selina ließ sich von Tims abweisender Haltung nicht stören. Ihre grünen Augen blitzten herausfordernd.

«Was *wir* machen, geht *dich* gar nichts an», fauchte Tim los. Es ärgerte ihn, dass Selina durch seine Unachtsamkeit etwas gehört hatte, was nicht für ihre Ohren bestimmt war. Sie war anhänglich wie eine Klette. «Was spionierst du uns andauernd nach? Lass uns gefälligst in Ruhe.»

«Sei doch nicht gleich so grantig», erwiderte Selina pikiert. Jedes Mal erhielt sie eine Abfuhr von Tim. «Ich möchte auch mal bei einem Abenteuer von euch dabei sein.»

«DAS wird bestimmt nicht passieren.» Tim hatte von Selina eindeutig die Nase voll. «Und nun geh endlich!»

In diesem Augenblick ertönte das Vorklingeln und Robby kam ins Klassenzimmer zurück.

«Robby, kannst du mir sagen, was ihr beim Frühlingsfest vorhabt? Ich will …» Selina brach abrupt ab. Sie erinnerte sich, dass die Freunde zerstritten waren. Ob Robby überhaupt wusste, was Tim und Nick planten?

«Robby wird dir auch nichts verraten, nicht wahr Robby?» Tim sah ihn bedeutungsvoll an.

Robby wollte Selina nur zu gern beeindrucken, aber er hatte auch ein Versprechen gegeben. «Es geht nicht, Selina. Geh doch einfach.» Damit niemand sehen konnte, wie traurig Robby diese Antwort stimmte, drehte er sich schnell weg.

Selina zuckte schmerzlich getroffen zurück. *Robby* wandte sich von *ihr* ab! *Sie* hatte erwartet, dass *er* sie unterstützen würde. Es war schließlich ein offenes Geheimnis, dass er Gefallen an ihr fand - und es schmeichelte ihr auch. Aber dieser oftmals sehr zurückhaltende Junge konnte sie nicht so beeindrucken wie Tim. «Ich werde schon noch herausfinden, was ihr so treibt», schimpfte Selina zutiefst enttäuscht. Doch bevor sie noch zu heulen anfing, drehte sie sich um und stolzierte zu ihrer Bankreihe zurück.

«Redest du jetzt wieder mit uns?», fragte Tim Robby hoffnungsvoll.

«Nein. Ich hatte versprochen, euch nicht zu verraten, und das hab ich auch getan.» Robby rutschte auf seinen Stuhl und sah mit sturer Miene nach vorn.

Es klingelte zur Stunde und der Lehrer betrat den Raum. Tim musste sich nun auch hinsetzen.

Doch nach dem Unterricht hielten es Tim und Nick nicht mehr aus. Sie vertraten Robby den Weg.

«Sag mal, wie lange willst du dieses Spiel noch treiben? Du benimmst dich unmöglich. Nick und ich wollen nun mal in dieses magische Reich zurück. Selbst wenn du nicht mitkommst, kannst du uns deswegen doch nicht ignorieren.»

Tims Worte wirkten. Robby hatte sich die ganze Zeit nur schlecht gefühlt. Die Last, die er trug, war immer schwerer geworden. Seine Freunde fehlten ihm, und er wusste, dass es umgekehrt genauso war. Plötzlich sackte er in sich zusammen und die Last fiel von ihm ab. «Na ja, das war wohl ziemlich blöd von mir, was? Aber ich werde trotzdem nicht mit euch kommen.»

«Wenn du das nicht willst, musst du das auch nicht. Bleib einfach auf *dieser* Seite des Tores unser Freund.»

Robby nickte befreit und ihr Freundschaftsbund war wieder hergestellt.

Auch die Klasse registrierte am nächsten Tag erlöst, dass sich die drei Freunde wieder vertrugen.

Als das Wochenende anbrach, herrschte in Rhog eine frohe und ausgelassene Stimmung. Das große Frühlingsfest war allseits beliebt und das Wetter stimmte auch.

Tim, Nick und Robby fuhren am Samstagabend bestens ausgerüstet auf ihren Fahrrädern durch den Naturschutzpark zu ihrer ehemaligen Grundschule. Bald bogen sie auf einen kleinen Nebenweg ab, der wesentlich kürzer war. Sie kannten hier jeden Stein. Da störte es sie nicht, dass es immer dunkler wurde und hier kaum eine Beleuchtung herrschte.

«ER IST HIER!»

Erschrocken drehte sich Tim um. *Wer* hatte da gerade mit solch einer eisigen, kratzenden Stimme gesprochen?

«ER KOMMT! DER HERR DES FEUERS!»

Tim stoppte abrupt. Nick und Robby, die hinter ihm fuhren, wären fast über ihn gefallen. Sie konnten gerade noch in letzter Sekunde ausweichen.

«Tim? Was soll das?»

«Wir hätten dich fast überfahren.»

«Habt ihr diese kalte, krächzende Stimme auch gehört?»

«Was? Ich habe nichts gehört. Du, Robby?»

Robby schüttelte den Kopf. «Nein. Ist mit dir alles in Ordnung, Tim? Vielleicht liegt es ja an diesem Abenteuer? Ihr solltet es lieber lassen», meinte Robby argwöhnisch.

Eigentümliche Laute wehten erneut durch die Luft.

«TÖTET IHN!»

Da war sie wieder, diese unheimliche Stimme. Tims Blut wurde plötzlich heiß, als würde glühende Lava durch seine Venen rauschen. Was ging hier vor?

«UND DIE ANDEREN?» Eine weitere kalte, gefühllose Stimme wob sich durch die Luft.

Tims Hände begannen zu zittern.

«SIE WERDEN SCHATTENKRIEGER!»

«Hört *ihr* DAS denn nicht?» Tim war völlig durcheinander, und das machte seinen Freunden noch mehr Angst. *So* hatten sie ihn noch nie erlebt. Sein Gesicht glühte, seine Hände glühten. Er leuchtete wie ein Feuerball in der Dunkelheit.

Bewegten sich da plötzlich Schatten zwischen den dicken Bäumen? Nun wurden auch Nick und Robby aufmerksam. Die Jungen sahen genauer hin, aber da war nichts. Sie mussten sich getäuscht haben. Die wenigen Laute vom Hauptweg des Parks wurden plötzlich von einer Totenstille verschluckt. Die Äste und Blätter der Bäume bildeten fratzenartige Gesichter. Der Weg unter ihnen vibrierte verdächtig. Schattengestalten huschten zwischen den Bäumen hin und her. JETZT waren sie für die Freunde zu erkennen, denn silberner Stahl blitzte in ihren Händen auf. Ein schriller Laut ertönte und die schwarzen Gestalten sprangen plötzlich hinter den Bäumen hervor. Es waren große dunkle Wesen, die sich in zwei Reihen vor den Freunden aufbauten und ihnen den Weg versperrten.

Sie wirkten sehr kräftig und ihre bleichen Gesichter hoben sich aus der dunklen Umrandung ihrer Körper deutlich ab. Etwas Tödliches ging von ihnen aus.

«Gauner, Diebe, Mörder, Vampire ...», rief Robby bibbernd. «Wir sind geliefert.» Trotz seiner Angst fand er erstaunlich viele Begriffe für diese dämonischen Gestalten.

In Tim brach etwas auf. Sein Herz machte einen Satz und hämmerte wild drauflos. Pure Energie schoss seinen Rücken hinauf. Das Feuer in seinen Adern gelangte in seine Hände, zwischen denen sich plötzlich ein roter Energieball bildete. Er sah aus wie eine Feuerkugel. Tim starrte das rote Gebilde entgeistert an. Dann - einem Impuls folgend - schleuderte er den Feuerball mit voller Wucht auf die schwarzen Gestalten. Die erste Reihe dieser dunklen Kreaturen wurde getroffen. Sie fielen wie gefällte Bäume auf der Stelle um. Ihre Körper lösten sich auf und ihre dunklen Schwerter mit ihnen. Die zweite Reihe stob auseinander und verschwand hinter den Bäumen. Der Weg lag frei vor ihnen.

«Tim, was ist mit dir passiert?», wollte Robby angstvoll wissen. Er und Nick starrten ihn an, als würden sie ihn zum ersten Mal sehen.

«Keine Ahnung - wirklich. Ich weiß nicht, was das ist. Das ist auch für mich neu. Aber ... irgendwie fühlt es sich vertraut an, als ... ob diese Feuerbälle zu mir gehören würden.»

«Sonst wären sie ja wohl nicht entstanden», meinte Nick logisch. «Mich wundert hier bald gar nichts mehr.»

«Ein Freund mit magischen Fähigkeiten. Wenn das mal nichts ist.» Robby war über diese Tatsache nun sehr erfreut. Das gab eine gewisse Sicherheit. «Vielleicht bist du ja *deswegen* auf die andere Seite des Tores gerufen worden.»

«Vielleicht …» Tim musste es auch erst verarbeiten, dass er magische Fähigkeiten besaß. Eine Schattengestalt bewegte sich plötzlich wieder hinter den Bäumen. «Wir sollten hier verschwinden», sagte er und schwang sich auf sein Fahrrad.

Der Weg blieb zum Glück frei und sie kamen ungehindert am hell erleuchteten Anwesen der Grundschule an.

«Ob die Erwachsenen wissen, dass sich hier solche Gauner herumtreiben?», überlegte Robby, während sie zum Fahrradständer liefen.

«Ich glaube nicht, sonst würden sie nicht so ruhig feiern», antwortete Nick.

«Wir sollten es ihnen sagen.»

«Und das Frühlingsfest ruinieren? Nein.» Tim hielt nichts davon. «Diese Gestalten sind bestimmt schon wieder weg. Sie haben einen Herrn des Feuers gesucht, den sie töten wollten. Aber den gibt es hier nicht.»

«Herrn des Feuers? Vielleicht haben sie *dich* damit gemeint, weil du Feuerbälle erzeugen kannst?», meinte Nick.

«Was es mit dieser Magie auf sich hat, weiß ich auch nicht», meinte Tim. «Aber ich glaube, das waren Schattenkrieger. Sie wollten aus uns auch welche machen. Es muss ihnen möglich gewesen sein, das Tor von Rhog oder ein anderes Tor der Zeit zu öffnen.»

«Dann besitzen sie einen Ring der Tore», vermutete Robby. «Jetzt kommen sie auch schon auf unsere Seite und holen Jünglinge für ihre dunkle Streitmacht. Ich will KEIN Schattenkrieger werden!»

«Wirst du auch nicht, Robby. Wenn ich wirklich mit dem Herrn des Feuers gemeint war, muss ich erst recht auf die andere Seite des Tores. Ich muss Antworten finden.»

«Und ich komme mit. *Diese* Antworten interessieren *mich* auch», erklärte Nick.

«IHR RAFFT ES IMMER NOCH NICHT! LASST DIE FINGER DAVON!»

«Robby, ich muss wissen, was mit mir los ist. Außerdem können wir den Druiden erzählen, dass Schattenkrieger zu uns gekommen sind. Vielleicht brauchen wir ihre Hilfe.»

Das konnte Robby zumindest verstehen. «Aber ich kann euch nicht folgen. Es ... es geht einfach nicht.» Hilflos zuckte er mit seinen Schultern.

«Musst du auch nicht.»

«Gut, dann lasst uns endlich zur Schule gehen und unser Gepäck verstauen.» Robby wollte dieses leidige Thema hinter sich lassen und es am besten auch vergessen.

Lea, Tims ältere Schwester, kam ihnen im großen Schulflur, der diesmal sehr belebt war, entgegen.

«Sie macht wirklich die Aufsicht?», raunte Nick Tim zu.

«Ja, sie hat gestrahlt wie ein Honigkuchenpferd, als ich sie danach gefragt habe», grinste Tim zurück.

«Hallo ihr drei, ich bringe euch in den Jungenschlafsaal», begrüßte Lea ihren Bruder und seine Freunde. Sie machte einen äußerst zufriedenen Eindruck.

«Danke», erwiderte Tim kurz.

Die Freunde folgten Lea die Treppe hinauf, da kam ihnen Selina entgegen. Sie hatte gerade ihre Sachen im Schlafsaal der Mädchen abgegeben.

Tim zog eine Grimasse, als er seine Klassenkameradin sah. Über Robbys Gesicht lief dagegen ein erhebliches Strahlen.

«Hallo Jungs. Schön, dass ihr da seid. Wir sehen uns noch», sagte Selina und zwinkerte Tim verschwörerisch zu.

Tim und Nick ignorierten Selina einfach und schoben sich schnell an ihr vorbei. Robby dagegen war bitter enttäuscht. Selina hatte wieder einmal keine Notiz von ihm genommen. Mit hängendem Kopf ging er seinen Freunden hinterher.

Auch Selina ließ den Kopf hängen. Nur war es Tim, von dem *sie* nicht beachtet wurde. Heimlich warf sie ihm noch einen Blick zu. Würde er ihr jemals seine Aufmerksamkeit schenken? Die Jungen verschwanden im Klassenzimmer und auch Selina wandte sich ab. Sie musste sich beeilen, denn ihre Freundinnen warteten schon.

Tim, Nick und Robby wählten ihre Plätze ganz nah an der Tür. Die Schlafsäle waren mit Matratzen ausgestattet, damit der Untergrund nicht allzu hart war. Auch wenn Robby bei ihrem Abenteuer nicht mitmachen würde, blieb er in der Nähe seiner Freunde. Sie legten ihre Schlaf- und Rucksäcke ab und verließen das Klassenzimmer wieder. Während Tims Schwester in der Schule blieb, gingen die Freunde auf die sehr lebendige Festwiese.

Ein großes Festzelt, etliche Stände und ein Karussell für die Kinder befanden sich auf dem weitläufigen Platz vor der Schule. Die Freunde blieben an dem Stand mit den duftenden Fladenbroten stehen. Jeder kaufte sich ein Brot von seinem Taschengeld.

«Seht mal», rief Nick. Er hatte Rufus Smirny entdeckt. Der Hausmeister der Grundschule stand etwas abseits allein in einer Ecke des alten Schulgebäudes und beobachtete mit gerunzelter Stirn das ausgelassene, bunte Treiben. Die Freunde wollten sich nicht mit dem Hausmeister beschäftigen und liefen zum nächsten Stand. Sie trafen andere Klassenkameraden, unterhielten sich und gingen weiter.

Am späten Abend standen sie an dem großen Lagerfeuer, das entzündet wurde. Die Gäste reihten sich mit fröhlichen Gesichtern um die prasselnden Flammen und steckten Holzstäbe hinein. Auf den Stäben klebte ein Stück süßer Teig. Wenn dieser Teig fertig gebacken war, würde er zu einem hervorragend schmeckenden Knüppelkuchen mutiert sein.

Tim, Nick und Robby wichen die ganze Zeit wohlweislich einer Mädchengruppe aus. Dort befand sich Selina, die ihre Freundinnen immer wieder wie zufällig in die Nähe der Jungen steuerte.

«Ein schönes Fest, nicht wahr?», hörte Tim plötzlich Selinas Stimme neben sich. Das Feuer vor ihnen flackerte in einem glutroten Tanz auf und genauso leuchtete Selinas Gesicht. Sie hatte es tatsächlich geschafft, zu den Jungen durchzudringen.

«Hm …», brummte Tim nur.

«Ihr hattet doch heute etwas vor? Wollt ihr etwa in den Keller der Grundschule?» Selina ging plötzlich ein Licht auf. «Ihr seid wirklich auf Legendenjagd! Dieser verschollene Geheimgang und das Tor von Rhog sollen *hier in dieser Schule* sein!»

«Selina! Du hörst die Flöhe husten! Lass uns in Ruhe!» Tims Gemütslage drohte zu kippen. Selina hatte richtig kombiniert und wusste nun, was die Jungen vorhatten. Er musste sie schnell wieder loswerden.

Da ertönten aus dem Festzelt musikalische Klänge. Die Mädchen wollten tanzen und eilten los. Nur Selina blieb noch stehen. Zögernd sah sie Tim an.

«Na los, geh schon. Wir kommen bestimmt nicht mit rein», sagte er ungehalten. Um Selinas Mund zuckte es verdächtig, dann rannte sie ihren Freundinnen hinterher.

«Jetzt haben wir wenigstens Ruhe», meinte Tim erleichtert. Er vermied es, Robby dabei anzusehen, denn er spürte, wie unzufrieden sein Freund war. Irgendwann, so hoffte er, würde sich Selina für Robby interessieren. Dann war die Welt wieder in Ordnung.

Bald wurden alle Übernachtungsgäste von der Aufsicht in die Schule geholt. Die meisten gähnten schon. Sie hatten einen langen, aufregenden Tag hinter sich. Tims Schwester und noch ein paar andere Erwachsene brachten sie in ihre Schlafsäle. Wohlig streckten sie sich in ihren Schlafsäcken aus und die Jüngeren schliefen auch sofort ein. Nur die Älteren schwatzten noch, bis auch ihre Augen zufielen.

Tim und Nick spähten im Raum umher. Alle schliefen. Behutsam krochen sie aus ihren Schlafsäcken. Sie waren noch völlig angekleidet und hielten ihre Taschenlampen in der Hand. Leise schlichen sie aus dem Schlafsaal und verharrten auf dem breiten Flur. Die Tür des gegenüberliegenden Klassenzimmers war einen Spaltbreit geöffnet. Das war das Zimmer der Aufsicht. Ein Lichtschein drang heraus. Tim hoffte, dass Lea in ein Buch versunken war. Er schlich zur Tür und sah hinein. Lea las und Tim winkte Nick zu. Die beiden huschten an dem Zimmer vorbei, ohne entdeckt zu werden, und liefen weiter. Plötzlich nahmen sie hinter sich eine Bewegung wahr und fuhren erschrocken herum. Sie dachten schon, ein Geist würde sie verfolgen.

Aber es war kein Geist, auch wenn sein Gesicht so aussah. «Ohne mich seid ihr doch aufgeschmissen. Wer warnt euch denn, wenn ihr wieder mal über die Stränge schlagt, hm?» Robby blickte seine Freunde so zornig an, als ob es einzig und allein ihre Schuld sei, dass er jetzt hier stand.

«Robby!» Tim und Nick freuten sich.

«Na los, weiter», drängte Tim.

Die drei Freunde schlichen jetzt am Mädchenschlafsaal vorbei. Auch hier war die Tür leicht geöffnet und das Schicksal schrieb in diesem Moment seine eigene Geschichte.

Selina hatte bis jetzt noch nicht geschlafen. Zuerst hatte sie noch mit einer Freundin geschwatzt, dann hatte sie an Tim gedacht. Sie hatte ihn den ganzen Abend beobachtet, doch ihr war nichts Verdächtiges aufgefallen. Nun schliefen alle. Oder doch nicht? Selina sah plötzlich drei Schatten an der Tür vorbeihuschen. Sie war wieder hellwach. Schnell schälte sie sich aus ihrem Schlafsack und tappte zur Tür. Also doch! Tim, Nick und Robby waren im Schulflur unterwegs. Selina frohlockte. Endlich erwischte sie die Jungen bei einem Abenteuer und sie ahnte auch schon, wohin sie wollten. Das Mädchen fröstelte zwar in ihrem langen Nachthemd, aber sie musste ihnen unbedingt folgen.

Im Schutz des trüben Halbdunkels der Schule liefen Tim, Nick und Robby leise die breite Treppe hinab und dann zum Keller. Sie sahen sich immer wieder aufmerksam um, damit sie ja nicht entdeckt wurden. Selina bemerkten sie bei all ihrer Wachsamkeit trotzdem nicht. Das Mädchen hielt sich im Hintergrund und hatte keine Eile.

Wenig später stiegen die Freunde in den Schulkeller. Am Ende der Kellertreppe knipsten sie ihre Taschenlampen an. Ein kreisrunder Lichtkegel durchbrach die Finsternis. Vor ihnen stapelten sich lauter Kisten mit leeren und vollen Flaschen. Die Jungen schlängelten sich an den Kisten vorbei und tapsten auf Zehenspitzen den kühlen, gewölbten Kellergang entlang.

Da ertönte plötzlich durch die geisterhafte, nächtliche Stille ein lautes Krachen und Scheppern.

«Aua …», rief eine Mädchenstimme ärgerlich hinter ihnen.

Entsetzt schossen die Jungen herum und leuchteten mit ihren Taschenlampen nach vorn. Da stand Selina! Und sie sah in ihrem langen, rosafarbenen Nachthemd wahrhaftig aus wie ein Geist. Schimpfend rieb sie sich ihr schmerzendes Knie.

«Selina! Was machst *du* denn hier!», rief Tim entgeistert.

«Na was schon», gab Selina gereizt zurück. «Ich habe euch durch den Schulflur schleichen sehen und bin euch gefolgt. Ihr sucht den Geheimgang und das Tor der Zeit, stimmt's?»

«Das geht dich gar nichts an», entgegnete Nick barsch.

Robby stand stumm daneben und blickte hilflos von einem zum anderen. Irgendwie wollte er Selina beistehen, doch das würde Ärger mit seinen Freunden geben.

«Wenn ihr mir nicht sagen wollt, was ihr hier macht, dann verrate ich euch», erklärte Selina. Sie war wild entschlossen, sich diesmal nicht abweisen zu lassen.

Tim musterte Selina stirnrunzelnd. Sie war wirklich imstande dazu, die Jungen aus lauter Trotz zu verraten. Das durfte auf keinen Fall geschehen. Schweren Herzens rang er sich zu einem Entschluss durch. «Also gut, wir sagen dir, was wir hier machen und du verrätst uns nicht.»

«Willst du ihr wirklich alles sagen?», gab Nick zu bedenken.

«Willst du, dass alles auffliegt?», hielt ihm Tim entgegen, und Nick verstummte.

Robby blies die angehaltene Luft aus dem Mund. Er war froh, dass sich alles zu seiner Zufriedenheit entwickelte.

«Ich will bei eurem Abenteuer dabei sein», sagte Selina.

«Das kann ziemlich gefährlich werden.»

«Entweder mache ich mit oder …»

«Ist ja schon gut, du kannst mitmachen. Schlag ein!» Tim hielt seine Hand in die Mitte.

Selina folgte mit ihrer Hand, Robby und Nick ebenfalls. In diesem Augenblick wurde der Bund der Jungen durch Selina ergänzt und das Mädchen freute sich. Endlich hatte sie ihr Ziel erreicht und konnte in Tims Nähe sein. Dadurch *musste* er ihr seine Aufmerksamkeit widmen. Und das passierte auch schon.

Tim erzählte Selina nun alles, was sie bisher erlebt hatten.

«Die Legende soll also wahr sein? Ein Schwarzer Zauberer und Schattenkrieger. Feuerbälle und eine Fee, die euch zu sich gerufen hat? Du willst mich wohl auf den Arm nehmen, Tim? Aber das schaffst du nicht. Ich werde mitkommen, ob es dir nun passt oder nicht.»

«Es ist die Wahrheit.»

«Glaub es oder glaub es nicht. Alles ist wahr», bestätigte Robby Tims Aussage.

Selina wurde unsicher. Wenn *Robby* das sagte, musste irgendetwas an der Geschichte dran sein. Sie überlegte. Wenn sie Tim wirklich für sich gewinnen wollte, musste sie mit den Jungen mitgehen, *deshalb war sie ja hier*. «Na gut, das klingt zwar alles ein bisschen ungeheuerlich, aber auch sehr interessant. Es bleibt dabei, ich mache mit.»

«Toll», strahlte Robby.

Tim reagierte nicht so freudig. «Dann können wir ja endlich weitergehen», meinte er kurz angebunden und Selina musste damit vorerst zufrieden sein.

Je tiefer sie in das unterirdische Gewölbe kamen, umso kühler wurde es. Geisterhaft lag der Keller vor ihnen. Ihre

Taschenlampen waren die einzige Lichtquelle und warfen bizarre Schatten an die Wand.

Bald gelangten sie in den Gang mit dem Tor der Zeit. Die Mauer am Ende des Ganges verbarg es.

«Hinter dieser Mauer soll als das Tor von Rhog stecken?» Selina blickte skeptisch auf die dicke Steinmauer.

Tim nickte und ging auf die Mauer zu. Suchend leuchtete er mit der Taschenlampe die kalte, feuchte Wand ab und fand einen kleinen, hervorstehenden Stein. Nach einem tiefen Atemzug drückte er ihn in die Mauer.

RUMMS!

Behäbig und rumpelnd schob sich die Mauer auf.

RUMMS!

Der Blick auf ein gleißendes, waberndes Licht wurde frei.

«Unglaublich! Es ist also wahr.» Selina starrte mit großen Augen in das helle Licht. Ihre Zweifel zerplatzten wie eine Seifenblase.

Und nur einen Herzschlag später quoll ein heftiger Sog aus dem Tor der Zeit und wollte die jungen Menschen in das Tor ziehen. Unbeschreibliche Energie pulsierte hier.

Tim, der ganz nah stand, wurde auch schon erfasst und ließ vor Schreck seine Taschenlampe fallen. Ein feuriges Kribbeln rauschte durch seine Venen. Sein Blut fühlte sich wie flüssige Lava an und er hatte nur noch eines im Sinn, auf die andere Seite des Tores zu gelangen. Tim musste mehr über seine Magie erfahren und blendete alle Gedanken aus. Er dachte nicht an seine Freunde, nicht an seine Familie, an niemanden mehr. Er wehrte sich nicht gegen die Kraft, die hier am Werk war, und ließ sich von dem Sog mitreißen. Vor den Augen seiner Freunde verschwand er.

«TIIIMMM!», schrie Selina entsetzt. «TIIIMMM!» Hilfesuchend klammerte sie sich an Robby. «Und was jetzt?»

«*Ich* werde Tim folgen. Dafür bin ich mitgekommen», erklärte Nick. Er legte seine Taschenlampe fort, denn auf dem Weg durch das Tor würde sie ihm ohnehin entrissen werden. «Kommt ihr nun mit oder nicht?»

Selina starrte von Nick zu Robby und in das gleißende Licht hinein. *Dahinter* befand sich *Tim*. Sie *musste* ihm einfach folgen. «Ich komme mit!», sagte sie beherzt.

Robby musterte Selina anerkennend. Das Mädchen bewies Mut. Auf keinen Fall durfte er sich vor ihr blamieren. Auch er legte seine Taschenlampe weg. «Worauf warten wir noch? Wir sind Tims Freunde und werden ihn nicht im Stich lassen.»

Robby, Nick und Selina fassten sich an den Händen und gingen gemeinsam in das gleißende Licht hinein.

Der heftige Sog hatte sie sofort erfasst und sie mussten sich loslassen. Helle, blitzende Strahlen strömten ihnen entgegen und luden sie auf eine unbekannte Reise ein. Der Sog riss sie auf einen gleißenden Weg. Ein greller Blitz zuckte neben ihnen hernieder. Die Stärke dieses Energiefeldes nahm zu. Sie hatten bald keine Kraft, kein Gefühl mehr. Alles an ihnen schien wie taub zu sein. Dann wurden sie ohnmächtig.

UNHEIMLICHES ERWACHEN

Stöhnend kamen sie wieder zu sich. Die Jungen kannten diesen Zustand schon, Selina noch nicht.

«Was war das? Mir tut alles weh. Oh mein Gott, wieso hab ich mich bloß auf dieses Abenteuer eingelassen?»

«*Du* wolltest doch unbedingt mitkommen», hielt ihr Nick entgegen.

«Ja, ich bin selber schuld», maulte Selina. «Sind wir jetzt auf der magischen Seite des Tores?»

Tim sah sich in der Düsternis, so gut er konnte, um. «Sind wir. Vor uns ist der Hügel und da oben die Kirche mit den Häusern.»

In diesem Augenblick sprangen ein paar Schattengestalten hinter den breiten Büschen hervor.

«HILFE!», schrie Selina geschockt.

«Das sind Morkas! Mach sie platt, Tim!», rief Robby. Er wollte nicht gefangen genommen und schon gleich gar nicht in solch ein Geschöpf verwandelt werden.

Tims Hände glühten, gleich würde ein Feuerball entstehen.

Da trat eine große, kräftige Gestalt aus den Reihen der Angreifer vor. Der Morka überragte alle fast um Haupteslänge und schien der Anführer der Schattenkrieger zu sein. Er hielt ein großes, silberschwarzes Schwert in den Händen. Sein schwarzer Mantel bauschte sich bedrohlich in dem pfeifenden Wind auf.

«Sie wollen uns holen. Tim, nun tu schon was!» Robby schnappte nach Luft. Panik kroch in ihm hoch.

«Tim?», jammerte Selina.

Tim hob seine Hände. Das Brennen in seinen Adern wurde immer stärker. Wallende Energie schoss seinen Rücken hinauf und eine jähe Kraftwelle überrollte ihn. Sein Herz hämmerte wild drauflos, aber er hatte keine Schmerzen. Ein flammend roter Feuerball erschien zwischen seinen Händen und flog gleich darauf los.

Wie vom Blitz getroffen, fiel die erste Reihe der dunklen Kreaturen um. Doch ihr Anführer hatte ausweichen können. Er flog nach oben und auf Tim, Nick und Robby zu.

Sekundenbruchteile. Ein schwarzer Hüne mit wehendem, schwarzem Umhang. Pfeilschnell schoss er nach unten und schlug zu. Tim konnte Nick und Robby gerade noch zur Seite schieben, aber sie wurden trotzdem verletzt und gingen zu Boden. Reglos blieben sie liegen. Bei all seinen Abenteuern freute sich Tim stets, wenn seine Freunde dabei waren, aber ihnen durfte nichts geschehen. Er wollte und würde sie immer beschützen. Als er seine magischen Fähigkeiten bekommen hatte, hatte er sich kaum für sich selbst gefreut, sondern mehr für Nick und Robby. Damit konnte er das Böse von ihnen abwehren. Zumindest hatte er das gedacht. Soeben hatte das Böse zuschlagen können. Schreckensstarr blickte Tim auf Nick und Robby. Schmerz, Zorn, Hass, Wut - all das stieg in ihm auf und er schmetterte einen Feuerball mit all diesen Emotionen los. Die Flammen in dem Energieball wurden plötzlich von schwarzen Fäden durchzogen. Tims Hass hatte seinem Feuer eine dunkle Kraft verliehen. Der Feuerball traf den schwarzen Anführer, der auch zu Boden ging, aber nicht tot war. Im Gegenteil, er stand wieder auf und schien größer geworden zu sein. Ein boshaftes Grinsen zeigte sich auf seinen schmalen Lippen.

«Du bist wütend. Das ist gut. Dadurch besitzt dein Feuer eine dunkle Macht, die *mich* stärkt. Soll ich sie noch mehr anfachen? Sieh, wie deine Freunde ihr Leben aushauchen.»

Tim war betroffen. Was hatte er getan? Mit einem Mal erkannte er, dass seine Gefühle seine Feuerbälle beeinflussen konnten. Aber wie sollte er seine übergroße Wut auf diesen Schattenkrieger zügeln? Er wollte, nein, er *musste* ihn töten. Der nächste Feuerball mit noch mehr schwarzen Fäden flog durch die Luft.

Der finstere Hüne nahm die dunkle Kraft lachend in sich auf. Seine Muskeln schienen zu explodieren. Kraftvoll näherte er sich dem Feuerball schmeißenden Jüngling. Er hatte den Auftrag, ihn zu töten, was ihm nun auch gelingen würde. Dieser magische Junge würde ihn mit seinem dunklen Feuer immer mehr stärken und unterschrieb damit sein Todesurteil. Wie erbärmlich waren die Menschen von der anderen Seite des Tores nur. Nichts wussten sie von Magie.

Tim wurde hektisch. Gleich würde sein Feind bei ihm sein. Wie sollte er seine Emotionen in den Griff bekommen? Dieser Schattenkrieger *musste* sterben! Er hatte seine Freunde getötet! Wütend formte Tim einen neuen Feuerball, der nun pechschwarz war. Tim hielt inne. In dem Feuerball steckte sein ganzer Hass. Er musste sich unbedingt zügeln. Wenn dieser Morka töten wollte, dann war das *seine* Sache. *Tim wollte nicht mehr um jeden Preis töten, er musste sich jetzt verteidigen.* Der nächste Feuerball bekam wieder klare, rote Flammen.

«NEIN!», schrie der schwarze Anführer der Schattenkrieger und riss sein silberschwarzes Schwert nach oben. Doch mitten in der Bewegung erstarrte er. Der Feuerball erfasste ihn und er verglühte darin.

Ihres Anführers beraubt, ergriffen die restlichen schwarzen Kriegsgeschöpfe die Flucht und verschwanden in der dunklen Nacht.

Selina, die sich wie erstarrt abseits des Geschehens hinter einem Baum versteckt hatte, rannte nun voller Sorge zu Nick und Robby. «Tim! Sie sind tot», rief sie aufgewühlt.

Tim kniete sich neben Selina nieder. Seine Freunde durften nicht tot sein. Er weigerte sich, das zu glauben. Mit solch einer Schuld könnte er nicht leben. Sein Gefühl sagte ihm, dass es noch Hoffnung gab. Ruhig fühlte er den Puls von Robby und Nick. Da war noch Leben in ihnen - schwach, *aber es war immer noch da*. «Bleibt bei mir», rief er inständig.

Ein gleißendes Tor der Zeit öffnete sich. Zwei große, schlanke Gestalten kamen hervor und schwebten auf die jungen Menschen zu. Die Geschöpfe waren das genaue Gegenteil der Schattenkrieger. Sie trugen eng anliegende braune Lederstiefel, braune Beinlinge und grüne Lederwesten. Alles war mit silbernen, ornamentartigen Schutzverzierungen aus einem harten Material versehen. Lange Umhänge mit merkwürdigen Symbolen wehten darüber. Ihre Haare waren lang und ihre Ohren spitz. Sie schoben Tim und Selina sanft zur Seite und knieten neben Robby und Nick nieder.

Tim stellte erstaunt fest, dass es Elben waren und noch erstaunter, dass einer von ihnen wie sein Geschichtslehrer aussah. Seine Sinne mussten ihm einen Streich spielen. Ganz offensichtlich war das alles auch für ihn ein bisschen viel.

Die beiden hellen Gestalten holten aus ihrer Tasche je eine kleine Phiole und hielten sie an die Münder von Nick und Robby. In einer fremden Sprache redeten sie auf die beiden Jungen ein, die sofort zu schlucken begannen. Die Phiole wurde wieder abgesetzt und verschwand in der Tasche. Die lichtvollen Gestalten murmelten weiter und ließen ihre Hände über die Körper von Nick und Robby gleiten. Ein seltsames Leuchten ging von ihnen aus.

Tim traute seinen Augen kaum. Nick und Robby bewegten sich wieder. Die Elben hörten auf, lächelten Tim und Selina freundlich zu und entfernten sich durch das Tor der Zeit, das sich hinter ihnen wieder verschloss. Die jungen Menschen blieben allein in der Dunkelheit zurück.

«Hast du … Hast du das gesehen?»

«Ja», sagte Tim. «Das waren Elben.»

«Unfassbar!» Selina kam sich vor wie in einem von Tims phantastischen Romanen. Er gab sie jedem, der sie gern lesen wollte. Selina hatte sich natürlich auch gemeldet. Aber sie hatte Tim dadurch nicht für sich gewinnen können. Die Romane waren zwar interessant gewesen, mehr aber auch nicht. Tim hatte die Welt schon immer mit *anderen* Augen gesehen. *Das* würde sie jetzt wohl *auch* tun müssen.

Robby und Nick kamen langsam wieder zu sich und setzten sich auf. Sie sahen noch etwas benommen aus, aber die Freude bei Selina und Tim konnte nicht größer sein.

Selina umarmte zuerst Nick und dann Robby, der es sich mit einem Strahlen im Gesicht nur zu gern gefallen ließ.

«Euch haben Elben gerettet», erklärte Tim. «Ein Tor der Zeit öffnete sich. Ich glaube, sie kamen aus ihrer Welt.»

«Unglaublich. Woher wussten sie denn von uns? Sie müssen große Magie besitzen. Jedenfalls sind wir ihnen sehr dankbar», meinte Nick.

«Lasst uns endlich zur Kirche gehen. Dort sind wir sicher», sagte Tim und erhob sich.

«Ein sehr guter Vorschlag», meinte Selina ängstlich.

Auch Robby und Nick wollten so schnell wie möglich hinter diese schützenden Mauern und standen auf.

Eilends erklommen die Freunde den Hügel. Selina fröstelte in ihrem Nachthemd und rieb sich zitternd die Arme. Die Kälte der Nacht kroch wie ein hinterhältiges Tier an ihr hoch und hatte es sehr leicht, zu ihr hindurch zu dringen.

Robby bemerkte ihr Zittern. Wortlos zog er seinen Pullover aus und reichte ihn Selina.

Etwas verlegen nahm Selina den Pullover an und zog ihn über. Ein warmes, behagliches Gefühl durchströmte sie. «Danke.» Zum Glück war es dunkel und keiner konnte sehen, wie ein leichtes Rot über ihr Gesicht zog.

Einige Zeit später standen sie vor einer verschlossenen Kirchentür. Ihr anhaltendes Klopfen war vergebens - auch an den Häusern, in denen die Druiden lebten. Entweder waren sie nicht da oder schliefen tief und fest.

«Wir müssen bis morgen warten. Da vorn ist ein großer Stein. Legen wir uns in seinem Schutz nieder. Hier oben wird uns schon nichts passieren», schlug Tim vor.

Da keiner eine andere Lösung hatte, liefen sie zum Rand des Hügels, wo sich der Stein befand. Die Freunde legten sich in das hohe Gras und schliefen bald ein. Ihre Erschöpfung und ihre Müdigkeit holten sich ihren Tribut.

Die Nacht floss dahin und bald graute der Morgen.

«Was seid ihr denn für welche?», rief plötzlich eine Stimme.

Tim, Nick und Robby schreckten gleichzeitig hoch.

«Oh …», stöhnte Selina. Sie hatte gerade geträumt, sie wäre zu Hause in ihrem weichen Bett. Warum musste es nur ein Traum gewesen sein? Selina kniff die Augen noch einmal zusammen, um das Bild wieder heraufzubeschwören, aber es klappte nicht. Ärgerlich stand auch sie auf.

Es war früh am Morgen. Die Sonne hatte ihren Lauf gerade erst begonnen. Fein gesponnener, glitzernder Tau bedeckte das Gras und gab ihm Leben und Nahrung. Ein wunderbar frischer, aromatischer Duft durchzog die Luft.

Tim, Nick, Robby und Selina sogen diese herrlich klare Morgenluft tief in ihre Lungen.

«Ihr seht ziemlich seltsam aus. Woher kommt ihr?» Da war sie wieder, die Stimme, die sie so unsanft geweckt hatte. Sie gehörte zu einem Jüngling. Er schien ungefähr siebzehn Jahre alt zu sein, hatte aschblonde kurze Haare und grüne Augen. Ein grünes Hemd, eine graue Hose und fremdartige Schuhe vervollständigten sein Bild.

«Wer bist du?», stellte Tim eine Gegenfrage.

«Ich bin Jacob und auf dem Weg zu Thomas.»

«Zu Thomas? Bist du ein Druide?»

«Nein. Thomas wird mir einiges über Druiden erzählen. Danach werde ich zu einem Alchemisten und einem Magier gehen. Bevor ich nach Rhogat komme, muss ich mich entschieden haben, was ich werden will. Aber nun sagt mir doch, wer ihr seid und woher ihr kommt.»

«Wir kommen von der anderen Seite des Tores. Ich bin Tim und das sind Nick, Robby und Selina.»

«Ihr seid von der anderen Seite des Tores? Sehr erstaunlich. Dann öffnet es sich also wieder - und das nach tausend Jahren. Ich hatte schon gehofft, ihr würdet Zauberer sein. Wir könnten hier wirklich welche gebrauchen.»

«Wegen dem Schwarzen Zauberer?»

«*Ihr* habt von ihm gehört?»

«Wir waren schon mal hier. Ich konnte den Anführer seiner Morkas besiegen», sagte Tim.

«Dann bist du sehr stark. Besitzt du doch Zauberkräfte?»

«Nein.» Tim wollte mit Jacob nicht über seine magischen Fähigkeiten sprechen. Das würde er erst mit den Druiden tun.

Jacob schien nicht zufrieden mit dieser Antwort zu sein. Er blickte Tim fragend an, aber als dieser nichts mehr sagte, nickte er nur. «Ihr seid also gerufen worden. Dann müsst ihr Menschen sein, die an Magie glauben und sollt sie auch lernen. Das könnt ihr am besten an den fünf Häusern des Wissens. Immer mehr junge Leute wollen bei uns nach Rhogat, weil sie dadurch den Schattenkriegern und auch Hubertus von Rhog entkommen. Kein Landesherr besitzt Macht in Rhogat und auch kein Schattenkrieger. Die Kraft der fünf Häuser beschützt diesen Ort.»

«Wer ist Hubertus von Rhog?», fragte Tim.

«Unser derzeitiger Landesherr. Eigentlich ist es sein Bruder Robert von Rhog. Aber als seine Gemahlin verstarb, ging er auf Reisen, um zu vergessen. Er war ein guter Landesherr.» Jacobs Stimme senkte sich. «Sein Bruder ist es nicht. Nehmt euch vor ihm und seiner Burgwache in Acht. Wir vermuten, dass er unter dem dunklen Bann von Marwin steht.»

«Ihr seid ja wieder da. Und Jacob ist auch bei euch.» Thomas kam aus einem der Häuser auf sie zu. Er schien verwundert zu sein, und als er Selina entdeckte, zog er die Augenbrauen nach oben. «Und ihr habt noch jemanden mitgebracht. Das müsst ihr mir erklären.»

«Ich werde morgen wiederkommen», sagte Jacob. Er spürte, dass Thomas im Moment nur Augen für diese Fremden hatte. Ihre Ankunft war sehr bedeutsam.

Während Jacob nun federnden Schrittes den Hügel hinunterlief, gingen die anderen in die Kirche. Drei Druiden saßen bereits in der Küche beim Morgenmahl. Sie stellten sich als Daniel, Benjamin und Samuel vor.

Tim, Nick, Robby und Selina sollten Platz nehmen.

Thomas gab ihnen heißen Tee und Gemüsesuppe. Etwas Brot lag auch dabei. Dann setzte er sich zu ihnen.

«Wie kommt es nun, dass ihr wieder hier seid?», fragte er.

«Die Fee, die uns durch ein Tor der Zeit zurückbrachte, bat uns darum», antwortete Tim wahrheitsgemäß.

«Wirklich? Dann solltet ihr warten, bis euch die Fee in ihr Reich holt. Sie wird euch unterrichten wollen.»

«Mag sein, aber da ist noch etwas. Schattenkrieger kamen auf unsere Seite des Tores.»

«Schattenkrieger waren bei euch? Dann besitzt der Schwarze Zauberer einen Ring der Tore. Das ist nicht gut.»

«Könnt Ihr etwas dagegen tun?»

«Nein, wir besitzen keinen Ring der Tore und unsere Magie reicht gegen den Schwarzen Zauberer nicht aus.»

«Heute Nacht waren Schattenkriegern auch unterhalb des Hügels.»

«So nah? Marwin scheint immer stärker zu werden. Wie konntet ihr ihnen entkommen?»

«Bei mir sind plötzlich magische Fähigkeiten aufgetreten. Ich kann Feuerbälle aus Energie in meinen Händen erzeugen. Könnt Ihr mir erklären, was es damit auf sich hat?»

Die Druiden hörten schlagartig mit dem Essen auf und sahen sich bedeutungsvoll an.

«Feuerbälle sagtest du?»

«Ja», antwortete Tim irritiert.

«Ist *sie* deine Schwester?» Thomas deutete auf Selina.

«Nein.» Tim wurde immer verwirrter.

«Besitzt du eine Schwester?»

«Ja, aber sie ist nicht hier. Wieso wollt Ihr das wissen?» Was hatte *seine Schwester* mit *ihrer* Anwesenheit hier oder mit den Druiden zu tun?

«Die Zeit ist gekommen», sagte Thomas.

«Ja, der Schwarze Zauberer hat sie angekündigt.»

«Aber die Schwester ist noch nicht da.»

«Sie wird kommen.»

«STOPP! WOVON REDET IHR? UND WAS HAT *MEINE SCHWESTER* MIT ALL DEM ZU TUN?»

«Verzeih, Tim. Ihr wisst noch nichts von eurem Schicksal und wir sind nicht diejenigen, die es euch erklären werden. Ich erzählte euch doch von der *Prophezeiung der Magischen Vier* und den Auserwählten, die gegen das Böse kämpfen sollen. Es heißt, dass zwei magische Geschwister von der anderen Seite des Tores zu ihnen gehören und zu uns kommen werden. Wir sind überzeugt, dass ihr diese Auserwählten seid, und sollen euch zu Rose in den Wald bringen. Auch sie besitzt magische Fähigkeiten und hat eine Aufgabe zu erfüllen, die mit euch und eurem Schicksal zu tun hat.»

«Wie bitte? Ich bin kein Auserwählter und meine Schwester schon gleich gar nicht.»

«Ich glaube doch. Deine magischen Fähigkeiten sind KEIN Zufall. Die Feen sollten euch rufen - vor allem dich, Tim. Sie werden auch deine Schwester rufen.»

«Das ist … Ich weiß nicht, was ich dazu sagen soll.»

«Moment mal», rief Selina. «Wenn die Feen Tim gerufen haben, dann frage ich mich, was *wir* hier sollen.»

Thomas lächelte weise. *«Ihr müsst offen für Magie sein oder eine magische Gabe besitzen, sonst wäret ihr nicht hier. Euer Schicksalsweg wird sich offenbaren.»*

«*Ich* - und offen für Magie?» Selina runzelte die Stirn. «Und über mein Schicksal hab ich auch noch *nie* nachgedacht.»

«Jeder Mensch besitzt eines.»

«Mein Leben ist ganz einfach, ganz normal eben. Na ja, bis jetzt jedenfalls.»

«In den einfachen Dingen liegt oft ein tiefer Kern.»

«Ihr habt aber auch auf alles eine Antwort.»

«Also *ich* möchte hierbleiben, schon allein wegen meiner magischen Kraft. Ich *muss* einfach noch mehr darüber erfahren», sagte Tim.

«Und *ich* würde gern lernen», meldete sich Nick zu Wort.

«Ihr ... seid unmöglich. Na gut, dann bleibe ich eben auch.» Robby verschränkte seine Arme vor der Brust und machte damit Selinas Trotz Konkurrenz.

Selina starrte Tim verzweifelt an. «Dann bleibe ich auch.»

Thomas war zufrieden. «Wartet nun, bis Tims Schwester kommt.»

«Lea wird aber *nicht* kommen», erklärte Tim überzeugt.

«Wieso nicht?» Nun war Thomas verwirrt.

«WEIL SIE NICHT AN MAGIE GLAUBT! DAS SAGTE ICH DOCH BEREITS!»

«Und wir glauben an die Prophezeiung. Dahinter steckt eine tiefere Wahrheit, die *niemals* lügt. Ihr bleibt, bis deine Schwester kommt.» Die Stimme von Thomas duldete keinen Widerspruch mehr und Tim schwieg.

EIN KAMPF MIT
SCHRECKLICHEN FOLGEN

Eine Woche war vergangen, ohne dass sich irgendetwas getan hätte. *Was* auch?

Tim, Nick, Robby und Selina saßen allein in der kargen, aber durch die Feuerstelle sehr warmen Küche. Sie tranken den frischen Kräutertee und aßen die wohltuende Gemüsesuppe, die es jeden Tag gab.

«Wie lange sollen wir denn noch warten? Deine Schwester wird nicht kommen. Das ist ja wohl klar. Die Druiden *müssen* das einsehen. Rede mit ihnen, Tim.»

«Hab ich schon versucht. Sie hören nicht auf mich - und sie wollen auch nichts weiter erklären.»

Thomas kam herein. «Guten Morgen. Wie geht es euch?»

«Gut», nuschelte Tim missmutig.

«Hm, das hört sich aber nicht so an.» Der Druide setzte sich zu seinen jungen Gästen.

«Wir haben es langsam satt, jeden Tag zu warten, ob irgendein Wunder geschieht und Lea auftaucht. Das wird sie nämlich nicht», maulte Selina.

«Ja. Wieso kommt keine Fee und bringt uns Magie bei?», ergänzte Nick.

Der Druide lächelte. «Das liegt nicht in unserer Hand. Ihr könntet doch auch ins Dorf gehen und die Menschen hier kennenlernen.»

«Hm, gar nicht so schlecht», meinte Tim.

«Da gibt es bestimmt einiges zu lernen. Ich bin dabei», sagte Nick höchst interessiert.

«Ich komme auch mit.» Wenn sie hier schon festsaßen, konnte Selina auch weiterhin versuchen, Tim für sich zu gewinnen, und zeigte ihm, dass sie seine Meinung teilte.

Robby fühlte sich nur noch mieser. Aber wenn *er* Selina nicht ganz verlieren wollte, musste er zustimmen. «Von mir aus - gehen wir.»

«Bleibt im Dorf und geht nicht zur Burg. Dem Landesherrn ist nicht zu trauen», sagte Thomas noch, bevor sich seine Gäste auf den Weg machten.

Die Natur stand hier in voller Blüte, strahlte und schien farbintensiver zu sein als auf der anderen Seite des Tores.

Sie näherten sich dem Dorf und das Erste, was sie sahen, war eine große Säule mit einem durchsichtigen Kristall am oberen Ende. Diese fremdartigen Säulen zogen sich wie ein lichtdurchflutetes Band durch die sauberen Gassen dieses Ortes. Bereits jetzt am Tag leuchtete der Kristall in einem angenehmen, warmen Ton.

«Ob das Laternen sind?» Nick blieb vor einer Kristallsäule stehen und sah nach oben.

«Bestimmt, und abends wird es sicher sehr hell hier sein. Ich wünschte, das wäre bei uns auch so.» Selina stand neben Tim und strahlte ihn an. Ob sie den Kristallen in den Säulen Konkurrenz bieten wollte?

Tim ging nicht darauf ein und lief weiter.

Frauen in langen Kleidern, die Stoffe weich fließend und anschmiegsam. Männer in engen Beinkleidern, breiten Stiefeln, Hemden und Umhängen. Warme Steinhäuser als zuverlässige Rückzugspunkte. Höfe mit Tieren und stets einem Brunnen. Breite Gassen als sichere Wege. Geschäfte wie bunte Säume für die Wege. Und in der Mitte des Dorfes ein großer Marktplatz. Dieses Dorf war mindestens so groß wie eine Stadt.

Mit einem Mal eilte Jacob aus einem der Gehöfte auf sie zu. «Ihr seid hier, wie schön.»

«Ja, wir dachten, wir besuchen endlich mal den Ort», sagte Tim freundlich.

Neugierig betraten Tim, Nick, Robby und Selina den Hof. Neben dem Haus sahen sie einen kleinen Stall, vor dem sich die Tiere befanden. Manche sahen so aus wie auf ihrer Seite des Tores. Es waren Schafe, Ziegen, Hühner und ein Hahn. Andere Tiere waren unbekannt. Eine Art geflügelte Sphinx, ein gefiederter Hund, ein fremdartiger Vogel auf einer Stange, ein kleines pelziges Knäuel mit riesigen Augen und ein eulenartiges grünblättriges Etwas starrten sie an.

«Meine Eltern sind mit meinen Geschwistern auf dem Feld. Ich versorge heute den Hof», erklärte Jacob. «Noch sind wir hier sicher. Morkas trauen sich nicht hierher.»

Tim wurde hellhörig. «Wovor haben sie denn Angst? Könnt ihr diese Magie nicht verwenden, um sie zu besiegen?»

«Nein. Die Magie der Kristalllaternen hält sie nur fern, aber besiegen können wir sie nicht damit. Außerdem haben sie Angst vor dem Zauberer, der in Serún lebt. Alexander von Serún, der Landesherr unseres Nachbarreiches, ist mit Robert von Rhog befreundet. Bei einem Überfall würde er seinen Zauberer zu uns schicken - auch wenn Hubertus jetzt unser Landesherr ist. Die beiden mögen sich nicht besonders. Hubertus würde seinen Nachbarn aber sofort angreifen, wenn er ohne Zauberer wäre. Das ist der dunkle Bann. Es wird auch gemunkelt, dass der Schwarze Zauberer stärker wird und sich der Magie des Zauberers von Serún und der Magie der

Kristalllaternen bald widersetzen kann. Deshalb wäre es gut, wenn noch mehr Zauberer kämen. Wir haben eine Botschaft nach Rhogat, an das Haus der Magier gesandt. Sie sollten wissen, was hier geschieht und uns Zauberer schicken. Doch der Bote kehrte nie zurück und keiner will sich erneut auf den Weg nach Rhogat machen. Es ist ziemlich weit.» Jacob brach unvermittelt ab und musterte die Fremden genauer. «Habt ihr Schwerter?»

«Nein, wozu sollten wir Schwerter besitzen?» Selina spürte, dass die Unterhaltung eine Richtung nahm, die ihr ganz und gar nicht gefallen würde.

«Um gegen die Morkas zu kämpfen.»

«Wir wollen nicht kämpfen.»

«Wenn ihr auf Morkas trefft, müsst ihr es. Ihr braucht Eisenstöcke.»

Ein bewaffneter Mann ritt plötzlich vorbei und sah in jeden Hof. Als er Jacob mit den Fremden erblickte, stoppte er sein Pferd. Das Tier ging wiehernd in Höhe. Sein Reiter zerrte heftig am Zaumzeug und der Schmerz des Pferdes war bei den jungen Menschen auf dem Hof bis in ihre Gedärme zu spüren.

«Ein Reiter der Burgwache», flüsterte Jacob.

«Fremde?» Die Stimme des Reiters war kühl und tief. «Wer seid ihr? Und was habt ihr hier zu suchen?»

«Wer wir sind und was wir hier wollen, geht nur uns etwas an», entgegnete Tim scharf.

«Bist du verrückt?» Robby war entsetzt.

Auch Selina war nicht gerade glücklich darüber. Ob es klug war, diesen düsteren Reiter vor den Kopf zu stoßen? Mut hin oder her, das hier fühlte sich gar nicht gut an.

«Ihr wagt es …» Der Reiter der Burgwache zurrte abermals heftig am Zaumzeug seines Pferdes, welches gepeinigt in die Höhe stieg. Dann bekam es schmerzhaft die Sporen seines Herrn zu spüren und preschte los.

«Er wird dem Landesherrn von euch berichten. Ihr solltet erst mal hierbleiben. Dann seid ihr sicher.»

«Ich kann mir kaum vorstellen, dass wir hier sicher sind.»

«Doch», sagte Jacob. «Die Feen hatten einst einen Zauber über jedes Haus und jeden Hof gelegt, der vor unliebsamen Gästen schützt. Deshalb blieb der Reiter auch *vor* dem Hof. Er wäre nie hereingekommen. Hört zu:

Ist dein Herz gut, dann komm nur herein.
Du sollst bei uns willkommen sein.
Doch willst du den Hof
mit bösen Gedanken betreten,
dann kannst du dich nicht mehr bewegen.
Erst die Vergebung der Bewohner soll dich erlösen
von dem Bösen.
Wirst du es jedoch wieder tun,
trägst du eine Bürde und kannst nicht mehr ruhen.
Dann erkenne, oh Bösewicht,
und wende dich wieder hin zum Licht.»

«Das müsste es auch bei uns geben», meinte Selina. «Ich weiß nicht, ob ich noch hierbleiben will. Es wird mir alles viel zu gefährlich.»

«Mir auch.» Robby hatte es satt. «Ein boshafter Landesherr, ein Schwarzer Zauberer, Schattenkrieger - ich glaube, es ist ein *großes Missverständnis*, dass *ich* hier bin. Die Feen werden das wissen. Ich gehe jetzt zum Hügel und warte dort, bis sich ein Tor der Zeit öffnet.» Robby stand auf und sah sich fragend um.

«Ich komme mit.» Selinas Schwärmerei für Tim verblasste plötzlich angesichts ihrer Angst.

«Du kommst mit mir?» Nicht nur Robby, auch die anderen waren mehr als verblüfft darüber.

«Ich will doch einfach nur nach Hause.» Tränen traten in Selinas Augen.

«Wir sollten mit ihnen gehen», meinte Nick mitfühlend.

Tim wollte seine Freunde nun doch nicht allein lassen und nickte schließlich. Sie verabschiedeten sich von Jacob und begaben sich auf den Weg zum Hügel.

Dunkelheit schwärzte die Luft. Einsame Tierlaute sangen ihr nächtliches Lied. Die Sträucher zeigten ihre bizarren Gesichter und winkten ihnen mit ihren Blättern zu - um sie mit ihren langen, knochigen Armen gefangen zu nehmen oder zu beschützen? Die Magie auf dieser Seite des Tores war den vier Freunden immer noch ein Rätsel.

Tim, Nick, Robby und Selina saßen unterhalb des Hügels und warteten. Dabei blendeten sie die Tatsache aus, dass sie hier von Morkas angegriffen worden waren. Außerdem hatte Tim den Anführer der Schattenkrieger getötet. So schnell würden sie also nicht mehr kommen. Es war ein verzweifeltes und hoffnungsvolles Warten auf einen magischen Nebel und eine Fee. Wenn es nach den Druiden ging, dann würden sie hier umsonst sitzen. Tims Schwester sollte kommen. ABER LEA KAM NICHT! DAS WAR ABSURD!

«Ich hab mir schon gedacht, dass ich euch hier finde.» Jacob stand mit einem Mal vor ihnen.

Verdutzt blickten die Gefährten auf den Jüngling.

«Ich habe Eisenstöcke für euch. Ihr dürft nicht unbewaffnet sein.» Jacob drückte ohne Aufforderung jedem einen langen Holzstock mit einer Eisenspitze in die Hand.

Nur sehr widerstrebend griffen die vier Freunde zu.

«Was sollen wir damit? Die Stöcke brauchen wir nicht!» Selina legte ihren Stock einfach ins Gras. «Ich will nach Hause und nicht kämpfen. *Dazu* bin ich nicht hier.»

«Die Morkas werden kommen. Der Schwarze Zauberer gibt nicht auf», erwiderte Jacob ernst. «Stecht ihnen in die Augen, in den Hals oder trefft sie am Kopf. So könnt ihr sie verletzen und auch besiegen.»

Die Freunde waren beeindruckt von Jacobs Fürsorge. Er wusste ja nichts von Tims magischen Fähigkeiten.

Jacob ließ sich nicht beirren und setzte sich gelassen zu den jungen Menschen ins Gras. Seinen Eisenstock legte er quer über seine Beine. «Ich bleibe bei euch.»

«Warum? Das musst du nicht.»

«Ihr werdet Hilfe brauchen, nicht nur gegen Morkas. Auch gegen die Burgwache kann man mit den Eisenstöcken sehr gut kämpfen. Und wir helfen uns hier untereinander.

Die Freunde schwiegen. Diese Uneigennützigkeit rührte sie.

Ein leichter Wind kam plötzlich auf. Er wehte in einer kühlen Brise vom Wald, der rechts neben ihnen lag, herüber. Die Blätter der dichten Baumkronen sandten einen pfeifenden Ton aus.

«Seid wachsam. Der Wind warnt uns.» Jacobs Augen kreisten umher, damit ihm ja nichts entging. Er wusste um die magischen Zeichen des Lebens, die von der Natur oder von Menschen ausgesandt wurden, um den Weg zu weisen oder etwas aufzuzeigen. Jeder in Rhog wusste das. Aber die jungen Menschen von der anderen Seite des Tores sahen nicht so aus, als ob sie diese Zeichen kannten.

Fremde, dumpfe und sehr bedrohliche Laute drangen plötzlich an ihre Ohren. Sie brachten die Kunde von Feinden, die sich nähern wollten.

Selina schnappte schnell nach ihrem Stock und sprang auf. Auch die anderen erhoben sich. *Das* hatten sie gehört.

«Schnell! Zur Kirche!», rief Tim.

Doch es war zu spät. Aus dem Dunkel der Nacht formten sich düstere Gestalten. Geschwind und in einer katzenhaften Manier eilten sie herbei. Flucht war zwecklos.

«Morkas! Nehmt eure Stöcke und kämpft!», rief Jacob und machte sich kampfbereit.

«Das darf nicht wahr sein.» Selina klebte förmlich an Tim.

Die Schattenkrieger waren im Handumdrehen heran.

Jacob, Tim, Nick, Robby und Selina sahen sich sehr schnell von einer Überzahl mordlustiger Morkas umzingelt.

«Mörder, Diebe, Dämonen … Das ist wohl ein schlechter Scherz», rief Robby außer sich. Hier lief ein ganz mieser, böser, immer wiederkehrender Albtraum ab. Wieso konnte nicht alles wieder so sein, wie es war? Fest umklammerte er seinen Eisenstock, der außer Tim das Einzige war, was sein Leben noch retten konnte.

«Das sind zu viele», jammerte Selina. Zwischen sie und Tim passte nicht einmal mehr das dünnste Blatt.

Diesmal sagte Tim nichts. Selinas übergroße Angst, Robbys Panik und Nicks stumme Bitte um Hilfe, genauso wie Jacobs unerschrockene Tapferkeit erinnerten ihn an seine besondere Gabe. Tim musste sie beschützen. Er legte seinen Eisenstock weg und hob seine Hände. Sie glühten und eine wabernde Feuerkugel entstand, die sich einen kraftvollen Weg zu den dunklen Kreaturen bahnte. Etliche Morkas fielen sofort tot um. Ihre Körper und Waffen lösten sich auf. Die anderen blieben unschlüssig stehen.

«Du bist also doch ein Zauberer», entschlüpfte es einem verblüfften Jacob. Da er aber mit Magie sehr gut umgehen konnte, hatte er sich augenblicklich wieder gefangen.

Auch Selina sah Tims Magie zum ersten Mal und war umso mehr von ihm begeistert. Er war und blieb ihr Held. Jetzt würde sie erst recht nicht mehr von seiner Seite weichen.

Tim schleuderte die nächste flammende Kugel. Abermals fielen etliche Morkas tot um, die anderen rannten auf ihre Opfer zu. Erneut sauste ein Feuerball durch die Luft. Nun war die Zahl der Angreifer gleich der Zahl der Verteidiger. Das beflügelte die fünf Gefährten. Mit neu erwachtem Mut schlugen sie auf ihre Feinde ein. Selina stocherte zwar nur blindlings mit ihrem Stab in der Luft herum, was dennoch sehr effektiv war. Der Morka, der sich auf sie konzentriert hatte, kam durch ihre wilden und unermüdlichen Schläge nicht an sie heran. Robby und Nick schlugen ebenfalls wild auf die Morkas, die ihnen zu Leibe rücken wollten, ein und konnten sie abwehren. Auch Jacob hielt seinen Gegner sehr erfolgreich in Schach.

Tim hob seinen Eisenstock auf und hieb gezielt auf den nächsten blutrünstigen Angreifer ein. Ohne noch einen Laut von sich zu geben, fiel der Schattenkrieger um. Tim war so erstaunt über sich und seine Kraft, dass er fassungslos auf den Stock starrte, der den Morka ins Jenseits befördert hatte. Ein verzweifelter Schrei riss ihn wieder ins Kampfgeschehen zurück. Der Schattenkrieger, der Selina die ganze Zeit über attackiert hatte, bekam sie endlich zu fassen. Selina schrie ihre Todesangst hinaus.

Tim schoss herum und fing den todbringenden Schlag ab. In der nächsten Sekunde durchbohrte die Eisenspitze seines Stockes die Stirn des Morkas und der dunkle Kämpfer fiel tot um. Sein Körper und seine Waffen lösten sich auf.

«Danke», hauchte Selina. Sie zitterte am ganzen Leib.

«Versteck dich hinter dem Baum dort», sagte Tim leise und wandte sich wieder dem Kampfgeschehen zu.

Doch Selina rührte sich nicht. Sie wollte unbedingt in Tims Nähe bleiben, so stark, wie er geworden war.

Da tauchten plötzlich noch mehr Morkas auf.

«Sie kommen von der Schwarzen Burg», rief Jacob. «Marwin sendet sie aus.» Ein tiefer, kehliger Laut entfuhr dem Morka, dem Jacob gleich darauf die Eisenspitze in den Hals rammte.

Tim reagierte sofort. Er hob seine Hände, ließ Feuerkugeln entstehen und schickte sie auf die heraneilenden schwarzen Kreaturen. Die meisten Schattenkrieger traf er auch, die anderen verfolgten ihr Ziel, sie zu töten, weiter. Tim entsandte die nächsten Feuerbälle und konnte fast alle Morkas töten. Nur noch zwei blieben übrig. Ein Morka stellte sich Tim zum Kampf, den anderen übernahm Jacob. Doch während Tim seinen Gegner schnell besiegte, geriet Jacob immer mehr in Bedrängnis. Er fiel hin und ein spitzer Stein versetzte ihm eine Wunde am linken Unterschenkel. Siegessicher stürzte sich der Morka auf Jacob. Tim versetzte ihm einen Schlag, konnte ihn aber nicht töten. Der Morka floh zur Schwarzen Burg zurück.

«Danke», brachte Jacob schwer atmend hervor und hielt eine Hand auf seine Wunde.

«Tim, du hast uns mit deiner Magie gerettet», rief Selina und blickte Tim mit unverhohlener Anerkennung an.

«Jeder hat tapfer gekämpft», erwiderte Tim und tat so, als ob er Selinas hingebungsvolle Blicke nicht sehen würde.

«Jacob ist verletzt.» Auch wenn sich Robby sehr über Selinas Schwärmerei für Tim ärgerte, war die Hilfe für Jacob im Moment wichtiger. Seine Wunde blutete heftig. Robby holte aus einer Hosentasche zwei weiße Stofftaschentücher und verband Jacob damit das Bein. «Wird es gehen?», fragte er in einem teilnahmsvollen Ton.

Jacob nickte. «Ich werde mich auf den Weg zu Rose in den Wald machen. Sie weiß, was zu tun ist.»

«Danke für deine Hilfe, Jacob. Ohne dich wäre das nicht so gut für uns ausgegangen», sagte Tim ehrlich.

«Deine magischen Fähigkeiten haben uns gerettet. Du kannst vielen Menschen damit helfen. Vergiss das nicht. Ich hoffe, wir sehen uns wieder.» Jacob verzog den Mund und humpelte davon.

Tim, Nick, Robby und Selina wollte auch nicht länger hierbleiben. Die Kirche auf dem Hügel war im Moment der doch sicherste Ort für sie.

Aber die Nacht hatte noch lange nicht all ihre düsteren Kreaturen ausgespuckt. Etwas bewegte sich in der Finsternis. Schatten huschten hinterrücks auf sie zu.

«Haben wir euch!», ertönte eine ziemlich grobe Stimme. Der Mann, zu dem diese bärbeißige Stimme gehörte, hielt Selina fest umklammert.

Andere bewaffnete Männer schnappten Nick und Robby.

Nur Tim konnte den neuerlichen Angreifern entkommen. Glutrotes Feuer flammte zwischen seinen Händen auf.

«Halte deine Zauberkraft zurück oder sie ist tot. Ich bin der Hauptmann der Burgwache und werde euch zu unserem Landesherrn bringen. Er wartet schon auf euch», zischte der bullige Mann. Die Klinge seines dunklen Schwertes berührte gefährlich Selinas weißen Hals. Selina schrie erschrocken auf.

Tim ließ seine Hände sinken. Er wollte ihr Leben nicht aufs Spiel setzen und ergab sich der Burgwache.

Schadenfroh umzingelten die Wachmänner diese fremden Leute von der anderen Seite des Tores. Einer von ihnen war der Reiter, der sie auf dem Hof von Jacob entdeckt hatte.

«Los! Marsch zur Burg!» Der Hauptmann schubste Selina vorwärts. Er drohte ihr mit seinem Schwert und das Mädchen lief ängstlich los.

Tim, Nick und Robby trotteten hinterher. Die vier jungen Freunde liefen einem ungewissen Schicksal entgegen. Was würde sie denn noch alles auf der magischen Seite des Tores erwarten?

RETTUNG IN HÖCHSTER NOT

Die Burg strahlte eine kühle Atmosphäre aus. Fenster ohne Vorhänge, Steinböden ohne Teppiche, Wände ohne Bilder und Räume ohne Wärme empfingen sie. Die Freunde wurden in einen großen Burgsaal geführt. Lange Tische und Bänke zeugten davon, dass hier Platz für viele Menschen war. Aber die Bänke gähnten sie im Moment nur leer an. Ein paar massive Truhen, ein breiter Kamin, gekreuzte Schwerter an den Wänden, etliche silberne Feuerkörbe und ein Thron bildeten das Inventar dieses Saals.

Der Landesherr saß stolz auf dem Thron und blickte den Gefangenen mit zusammengekniffenen Augen entgegen. Er war ein großer, kräftiger Mann und musste ungefähr dreißig Jahre alt zu sein. Seine blauen Augen wirkten so kalt wie ein Eissee im Winter. Seine langen, schwarzen Haare trug er zu einem Zopf gebunden. Die Kleidung bestand aus feinstem Zwirn. Die Beinkleider waren von einem hellen Braun, das Hemd und der Umhang so blau wie seine Augen. Die gesamte Erscheinung des Landesherrn sollte einen sehr gebieterischen Eindruck erwecken.

Instinktiv fühlten die Freunde, dass von ihm nichts Gutes zu erwarten war. Sie fröstelten unter seinem eisigen Blick und verlagerten ihre Aufmerksamkeit auf die Gestalt neben ihm.

«Seht ihr, was ich sehe?», keuchte Selina.

«Rufus Smirny! Ich fasse es nicht», entfuhr es Robby aschfahl im Gesicht. «Er weiß von dem Tor der Zeit und geht hindurch. Aber was macht er bei diesem Landesherrn? Und wie kommt er wieder zurück? Die Feen werden ihm doch nicht andauernd ein Tor öffnen, wenn er es gerade braucht? Welche Magie besitzt *er*, die *wir* nicht haben? Ich glaube, das gefällt mir gar nicht.» Robby hielt seine Arme immer noch verschränkt vor der Brust, als ob er sich Schutz geben wollte.

Ein berechnender Blick und ein schadenfrohes Grinsen zeigten sich auf dem Gesicht von Rufus Smirny.

«So, das sind also die Fremden», brummte Hubertus von Rhog und stieg von seinem Thron. Eingehend musterte er die vier jungen Leute. An Selina blieb er kurz hängen, dann stellte er sich vor Tim. «Und du besitzt magische Fähigkeiten, beherrschst das Feuer.»

«Ich ...»

«SCHWEIG! Ihr sprecht, wenn ICH es erlaube!»

Tim verstummte. Es war wohl besser, diesen ungehobelten und herrschsüchtigen Landesherrn nicht zu erzürnen. Ein schwarzer Kreis zog sich wie ein löchriges Spinnennetz um seinen Körper. Die Dunkelheit schien unverkennbar bei ihm eingezogen sein und Tim konnte es erkennen.

«Ihr seid also von der anderen Seite des Tores, bringt sogar Magie mit. Das ist höchst ungewöhnlich. Die Menschen dort glauben schon lange nicht mehr an Magie, aber *ihr* müsst es tun, sonst wäret ihr nicht hier.» Der Landesherr durchbohrte Tim förmlich mit seinen Blicken. «Hast du eine Schwester? Ist sie es?» Mit seinem rechten Arm zeigte er auf Selina, ohne aber den Blick von Tim zu wenden.

Wieder wollte jemand wissen, ob Selina Tims Schwester war. Alle dachten, sie wären die Auserwählten.

«Sie ist nicht meine Schwester und ICH bin auch KEIN Auserwählter. Wir haben nur ein Tor der Zeit entdeckt und sind hindurchgegangen», sagte er tapfer.

«Herr, lasst mich mit ihnen sprechen.»

«Ich erlaube es», sagte Hubertus von Rhog großzügig.

Rufus Smirny hatte nur darauf gewartet und ging auf die Freunde zu. Etwas Lauerndes lag in seinem Blick.

Kaum war der Hausmeister herangetreten, schimpfte Tim auch schon los. «Ihr kennt das Tor der Zeit im Schulkeller und verbreitet diese Spukgeschichte, anstatt den Menschen bei uns das Tor von Rhog zu zeigen. Dann wissen alle, dass die Legende wahr ist.»

Rufus Smirny lachte unbeeindruckt. «Ihr hättet nicht in den Keller gehen dürfen. Das Tor bleibt geheim, bis es seinen Zweck erfüllt. *Wir* dienen dem Schwarzen Zauberer.»

«WIR?»

«Der Landesherr und ich.»

Das Entsetzen konnte bei den Freunden nicht größer sein.

«Ihr seid ein widerlicher Verbrecher, habt vergessen, was die wahren Werte im Leben sind», sagte Tim mutig.

«Werte - das ist mir gleich. Ich habe das Tor von Rhog zusammen mit Martin Winter entdeckt. Wir gingen hindurch und kamen an die Burg von Rhog. Nur die Druiden wussten, dass Menschen von der anderen Seite des Tores gekommen waren. Wir hielten unsere Herkunft geheim. Da wir nur einfache Hosen und ein Leinenhemd trugen, war das nicht schwer. Martin wollte hierbleiben und lernen, aber ich wollte wieder nach Hause und verließ das Dorf. Ich traf auf den Schwarzen Zauberer, der damals noch im Verborgenen lebte. Er wusste, woher ich kam und gab mir einen Ring der Tore. Ich sollte den Weg für ihn auf die andere Seite des Tores ebnen. Er befahl mir, in die Dienste von Hubertus von Rhog zu treten, der bereits unter seinem dunklen Bann stand. Ich tat es und kann dabei noch sehr viel Geld verdienen. Kommt mir also ja nicht in die Quere oder ihr seid des Todes!»

«Ihr seid besessen von der Gier nach Macht und Reichtum.» Tim hätte Rufus Smirny am liebsten herausgefordert.

«Du bist ein sehr vorlauter Bursche. Das wird dich noch teuer zu stehen kommen.» Rufus Smirny drehte sich auf dem Absatz um und ging an seinen Platz zurück. «Ihr könnt sie Marwin übergeben», sagte er zu Hubertus von Rhog.

«Nicht sie.» Der Landesherr deutete düster auf Selina, die am ganzen Leib schlotterte. «Wir brauchen Kammerzofen. Sie ist jung und scheint sehr gelehrig zu sein. Bringt sie zu Anna! Sie soll ihr Kleidung geben und in ihren Dienst einweisen.»

«Nein», rief Selina panisch vor Angst.

«Schweig!»

Der Hauptmann der Burgwache, der Selina immer noch umklammert hielt, zog sie einfach mit sich fort.

«Und ihr verhaltet euch ruhig, wenn euch das Leben eurer kleinen Freundin lieb ist, vor allem du!» Hubertus von Rhog blaffte Tim mit einem befehlenden Ton an.

Tim wagte nicht, ihm zu widersprechen.

«Ihr kommt an die Pfähle, bis Marwin da ist.» Verächtlich wandte sich der Landesherr ab und gab den Männern der Burgwache ein Zeichen.

Die ruppigen Schergen schnappten sich Tim, Nick und Robby und brachten sie auf den großen Burghof. Dunkel und gespenstig lag er vor ihnen. Etliche Holzpfähle, zu denen die Gefangenen gebracht wurden, standen in einer abgelegenen Ecke. Die Wachmänner mussten sehr geübt sein, denn der Strick, mit dem die drei Jungen festgebunden wurden, saß tief und fest. War das jetzt das Ende?

Die Nacht zog an ihnen vorüber und der neue Morgen brachte eine dicke Wolkendecke mit. Tim, Nick und Robby blinzelten verschlafen. Trotz der unbequemen Haltung an den Pfählen waren sie irgendwann doch eingenickt.

Im Burghof erwachte das Leben. Mägde huschten still zum Brunnen. Pferde wieherten lautstark nach Futter. Ein Sonnenstrahl bahnte sich den Weg durch die Wolkenmasse und traf auf braunen Mauern der Burg. Die Farbe erinnerte an das Element Erde. Das Dach schimmerte kupferrot. Hier schien das Element Feuer im Spiel zu sein. Unter den spitzen Giebeln klebten Vogelnester. Blumen- und Gemüsebeete verströmten einen frischen Duft.

Mit versteinerten Mienen starrten Tim, Nick und Robby umher. Sie kannten zwar Burgen aus der Vergangenheit der Erde, aber hier war es anders. Es gab keinen Gestank und auch keinen dreckigen Boden, nur sauberen braunen Stein. Eine seltsame Magie lag in der Luft. Ein riesiger Baum erhob sich in der Mitte des Burghofes und schien der Wächter dieses Gemäuers zu sein. Unter anderen Umständen wären die Freunde dem Zauber der Burg erlegen gewesen. Doch sie standen als Gefangene hier.

«Was wird jetzt nur aus uns werden?», jammerte Robby.

«Mir gefällt das auch nicht. Jetzt haben wir noch Rufus Smirny zum Todfeind. Er war es also, der mit Martin Winter für fünf Jahren hier ankam», meinte Nick.

Tim zerrte und zurrte mit aller Kraft an den seinen Stricken, aber es gelang ihm nicht, sich zu befreien. «Diese Stricke müssen irgendeine magische Kraft besitzen. Ich schaffe es nicht, sie zu lösen. Aber ich versuche es weiter.»

«Mach das! Wir müssen weg hier», spornte ihn Nick an.

«Und Selina? Wir können sie doch nicht hierlassen?»

«Wir werden sie natürlich mitnehmen. Was hast du denn gedacht, Robby?», antwortete Tim gereizt. Die Lage, in der sie sich befanden, war brenzlig. Tim machte sich jetzt schon viel mehr Gedanken um seine Freunde als um sich selbst. Er hätte nicht auf dieses Abenteuer bestehen dürfen. Jetzt waren sie in ernsthaften Schwierigkeiten.

«Wir werden sterben», brach es aus Robby heraus.

«Nein», sagte Tim ungehalten. Er durfte nicht zulassen, dass sie von Angst beherrscht wurden. «Was auch immer unser Schicksal ist - ich weigere mich, daran zu denken, dass wir hier sterben oder Schattenkriegern werden! Es … es fühlt sich einfach nicht so an.» Tim wollte an das Unmögliche glauben. Nur *so* konnte es doch *auch* geschehen!

«Du glaubst auch noch an Wunder, was?»

«Immer!» In diesem Wort lag Tims ganze Welt.

Nick und Robby blickten zu ihm hinüber. Wie konnte er in dieser Situation nur so unverzagt bleiben?

«Du hast noch nie so schnell aufgegeben», überlegte Nick. Bei ihren Abenteuern besaß Tim oft eine Lösung, an die er oder Robby noch nicht gedacht hatten. Nick wollte sich nur allzu gern von Tims Zuversicht anstecken lassen.

«Seht mal!» Mit großen Augen blickte Robby auf Selina, die in einem langen Kleid und zusammen mit einer alten Kammerfrau zu ihnen kam. Selinas Kleid war zwar nicht das einer Königin, aber es war durchaus schön. Überhaupt trugen die Bewohner der Burg keine hässliche Kleidung. Und für Robby war Selina sowieso die Schönste. Sie trug ein Tablett mit drei Bechern darauf und die alte Kammerfrau hielt einen Korb in der Hand.

«Da sind also die Fremden von der anderen Seite des Tores!» Die alte Kammerfrau warf einen Blick in die Augen der drei Jungen und verzog das Gesicht. «Ich bin Anna», sagte sie mürrisch. «Wir sollen Euch Brot und Wasser bringen. Der Schwarze Zauberer hat noch zu tun. Ihr müsst also warten, bis er zu Euch kommt.»

«Es tut mir so leid!» Selina war den Tränen nahe und hielt Tim einen Becher an den Mund. «Ich wollte …»

«Dir ist es verboten, mit ihnen zu sprechen!»

Die alte Kammerfrau sah Selina böse an.

«Aber es sind doch meine Freunde!»

«Willst du die Burgwache auf den Hals kriegen?»

Selina schwieg und Tim trank.

Stumm fütterten die alte und die junge Kammerfrau die Gefangenen. Dann verschwanden sie wieder.

«Wenigstens scheint es Selina gut zu gehen», meinte Robby.

«Sie gefällt dir immer noch.» Tim blickte seinen Freund mitfühlend an.

«Ja», murmelte Robby mehr zu sich selbst als zu Tim.

«Warum sagst du es ihr dann nicht? Jeder in der Klasse hat doch schon gemerkt, was mit dir los ist - auch Selina.»

«Um mir eine Abfuhr holen? Nein. Sie himmelt *dich* an, *nicht mich.*»

«*Ich* will aber nichts von ihr. Sie merkt es doch. Irgendwann wird sie mit dieser Schwärmerei aufhören.»

«Das ist *auch so* ein Wunder, an das *du* glaubst.» Die unterschwellige Ironie in seiner Stimme konnte Robby nicht unterdrücken.

«Wunder können geschehen.»

Robby schüttelte nur den Kopf.

«Siehst du. Weil *du nicht* daran glaubst, geschieht es auch *nicht.*» Tim gab auf, zumindest im Moment. Robby würde schon noch zur Einsicht kommen.

Den ganzen Vormittag geschah nichts. Die Menschen in der Burg verrichteten ihre Arbeit und keiner achtete sie. Neben ihnen standen noch mehr Holzpfähle. Allerdings waren sie leer. Dennoch schienen sie nur einem Zweck zu dienen. Waren die Jungen etwa die Ersten, die an ihnen gefesselt wurden? Tim, Nick und Robby hätten gern darauf verzichtet.

Am frühen Nachmittag kam Rufus Smirny.

«Na, zufrieden mit eurer Unterkunft?» Seine Stimme triefte vor Hohn. Mit einem zufriedenen Grinsen holte er einen klimpernden Lederbeutel aus der Tasche und hielt ihn den Jungen vor die Nase. «Ich gehe jetzt wieder zurück auf unsere Seite des Tores und werde aus diesen Goldmünzen viel Geld machen. Es gibt Sammler, die ein Vermögen dafür zahlen.»

«Schuft», entfuhr es Tim.

«Aber, aber … Ich bin doch nur ein Geschäftsmann.» Rufus Smirny steckte das kleine Säckchen wieder ein und hielt seine rechte Hand mit dem silberschwarzen Ring in die Höhe. «Dieser Ring der Tore öffnet nicht nur ein Tor der Zeit, er bringt mich auch unbeschadet durch die Zeit. Der Schwarze Zauberer gab mir ausreichend Torblätter, sonst würden meine Lebensjahre sehr schnell aufgebraucht sein. Ich kehre immer wieder an meinen Ausgangspunkt zurück und niemand merkt, dass ich fort war.»

«Ihr seid ein mieser Gauner!»

«Warum denn nur so aufgebracht? Seid dankbar. Ihr werdet Morkas und nicht sterben.» Nun lachte Rufus Smirny laut los und ging davon.

Tim zerrte wütend an seinen Fesseln, aber befreien konnte er sich nicht.

«Glaubst du jetzt immer noch an Wunder?» Auch Nick fiel es immer schwerer, zuversichtlich zu bleiben.

«Was weiß ich», sagte Tim missmutig.

Sie bekamen den ganzen Tag nichts mehr zu essen und zu trinken. Ihre Mägen übertönten mittlerweile das Geschehen auf dem Burghof. Doch keiner wagte es, sich ihnen zu nähern. Die Gefangenen schienen für sie gar nicht zu existieren.

Die dicke Wolkendecke streifte ununterbrochen durch den Himmel und verhinderte auch zum Einbruch der Nacht, dass das Licht des Mondes und der Sterne auf die Erde fiel.

Auf dem Burghof zog Stille ein. Türen verschlossen sich. Lichter hinter Fenstern, die durch Kristalle erzeugt wurden, erloschen. Eine geisterhafte Atmosphäre.

Tim, Nick und Robby fanden vor lauter Hunger keinen Schlaf. Ihre Augen wollten sich immer wieder schließen, aber ihre Mägen hinderten sie mit einem lauten Knurren daran.

«Mir wird schon ganz schlecht vor Hunger. Lange halte ich das nicht mehr aus.» Robby, der immer sehr gerne und sehr genussvoll aß, war diesen Zustand überhaupt nicht gewohnt. Sein Vater war Koch. Gutes Essen gehörte zu ihrer Familie wie die Luft zum Atmen.

Tim hatte einen Weg gefunden, das Feuer in ihm in seinen Magen zu lenken und den Schmerz des Hungers zu besiegen. Aber auch er würde lieber etwas *Richtiges* essen.

Nick hatte noch nie sonderlich viel gegessen. So hielt er auch weiterhin durch, fühlte aber mit Robby. Wie lange sollten sie noch hier stehen - ohne Nahrung und auch ohne Kontakt? Selina und die alte Kammerfrau hatten sich nicht mehr auf dem Hof blicken lassen. Der Schwarze Zauberer wollte seine Gefangenen offensichtlich mürbe machen. Tim zerrte an seinen Fesseln, aber sie schnitten ihm nur noch mehr ins Fleisch. Warmes Blut tropfte auf seine Haut.

Robby und Nick versuchten es erst gar nicht.

Da öffnete sich eine kleine Seitentür im Wohntrakt der Burg und ein schmaler Schatten huschte hinaus. Der Schatten trug etwas in der Hand und näherte sich den Holzpfählen. War jetzt die Geisterstunde angebrochen?

«Selina!»

Der freudige Ruf der Jungen ging kurze Zeit später zum Glück im Schrei eines seltenen Nachtvogels unter.

«Pst! Ich habe mich rausgeschlichen. Sie dürfen nicht wissen, dass ich euch Essen bringe. Anna und mir wurde es strikt verboten. Erst morgen früh sollt ihr wieder Wasser und Brot bekommen.»

«Selina, du bist die Beste. So tapfer und klug.» Die große Verliebtheit, die in Robbys Worten schwang, war deutlich zu hören.

«Danke.» Selina lächelte leicht. Sie freute sich über das Kompliment, auch wenn es nicht von Tim kam. Hastig holte sie aus ihrem Korb Brot, Käse und ein paar tomatenähnliche Früchte. Dann begann sie, ihre Gefährten zu füttern.

Gierig schlangen Tim, Nick und Robby das Essen hinunter. Es kam ihnen wie ein Festschmaus vor. Die Jungen waren dankbar für diese einfachen Gaben. Ihre Mägen beruhigten sich und es ging ihnen bald besser.

«Danke Selina», sagten nun auch Nick und Tim.

Selina holte einen Krug aus dem Korb und eilte zum Brunnen. Den Krug voller Wasser kehrte sie zurück und goss es in drei Tonbecher. Auch das Wasser schmeckte den Jungen köstlich.

«Was tust du hier?», schimpfte eine Stimme plötzlich hinter ihnen in einer gedämpften Tonlage los.

Entsetzt starrten Tim, Nick, Robby und Selina auf die alte Kammerfrau. Sie war im Schatten der Nacht erschienen, leise und unbemerkt. Geisterhaft.

«Anna! Bitte! Ich musste zu ihnen gehen. Sie sind doch meine Freunde», flehte Selina.

Die alte Kammerfrau winkte ab. «Ich sollte dich im Auge behalten und habe gesehen, wie du davongeschlichen bist. Ich muss es melden, Selina. So lautet der Befehl.»

«Anna …»

Die alte Kammerfrau stellte sich direkt vor die drei Jungen, die nun ihr Todesurteil zu erwarten schienen.

«Sind die jungen Herrschaften satt?»

Die Jungen waren so verdattert, dass sie nicht antworten konnten.

«Seid Ihr satt?», wiederholte Anna ungeduldig ihre Frage.

«Ja», bestätigten die Jungen wahrheitsgemäß.

«Dann hat Selina alles richtig gemacht. Ich werde Euch nicht verraten. Ihr seid unschuldige, junge Leute. Eure Augen sind gut. Es ist eine Schande, dass unser Landesherr dem Schwarzen Zauberer dient. Er hat uns mit einem Bann belegt. Wenn wir außerhalb der Burg über die Vorgänge in der Burg sprechen, ereilt uns der Tod. So weiß niemand davon. Ich hatte das Essen bereitgelegt, damit es Selina mitnehmen konnte. Ich ahnte, dass sie versuchen würde, Euch zu helfen.»

Selina umarmte die alte Kammerfrau glücklich. «Anna! Danke! Vielen, vielen Dank!», sagte sie.

«Na, na Kindchen. Ist ja schon gut.» Anna drückte sich eine Träne weg und lächelte mütterlich.

«Sind die jungen Herren Zauberer?», wandte sich die alte Kammerfrau wieder an die drei gefesselten Freunde.

«Nein, wir sind nur einfache junge Leute.»

«Hm, einer von Euch soll Magie besitzen. Stimmt das?»

Tim seufzte. «Vielleicht besitze ich magische Fähigkeiten, aber damit kann ich keinen Schwarzen Zauberer besiegen. Ich kann nicht einmal diese Fesseln damit lösen.»

«Wenn Ihr einer der Auserwählten seid, dann könnt Ihr es. Ihr müsst Euch nur anstrengen», meinte Anna überzeugt.

«Ich bin KEIN Auserwählter.»

«Seid Ihr Euch wirklich sicher? Es gibt die *Prophezeiung der Magischen Vier.* Habt Ihr eine Schwester, junger Herr?»

«Ja, aber sie ist NICHT hier. Also sind wir NICHT die Auserwählten», antwortete Tim unwillig. Er wollte zu dieser alten Kammerfrau nicht unfreundlich sein, aber die andauernde Fragerei nach seiner Schwester ging ihm gehörig auf die Nerven.

Anna blieb ruhig. «Ihr sollt Morkas werden. Deshalb bekommt Ihr so wenig zu essen. Das macht Euch schwach und gefügig. Holt Eure Kräfte hervor, junger Herr. Ihr dürft nicht in die Dienste des Schwarzen Zauberers treten. Kämpft gegen ihn!»

«Ich kann das nicht. Glaubt mir, Anna. Meine Kräfte sind nicht stark genug», beteuerte Tim.

Es herrschte eine Weile Schweigen, dann entrang sich Anna ein tiefer Seufzer. «Wenn ich gewusst hätte, wen unsere Sally da zur Welt gebracht hat, ich hätte ihn zu den Druiden in die Kirche gebracht oder zu den Feen. Sie hätten ihm die dunkle

Magie schon ausgetrieben.» Die Kammerfrau sprach mehr zu sich selbst als zu den vier jungen Menschen.

«Was sagt Ihr da, Anna?», wollte Tim wissen.

Die alte Kammerfrau kam wieder zu sich. Zuerst wollte sie nichts erzählen, da es sie das Leben kosten konnte. Aber sie befand sich *in* der Burg und nicht *außerhalb*. So konnte der Bann nicht greifen. Vielleicht war es auch gut, dass diese jungen Leute die Geschichte von Marwin erfuhren. «Vor vielen Sommern und Wintern kam ein Fremder an die Burg. Etwas Dunkles, Rätselhaftes umgab ihn. Robert von Rhog wollte ihn nicht aufnehmen, aber dafür sein Bruder Hubertus. Er erinnerte Robert an das Gesetz, jedem ein Heim zu bieten, der danach fragte. Unser Landesherr gab nach. Der Fremde freundete sich mit der jungen Kammerzofe Sally an. Irgendwann verschwand er von der Burg und Sally brachte einen Jungen zur Welt. Niemand war bei der Geburt dabei. Doch Sally ging es nicht gut. Sie kam zu mir und gab mir den Jungen. Marwin sollte er heißen. Dann starb sie. So wuchs Marwin bei uns auf. Seine Bezugsperson war Hubertus. Unvermittelt starb auch die Landesherrin und Robert von Rhog war untröstlich darüber. Er übergab seinem Bruder die Burg und verließ die Lande. Danach fing Marwin plötzlich an, Magie auszuüben. Aber sie war nicht immer lichtvoll. Hubertus ließ ihn gewähren und veränderte sich plötzlich. Doch die Burgbewohner wollten Marwin nicht mehr. Er verließ die Burg und traf einen Elbenzauberer, der seine Magie erkannte. Er nahm ihn mit in die Elbensiedlung des Waldes. Der Zauberer unterrichtete ihn mit anderen Schülern in Magie. Offensichtlich glaubte er an das Gute in Marwin. Doch Marwin wandte sich der dunklen Magie zu, verschwand plötzlich und kehrte als Schwarzer Zauberer zurück. Der Unterricht in Magie hörte auf und die Tage an der Burg wurden trüb. Der dunkle Bann zieht sich wie eine falsche Schlange durch die Gemäuer. Keiner darf die Burg mehr verlassen. Ich kenne ein paar Heilkräuter, die vor dunkler Magie schützen, aber der dunkle Bann wird stärker. Ich weiß nicht, wie lange sie noch wirken. Unsere einzige Hoffnung liegt in der *Prophezeiung der Magischen Vier*. Daran müssen wir glauben.» Die alte Kammerfrau schien wie Tim eine unverwüstliche Zuversicht in sich zu tragen. «Gehen wir nun wieder hinein, Selina, bevor sie uns noch erwischen.»

«Ich werde euch versorgen, Jungs. Das verspreche ich.»

Selina und Anna begaben sich in die Burg zurück.

Der nächste Morgen brachte einen unverhofften Anblick. Sonnenstrahlen berührten ihre Haut. Tim, Nick und Robby tat die Wärme sichtlich gut. Auch die Menschen an der Burg sahen zum Himmel hinauf und ein Lächeln zauberte sich auf ihre Lippen. Durch diese wohlige Wärme schenkten sie sich wieder Freundlichkeit. Sogar Tim, Nick und Robby wurden von mitfühlenden Blicken bedacht.

Selina und Anna kamen aus der Burg. Selina trug ein Tablett mit Bechern, Anna einen Korb mit Brot. Doch auf ihren Gesichtern brannte *kein* freundliches Lächeln. Mit hängenden Köpfen liefen sie neben Hubertus von Rhog, der mit einem miesepetrigen Gesicht zum Himmel schaute.

«Die Sonne ist da. Welch interessanter Umstand. Die Elben schicken wohl wieder ihre Magie zu uns. Aber das hilft euch auch nichts. Der Schwarze Zauberer wird heute noch hier erscheinen. Selbst wenn *euch* Licht gesandt wird, werdet ihr hier nur Dunkelheit erfahren.»

«Das werden wir noch sehen.» Tim wollte sich nicht von diesem grimmigen Landesherrn nicht einschüchtern lassen.

«Schweig! Frecher Bursche. Mit deiner Magie ist es bald vorbei. Auch du wirst ein dunkler Diener.»

«Da täuscht Ihr Euch gewaltig!»

Der Landesherr hob seine Faust und wollte zuschlagen.

«NEIN!» Selina stellte sich mitsamt dem Tablett vor Tim.

Sie hätte den Schlag abbekommen, wenn der Landesherr nicht solch ein schnelles Reaktionsvermögen besessen hätte. Hubertus von Rhog ließ seine Faust sinken und starrte Selina entgeistert an. «*Du* stellst dich *mir* in den Weg? Weißt du, was das bedeutet?»

Selina schüttelte stumm den Kopf.

«Du wirst heute nichts zu essen bekommen - und denen da gebt ihr auch nichts mehr.» Hubertus von Rhog deutete mit einer Hand wütend auf die Gefangenen.

Anna tat so, als ob sie nicht gehört hätte, und stopfte ihnen schnell noch Brot in die Münder.

«Anna!», donnerte der Landesherr und Anna reagierte endlich. «Vielleicht ist die Sonne ja doch ein gutes Zeichen für uns. Heute Mittag werdet ihr vor Hunger und Hitze um Erlösung betteln.» Hubertus von Rhog griff nach Anna und Selina. «Ab in die Burg!» Ziemlich derb zerrte er die beiden Kammerfrauen mit sich.

«Oh nein. Zuerst werden wir gebraten und geröstet, dann schwinden unsere Sinne und dann werden wir Morkas.» Robby schien schon jetzt halb verrückt vor Angst zu sein.

«Robby, wir müssen auf Rettung hoffen.» Tim wollte Robby unbedingt aus seiner Selbstaufgabe herausholen.

«Hoffnung? Es ist deine Schuld, dass wir hier ...»

«Meine Schuld? Jetzt gibst du mir die Schuld? *Du* bist uns doch gefolgt, wenn ich dich daran erinnern darf.»

«Nur, weil du nicht aufgegeben hast. Du hättest auf mich hören sollen! Jetzt werden wir sterben.»

«Werden wir nicht!»

«Oh doch. Als Morkas sind wir so gut wie tot.»

«Du mit deiner Schwarzmalerei.»

«Und du …»

«HÖRT AUF! ALLE BEIDE! Merkt ihr denn nicht, was ihr da tut?» Nick blickte zwar auch böse drein, aber das lag im Moment nur an dem Verhalten von Tim und Robby. «Wir dürfen uns nicht streiten. Das ist der dunkle Bann. Ich weiß auch nicht, wo ich noch Hoffnung hernehmen soll, aber *ich* will mich *nicht* streiten und auch *nicht* sterben!»

Tim und Robby schwiegen betreten und dieses Schweigen hielt eisern an.

Die Sonne wanderte weiter und hatte bald ihren Zenit erreicht. Heiße Strahlen prasselten auf die Erde hinab. Die Hitze, die fehlende Nahrung und die fehlende Flüssigkeit setzten den Freunden immer mehr zu. Wie durch einen dichten Schleier nahmen sie das Geschehen an der Burg bald nur noch wahr. Ihre Köpfe senkten sich langsam nach unten und ihr Kampf gegen eine Ohnmacht wurde schwächer. Selbst Tim glaubte nun kaum noch an Rettung.

Der Landesherr kam wieder zu ihnen. Er begutachtete die Jungen mit einem kalten, zufriedenen Lächeln.

«ICH PROTESTIERE ENTSCHIEDEN GEGEN DIESE GEFANGENNAHME!», rief plötzlich eine laute, energische Stimme über den Burghof. «Hubertus von Rhog, Ihr habt KEIN Recht, diese Jünglinge an Holzpfähle zu binden und dem Schwarzen Zauberer zu übergeben. Wenn Euer Seelenheil lieb ist, dann löst Ihr die Fesseln auf der Stelle.»

Tim horchte auf. Diese Stimme kannte er - sogar sehr gut. ABER DAS WAR UNMÖGLICH! Krampfhaft hob er den Kopf und versuchte, durch den dicken Schleier vor seinen Augen irgendetwas zu erkennen. Er holte noch einmal all seine Feuerkraft hervor und schob den Schleier weg.

SEINE SCHWESTER WAR HIER!

Jetzt wurde er wirklich verrückt. Oder waren das schon die ersten Erscheinungen eines vernebelten Geistes? Schnell kniff er die Augen zusammen und schaute erneut hin. Lea stand nach wie vor sehr klar und deutlich vor ihnen.

Totenstille legte sich über den gesamten Burghof. Einige Menschen blieben erstarrt stehen, andere rannten ängstlich in die Burg. Etliche Wachmänner rückten bedrohlich näher.

«Wer wagt es, mir zu widersprechen? Und auch noch hier, auf meiner Burg?» Maßloses Erstaunen, Wut, Zorn und Fassungslosigkeit kämpften um die Herrschaft im Inneren des Landesherrn.

«ICH wage es!», rief Lea mutig.

Hubertus von Rhog hatte Lea endlich entdeckt und starrte sie mit offenem Mund an. Das maßlose Erstaunen gewann in seinem Inneren den Kampf. Da stand eine junge Frau, die ganz offensichtlich auch von der anderen Seite des Tores war. ABER *SIE* WAR SCHÖN! WUNDERSCHÖN! Was für ein liebreizendes Antlitz. Welch strahlend blaue Augen, welch seidiges langes Haar, welch wundervolle Formen. Hubertus von Rhog war der geheimnisvollen Ausstrahlung von Lea im Handumdrehen erlegen.

Lea bemerkte die verlangenden Blicke, tat aber völlig unbeteiligt. Sie wandte sich ab und sah zu den Jungen an den Pfählen. Robby und Nick wurden bereits ohnmächtig. «Herr! Bitte befreit diese Jünglinge», flehte sie eindringlich.

«Und warum sollte ich das tun?», fragte der Landesherr mit nun einem süßlichen Lächeln.

«Weil einer von ihnen mein Bruder ist und die anderen seine Freunde. Wir sind einfache junge Leute und haben nichts Böses im Sinn.» Leas Herz hämmerte vor Sorge wild gegen ihre Brust, äußerlich blieb sie jedoch ruhig.

«Euer Bruder?» Hubertus von Rhog war mit einem Schlag hellwach. «Ist es der Junge mit den magischen Fähigkeiten?»

«Mein Bruder besitzt keine magischen Fähigkeiten», erklärte Lea irritiert.

«So, so …» Hubertus von Rhog überlegte. Er hatte den Befehl, diese jungen Leute festzuhalten. Vor allem der Junge mit dem magischen Feuer sollte gut bewacht werden. Wenn seine Schwester kam, auch sie. Jetzt war *eine* Schwester da, von welchem Jungen auch immer. Sie wusste nichts von magischen Fähigkeiten und besaß offensichtlich auch keine. Sonst hätte sie ihre Magie schon längst eingesetzt. Dann war sie nicht die Gesuchte und er durfte die Jungen getrost von den Pfählen binden. Er konnte ihnen auch zu essen geben. Hubertus von Rhog hatte nur noch eines im Sinn, diese betörende junge Frau unbedingt für sich zu gewinnen. Wenn Marwin die Gefangenen in seine Dienste nehmen wollte, besaß er immer noch genügend Magie, dies auch zu tun. Hubertus von Rhog würde die jungen Leute in der Burg behalten und bewachen. Damit führte er den Befehl des Schwarzen Zauberers immer noch aus und konnte auch diese schöne Maid umwerben. Selbstherrlich wandte er sich zu der Burgwache. «Bindet sie los!»

Die Wachmänner eilten beflissen herbei, um dem Befehl ihres Herrn sofort Folge zu leisten.

«Bringt sie auf die Gästegemächer und bewacht sie! Bereitet ein Festmahl vor!» An Lea gewandt, setzte Hubertus von Rhog sein bestes Lächeln auf, zu dem er fähig war. «Seid Ihr nun zufrieden? Ihr werdet meine Gäste sein. Wir dienen dem Schwarzen Zauberer und auch bald Ihr.»

«Und damit soll ich zufrieden sein?», brüskierte sich Lea und stemmte ihre Hände in die Hüften.

«Ja», war die kurze Antwort.

Lea wurde gepackt und zusammen mit den Jungen in die Burg gebracht. Während sie und Tim noch fähig waren, zu laufen, wurden ihre ohnmächtigen Freunde getragen.

«Wie hast du uns gefunden?», flüsterte Tim seiner Schwester zu, während sie eine breite Treppe in einen verzweigten Gang hinaufgeführt wurden.

«Na wie schon? Als Aufsicht zum großen Frühlingsfest musste ich Kontrollgänge machen. Der Schreck war groß, als ich eure leeren Schlafsäcke fand. Ich schlug Alarm und alle suchten nach euch. Als ich in den Keller wollte, weil ich ahnte, dass du vielleicht auf Legendenjagd bist, versperrte mir der Hausmeister den Weg. Er sagte, er wäre die ganze Zeit hier unten gewesen und hätte niemanden gesehen. Irgendetwas gefiel mir an ihm nicht. Also bin ich jeden Nachmittag in die Grundschule, bis die Kellertür endlich offen war. Ich stieg in den Keller und kam in einen Gang, in dem eine geöffnete Mauer ein weißes Licht hervorbrachte. Ich konnte gar nicht anders und bin hindurchgegangen. Wenn *ihr* dieses Licht entdeckt hattet, dann würdet ihr hindurchgegangen sein. Als ich hier ankam, bin ich ins Dorf. Ein Junge namens Jacob begegnete mir. Ich sagte ihm, dass ich meinen Bruder suche. Er erzählte von euch, und dass ihr Gefangene an der Burg seid. Ich lief sofort los und *jetzt bin ich hier.*»

«Ja, das bist du. Danke Lea.» Zum ersten Mal war Tim über die Fürsorge seiner Schwester froh. Es tat gut, sie hier zu sehen.

«Wer hätte gedacht, dass die Legende wahr ist», meinte Lea. «Jacob erzählte auch von dem Schwarzen Zauberer und von deiner Magie. *Das* wollte ich ihm natürlich *nicht* glauben.»

«Aber es stimmt. Ich besitze magische Fähigkeiten und kann Feuerkugeln in meinen Händen herstellen.»

«Tim, wenn du mich auf den Arm nehmen willst ...»

«Nein, das will ich nicht.»

So ernst, wie Tim Lea anschaute, musste es wahr sein. «Das ... wäre ja unfassbar.»

«Haben sich bei dir auch magische Fähigkeiten gezeigt? Ein Glühen in deinen Händen oder so?»

«NEIN, NATÜRLICH NICHT!»

Tim war erleichtert. Es stimmte zwar, dass seine Schwester hierhergekommen war, aber sie besaß keine magischen Fähigkeiten. Also waren sie *nicht* die Auserwählten. Auch Lea war froh über diese Tatsache.

Sie liefen jetzt in einen schmalen Gang mit schmalen Türen hinein. Vier Türen wurden von den derben Wachmännern aufgestoßen. Sie führten in schmale Räume.

«Los! Rein da!»

Tim und Lea gingen jeweils in eine Kammer und Robby und Nick wurden auch in verschiedene Kammern getragen.

Selina und Anna kamen zu ihnen. Sie trugen in jeder Hand einen Becher mit Wasser, den sie auf die Kammern bringen sollten. Robby und Nick wurden mit dem Wasser benetzt, damit sie aus ihrer Ohnmacht erwachten.

«Bin ich froh, dass ihr von diesen Pfählen befreit wurdet», sagte Selina, als sie Tim das Wasser in seine Kammer stellte. «Und ich kann es kaum fassen, dass Lea da ist.»

«Geht mir genauso», gab Tim zu.

«Meine Kammer ist auch hier», hörte Tim noch die letzten Worte von Selina, dann musste sie die Kammer wieder verlassen. Hinter ihr flog die Tür zu.

UNHEILVOLLE BEGEGNUNG

Am Abend klopfte Anna an die Türen. «Kommt heraus. Ich soll euch in den Burgsaal bringen.»

Fünf Türen öffneten sich. Nick, Robby, Tim, Lea und Selina traten auf den Flur. Sie sahen sich zum ersten Mal seit der Befreiung der Jungen wieder.

«Lea ...», entfuhr es Robby verblüfft.

«Wie ist das möglich?», wollte Nick ungläubig wissen.

Spitze Lanzen stießen die Freunde in die Rücken und sie mussten schnell loslaufen.

Lea erzählte währenddessen auch den anderen, was sie erlebt hatte und wie sie hierhergekommen war.

«Wunder geschehen also doch noch», stellte Nick voller Staunen fest.

«Vielleicht solltet ihr mehr daran glauben», meinte Tim.

Lanzen stießen erneut in die Rücken der Gefangenen. «Hier wird nicht gesprochen!»

Die Freunde schwiegen und liefen zwischen den grantigen Wachmännern und einer mitleidigen Kammerfrau zum Burgsaal.

«Ihr werdet erwartet!»

Die zweiflügelige Tür zum Burgsaal öffnete sich durch eine unsichtbare magische Hand und die Gefangenen traten ein.

An der Stirnseite einer großen Tafel auf einem kleinen, hölzernen Thron saß majestätisch der Landesherr. Zu seiner rechten Seite befand sich Rufus Smirny, der die jungen Leute mit einem übellaunigen Blick bedachte. Es war ihm deutlich anzumerken, dass er mit der Entscheidung des Landesherrn nicht einverstanden war. Aber er war auch nicht befugt, ihm zu widersprechen. Außer den beiden saßen noch Männer der Burgwache an den Tischen. Die Atmosphäre war angespannt. Hubertus von Rhog wollte offensichtlich verhindern, dass die Gefangenen einen Fluchtversuch unternahmen.

«Ah ... seid gegrüßt, edle Gäste», rief Hubertus von Rhog gönnerhaft. «Ich freue mich, dass ihr meiner Einladung zum Festmahl gefolgt seid.»

Die Wachmänner lachten grob.

«Nehmt Platz und lasst es euch schmecken. Ihr werdet bestimmt Hunger haben.» Die Worte waren mit einem gewissen Zynismus gewürzt.

Natürlich hatten Tim, Nick und Robby Hunger. Sie wurden zusammen mit Selina und Lea zu der freien Bank neben dem Landesherrn bugsiert und mussten sich dort hinsetzen.

Die Tafel war reichlich gedeckt. Gebratenes Huhn, Fisch, verschiedene Gemüsesorten, Brot und Käse und sogar eine Torte standen bereit. Die Getränke umfassten Honigwein, Sternensaft, Malzbier und Schaumsüß. Während Honigwein sehr stark alkoholisiert war, befand sich in den anderen Getränken kein Alkohol. Diese Getränke waren für die Gäste bestimmt. Selina schmeckte vor allem das Schaumsüß.

Hubertus von Rhog erhob sein Glas. «Nun denn - esst und trinkt!», forderte er seine Gäste auf.

Tim, Nick und Robby griffen zu. Sie konnten sich kaum noch auf den Beinen halten und brauchten Nahrung.

Hubertus von Rhog suchte Lea immer wieder mit seinen Blicken. Er lächelte und prostete ihr zu. Doch Lea behielt ihre abweisende Haltung ihm gegenüber bei und Wut kochte bei Hubertus von Rhog hoch. Mit düsterer Miene erhob er sich.

«Ein Hoch auf unsere Gäste, vor allem auf die junge Herrin. Sie ist sehr schön und ich bin ihr sehr zugetan. Ich werde um sie freien.»

Lea rang um Fassung. «Mein Herr, wir danken Euch für das Gastmahl. Aber freit nicht um mich. Ich werde niemals Eure Gemahlin sein.»

Tödliche Blicke schossen aus den Augen des Landesherrn. Er stürzte seinen Honigwein die Kehle hinunter und ließ sich plump wie ein Stein wieder auf seinen Thron fallen.

«Der Landesherr findet Gefallen an dir. Deshalb wurden wir also befreit.» Tim strich sich wie erwachend über die Stirn.

«Ich werde bestimmt KEINE dunkle Landesherrin», sagte Lea rigoros.

«Wir müssen fliehen.», sagte Tim entschlossen.

«Ja, sonst erwartet uns noch was viel Schlimmeres als dieser Landesherr - ein Schwarzer Zauberer. Mit deinen magischen Kräften sollte das doch gehen, Tim.» Robby wollte auch so schnell wie möglich weg hier.

Da wehte plötzlich ein eisiger Hauch durch den Burgsaal. Die versilberte Tür des Saales krachte auf und schwarzer Nebeldunst wallte herein. Alle Geräusche erstarben. Der Saal versank in einem dichten, düsteren Dunst.

«Der Schwarze Zauberer ...»

Erschrockene Stimmen flüsterten leise durch den Nebel.

«Hättest du den Schwarzen Zauberer bloß nicht erwähnt. *Jetzt* ist er da», warf Selina Robby ängstlich vor.

«Der wäre auch so gekommen. Los! Fliehen wir durch diesen Nebel!», forderte Robby seine Freunde auf.

Die fünf Gefährten wollten sich erheben, aber sie waren wie gelähmt. Eine starke Kraft hielt sie an ihre Plätze gefesselt.

Der schwarze Nebel verschwand und die Umrisse einer hoch gewachsenen, kräftigen, schwarz gekleideten Gestalt wurden sichtbar. Es war ein Mann. Mit seiner unheimlichen Aura beherrschte er den Raum. Er trug lange Lederstiefel, eng anliegende Beinkleider, ein Seidenhemd und eine rüstungsartige Weste. Darüber wehte ein langer Mantel aus einem weichen Material mit einer großen Kapuze, die tief ins Gesicht gezogen war. Vier Schattenkrieger tauchten neben ihm auf. Maskenhafte Gesichter, ausdruckslose Augen, silberschwarze Rüstungen und todbringende Schwerter. Dieses Bild erinnerte einmal mehr an die dunkle Magie, die sie ergriffen hatte und der sie blind gehorchten. Drohend und magisch standen die dunklen Krieger neben ihrem Herrn und rührten sich nicht.

Tims Nackenhaare stellten sich kerzengerade auf. Energiegeladene, glühende Lava schoss durch seine Adern und wuchs zu einem machtvollen Strom heran. Sein Blut brannte wieder. Der Schwarze Zauberer zog ihn magisch in seinen Bann. Unbewusst fühlte er, dass sein heißes Feuer mit ihm zu tun hatte.

Langsam nahm der Schwarze Zauberer seine Kapuze ab.

«Marwin!» Hubertus von Rhog und Rufus Smirny standen auf und verbeugten sich.

Aufmerksam betrachtete Tim den gefürchteten Zauberer, der so unvorstellbare Fähigkeiten besitzen sollte und der den Menschen seinen Willen aufzwang. Sein kantiges Gesicht war eisig, bleich und sehr prägnant. Aber er war nicht hässlich. Seine Augen und Haare passten zu seiner Kleidung. Sie waren von einem ebenholzmäßigen Schwarz und unergründlich wie die Tiefen seiner Seele.

Marwin blickte sich um. Eine Augenbraue schnellte in die Höhe, als er Tim und Lea sah. Sein Blick wanderte weiter - über eine reichlich gedeckte Tafel, versteinerte Wachmänner und verschreckte Bedienstete. Sie hätten sich am liebsten in die hintersten Winkel der Burg verkrochen. Marwin verzog spöttisch den Mund und richtete seinen Blick auf Hubertus von Rhog. «Eine festliche Tafel? Ihr verstoßt gegen meinen Befehl. Die Gefangenen sollten hungern.» Seine tiefe Stimme schwang in einem melodischen Rhythmus, dem man sich kaum entziehen konnte. Magie lag in der Luft und eine klirrende Kälte.

Der Landesherr erbleichte. Was sollte er sagen? Dass ihm Lea gefiel? Fieberhaft überlegte er. «Die Gefangenen wurden ohnmächtig. Ich dachte, sie sollten bei Kräften bleiben. Sonst nützen sie Euch nichts mehr, Herr. Eure Magie ist groß. Sie reicht doch aus, um sie trotzdem noch zu wandeln.»

Marwin blieb gelassen. «Lasst Eure falsche Schmeichelei. Meine Magie geht nur mich etwas an. Ihr habt meinen Befehl missachtet, Hubertus von Rhog. »

«Es kommt nicht wieder vor, Herr.»

«Das wird es auch nicht. Was glaubt Ihr, warum ich Euch *nicht völlig* gewandelt habe? Ich brauche Landesherren, die noch eigenständig denken können. Meine Schattenkrieger folgen mir in blindem Gehorsam. Das ist einfach, aber sie können keine Ländereien führen. Es wäre eine ziemlich tote Welt, über die ich dann herrschen würde.»

«Die Welt wird tot sein, wenn dieser Schwarze Zauberer herrscht», raunte Nick trocken.

«Sei bloß still», mahnte Selina ängstlich. Sie wollte keine Aufmerksamkeit erregen.

Ein silberschwarzer Strahl schoss plötzlich durch den Burgsaal. Die dunkle Magie traf auf Hubertus von Rhog. Seine Augen verklärten sich. Schwarzer Nebel umhüllte ihn und als sich der Nebel verzog, kamen ein ausdrucksloses Gesicht und eine schwarz gefärbte Kleidung zum Vorschein. Hubertus von Rhog war zwar noch kein Morka, aber der dunkle Bann hatte ihn stärker erfasst.

«Ich diene Euch, Herr», sagte er beflissen.

Marwin nickte nur. Sein Augenmerk richtete sich nun auf die fünf jungen Leute von der anderen Seite des Tores. Kräftigen Schrittes ging er auf sie zu.

Die Freunde schraken zusammen. Würden sie jetzt auch mit einem dunklen Bann belegt? War ihr Schicksal damit besiegelt?

Tims Blut rauschte heiß durch seine Venen und in seinen Händen, die er krampfhaft unter dem Tisch verborgen hielt, bildete sich eine rote Feuerkugel. Er würde bis zum Schluss kämpfen und seine Freunde verteidigen, das stand fest.

Aber er war nicht der Einzige, dessen Blut heiß wurde. Lea spürte ihr Blut plötzlich auch sehr heiß durch ihre Venen pulsieren. Ihr Herz überschlug sich fast und ein nie gekanntes Gefühl fuhr durch ihren Körper. Unbändige Energie raste ihren Rücken hinauf. Irgendetwas geschah mit ihr, genauer gesagt, mit ihren Händen. Sie steckten unter dem Tisch und Lea war auch froh darüber. Verstohlen warf sie einen Blick hinunter. Eine braun-grüne Energiekugel flammte plötzlich zwischen ihren Händen auf. Lea zitterte. Nur mit äußerster Willensanstrengung riss sie ihre Hände wieder auseinander und die wabernde Energiekugel erlosch. DAS DURFTE NICHT WAHR SEIN! SIE BEKAM MAGISCHE

FÄHIGKEITEN! Nur sah ihre Energiekugel braun und grün aus. Was ging hier vor? Lea hatte sich immer für sehr bodenständig gehalten und war auch stolz darauf. Diese magische Gabe überstieg ihr ganzes Vorstellungsvermögen. Wie sollte sie damit umgehen? *Ihr Bruder* war doch derjenige, der an Magie glaubte, nicht *sie*!

Unergründlich weilten die Augen des dunklen Zauberers auf dem Geschwisterpaar und tauchten tief in sie hinein. In diesen Minuten stand die Welt um sie herum still. Der Blickkontakt von Tim und Lea mit Marwin war von solch heftiger Intensität, dass eine ungeheure Energie freigesetzt wurde. Tatsächlich krachte draußen ein Blitz hernieder, sandte seine Macht in den Burgsaal und rief das Grollen eines Donners hervor. Der Raum wurde von einer Kraft erfüllt, die selbst für den Schwarzen Zauberer ungewöhnlich war. Aber sie sagte ihm auch, dass er die Richtigen gefunden hatte.

Tim und Lea rissen sich mit großer Willensanstrengung von dem Schwarzen Zauberer los und die Magie zerbrach.

Marwin lächelte spöttisch. «Die magischen Geschwister sind also da», sagte er dunkel.

«Ihr irrt Euch», erwiderte Tim siegessicher. «Ich besitze magische Fähigkeiten, aber meine Schwester nicht. Also sind wir keine magischen Geschwister. Ihr habt die Falschen. Lasst uns endlich frei!»

«So, die Falschen?» Der Schwarze Zauberer trat noch näher an die Geschwister heran. Er roch, schnüffelte und schüttelte den Kopf. «Ich irre mich nicht. Die Magie ist da und der Zeitpunkt auch. Ihr seid die Auserwählten.»

«IHR IRRT EUCH! MEINE SCHWESTER HAT NICHTS MAGISCHES AN SICH!», beharrte Tim.

«*Das* ... würde ich *so* ... nicht sagen.»

Atemlose Stille wiegte sich durch den Saal.

Mit einem hilflosen, traurigen Lächeln hob Lea ihre Hände unter dem Tisch hervor. Eine braun-grüne Energiekugel waberte zwischen ihnen. «Es ist gerade erst passiert.»

«Lea ...» Tim starrte seine Schwester konsterniert an.

«Ich sagte doch, ich irre mich nicht», zischte Marwin düster. «Aber offensichtlich habt ihr keine Ahnung von Eurem Schicksal. Das macht die Sache umso leichter.» Der Schwarze Zauberer schoss einen silberschwarzen Strahl aus seinen Händen auf die braun-grüne Energiekugel. Sie zerbarst in tausend kleine Funken, die in der Stille der Luft versiegten.

Verdutzt blickte Lea auf ihre Hände. Die Magie in ihnen war erloschen.

«*DU besitzt magische Fähigkeiten?*»

Wenn Tim alles geglaubt hätte, aber *das* war einfach nicht möglich. *Was* wollte *seine bodenständige* Schwester mit Magie?

«Ich ... ich kann es auch nicht glauben. Vielleicht ist das eine Art ... Familiending, und wir können uns ... gar nicht dagegen wehren. Ob unsere Eltern auch Magie besitzen?»

«Das glaube ich nicht. *Das* hätten sie uns erzählt. Diese Magie scheint nur uns beide zu betreffen.»

«Und was machen wir jetzt?»

«Nichts.» Die beißende Stimme des Schwarzen Zauberers unterbrach die Geschwister barsch. «Ihr gehört mir. Ich werde Euch wandeln, dann werdet Ihr mir freiwillig dienen. Zusammen werden wir die Erde beherrschen. Keiner wird unserer Kraft trotzen können. Vergesst EUER altes Leben. ICH ZEIGE EUCH EINE NEUE WELT!»

«NIEMALS!», riefen Tim und Lea.

«Oh doch! Wir werden noch feststellen, wessen Magie stärker ist.» Marwin drehte sich auf dem Absatz um und stolzierte zu Hubertus von Rhog. «Bringt sie wieder in die Kammern und bewacht sie gut. Ich muss nach Klitúr, an meine Burg. Die nächsten Schattenkrieger sollen den Wandel vollziehen. Wenn ich zurückkehre, kümmere ich mich um die Gefangenen.»

«Wie Ihr befehlt, Herr.» Hubertus von Rhog verneigte sich zum Zeichen, dass er den Befehl verstanden hatte.

«Und Ihr sorgt dafür, dass das Tor im Schulkeller verborgen bleibt. Erzählt diese Spukgeschichte oder irgendetwas anderes. Die Menschen dürfen nichts von dem Tor erfahren. Wenn die Zeit reif ist, marschiere ich mit einem Heer von Schattenkriegern hindurch und werde auch diese Seite der Erde unterwerfen.»

Rufus Smirny verneigte sich ergeben.

Marwin bauschte seinen schimmernden, dunklen Umhang auf und schwarzer Nebel entstand. Als sich der Nebel wieder teilte, war der Platz, an dem der Schwarze Zauberer mit seinen Schattenkriegern gestanden hatte, leer.

DIE FLUCHT

Der Augenblick nach dem Verschwinden des Schwarzen Zauberers hätte der Augenblick der Flucht sein können. Aber die fünf Gefährten waren wieder wie gelähmt. Als sie sich endlich bewegen konnten, standen die Wachmänner bereits neben ihnen und hielten Selina, Nick und Robby umfasst. An Tim und Lea traute sich niemand heran. Ihre Hände glühten magisch.

«Flieht! Flieht und bringt euch in Sicherheit!»

Tim und Lea wären Nicks Aufforderung zur Flucht sogar nachgekommen, wenn da nicht die übergroßen ängstlichen Augen von Robby und Selina gewesen wären. Die Geschwister ließen ihre Hände sinken und die Energiekugeln erloschen. Stumm gingen sie mit den Wachmännern und ihren Freunden zu ihren Kammern zurück.

Die Nacht senkte sich über die Erde - auf beiden Seiten des Tores. Die Freunde sollten schlafen, doch *keiner* vermochte es. Jeder hing seinen eigenen Gedanken nach. Robby und Selina konnten den tieferen Sinn hinter ihrem Aufenthalt hier nicht erkennen und sehnten sich nach Hause. Nick wollte warten, ob er nicht doch noch an ein Haus des Wissens kam. Und Tim und Lea konnten es nicht fassen, dass Lea plötzlich magische Fähigkeiten besaß. Sie waren *wirklich* magische Geschwister und spürten eine Macht, die ihnen auch noch vertraut vorkam. Vielleicht waren sie sogar auserwählt. Aber wieso hatte sich ihre Magie erst jetzt gezeigt? Wieso waren sie nicht von Anfang an auf ihre Aufgabe vorbereitet und schon viel eher auf diese Seite des Tores gerufen worden? Die

Druiden würden wahrscheinlich sagen, dass alles zu seiner Zeit passierte. Lea wälzte sich unruhig in ihrem Bett hin und her. Magie war für sie nie greifbar gewesen. Kein Mensch auf ihrer Seite des Tores glaubte an Magie. Aber hier, hinter dem Tor, war sie lebendig. Die Menschen lebten mit der Magie, obwohl sie im Moment nichts Gutes brachte. Der Schwarze Zauberer missbrauchte diese Urkraft des Lebens und wollte über die Erde herrschen. Was würde dann aus der Erde werden? Plötzlich sah Lea nicht mehr viele Länder mit verschiedenen Menschen vor sich, sondern nur noch eine Menschheit, die in größter Gefahr schwebte. Es brauchte schon ein Wunder, um hier noch Rettung zu bringen.

KRATZ!

Lea lauschte. Was war das?

KRATZ!

Da kratzte jemand leise an der Tür. Lea stand auf, ging hin und hielt ein Ohr an das braune Holz. In ihren Händen bildete sich ein Energieball. Wenn das Hubertus von Rhog war …

«Herrin, hört ihr mich?», rief es sanft von draußen. Wie die bärbeißige Stimme des Landesherrn klang das nicht. Der Energieball erlosch und Lea öffnete die Tür.

«Anna?!»

«Ich will die jungen Herrschaften retten», flüsterte Anna. «Die Wachen schlafen - trunken vom Honigwein. Ich habe ihnen noch einige Flaschen aus dem Keller gebracht. Wenn *Ihr* die Auserwählten seid, dann könnt *nur Ihr* den Schwarzen Zauberer besiegen. *Ich* will Euch dabei helfen. Es gibt einen Geheimgang unter der Burg. Robert von Rhog zeigte ihn mir. Ich bin seine älteste Kammerfrau und er zog mich ins Vertrauen. Schnell! Holen wir die anderen!»

Die Türen öffneten sich und Tim, Nick, Robby und Selina traten heraus. Fragend blickten sie auf Anna und Lea.

«Ich bringe die Herrschaften zu einem Geheimgang, der aus der Burg führt. Ihr müsst frei sein», erklärte Anna und lief umgehend los.

«Ich liebe Geheimgänge!», sagte Selina. Sie hätte hüpfen können vor Freude.

«Du liebst Geheimgänge?» Nick blickte sie zweifelnd an.

«Jetzt schon. Ein Geheimgang verhilft uns zur Freiheit.»

«Pst, es sollten zwar alle schlafen, aber ihr solltet trotzdem leise sein», mahnte Anna.

Still und wachsam liefen sie durch die Burg. Es war kurz vor Mitternacht und alles blieb ruhig.

«Ihr seid so mächtige Zauberer. Es ist mir eine Ehre, Euch zu helfen», wisperte Anna, während sie wenig später die Treppe zum Kellergewölbe hinabstiegen. Die Kammerfrau besaß für jeden Raum in der Burg einen Schlüssel.

«Also ich würde mich nicht als Zauberin bezeichnen, nur weil ich diese magischen Energiebälle erzeugen kann. Von Magie habe ich nicht den blassesten Schimmer», entgegnete Lea abwehrend. Sie achtete dabei auf jede Stufe und war froh, als sie unten angelangt waren.

«Geht mir genauso», bestätigte Tim. «Außerdem besitzt doch jeder Mensch einen Zauber. Auch du, Anna! Dein Zauber heißt Mitgefühl und Tapferkeit.»

«Der Herr macht Scherze.» Verlegen nestelte Anna an ihrer Schürze.

«Nein, durch deine Tapferkeit kommen wir frei. Das ist ein großer Zauber - auch wenn wir jetzt durch ein düsteres Kellergewölbe laufen.» Tim zwinkerte Anna neckend zu.

«*Der Zauber dieser Welt steckt in allem, was lebt*», sagte Lea plötzlich mit einem fernen Gesichtsausdruck.

> *«Zauber und Magie. Spürst du sie?*
> *Sie sind in dir, mit dir und um dich herum.*
> *Sie reden zu dir, bleiben nie stumm.*
> *Lasst euch führen, vom Herzen berühren.*
> *In eurem innersten Kern brennt der helle Stern.»*

Lea kam wieder zu sich und sah verstört aus.

«Woher kamen denn *diese* Worte?»

Nicht nur Tim sah seine Schwester mit großen Augen an, sondern auch die anderen.

«Jetzt spreche ich auch noch orakelhafte Sätze. Nun werde ich wirklich verrückt.»

«Ihr seid die Auserwählten», meinte Anna ruhig. «Nur die Auserwählten können die Worte eines Orakels verstehen.»

«Die Worte eines Orakels? Was hat das nun wieder zu bedeuten?» Lea fiel von einem Extrem in das andere.

«In jeder Welt gibt es ein Orakel. Auserwählte, die die Gabe der Visionen besitzen, können es verstehen und geben die Worte weiter. Ihr habt diese Gabe, Herrin.»

«Das glaube ich nicht.»

«Aber Ihr habt gesprochen!»

«Ja», musste Lea zugeben. «Wenn jede Welt ein Orakel besitzt und ich es verstehen kann, dann hätte ich die Worte des Orakels der Erde gehört?»

«So ist es. Magische Fähigkeiten sind angeboren. Sie zeigen sich entweder gleich nach der Geburt oder wenn die Zeit gekommen ist, sie zu offenbaren», erklärte Anna.

«Ihr wisst sehr viel, Anna.»

«Ich war zwei Jahre in Rhogat, im Haus der Heiler. Magie, Orakel- und Kräuterkunde gehören zu den Lerneinheiten. Deshalb kenne ich Heilpflanzen, die gegen dunkle Magie wirken. Ein Orakel weiß genau, wer in seiner Welt die Gabe der Visionen besitzt. Soll sich die Gabe entfalten, nimmt es Kontakt auf. Dann hört der Auserwählte die ersten Worte des Orakels. Es ist der Ruf der Magie. Das ist bei Euch geschehen, Herrin. Auf unserer Seite des Tores wissen die Menschen schon seit ihrer Kindheit, welche Gaben sie besitzen. Sie treten sehr früh auf und weisen ihnen den Weg. Mit der Gabe der Visionen können nicht nur die Worte eines Orakels verstanden, sondern auch Visionen gesehen werden.»

«Visionen gesehen?»

«Ja, das Orakel schickt nicht nur Worte, sondern auch Bilder.»

«Anna, ich weiß nicht, ob ich die Richtige dafür bin. Das ist mir unheimlich.»

«Das kann ich verstehen, Herrin. Aber Gabe ist Gabe …»

Der unterirdische Gang wurde schmaler und düsterer. Das Gesicht von Anna lachte grotesk im Schein der Fackeln, die an der Wand ihr spärliches Licht in den Gang warfen. Lea mochte gar nicht hinsehen. Selina lief neben Tim und wollte sich diesen Platz auch nicht von seiner Schwester streitig machen lassen. Auf der anderen Seite ging Robby. Beide klebten an Tim wie Zuckerguss auf einem Kuchen.

«Ich bringe Euch zum Wald, wo Rose lebt. Die Druiden sollten das tun, aber nun mache ich es. Thomas war heimlich hier und bat mich darum», erklärte Anna und lief zielgerichtet durch den Gang.

«Wir kommen zu Rose? Unser Schicksal scheint wirklich seinen Lauf zu nehmen», meinte Tim.

«Ich kann gerne darauf verzichten», murrte Lea. «Aber vielleicht weiß diese Rose Rat und kann die Feen rufen, um uns wieder nach Hause zu bringen. Magie hin oder her. Wir sind nicht stark genug gegen diesen Schwarzen Zauberer. Er zerstörte meinen Energieball mit Leichtigkeit.»

«Ihr steht erst am Anfang Eurer Magie, wisst noch gar nichts von der Wahrheit Eurer Kräfte. Seid nicht so hart mit Euch selbst», rügte Anna die junge Herrin.

«Ich bin nicht hart. Ich weiß nur nicht, woran ich glauben soll. An Magie oder ein normales Leben auf der anderen Seite des Tores? Ich ... habe Angst.»

«Wer hat das nicht? *Ich* begebe mich in Gefahr, weil *ich* an Euch glaube! Also solltet *Ihr* das auch.» Anna gelangte mit ihren Schützlingen am Ende des langen Kellerganges an. Sie drückte einen hervorstehenden Stein in die Mauer und eine Tür öffnete sich. «Folgt mir.»

Eine steinerne Treppe führte nach oben. An der äußeren Mauer der Burg kamen sie an und gingen durch eine kleine Tür hinaus. Im Schutz der Dunkelheit führte Anna die jungen Menschen zum Wald.

Einige Zeit später gelangten sie an der ersten Baumreihe an.

«Ihr müsst nun allein weitergehen. Rose lebt auf einer großen Lichtung mitten im Herzen des Waldes. Ihr werdet den Weg finden. Lasst euch nur von eurem Herzen führen. Ich muss zurück an die Burg», sagte Anna.

Auch wenn die Freunde sich nicht vorstellen konnte, wie sie den Weg finden sollten, bedankten sie sich bei der alten Kammerfrau, die nun den Rückweg antrat.

«Und wohin gehen wir jetzt?», wollte Selina wissen.

«Zu dieser Rose», sagte Tim lakonisch.

«Ha, ha … wie witzig. Weißt du den Weg?»

«Nein, aber ich will darauf vertrauen, dass ich ihn finde. Hast du eine andere Idee?»

«Nein», knurrte Selina und blieb weiterhin stur in Tims Nähe.

Mystische Geräusche des Waldes. Die Gefährten liefen still dahin. Rauschende Baumwipfel, ein einsamer Eulenlaut, ein unergründlicher Krähenruf, das Knacken von abgebrochenen Ästen und das Knirschen des Weges. Der Wald hörte sich in der Dunkelheit kaum anders an als auf ihrer Seite des Tores. Wilde Blumen und Kräuter tauchten immer wieder auf, grünes Moos bildete kleine Inseln. Dennoch schwebte hier eine besondere Magie durch die Luft. Die Sträucher bildeten Gesichter und schienen sie zu beobachten.

Da bewegte sich plötzlich ein seltsamer Schatten zwischen den Bäumen.

«Was war das?», rief Robby.

«GRRR …»

«Habt ihr das auch gehört?»

«GRRR…»

Ein Tier, ähnlich einem Wolf, preschte vor ihnen über den Weg. Ein zweiter Artgenosse folgte ihm, blieb kurz stehen, beäugte die nächtlichen Wanderer und sprang weiter.

Selina und Robby hingen förmlich an Tim. Sie bemühten sich, mit ihm Schritt zu halten und ihren eroberten Platz zu behaupten. Den Kampf gegen ihre Angst hatten sie längst aufgegeben.

Nick und Lea liefen hinter ihnen.

Etwas leuchtete plötzlich am Boden. Es sah aus wie ein Pilz. Die Gefährten blieben stehen und betrachteten diese fremde Gebilde neugierig.

Nick bückte sich und wollte zugreifen.

Tim konnte ihn gerade noch daran hindern. Der Pilz hatte plötzlich ein großes Maul mit spitzen Zähnen und wollte zuschnappen. Sie mussten vorsichtiger sein und Nick rutschte nun auch ziemlich nah an Tim heran.

Lea blieb stur hinter ihnen. Sie wollte sich nicht an ihren jüngeren Bruder hängen. Außerdem sollte Tim *ihr* folgen. *Sie* war die Ältere. *Sie* musste ihn beschützen. *Sie* war gekommen, ihn zu retten. *Sie* ...

Lea merkte gar nicht, wie sie vom Weg abkam. Die Äste eines Strauches bildeten plötzlich zwei Arme mit langen Fingern. Sie griffen nach ihr und schraubten sich um sie.

«Hilfe!», rief Lea erschrocken.

Tim schnellte herum und rannte zu seiner Schwester. Er ließ seine Hände glühen und fasste die zähen Äste an, um sie auseinanderzubiegen. Die angesengten Äste gaben einen schmerzhaften Laut von sich, ließen Lea los und zogen sich wieder zusammen.

«Wo hast du nur deine Gedanken? Pass doch auf!», sagte Tim.

«Ja ...», meinte Lea gedehnt. «Danke für die Hilfe.»

Je mehr sie nun in den Wald vordrangen, umso stärker spürten sie jedoch, dass die Magie hier sehr sanft wurde. Der Wald schien sie jetzt willkommen zu heißen.

Nach einer Weile blieb Tim stehen. Er lauschte und reckte sich, bohrte seine Augen in die Schwärze der Nacht. Ein paar elfenhafte Glühwürmchen schenkten ihm Licht. Staunend beobachtete er, wie sie einen Pfeil in eine bestimmte Richtung bildeten. «Dorthin müssen wir gehen», rief er mit einer absoluten Gewissheit in der Stimme.

Es dauerte auch nicht mehr lange, da öffnete sich vor ihnen eine Lichtung. Ein weißes Haus. Ein Holzschuppen und ein blühender, großzügig angelegter Garten. Eine Ziege, ein Schaf, Hühner und ein Hahn. Etliche Fackeln erfüllten mit ihrem Licht und ihrer Wärme den Platz. Eine große, schlanke Frau stand vor dem Haus und spähte zu ihnen herüber.

DIE GROSSE SEHERIN

Rose hatte sich noch ein warmes Tuch umgeworfen, bevor sie vor das Haus getreten war. Ihr Blick hob sich hinauf zu den Bäumen. Die Elfen vollbrachten heute Nacht eine besondere Magie. Der Wind pfiff klangvoll durch die Wipfel. Er sang von den Auserwählten, die kommen würden, auch wenn sie selbst noch nichts von ihrem Schicksal wussten. Es reichte schon, dass das Schicksal von ihnen wusste.

Die Gabe der Visionen war nur eines der Geschenke, mit denen Rose gesegnet war. Ihre Magie erstreckte sich über Heilfähigkeiten bis hin zum Deuten der Sterne. Diese fernen, uralten Himmelskörper waren Boten. Sie erzählten von den Wegen der Menschen auf dieser Erde. Rose konnte in ihnen lesen wie in einem offenen Buch. Das Leben schickte überall seine Zeichen. Die gesamte Natur war voll davon. Rose wusste um die verborgenen Dinge zwischen Leben und Tod, zwischen Himmel und Erde. Alle Menschen waren aus ein und derselben Melodie entstanden und Teil eines großen Weltenrades. Das Rad besaß zwei Seiten, Schatten und Licht. Im Moment wurde das Schattenrad stärker. Ein Schwarzer Zauberer war gekommen, der eine schwarze Zukunft für die Erde vorgesehen hatte. Nur die Auserwählten konnten ihm die Stirn bieten, obwohl auch das noch nicht sicher war. Und nun wartete Rose auf die magischen Geschwister.

Da tauchten Tim, Nick, Robby, Selina und Lea auch schon an der Lichtung auf.

Rose winkte ihnen freundlich zu.

«Das muss Rose sein. Gehen wir zu ihr», meinte Tim.

«Ich grüße euch. Kommt nur herein», sagte Rose, als die jungen Menschen bei ihr angelangt waren.

«Wenn sie nun eine böse Hexe ist? Was machen wir dann?», raunte Selina Tim zu. Beklommen dachte sie an Märchen, in denen böse Hexen unschuldige Kinder zu sich riefen.

«Und ich dachte schon, ich hätte eine blühende Phantasie. Sieht denn so eine böse Hexe aus?»

Selina bemerkte das gutmütige und mütterliche Lächeln der magischen Frau und schüttelte stumm den Kopf.

Im Haus war es geräumig und sehr behaglich. Küche und Wohnraum waren eins. In der Mitte stand ein runder Holztisch mit sechs Stühlen. In einer Ecke befand sich eine Feuerstelle, die einem Kamin ähnelte. An einer langen Kette baumelte ein großer Kessel. Ein waberndes, dickes Gebräu brodelte darin. Das Feuer loderte hell und warm. Neben der Feuerstelle stand eine große Bank, auf der die Gefährten Platz nahmen. Rechts von ihnen befand sich ein Erker mit einer dicken, verzierten Truhe und einem Schrank. An der Wand neben der Feuerstelle lehnte ein riesiges Regal voller Töpfe, Näpfe, Flaschen, Schüsseln, Krüge, Mörser, Phiolen und anderen Behältern mit gesammelten und getrockneten Kräutern oder flüssigen Essenzen. Etliche Kräuter lagen auch lose herum. Das Regal beherrschte den gesamten Raum und gab ihm seine Eigenheit. Eine schmale Tür führte noch in eine Vorratskammer und eine breitere Tür offensichtlich in den Schlafraum.

«Willkommen in meinem Heim. Mein Name ist Rose und ich besitze magische Fähigkeiten. Ich lernte an den Häusern des Wissens in Rhogat und bin nun eine Heilerin.»

Tim stellte sich und seine Begleiter ebenfalls vor.

«Ihr kommt von der anderen Seite des Tores und seid hier, weil ihr einen Ruf erhalten habt. Meine Aufgabe ist es, Tim und Lea an einen Ort zu bringen, wo sie erfahren, welches Blut in ihnen fließt und warum sie magische Fähigkeiten besitzen. Das wollt ihr doch wissen, nicht wahr?»

«Ja», gab Tim zu.

«Wieso ist unsere Magie erst jetzt aufgetreten? Mich hat sie völlig überrumpelt», wandte sich Lea an Rose.

«Niemand auf eurer Seite des Tores kann etwas mit Magie anfangen. Ihr wäret erst recht überfordert gewesen. Jetzt seid ihr hier und alt genug, um zu verstehen und zu lernen. Ihr seid die Auserwählten. Euer Weg war so vorgezeichnet gewesen. Wichtig ist nur, ihn auch anzunehmen.»

«Und was ist mit uns? Warum sind wir hier? Tim und Lea haben *ihren* Weg, aber *wir* nicht», warf Selina ein.

«Jeder hat seinen Weg», sagte Rose geduldig. «Ihr seid meine Gäste, bis ihr euch wieder mit Tim und Lea vereint. Auch in euch muss ein Funke an Magie sein, sonst wäret ihr nicht hier. Ihr werdet bei mir viel lernen.»

«Na toll.» Selina war nicht gerade begeistert von dieser Aussicht. Der Gesellschaft von Tim beraubt, musste sie ihr kommendes Dasein in einem einsamen Haus bei einer einsamen Frau in einem einsamen Wald fristen. Ihr Blick fiel auf Robby und Nick, die sich damit auch noch abzufinden schienen. «Und ihr? Sagt ihr gar nichts dazu?», blaffte sie die beiden wütend an.

«Warum? Ändern können wir es nicht, aber wir können bei Rose viel lernen», strahlte Nick.

«Dem schließe ich mich an. Wir werden hier auf Tim und Lea warten, bis sie wieder da sind oder wir zu ihnen gehen.»

«Du stimmst Nick zu?» Selina schnappte nach Luft. Robby war *nicht* ihrer Meinung. Trotzig und frustriert stapfte sie mit einem Fuß auf dem Boden auf.

«Keine Sorge, Selina. Die Zeit wird vergehen wie im Flug. Ihr werdet hier eine schöne Zeit haben.» Das mütterliche Lächeln von Rose erreichte Selina zwar, aber sie schniefte trotzdem verdächtig.

«*Du* machst dir Gedanken, Selina? Frag *mich* mal.» Lea stand auf und lief unruhig durch den Raum. Vor dem Kräuterregal blieb sie stehen und nahm wahllos eine Phiole heraus. «Lauter Kräuter.» Lea wollte die Phiole wieder hinstellen, da regte sich etwas in ihr. Ein Band wurde geknüpft. Das Kraut schien zu ihr zu sprechen. «Was ist das?», wollte Lea mit neu erwachtem Interesse wissen.

«Huflattich. Er ist gut für Husten», erklärte Rose. «Alles, was wir brauchen, finden wir in der Natur.

Gegen jedes Leid über und unter der Haut
ist in der Natur gewachsen ein heilendes Kraut.»

Rose erläuterte nun einige Kräuter. Da gab es Zwiebelsaft, der Abhilfe bei Verletzungen der Haut verschaffte oder den Sonnenhut, der bei Wunden und Abszessen half.

Lea nahm Phiolen, Näpfe und Töpfe in die Hände und roch daran. «Ich verstehe es nicht, aber ich würde gern mehr über Pflanzen und Kräuter erfahren.»

«Das wirst du. Doch jetzt solltet ihr schlafen. Drüben im Holzschuppen liegen Decken. Das Heu ist sehr weich.»

Die ganze Anspannung fiel plötzlich von den Freunden ab und sie trotteten ergeben zum Holzschuppen.

Jeder suchte sich einen Platz und legte sich hin. Nicht nur das Heu war weich, auch die Decken. Kaum hatten sie sich in diese flauschigen Überzüge eingehüllt, fielen sie auch schon in einen tiefen Schlaf.

Ein durchdringender Hahnenschrei.

«Oh nein», stöhnte Lea und kam schlaftrunken nach oben.

«Was ist los?», murmelte Nick und setzte sich noch etwas dösig auf. Die Haare standen ihm zu Berge und seine Augen waren nur halb geöffnet.

Abermals erscholl trompetenartiges Hahnengeschrei.

«Das darf nicht wahr sein. Wie spät ist es?», brabbelte Tim und drehte sich auf die andere Seite.

«Viel zu zeitig», nuschelte Robby.

«Ich bin zu Hause», murmelte Selina.

Als die anderen zu ihr hinüberschauten, erkannten sie, dass Selina noch tief und fest träumte.

«Wir sollten auch noch schlafen.» Tim ließ sich wieder ins Heu fallen und verschwand unter seiner Decke.

Erst gegen Mittag erwachten die Freunde. Nachdem sie sich von dem Heu befreit und im Bach erfrischt hatten, gingen sie zu Rose in die Hütte.

«Da seid ihr ja. Ich hoffe, ihr habt gut geschlafen», begrüßte Rose ihre Gäste.

«Haben wir - danke», antwortete Tim höflich.

«Das freut mich. Esst etwas. Und wenn es euch nichts ausmacht, könnt ihr mir etwas Holz aus dem Wald holen.»

Die Freunde wollten das gern tun und setzten sich an einen gedeckten Tisch. Brot, frisches Quellwasser und sehr viele Früchte standen bereit. Als sie gegessen hatten, gingen sie nach draußen.

Lea kam bereits nach kurzer Zeit wieder zurück. «Ich habe etliche Äste gesammelt und sie an den Holzschuppen gelegt. Nun möchte ich gern noch mehr über die Kräuter erfahren.»

«Was möchtest du denn wissen?»

Zielgerichtet lief Lea zum Kräuterregal und nahm eine Schale heraus. «Was ist das?»

Rose begutachtete die Schale. «Das ist Bilsenkraut.» In ihre Augen trat ein merkwürdiger Ausdruck. «Bilsenkraut kann krampflösend und schmerzstillend wirken. Gut dosiert ist es ein hervorragendes Heilmittel. Aber es kann auch Wahnsinn hervorrufen.»

«Wahnsinn? Wie das?», entfuhr es Lea verblüfft.

«Nun - Bilsenkraut löst dummes Geschwätz aus oder Tobsuchtsanfälle. Bei der Einnahme von größeren Mengen wird der Geist träge. Das Böse verwendet Bilsenkraut, um sich die Menschen gefügig zu machen. Hör gut zu:

Bilsenkraut geht unter die Haut.
Passt genau auf, wem ihr vertraut.
Wer hat es euch gegeben?
Will er euer Leben?
Will er seinen Hunger stillen,
euch zu nehmen, den freien Willen?
Doch wenn es in gutem Maß gereicht.
Krankheit aus dem Körper weicht.»

Rose blickte Lea ernst an. «Merke dir diese Worte. Du weißt nie, was dir begegnet. Sei stets wachsam.»

Lea zuckte kaum merklich zusammen. Sie spürte, dass dies eine Warnung war. Sorgsam stellte sie den Napf wieder ins

Regal und nahm einen neuen Topf heraus. Wissbegierig fragte sie die magische Frau nach diesem Kraut. So ging es eine ganze Zeit lang und Rose erläuterte geduldig ihren Schatz an Kräutern. Dann hatte Lea eine andere Frage. «Könnt Ihr mir etwas über ein Orakel erzählen?»

«Also erst einmal bin ich nur Rose für euch und über ein Orakel werdet ihr noch einiges lernen, aber nicht von mir.» Als Rose Leas enttäuschtes Gesicht sah, nickte sie schließlich. «In jeder Generation werden Mädchen und Jungen mit der Gabe der Visionen geboren, aber nur bei einem Mädchen ist diese Gabe besonders stark ausgeprägt. Sie ist für den Weg eines Orakels bestimmt, wenn das amtierende Orakel seine Aufgabe niederlegt. Das kommt jedoch äußerst selten vor. Ein Orakel ist unsterblich und lebt allein. Es braucht Ruhe, um Botschaften zu empfangen. Diese Botschaften schwingen in der Magie des Lebens, aus der alles entstanden ist. In manchen Welten wird diese Magie Urgeist genannt. Wenn das Mädchen den Weg eines Orakels nicht beschreitet, wird es die Große Seherin ihrer Welt. Da es oft auch heilende Kräfte besitzt, kann es außerdem eine gute Heilerin werden.»

Lea starrte Rose entgeistert an. «Ich habe auch die Gabe der Visionen … und … und du auch …»

«Ja, ich bin das Mädchen in meiner Generation, das für ein Orakel bestimmt war. Nun bin ich die Große Seherin und eine Heilerin.»

«Bin ich auch …» Lea zitterte und konnte den Satz nicht vollenden.

«Nein, du bist es nicht. Du spürst es vom ersten Moment an, wenn deine Gabe ungewöhnlich stark ausgeprägt ist. Visionen und Botschaften zeigen sich bereits im Kindesalter.»

Lea blies erleichtert die Luft aus ihrem Mund. «Ich glaube, es reicht mir im Moment», sagte sie.

Die Tür wurde plötzlich aufgerissen. Selina kam völlig außer Atem herein und kurz hinter ihr Tim, Nick und Robby. Schnell krachten sie die Tür hinter sich wieder zu.

«Da draußen ...», fing Selina an. Der Schreck saß ihr tief in den Gliedern.

«Wir werden verfolgt», rief Robby atemlos.

«Oh nein», entfuhr es Lea bestürzt.

Die Große Seherin blieb ruhig. Sie spürte keine Gefahr. «Wer verfolgt euch?»

«Füchse, Wölfe, Krähen, Eulen und ein Adler», antwortete Tim fassungslos.

«Die Tiere des Waldes sind meine Freunde und haben euch nur begleitet. Sie spüren, wer Freund und Feind ist. Sie helfen mir und ich helfe ihnen.»

Rose ging hinaus und sprach mit den Tieren. Sie schienen die Große Seherin tatsächlich zu verstehen. «Habt keine Angst und geht wieder heraus», sagte Rose zu ihren Gästen.

«Ich bleibe hier!» Selina weigerte sich, auch nur noch einen Schritt vor das Haus zu setzen.

Tim, Nick und Robby gingen allein hinaus. Sie wurden von den Tieren neugierig beäugt, bis sich die Bewohner des Waldes wieder trollten. Die Jungen sammelten die Äste, die sie hatten fallen lassen, auf und stapelten sie sorgsam unter dem Vordach des Holzschuppens.

«Ich danke euch», sagte Rose. «Jetzt werde ich mich mit Tim und Lea auf den Weg machen.»

«Dann müssen wir jetzt Abschied nehmen.» Selina kämpfte mit den Tränen. Sie war *wegen Tim* mitgekommen. Nun würde sie die nächste Zeit mit *Robby* und Nick verbringen. War das der Weg *ihres* Schicksals?

Robby und Nick traten auf Tim zu und umarmten ihn.

«Pass auf dich auf. Bis zu unserem Wiedersehen.»

Tim drückte seine Freunde fest an sich und ließ dann los. Ohne zu noch einmal zuschauen, verließen sie das Haus.

Der Wald begrüßte sie mit seinem Duft nach Holz, Kräutern und Moos. Die Tiere schickten ihnen ihren Ruf.

Den magischen Geschwistern kam die leichte Brise des Waldes wie eine sanfte Umarmung vor. Unsichtbare, lichtvolle Fäden spannen ihr Netz von Strauch zu Strauch, von Baum zu Baum und sangen ein uraltes Lied. Tim und Lea fühlten sich wie verzaubert. Sanft neigten sich die Äste und Blätter vor ihnen nieder und zeigten ihnen den Weg.

Die Große Seherin schritt zügig voran. Nach ungefähr einer Stunde hielt sie plötzlich inne. «Wir sind da.» Ein paar dichte Wacholderbüsche teilten sich mühelos auseinander und gaben den Blick frei.

DIE ELBEN

Was sich den Geschwistern dann bot, war unfasslich. Das helle, gleißende Sonnenlicht ergoss sich über eine riesige Lichtung mit einem See. Helle Häuser standen auf der Lichtung, von denen eines besonders groß war. Es mutete wie ein kleiner Palast an. Weiter hinten befand sich eine kleine Koppel mit Pferden. Es waren die schönsten und edelsten Rösser, die Tim und Lea je gesehen hatten. Unüberwindliches Dickicht bildete eine geschützte Grenze um diesen geheimnisvollen, friedlichen Platz.

So still die Lichtung gerade noch vor ihnen gelegen hatte, so viel Leben erfüllte sie plötzlich. Menschen kamen aus den Häusern und aus dem kleinen Palast traten eine Frau und ein Mann. Majestätisch standen sie auf der unteren Terrasse, von der eine Treppe hinabführte, und warteten.

Eine tiefe Magie lag über diesem Ort. Völlig versunken sahen Tim und Lea auf die Lichtung.

«Kommt.» Rose lief weiter und die Geschwister folgten ihr.

Als sie durch die ersten Häuserreihen gingen, starrten Tim und Lea fassungslos auf die Menschen, die hier lebten. Nur waren es KEINE Menschen. ES WAREN ELBEN!

Die schlanken, hochgewachsenen, menschenähnlichen Wesen betrachteten die Neuankömmlinge genauso neugierig, wie Tim und Lea die Elben musterten. Die freundlichen Gestalten standen vor ihren Häusern oder waren auf dem Weg in die Koppel und lächelten oder winkten ihnen herzlich zu. Ihre Kleidung glich oftmals den Farben des Waldes. Die Stoffe waren fein und weich fließend und schmiegten sich eng an ihre feingliedrigen Körper. Die Frauen trugen schöne Kleider und besaßen anmutige Bewegungen. Ihre Köpfe bedeckte ausnahmslos langes Haar, welches entweder zu einem Zopf gebunden oder offen getragen wurde.

Bald hatten sie das große, palastähnliche Haus erreicht und erklommen die Treppenstufen. Als sie oben angekommen waren, spürten die Geschwister vom ersten Augenblick an eine Vertrautheit zu dem Elbenpaar, das hier auf sie wartete. Ein Leuchten ging von ihnen aus, welches unweigerlich jeden in seinen Bann zog. Der Elbenmann trug ein hellblaues Hemd und helle, graue Beinkleider. Die Stiefel waren in einem dunkleren Grau gefasst und besaßen elbische Ornamente. Ein weißer Umhang mit einer silbernen Kristallspange umhüllte ihn. An dem Ringfinger der rechten Hand glitzerte ein goldener Ring mit einem Siegel. Sein Haar war lang und schimmerte mal silbern und mal weiß. Seine Augen glichen einem klaren, blauen See. Die Augen der Frau erfüllte ein irisierendes, grünes Licht. Sie war in ein schmales, helles Kleid mit goldenen Verzierungen gehüllt. Der Stoff floss in weichen Kaskaden über ihren Leib. Lange Ärmel umspielten ihre Arme. Ein fein geschwungener, goldener Gürtel schmückte ihre Taille und um die langen, goldbraunen Haare rankte sich ein silbergrüner Reif mit einem silbergrünen, tropfenförmigen Kristall. An der rechten Hand trug die Elbin einen silbernen Ring mit einem Siegel.

Mit offenen Mündern starrten Tim und Lea die Elben an.

«Es ist also wahr!», flüsterte Lea ihrem Bruder zu.

«Ja, wir stehen vor Elben», raunte Tim zurück.

«Und es fühlt sich so vertraut an», wisperte Lea weiter.

«Stimmt», meinte Tim.

«Ich grüße Euch - Diona, Königin der Elben und Diodorus, König der Elben», begrüßte Rose das Elbenpaar. «Ich habe meine Aufgabe erfüllt und *sie* zu Euch gebracht.»

«Sei gegrüßt, Rose. Wir danken dir», erwiderte die Elbenkönigin den Gruß.

«Dann kehre ich jetzt zu meinen Gästen zurück.» Die Große Seherin wandte sich an Tim und Lea. «Eure Freunde sind bei mir gut aufgehoben.»

«Das wissen wir. Danke Rose», sagten die Geschwister.

«Glück auf deinem Weg», wünschten die Elben und Rose machte sich auf den Rückweg.

«Willkommen bei uns.» Die Elbenkönigin richtete das Wort nun an die beiden jungen Menschen. Sie besaß eine feine, sehr wohlklingende Stimme. «Wir kennen euch. Ihr seid Tim und Lea, die Auserwählten.»

Die Geschwister wagten nicht, zu widersprechen.

Die Elbenkönigin neigte huldvoll ihr Haupt. «Ihr werdet nun erfahren, welche Aufgabe das Schicksal für euch vorgesehen hat. Doch vorher erfrischt euch und kleidet euch um. Ich denke, *die Elbenkleidung* wird passender für euch sein. Danach kommt zurück.»

Tim und Lea wurden von einer Elbin in ein angrenzendes Haus gebracht. Es besaß etliche Zimmer und war für Gäste bestimmt.

Warme, goldene Farben. Ein großer, einladender Flur. Eine geräumige Wohnküche. Eine breite Treppe und eine obere Etage. Leere, freundliche Zimmer und Zimmer, in denen sich Kleidungsstücke und eine Wanne mit warmem Wasser befanden. Tim und Lea fühlte sich in diesem Haus sofort wohl und freuten sich über die Elbenkleidung.

Als sie erfrischt und umgezogen waren, traten sie wieder aus ihren Gemächern hinaus. Tim trug braune Hosen und braun verzierte Stiefel, ein naturfarbenes Hemd und eine Art lange, graue Weste darüber. Ein Umhang, der die Farbe eines Steines besaß, gehörte noch dazu. Braune Riemen um die Brust und ein brauner Gürtel mit einem Schaft für ein Schwert hielten die Kleidungsstücke zusammen. Lea zierten hellbraune Beinlinge, dunkelbraune Stiefel, mit Ornamenten verzierte braune Knie- und Wadenschoner, ein grünes Hemd und eine lange braune Weste. Auch sie besaß einen braunen Gürtel mit dem Schaft für ein Schwert.

«Du siehst toll aus», sagte Lea spontan.

«Du auch. Wir sehen aus wie … ECHTE ELBEN!», stellte Tim erstaunt fest.

Es klopfte an der Tür.

Die Geschwister traten hinaus. Ein großer Elb wartete auf sie. Sein Haupt bedeckte dunkelblondes langes Haar, das er zum Teil nach hinten gebunden trug. Seine Augen waren so türkisfarben wie das Meer und schimmerten fast ebenso unergründlich. Der Elb trug Pfeil und Bogen und ein Schwert. «Seid gegrüßt», sagte er lächelnd. «Mein Name ist Tiros. Ich bin der Hauptmann des Elbenheeres und werde euch jetzt zum Königspaar bringen.»

Als sie vor der Königshalle angelangt waren, verabschiedete sich Tiros und die Geschwister traten ein.

Ein goldgelber Farbton strahlte auch hier Wärme und Behaglichkeit aus. Er wurde durch das Licht, das die Halle durchflutete, verstärkt. Wunderbar verzierte, helle Steinsäulen trugen die Decke auf ihren breiten, massiven Schultern. Mehrere rechteckige Tische mit Stühlen standen neben den

Säulen. Auf zwei weißen Thronsesseln, in die einzelne Kristalle eingearbeitet waren, saß das Königspaar. Diona und Diodorus stiegen von ihrem Thron und kamen auf Tim und Lea zu.

«Setzt euch mit uns an diesen Tisch», sagte Diona und zeigte auf den Tisch zu ihrer rechten Seite, auf welchem Gläser und eine Karaffe Saft standen.

Nachdem sie Platz genommen hatten, begann die Königin zu sprechen. «Nun sollt ihr erfahren, welch geheimnisvolles Schicksal mit euch verwoben ist. Die Tore der Zeit kennt ihr bereits. Sie führen innerhalb einer Welt in verschiedene Orte und Ebenen, aber auch von einer Welt in eine andere. Ihr seid durch das Tor eures Heimatortes hierhergekommen und habt einen Ruf gehört.»

«Ich wollte nur meinen Bruder suchen», sagte Lea mit einem gewissen Unterton in der Stimme.

«Und genau *das* war *dein* Ruf», sagte die Elbenkönigin ruhig und lächelte.

«Es gibt unzählige Welten und Weltenverbünde, in denen Leben existiert», sprach der König weiter. «Die Welt der Elben und der Menschen liegen in einem Weltenverbund. Die Königsfamilien einer Welt besitzen lichtvolle Ringe der Tore, auch Auserwählte können sie erhalten. Mit ihnen kann man durch die Tore der Zeit reisen. Aber nicht alle Tore sind stets offen. Wenn Krieg in einer Welt herrscht, werden sie verschlossen. Nichts Dunkles darf nach außen dringen. Es gibt auch dunkle Ringe der Tore, die bis jetzt verschollen waren. Doch nun sind zwei von ihnen zurückgekehrt.»

«Der schwarze Zauberer und Rufus Smirny besitzen sie», warf Tim ein.

«Ja, und wir wissen nicht, ob es noch mehr dunkle Ringe gibt.»

«Ihr sagtet, dass Auserwählte auch einen Ring der Tore bekommen können. Wie ist das mit uns?»

Diodorus lächelte. «Ihr müsst erst einmal lernen, eure eigenen Kräfte zu nutzen, geschweige denn einen Ring der Tore. Wir können euch nicht sagen, ob ihr solch einen Ring erhalten werdet. Diese Botschaft kommt durch ein Orakel zu euch.»

«Schade, ich hatte gehofft…», fing Tim an.

«Denkt nicht daran. Wichtige Dinge geschehen oft unverhofft. Für euch ist es zuerst einmal wichtig, zu erfahren, wer ihr seid. Wundert euch nicht, dass ihr den Elben so ähnlich seht. Ihr stammt von unserem Volk. *In euren Adern fließt Elbenblut.*»

Jetzt waren Tim und Lea vollkommen platt. «WAS?»

«Die Welt, aus der wir kommen, heißt Maleia», erklärte der König. «Unsere Vorfahren kamen durch die Tore der Zeit auf die Erde und wollten den Menschen ihr Wissen geben. Doch einige missbrauchten unsere Fähigkeiten. So zogen wir uns zurück. Nur Menschen reinen Herzens gelangen noch zu uns. Es gab nicht oft eine Verbindung zwischen einem Elben und einem Menschen, bei euren Vorfahren war dem aber so. Eines Tages verliebte sich Urshija, eine Elbenprinzessin, in Karl, einen Menschenmann. Sie heirateten und lebten fortan bei den Menschen. Ihr Blut fließt in euren Adern. Ihr müsst wissen, dass die Königsfamilie bei den Elben über die meisten magischen Fähigkeiten verfügt, und Urshija besaß eine besonders hohe Magie.»

Lea keuchte, Tim rollte mit seinen Augen.

«Groß und schlank seid ihr und eure reine, helle Hautfarbe und etwas spitzen Ohren zeugen von eurem elbischen Ursprung», übernahm die Königin wieder das Wort. «Eine Prophezeiung aus uralter Zeit sagte einst voraus, dass aus einer anderen Zeit die menschlichen Nachfahren von Urshija und Karl als magische Geschwister zu uns kommen und den Kampf gegen das Böse aufnehmen werden. Es ist die *Prophezeiung der Magischen Vier* und *eure Bestimmung.* Ihr seid diese Nachfahren und tragt das Erbe von Urshija und Karl in euch. Eure Gaben bezeugen das.»

Endlich konnten sich Tim und Lea ihr Aussehen, ihre Kräfte und ihre ganze magische Ausstrahlung erklären.

«Kennt ihr die Elemente des Lebens: Feuer, Wasser, Erde und Luft?», fuhr Diona fort.

«Ja, davon haben wir schon mal gehört», antwortete Tim.

«Ihr seid auserwählt, eines dieser Elemente zu beherrschen. Aus ihm schöpft ihr eine unsagbare Kraft, die euch zu einmaligen Kämpfern macht. Ahnt ihr, welches euer Element ist?»

«Feuer.» Tim hob seine Hände und eine rote Energiekugel bildete sich darin. Er fühlte die unglaubliche Lava in seinem Körper, aber Schmerzen kannte er dabei nicht.

«Erde», murmelte Lea. Jetzt erkannte sie, warum bei ihr so plötzlich die Liebe zu den Kräutern erwacht war und ihre Energiekugeln waren braun und grün - die Farben der Erde.

«Wie ich sehe, habt ihr euer Element bereits erkannt.» Diona sprach ruhig weiter. «Bei uns werdet ihr lernen, mit eurer Magie, die auch mit euren Gefühlen verbunden ist, umzugehen. Ihr dürft eure magische Gabe nie aus Hass oder Wut hervorrufen. Dann wird sie dunkel und gibt den Wesen der Finsternis Kraft. Übt ihr Lichtmagie aus, stärkt ihr euch selbst und auch alle anderen.

«Ich habe das schon einmal erlebt. Ich war wütend und meine Feuerbälle wurden plötzlich schwarz», sagte Tim. «Ich konnte sie zum Glück wieder verändern.»

«Das ist gut», freute sich Diona. «Wann habt ihr eure Magie das erste Mal bemerkt?»

«Als ich im Schulkeller zum Tor der Zeit gelaufen bin. Aber zum Vorschein kam sie erst, als wir von Morkas angegriffen wurden.»

«Bei mir tauchte sie auf dieser Seite des Tores auf, als Marwin vor uns stand.»

«Eure Gabe ist euch angeboren. Magie löst Magie aus. Als ihr vor einem Feind standet, der nur mit Magie zu besiegen ist, kam sie hervor. Nun wird sie euch prägen. Aber ihr lernt bei uns auch, mit einem Schwert und Pfeil und Bogen zu kämpfen. Eure wichtigste Waffe ist jedoch der Stab des Lebens sein. Es gibt vier Herren der Elemente, drei Menschen und ein Elb, und für jeden ist solch ein Stab bestimmt. Das mächtigste, magische Relikt im Kampf für das Gute. Der Stab des Lebens bündelt die Kraft eines Elementes in sich. Ihr werdet euch zu den Magischen Vier vereinen. Die Welten brauchen euch.»

«*Die Welten?*»

«Ja, ihr seid die Auserwählten. Wo immer ihr gebraucht werdet, sollt ihr gegen das Böse kämpfen.»

«Das kann ich kaum glauben», japste Lea.

«Und jetzt sollen wir gegen den Schwarzen Zauberer hier auf der Erde kämpfen, nicht wahr?», sagte Tim dagegen wesentlich ruhiger.

«So ist es.»

«Aber das können wir nicht. Wir sind nicht stark genug.» Lea wuchs das alles über den Kopf. «Ich will niemanden töten und mein Bruder auch nicht. Das ist alles viel zu gefährlich.»

«Was glaubst du, warum *ausgerechnet du* solche Fähigkeiten bekommen hast und nicht jemand anderes? Weil dir dieses Schicksal zugedacht ist, und nur *du* kannst es auch erfüllen.»

Lea würgte ein paar Tränen hinunter. Ihr Herz raste in einem rasanten Tempo und ihre Hände glühten braun mit einem Schimmer von Grün. Ihre Magie wollte sich entfalten und schien etwas gegen ihren Widerstand zu haben.

«Du wirst mit deiner Aufgabe wachsen», sagte Diona gütig.

«Ihr lasst aber auch gar nicht locker.»

«Warum sollten wir? *Unsere* Aufgabe ist es, *euch* zu helfen, und wir wollen sie auch erfüllen.»

Lea nickte und schwieg.

«Die *Prophezeiung der Magischen Vier* wurde in jeder Welt unseres Verbundes durch das jeweilige Orakel verkündet», erklärte Diodorus. «Nur auf der Erde hörten die Menschen ihr Orakel nicht mehr. Erst auf diese Seite des Tores erfuhren sie davon. Durch unser Orakel wussten wir, dass ihr die magischen Geschwister seid. Leider erfuhr es auch Marwin und schickte Morkas, um Tim zu töten. Er war der Jüngste der Magischen Vier und so schien er es leicht vollbringen zu können. Aber zum Glück wachen wir über euch und senden euch Hilfe, wenn ihr sie braucht.»

«Zwei Elben haben Nick und Robby nach einem Überfall von Morkas gerettet», stellte Tim überrascht fest.

«Ja, durch das Orakel erfuhren wir davon. Wir werden euch stets schützen, damit ihr eure Aufgabe vollbringen könnt.»

«Hoffentlich überschätzt Ihr unsere Fähigkeiten nicht.» Lea war immer noch skeptisch.

«Öffnet euch für Neues und das Leben öffnet sich euch. Vertraut darauf, welch großartige Wesen ihr seid. Die Magie des Lebens irrt sich *nie*. Aber ihr habt immer die freie Wahl, diesen Weg auch zu gehen», sagte die Königin.

Die Worte drangen tief. Lea spürte, dass ihr Schicksal nach ihr greifen wollte. *Sie* konnte das Leben *nicht* kontrollieren. *Das Leben* zeigte *ihr* den Weg. Auf alle Fälle wollte sie ihren Bruder nicht allein lassen. «Ich werde wohl noch viel lernen müssen», sagte sie leise.

«Und ich bin bereit», meinte Tim.

«Eure Kampfausbildung beginnt noch heute. Wir dürfen keine Zeit verlieren. Ihr wisst nun, was ihr bis hierher wissen sollt. Der Kampf gegen den Schwarzen Zauberer ist nicht gewollt, muss aber ausgefochten werden. Es geht um die Erde, eure Heimat. Tragt ihr den Kampf nicht aus, wird es niemand tun und die Erde fällt unter eine dunkle Herrschaft. Marwin will seine Macht ausprobieren. Ihr seid die Einzigen, die ihn daran hindern können.»

Das Königspaar erhob sich und bedeutete freundlich das Ende der Unterhaltung.

Lea und Tim erhoben sich ebenfalls, verneigten sich höflich und verließen das Königshaus. Zwei Elbenkrieger warteten auf sie. Einer von ihnen war Tiros und der andere stellte sich als Nando vor. Die kampferprobten Elben führten die beiden jungen Menschen ein Stück vom Königshaus fort zu einem großen Kampfübungsplatz.

Tiros holte unter seinem Umhang zwei Elbenschwerter hervor. «Dies sind eure Schwerter. Sie wurden in Maleia geschmiedet und mit Elbenmagie geweiht. Verbindet euch mit ihnen und stimmt euch auf sie ein. Erkennt ihre Kraft und sie werden euch treu dienen. Zwei Köcher mit Pfeilen und zwei Bögen liegen auch für euch bereit. Mit welchen Waffen ihr kämpfen werdet, ist euch überlassen.»

Tim und Lea nahmen die eindrücklichen Elbenschwerter in ihre Hände und bedankten sich. Die Schwerter fühlten sich leicht, aber voller Magie an. Sie vibrierten in ihren Händen. Ein Band wurde hergestellt.

«Farrundil - ich bin das Feuerschwert», hörte Tim sein Schwert singen. Es besaß also einen Namen.

«Enná - ich bin das Schwert der Erde», hörte Lea ihr Schwert singen. Es war eine schöne Waffe. Aber sie ging noch lange nicht mit solch einer euphorischen Freude wie ihr Bruder auf den Kampfübungsplatz.

ERSTE BEWÄHRUNGSPROBE

Vier Wochen intensivsten Trainings lagen hinter ihnen. Tiros und Nando waren gute Lehrmeister. Die Geschwister lernten schnell, schienen für den Kampf geboren zu sein. Dennoch bewunderte vor allem Lea die Schnelligkeit und Gewandtheit der Elben. Sie tat sich immer noch schwer, da das Kämpfen nicht auf der Liste der Dinge stand, die sie für ihre Zukunft vorgesehen hatte. Außerdem ärgerte es sie, dass ihr jüngerer Bruder so selbstverständlich an diese ganze Sache heranging und auch noch so einsatzfreudig kämpfte. Schon allein deshalb ging sie manchmal ziemlich verbissen in die Zweikämpfe und unterlag fast immer. Zumindest blieb Tim auch nicht allzu oft Sieger - und das beruhigte Lea dann wieder.

Tiros und Nando waren sehr geduldig mit ihren Schülern und forderten sie immer wieder zu Zweikämpfen heraus.

KLING!

Schwertklinge krachte auf Schwertklinge. Das Summen und Vibrieren der Klingen war Lea nun schon sehr vertraut. Sie sah zu ihrem Bruder, den Tiros gerade in die Knie zwang.

«TIM!» Lea wollte ihm instinktiv zu Hilfe eilen.

«NEIN! Kämpfe HIER!» Nando holte aus und Lea musste sich ihm stellen.

KLING!

Der Elbenkrieger hatte ihr den Weg versperrt und Lea hatte seinen Schlag gerade noch rechtzeitig parieren können.

«Warum greifst du mich an? Ich wollte meinem Bruder zu Hilfe eilen», herrschte sie Nando wütend an.

«Du musst jederzeit auf einen Schlag oder Hinterhalt deines Feindes gefasst sein, vor allem, wenn du einem Verbündeten helfen willst. Die Finsternis nutzt das aus», sagte Nando ernst und ließ sich von Leas Wut nicht beeindrucken.

«Danke für die Lehrstunde», sagte Lea, nicht ganz ohne einen gewissen Schuss an Ironie in der Stimme.

Tim war unterdessen aufgestanden. «Ich weiß nicht, ob wir das schaffen», sagte er zum ersten Mal auch etwas unsicher. «Unsere Kräfte sind stärker als eure, aber ihr besiegt uns immer wieder. Ihr führt euer Schwert, als wäre es federleicht. Eure Bewegungen sind so schnell. Da können wir nicht mithalten.»

«Oh … Mein Bruder ist mal auf meiner Seite.»

«Ich bin *nicht* auf deiner Seite. Ich will nur verstehen, *warum* wir trotz unserer Kräfte immer wieder verlieren.»

«Verbindet euch mit der Magie eurer Waffen. Wenn wir unsere Waffen herstelle, *fühlen* wir sie zuerst, *dann erschaffen* wir sie und *dann verbinden* wir uns mit ihnen. Sie sind unser verlängerter Arm. Wir benutzen unsere Waffen *nie*, um Krieg zu führen, sondern *nur*, um uns zu verteidigen. Das macht sie und uns leicht. Fühlt euer Schwert, vertraut eurer Macht, greift nie aus Wut oder Zorn an. Verteidigt euch jedoch mit all eurer Kraft. Das macht euch leicht und schnell.»

«Euer Volk ist wirklich bemerkenswert», meinte Tim.

«Wir mussten genauso lernen und wir lernen immer noch.»

Tim und Lea spürten in ihre Schwerter hinein, riefen ihre Namen, fühlten ihre Magie und plötzlich lag das Schwert ganz leicht in ihren Armen. Sie vertrauten ihrer Kraft und fühlten sich wesentlich leichter. Bei ihren nächsten Zweikämpfen trugen sie nun immer öfter den Sieg davon.

Zwei Tage später wurden Tim und Lea in den Thronsaal gerufen.

«Hubertus von Rhog hat seinen Nachbarn, Alexander von Serún, angegriffen», begann Diona ohne Umschweife.

«Wieso hat er das getan?», wollte Tim wissen. «Er hatte doch immer Respekt vor dem Zauberer, der dort lebt?»

«Hubertus von Rhog erfuhr, dass der Zauberer nicht an der Burg weilt. Er besitzt genug Männer, um einen Angriff zu wagen», erwiderte Diona. «Durch unsere Späher erfuhren wir davon. Alexander von Serún bat den Landesherrn von Studeny um Hilfe, aber der Landesherr hat Angst vor dem dunklen Bann. So steht Alexander von Serún allein. Wir wollen uns nicht in Machtkämpfe unter Menschen einmischen, aber dieser Kampf ist ungerecht. So bitten wir euch, dem Landesherrn von Serún zu helfen. Ihr könnt es mit euren Kräften schaffen, die Burg zu retten.»

«Wir sollen … jetzt schon kämpfen?» Das ging Lea doch zu schnell.

«Ja, aber ihr habt natürlich die freie Wahl. Es ist eine Bitte, kein Befehl!»

«Wir machen es», sagte Tim entschlossen. Hier brauchten unschuldige Menschen Hilfe und sie waren die Auserwählten.

«Natürlich machen wir es», sagte auch Lea mürrisch.

Diona lächelte. «Tiros wird euch auf einem geheimen Pfad zur Burg von Serún führen. Wir wünschen euch Glück.»

Tim und Lea verließen den Palast und trafen auf Tiros. Mit ihm machten sie sich auf den Weg. Sie trugen nur ihr Schwert als Waffe. Mit Pfeil und Bogen hatten sie noch nicht oft geübt.

Tiros führte die Geschwister zielgerichtet durch den Wald, bis ihnen ein dicker alter Wächterbaum endgültig den Weg versperrte. Tim und Lea erschien es sogar, als ob ein grimmig dreinschauendes Gesicht aus dem Stamm schauen würde.

Tiros trat vor den Baum. «Yännu.»

Das Gesicht wandelte sich in eine Tür, die sich knarrend öffnete. Tiros ging hinein. Tim und Lea folgten ihm. Sie stiegen eine tiefe Treppe hinab, die in einen unterirdischen Gang mündete.

«Dieser Gang führt direkt zur Burg von Serún», erklärte Tiros. Er nahm eine brennende Fackel aus einer gut erhaltenen, kupferfarbenen Halterung.

Lea und Tim folgten seinem Beispiel.

Es war ein langer, schmaler und sehr kühler Tunnel. Ihre Silhouetten glitten lautlos und schemenhaft an den Wänden entlang. Die Fackeln spendeten zum Glück nicht nur Licht, sondern auch Wärme. Lea, die kaum merklich zitterte, wurde etwas behaglicher zumute.

KRACH!

Kampfgeräusche ertönten, je näher sie der Burg von Serún kamen. Sie zeugten von Hass, Tod und Verbitterung.

KRACH!

Nach einer Weile waren sie am Ende des Ganges angelangt. «Hier führt eine Treppe ans Tageslicht empor. Durch die Tür am oberen Ende gelangt ihr in die Burg.» Tiros wünschte Tim und Lea noch viel Glück und verschwand wieder im Dunkel dieses unterirdischen Tunnels.

Tim und Lea erklommen die Treppe nach oben und kamen an einer eisenbeschlagenen Holztür an. Sie steckten die Fackeln wieder in eine Halterung an der Wand und Tim drückte beherzt die kupferfarbene Klinke hinunter. Knarrend öffnete sich die Tür. Die Geschwister traten in einen größeren

Raum. Sie sahen gerade noch, wie ein Jüngling zur Seite sprang, und machten die Tür schnell zu.

Als sich der Bursche wieder gefangen hatte, trat er höchst verwundert an Tim und Lea heran.

«*Ihr?*»

«*Du?*»

«Was macht *ihr* denn hier?»

«Dasselbe könnten wir *dich* fragen?»

«Ich wollte zu dem Zauberer, der an dieser Burg lebt und einiges über Magie erfahren. Er besitzt einen sehr guten Ruf», antwortete Jacob. «Der Zauberer war jedoch nicht da und die Burg wurde angegriffen. Also blieb ich hier, um zu helfen. Ich wollte ein Schwert holen, da öffnete sich plötzlich diese geheime Tür in der Wand.»

Tim und Lea stellten fest, dass sie in der Waffenkammer der Burg herausgekommen waren.

«Wir sind auch hier, um zu helfen», erklärte Tim.

«*Ihr?*» Jacobs Verblüffung wuchs.

«Ja. Bring uns zum Landesherrn!»

Jacob betrachtete die beiden jungen Menschen skeptisch. Aber sie sahen gar nicht mehr wie Menschen von der anderen Seite des Tores aus. Sie sahen aus wie … *Elben*. Das war ein merkwürdiger *Zufall*. Sie besaßen sogar Elbenschwerter. Tim hielt den Schaft seines Schwertes mit der rechten Hand fest umklammert. Plötzlich erinnerte sich Jacob an Tims magische Kräfte. Eine Augenbraue schnellte nach oben. Lea war seine Schwester. Das hatte sie gesagt, als sie hier angekommen war. «Besitzt du auch magische Fähigkeiten?»

«Ja», antwortete Lea kurz.

«Ihr seid es! Ihr seid DIE AUSERWÄHLTEN!»

«Sieht ganz so aus.»

Nun wunderte es Jacob nicht mehr, dass sie hier waren. Schnell verbeugte er sich. «Mein Herr! Meine Herrin! Ich will nie wieder an Euch zweifeln.»

«Du musst dich nicht vor uns verbeugen, Jacob. Ich bin Tim, und bitte nur Tim, und das ist meine Schwester Lea.»

Jacob kam wieder nach oben. Die Geschwister stiegen erheblich in seinem Ansehen, vor allem Tim. Er war viel jünger als er und mit seinen magischen Fähigkeiten auch stärker. Trotzdem schien er immer noch ein einfacher Junge bleiben zu wollen. «Wie ihr wünscht. Folgt mir», forderte er Tim und Lea freundlich auf.

Sie liefen quer durch die Burg. Männer mit Rüstungen und Schwertern begegneten ihnen - auch Männer ohne Rüstungen und nur mit Eisenstöcken bewaffnet. Lautes Kampfgebrüll drang von draußen in die Burg, die heller und freundlicher war als die Burg von Rhog. Bald hatten sie den Thronsaal erreicht und traten ein.

«Herr, ich bringe zwei starke Kämpfer, die uns helfen werden, Hubertus zu vertreiben», rief Jacob aufgeregt.

Tim und Lea sahen sich um. Ein großer, geräumiger Saal. Weiße Wände, der Boden aus Sandstein. Ein riesiges Gemälde mit einer Flamme, die im Hintergrund eines doppelten Ringes mit zwölf Fenstern loderte, hing an der linken Wand. In drei Fenstern dieses Gemäldes waren drei verschiedene Symbole eingefügt. In drei anderen Fenstern waren weitere Symbole zu sehen. Ein Kreis, in dem sich ein Dreieck befand. Das Dreieck strahlte und in dem Dreieck thronte ein Baum mit Wurzeln, die tief in die Erde reichten. Ein großes Gemälde mit genau diesem Symbol beherrschte die andere Seite der

Wand. Den rechten Erker füllte ein riesiger Kamin aus. Kupferne Feuerkörbe, Tische, Bänke und eine große Truhe aus hellem Holz. Ein vornehmer, aber verlassener Thron am Ende des Saales. Das Inventar machte einen freundlichen Eindruck. Etliche Männer reihten sich um einen runden Tisch und debattierten angestrengt. Auf dem Tisch lag ein zerknittertes Pergament, was auf den ersten Blick wie ein Lageplan aussah.

Beim Eintreten der Geschwister war das Gespräch abrupt verstummt. Fragendes Erstaunen spiegelte sich auf den Gesichtern der Männer wider. Ein Mann, es war der Kräftigste unter ihnen, kam ein paar Schritte auf sie zu und musterte Tim und Lea eingehend.

Mutig, aber mit ausgetrockneter Kehle, trat Tim vor. «Seid gegrüßt, edle Herren. Ich heiße Tim und das ist meine Schwester Lea. Wir wurden von den Elben gesandt, um beim Kampf gegen Eure Feinde zu helfen.» Als der Hüne vor ihm - er war durchaus respekteinflößend - noch skeptischer guckte, erklärte Tim weiter. «Wir besitzen magische Kräfte, vertraut uns.»

Das Gesicht des Mannes entspannte sich. Seine braunen Augen sahen plötzlich müde aus. Der dunkle Vollbart war staubig. Oder waren es bereits erste graue Strähnen, die sich durch das dunkelbraune Haargeflecht zogen? Sein halblanges, braunes Kopfhaar hing ihm wirr über einer zerbeulten, rüstungsartigen Weste bis weit über die Schultern hinab. «Ihr besitzt magische Fähigkeiten und seid Geschwister. Seid ihr die Auserwählten?», wollte der Mann wissen.

«Das sind wir», erklärten Tim und Lea fest.

Ein Raunen durchlief den Saal.

«Ich bin Alexander von Serún. Wie Ihr seht, musste ich eine Rüstungsweste anlegen. Hubertus von Rhog griff uns völlig unvorbereitet an. Wir sind euch dankbar, dass ihr uns helfen wollt … und den Elben natürlich auch. Sie haben euch geschickt.» Der Landesherr besaß eine tiefe, sonore Stimme. Sie passte zu seinem stattlichen Äußeren. «Kämpfen wir Seite an Seite für Frieden und Freiheit.» Alexander von Serún gab seinen Männern ein Zeichen und sie marschierten los.

Mit einem gellenden Ruf stürzten sie wenig später aus der Burg. Diese neue Kampfansage brachte für einen Moment Unsicherheit unter die Angreifer. Der Feind hatte bereits große Lücken in die Reihen der Verteidiger geschlagen.

In nahezu überirdischem Glanz erstrahlten Tim und Lea und fegten nun wie Todesengel durch die Reihen des Feindes. Mit elbenhafter Geschicklichkeit hatten sich die Geschwister schnell in den Kampf eingefunden. Sie blieben in ihren Zweikämpfen stets Sieger und dachten nicht daran, dass sie zu jung oder zu zart von Gestalt waren. Sie wollten den Menschen hier helfen und fühlten nur ihre unermessliche Stärke, die sie von Schwerthieb zu Schwerthieb trug, die sie blitzschnell reagieren und jeden Hieb mit einer ungeahnten Leichtigkeit ausführen ließ. Ihre Kräfte waren denen der kampferprobten Männer weitaus überlegen. Das spürte selbst Lea und machte sie sicher. Ab und zu setzten die Geschwister auch ihre Magie ein und die Reihen der Feinde lichteten sich erheblich.

Voller Entsetzen stoben die Angreifer auseinander und voller Freude sahen die Verteidiger, welch unermesslichen Beistand sie da bekommen hatten. Das Blatt schien sich zu ihren Gunsten zu wenden.

«Was ist hier los?», brüllte Hubertus von Rhog laut über das Kampffeld. Er hatte Brandpfeile in die Burg senden lassen und die Stallungen loderten bereits. Da entdeckte er Tim und Lea. «DIE AUSERWÄHLTEN!», rief er entsetzt. Sie streckten ihre Gegner nieder, ohne auch nur die kleineste Verletzung davonzutragen. Teils mit Faszination, teils mit Widerwillen beobachtete er Lea. Sie leuchtete wie eine schöne Fee und war doch zu einem todbringenden Feind geworden. «Kämpft Männer, kämpft und verzagt nicht! Derjenige, der mir den Kopf des Jungen bringt, erhält eine fürstliche Belohnung. Das Weib jedoch bringt mir lebend.»

Die Worte ihres Herrn beflügelten einige todesmutige Männer und sie griffen die Geschwister erneut an. Beseelt von der Aussicht auf Gold und Edelsteine überschätzten sie ihre Fähigkeiten gewaltig und fielen den gezielten Schwerthieben von Tim und Lea zum Opfer. Die Hitze, die von den brennenden Stallungen ausging, beflügelte Tim sogar noch mehr. Er spürte die Kraft seines Elementes. Wie entfesselt streckte er einen Gegner nach dem anderen nieder.

«RÜCKZUG!», schrie Hubertus von Rhog lauthals. Er hatte keine andere Wahl mehr und bahnte sich einen Weg durch das Kampffeld. Dabei war es ihm völlig egal, ob er den Feind oder die eigenen Männer niederschlug. Der Fluchtweg musste nur frei sein. Seine Männer folgten ihm blindlings.

Die Verteidiger der Burg ließen sie ziehen. Sie hatten gesiegt, das genügte. Freudenrufe brachen los.

Tim und Lea gingen vor das Burgtor und sahen dem davoneilenden Feind nach. Die Geschwister hatten ihre erste Bewährungsprobe bestanden und fühlten sich noch nicht einmal entkräftet.

«Es ist immer noch unheimlich, aber wir sind tatsächlich stärker als jeder andere Mensch, selbst als Elben. Das beruhigt mich irgendwie, wenn wir nun mal kämpfen müssen.» Lea hatte an Zuversicht deutlich gewonnen.

«Ja, es ist fast so, als wäre uns das Kämpfen ins Blut gelegt worden. Wir haben sehr schnell gelernt», überlegte Tim.

«Das haben wir.» Versonnen blickte Lea in die Ferne, aber schlagartig wurde sie ernst. «Was ist das?»

Eine riesige Staubwolke näherte sich der Burg auffallend schnell. Die Geschwister sahen genauer hin und erschraken. «MORKAS!», riefen sie laut und rannten in die Burg zurück. «Schnell! Schließt das Tor! Morkas greifen uns an!»

Der Freudenjubel brach umgehend ab. Lähmende Stille trat ein. Alexander von Serún hatte sich als Erster gefasst und gab sofort Befehl, erneut zum Kampf zu rüsten. Sein Gesicht war kalkweiß und angespannt. Er hatte gerade geholfen, das Feuer bei den Stallungen zu löschen, da mussten sie sich erneut dem Kampf stellen, nur war es diesmal ein wesentlich stärkerer Feind. Einige Männer schlossen sofort das Burgtor.

«Sind es viele?», fragte der Landesherr.

«Ich glaube schon», antwortete Tim.

«Auf die Burgzinnen! Rasch!»

Schreckensstarr blickten die Burginsassen auf die dunkle Masse, die sich auf sie zu wälzte. Noch nie waren sie von Morkas angegriffen worden. Auch sie mussten erfahren haben, dass der mächtige Zauberer dieser Burg nicht da war.

«Ich müsste zaubern können», wünschte sich Jacob, der neben Tim stand. Er hatte gut gekämpft und war nicht verletzt worden. Sein Vater hatte ihm den Kampf mit dem Eisenstock und dem Schwert beigebracht.

«Ich wünschte, ich könnte es auch», stieß Tim sehnsüchtig hervor.

«Aber du kannst es doch. Du besitzt magische Fähigkeiten.» Tim sah Jacob an, als würde er gerade an etwas Wichtiges erinnert werden. «Stimmt, und die setzen wir jetzt auch ein. Lea, wir gehen vor das Tor und halten die Morkas auf. Eine Weile können wir das auch schaffen.» An den Landesherrn gewandt, meinte er: «Schickt nach den Elben. Dies ist nicht mehr nur ein Kampf unter Menschen.»

Doch Leas neu gewonnene Zuversicht bröckelte erheblich angesichts dieser blutrünstigen Angreifer. «Sollten wir nicht lieber mit den anderen hinter diesen Burgzinnen bleiben. Das finde ich sicherer», flüsterte sie ihrem Bruder zu. «Es sind Morkas, keine Menschen!»

«Wenn du nicht mitkommen willst, gehe ich allein.» Tim drehte sich um und eilte die Treppe an der Burgmauer hinab. Das Tor wurde geöffnet und er trat hinaus. In seinen Händen entstanden glutrote Feuerbälle.

«Was für ein Held.» Jacob bewunderte Tim.

«Ja.» Auch Lea war beeindruckt. Sie konnte ihrem Bruder unmöglich nachstehen und ging schließlich auch vor das Tor. «Ich lass dich nicht allein», sagte sie und nahm dabei all ihren Mut zusammen, den sie noch aufbringen konnte.

«Ich weiß.» Tim nickte seiner Schwester kurz zu.

Die Schattenkrieger rückten näher. Tim und Lea hoben ihre Hände, in denen sich. Energiekugeln befanden. Sie prasselten gleich darauf auf die Angreifer nieder. Die ersten Morkas fielen tot um und ihre Körper und Waffen lösten sich auf.

«So empfangen wir ungebetene Gäste», rief Tim voller Ingrimm. «Verschwindet von hier!» Die nächsten magischen

Energiebälle zischten durch die Luft und weitere Morkas fanden den Tod.

Doch die Schattenkrieger schienen Tims Sprache nicht zu verstehen. Sie marschierten unaufhaltsam vorwärts. Ihr Befehl lautete, die Burg anzugreifen. Nur das zählte.

Ein Pfeilhagel setzte von der Burg auf den Feind ein.

Trotz der Lücken, die in die Reihen der Morkas geschlagen wurden, schafften es die anderen, Tim und Lea zu erreichen. Die Geschwister griffen nun zu ihren Schwertern und stellten sich dem Kampf gegen den todeshungrigen Feind.

Da flog das Burgtor auf und Alexander von Serún eilte mit seinen Männern hinaus. Unter ihnen war auch Jacob. Es gelang ihnen, die Burg einige Zeit lang zu verteidigen. Aber so tapfer sie auch kämpften, sie konnten es nicht verhindern, von dem Feind, der immer noch in Überzahl war, umzingelt zu werden.

Lea bekam gleich von mehreren Morkas den grausigen Atem des Todes zu spüren. Die Schattenkrieger hatten es jetzt besonders auf sie abgesehen. Sie vermuteten in ihr eine Schwachstelle. Unentwegt wurde Lea angegriffen. Ihr gefiel das gar nicht. Sie hatte zwar festgestellt, dass sie sich auch sehr gut gegen Morkas behaupten konnte, aber *so* viele auf einmal? Lea wehrte sich mit ihrem Schwert und ihren Energiekugeln gleichzeitig. Ein Morka rannte auf sie zu. Sie sprang hoch, um auszuweichen. Noch in der Luft drehte sie sich und stieß mit ihrem Schwert zu. Der Morka wurde in die Brust getroffen und fiel tot um. Aber als Lea wieder auf dem Boden landete, schrie sie vor Schmerzen auf. Es hatte einige Kraft gekostet und ein Fuß war verstaucht. Lea konnte sich nicht erheben, da sauste der nächste tückische Schwerthieb auf sie herab.

WUMM!

Dunkles Metall klirrte auf helles Metall! Es war ein dumpfer Schlag und der Morka lag tot am Boden. Sein Herz war durchbohrt von einem harten, blitzenden Elbenschwert.

«Tiros», rief Lea freudig. «Gott sei Dank.» Auch wenn ihr Fuß heftig schmerzte, erhob sie sich.

«Bring dich in Sicherheit.» Der Elbenhauptmann hatte mit etlichen Elbenkriegern in den Kampf eingegriffen.

Das Blatt wendete sich endgültig zugunsten der Verteidiger.

Tiros hielt die Morkas weiterhin von Lea fern, damit sie das Kampffeld verlassen konnte. Er stand mit dem Rücken zu ihr und schlug schnell und zielsicher zu.

Lea humpelte los. Doch sie kam nicht weit. Ein Schlag traf sie von hinten auf den Kopf. Ohnmächtig fiel sie zu Boden und wurde schnell gefesselt. Eingebettet in einen dunklen Kreis brachten sie die Schattenkrieger vom Schlachtfeld.

Tiros, den etliche Morkas mit heimtückischer Manier in Schach hielten, bekam Leas Gefangennahme nicht mit. Auch keiner anderer. Nur Jacob sah, wie eine Gruppe von Morkas eilig das Schlachtfeld verließ. Für Sekundenbruchteile blitzte etwas zwischen ihren Reihen auf. War das Elbenstahl? Er wollte losrennen, doch nach einem gellenden Schrei aus dem Mund eines Morkas, trat der Feind den Rückzug an und Jacob kam nicht mehr vorwärts. Die Morkas hatten die Schlacht verloren, aber eine wertvolle Gefangene gewonnen.

«Sie gehen zurück nach Kiltúr», sagte Tiros. Neben ihm standen Tim und Alexander von Serún. «Marwin wird immer mächtiger. Wir brauchen die Magischen Vier.»

«Mag sein, aber auch wir müssen noch eine Menge lernen.» Suchend blickte sich Tim um. «Wo ist meine Schwester?»

«Sie verletzte sich am Fuß und sollte sich in Sicherheit bringen», erwiderte Tiros.

«Dann wird sie in der Burg sein.» Tim rannte los.

Unterdessen gab Alexander von Serún Anweisungen, das Kampffeld zu räumen und die Verwundeten zu versorgen. Ein paar Elbenheiler aus der Waldsiedlung und auch Rose trafen an der Burg ein.

In diesem Moment kam Tim wieder zurück. «Lea ist nicht in der Burg und auch sonst nirgends zu sehen! Ich mache mir große Sorgen», rief er. Sein Herz wurde immer schwerer.

Jacob, der zu ihnen gestoßen war, sah Tim erschrocken an. «Wenn Lea nirgends zu finden ist, dann wurde sie gefangen genommen und an die Schwarze Burg gebracht. Ich sah, wie sich Morkas vom Schlachtfeld entfernten. Ich glaube, in ihrer Mitte blitzte ein Elbenschwert auf.»

«Dann muss ich sie sofort befreien», rief Tim.

«Ich begleite dich», sagte Tiros. Er sprach mit einem Elbenkrieger, der seinen Befehl entgegennahm und sich mit den anderen Kriegern schnell entfernte. Danach eilte er in die Burg und kam mit der Großen Seherin wieder heraus.

«Rose? Du kommst mit?», fragte Tim irritiert. «Unser Vorhaben ist gefährlich. Kannst du denn kämpfen?»

«Ihr braucht mich», erwiderte die Große Seherin kurz.

Tim spürte, dass sie nichts weiter sagen würde, und wollte ihr vertrauen. Gemeinsam liefen sie los.

DIE SCHWARZE BURG

Die Steine auf dem grauen Weg schickten ihnen ihren Glanz, die grünen Wiesen und goldenen Felder ihren Duft. Die Natur schien ihre ganze Kraft verströmen zu wollen. Menschen gingen an ihnen vorüber und sahen sie neugierig an. Die Kunde von den magischen Geschwistern hatte sich sehr schnell verbreitet - aber auch die Tatsache, dass die Elben zum ersten Mal aus dem Wald gekommen waren und mit den Menschen gekämpft hatten.

Etwas änderte sich. Die meisten Menschen waren in Rhogat gewesen und hatten an einem der Häuser des Wissens gelernt. Magie war ihnen vertraut und jeder spürte, dass sich ein neues Tor öffnen wollte. Aber es war kein Tor der Zeit, es war ein Tor des Wandels. Die Dunkelheit griff nach der Erde und Elben halfen den Menschen, sie zu besiegen.

Eine Frau, die ihren langen braunen Rock ein paar Mal um die Hüften geschwungen hatte, vertrat ihnen den Weg. Ihr freundliches Gesicht strahlte Frieden aus. «Gott segne den Herrn des Feuers, die Große Seherin und die Elben», sagte sie und lief weiter.

Tim, Tiros und Rose waren ergriffen. Aber konnten sie der Hoffnung, die in sie gesetzt wurde, auch gerecht werden? Sie liefen den Weg entlang, bis Häuser und Menschen langsam verschwanden und nur noch die Natur ihr Begleiter war.

Da vibrierte plötzlich die Erde und am Himmel zuckte es lichtvoll. Das blitzende Licht wurde größer, heller und breiter. Ein gleißendes Tor der Zeit öffnete sich und brachte ein helles, schlankes Wesen auf die Erde.

Jetzt verschlug es Tim endgültig die Sprache. Durch das Tor der Zeit kam ein Mädchen. Solch eine Schönheit hatte er noch nie gesehen. *In diesem Augenblick begann ein wunderbarer Zauber und hüllte ihn ganz tief ein.*

Als das Mädchen sanft auf dem Boden landete und zu ihnen ging, starrte Tim wie gebannt auf die elfengleiche Gestalt. Sie musste ungefähr so alt sein wie er. Das Mädchen hatte langes, goldenes, gewelltes Haar und trug helle Kampfkleidung. Links im Schaft ihres Gürtels trug sie ein Schwert und auf dem Rücken Pfeil und Bogen. Eine kleine, braune Tasche hing ihr quer über den Körper. Ein hellblauer Ring blitzte am linken Ringfinger auf. Tim versank förmlich in ihren klaren, blauen Augen. Eigentlich hatte er bis jetzt noch nichts mit Mädchen im Sinn gehabt, aber bei diesem Anblick vergaß er alles um sich herum. Vor ihm stand eine wunderschöne Elbin.

Die junge Elbin lächelte. «Seid gegrüßt. Ich werde euch helfen, Lea zu befreien.»

Diese Stimme versetzte Tim in einen regelrechten Taumel. Sein Herz machte plötzlich einen Aussetzer und er wusste kaum, wie ihm geschah.

«Sei gegrüßt, Shaja. Darf ich dir Tim und Rose vorstellen?» sagte Tiros zu dem Elbenmädchen.

Shajas Lächeln vertiefte sich. Sie neigte kurz ihr Haupt und legte eine Hand auf ihr Herz. «Es freut mich, euch zu treffen. Ich habe schon viel von euch gehört.»

Rose verneigte sich ebenfalls. «Sei gegrüßt, Shaja», sagte sie lächelnd.

Doch Tim reagierte nicht. Er war wie hypnotisiert. Das Mädchen kicherte leise. «Ich bin Shaja und du bist also Tim. Freut mich.» Shaja verneigte sich leicht.

Tim blinzelte und kam wieder zu sich. Etwas tollpatschig verneigte er sich auch. «S-sei gegrüßt, Shaja.» Ein feiner, roter Farbschimmer überzog sein Gesicht. «Ich ... äh ... Verzeih, also du bist Shaja», stammelte Tim verwirrt.

«Das bin ich», erwiderte die junge Elbin lächelnd.

«Aber wo ist das Elbenheer», wollte Tim verdattert wissen.

«Shaja und Rose genügen völlig. Sie besitzen genau das, was wir für Leas Befreiung brauchen», antwortete Tiros.

Shaja streckte ihre Hand aus, an der sich der hellblaue Ring befand. «*Alejánnyel ná ragátt. Kiltúr èn shat.*»

Ein gleißendes Tor der Zeit öffnete sich.

Tim erkannte, dass Shaja einen Ring der Tore besaß. «Bist du auch eine Auserwählte?»

«So etwas Ähnliches», lächelte Shaja. «Gehen wir.»

Tiros und Rose waren bereits in den Sog des Tores getreten und lösten sich vor ihren Augen auf.

«Führt das Tor nach Kiltúr? Du hast dieses Wort erwähnt. Was hast du überhaupt für eine Sprache gesprochen?»

«Das war elbisch, aber in eurer Gegenwart sprechen wir eure Sprache. Das Tor führt nach Kiltúr, der Weg wäre sonst zu lang. Auch Morkas benutzen ein Tor der Zeit - ein dunkles. Auf einer freien Fläche lässt sich ein Tor sehr gut öffnen.»

Shaja fasste Tim an der Hand und zog ihn in das Tor hinein. Sie mussten sich wieder loslassen und flogen nebeneinander dahin. An der Grenze von Kiltúr kamen sie an.

Ein kühler Wind, die Sonne hinter dicken Wolken versteckt, keine fröhlichen Töne. Jeder machte einen großen Bogen um diesen Ort und *sie* liefen *freiwillig* hinein. Würden sie sich der dunklen Magie, die in Kiltúr herrschte, entziehen können? Tod und Schwermut zogen sich durch das Land.

«Ich lege meinen Elbenschleier über uns. Er ist ein Geflecht aus Elbenmagie, das unsichtbar macht und vor dunkler Magie schützt. Wir müssen nur dicht zusammenbleiben und dürfen nicht unter dem Schleier hervortreten.» Shaja holte ein fast durchsichtiges, kristallines Gewebe aus ihrer Tasche und legte es über Tim, Tiros, Rose und sich selbst. Sofort schmiegte sich das Gewebe an sie und fühlte sich wie eine zweite Haut an. Eng aneinandergereiht liefen sie los.

Verstohlen blickte Tim immer wieder zu Shaja. Sie verfügte über *sehr viel* Magie. Wahrscheinlich war *sie* eine Auserwählte *ihres Volkes.* Er würde gern mehr über sie erfahren. Aber wie sollte das mit ihnen gehen? Sie war eine Elbin, er ein Mensch. Sie lebte in Maleia, er auf der Erde. Tim schob diesen Gedanken energisch weg. Die Befreiung seiner Schwester war im Moment wichtiger.

Vor ihnen lagen die Moossümpfe, die sich wie ein grauer Ring um Kiltúr zogen. Sie mussten durchquert werden, um in das Reich zu gelangen. Schwarzer Nebeldunst wallte über dem Boden und wob sich durch die Luft. Schattenartige Trugbilder bauten sich auf und verschwanden wieder.

«Früher gab es hier sehr viel Grün und breite, gut begehbare Wege. Heute findet niemand mehr durch die Sümpfe. Sie sind dunkel geworden und ziehen das Verderben an. Nur dem geübten Auge öffnen sich die Wege noch. Passt auf, wo ihr hintretet. Zuweilen verzerren sie sich und wollen euch in die Irre führen. Achtet genau auf meine Fußstapfen», sagte Rose und übernahm die Führung.

Tim begriff nun auch, warum Rose mitgekommen war.

«Durch den Elbenschleier werden die Wege für uns gut sichtbar sein», ergänzte Shaja.

Tim ließ die Silhouette der Elbin, die vor ihm lief, nicht aus den Augen. Die grazile Gestalt folgte Rose sehr leichtfüßig über das Moor. Da bemerkte Tim auf einmal ein Licht. Es war grün und leuchtete. Ein breiter, fester Weg baute sich auf und er trat darauf zu.

Mit einem starken Ruck wurde er zurückgezogen. «Das ist kein Weg. Das ist ein Sumpfkobold», warnte Tiros.

Tim fasste sich schnell wieder und dankte dem Elben.

Rose drehte sich um. «Die Sumpfkobolde sind es, die Irrwege erscheinen lassen und die Wanderer in die Tiefen der Sümpfe locken. Sieh genau hin. Dann erkennst du sie fratzenartig tanzen. Früher waren sie freundlich und gaben mir so manch seltene Heilpflanze. Jetzt dienen sie nur noch dem Schwarzen Zauberer.»

Tim sah genauer hin und konnte die Sumpfkobolde bald erkennen. Aus ihren dreieckigen Augen quoll ein grünes Licht hervor. Sie hockten auf den moosigen Blättern des Sumpfes und ließen durch ihre Koboldmagie grüne Wege aufleuchten. Fortan ließ sich Tim nicht mehr täuschen.

Irgendwann lichtete sich der Nebel. Der Boden ringsherum wurde fest und grau, die Wiese war grau und die Sträucher auch. Matte Baumwipfel wehten leicht in einem kalten Wind hin und her. Ein trübes Reich öffnete seine Pforte.

Rose verharrte reglos. «Kiltúr», sagte sie.

Keine freudigen Rufe, kein helles Kinderlachen, kein aufgeregtes Gezwitscher und Gezirpe, keine warmen Farben, keine regen Unterhaltungen. Tim konnte die Düsternis fast körperlich spüren.

«Einst lachten die Menschen an diesem Ort. Sie trieben Handel und waren glücklich. Heute bestimmen Kummer und

Gram ihr Leben. Dunkle Magie liegt über ihnen», erklärte die Große Seherin traurig.

Schweigend liefen sie weiter. Die Schwarze Burg befand sich in der Nähe der Grenze. Vor der Burg baute sich der Ort auf. Fast schon penetrant saubere, schwarze Häuser und Straßen gab es hier. Dunkel gekleidete Menschen, die eine schwere Last zu tragen schienen. Gedrückt und mit stumpfen Mienen liefen sie umher. Schwarze Kristalllaternen spendeten trübes Licht. Eine Schankwirtschaft sendete einen Gruß mit Schwarzbier. Die Geschäfte besaßen Vorhänge in einem dunklen Rot, dunklen Grün, einem Nachtblau oder einem tiefen Schwarz. Die Waren hinter den Schaufenstern hatten ihr Strahlen verloren. Es gab dunkle Zauberstäbe, blubbernde Totenschädel, lange spinnenartige Fangarme oder jede Menge Kräutertöpfe mit Bilsenkraut. Jeder sollte es verwenden, egal ob er kräuterkundig war oder nicht. Es wurde als bestes Heilkraut gepriesen. Kein Wunder, wenn an diesem Ort der Geist der Menschen willenlos wurde.

Am liebsten hätte Tim seine Feuerbälle in die Geschäfte geworfen, aber sie durften nicht entdeckt werden. Sie begaben sich auf direktem Weg zur Schwarzen Burg. Steine knirschten plötzlich unter ihnen. Der Weg schien sie verraten zu wollen. Zum Glück war hier niemand unterwegs. Bald gelangten sie an der Schwarzen Burg an und ein großes, eisenbeschlagenes Tor versperrte ihnen den Weg.

«Was machen wir jetzt?», fragte Tim leise.

RRRUMMM!

In diesem Moment öffnete sich das silberschwarze Burgtor. Fünf Schattenkrieger kamen heraus. Hastig huschten die vier heimlichen Besucher hinein.

Schwerter wurden gekreuzt, Klingen krachten aufeinander. Etliche Morkas übten sich auf einem großen Platz im Kampf. Ein paar düstere Aufseher achteten genauestens darauf, dass sie auch hart genug zuschlugen. Die unsichtbaren Gefährten wandten sich von diesen Übungskämpfen ab und liefen zum Wohntrakt, den schwarz-rote Fenster und eine schwarz-rote Tür kennzeichneten. Menschen mit traurigen Gesichtern und einem starren Blick zogen an ihnen vorbei.

Einmal mehr spürte Tim, wie wertvoll der Elbenschleier war, der sie vor dem dunklen Bann schützte.

Die Tür zum Wohntrakt flog auf und zwei Bedienstete kamen heraus. Einer trug einen Krug in der Hand und der andere ein Tablett mit einem Becher und Brot darauf.

«*Sie* wird bald gewandelt sein», sagte ein Bediensteter.

«Aber *sie* wehrt sich», entgegnete der andere.

«Der Schwarze Zauberer wird das zu verhindern wissen. Ihre Fähigkeiten werden uns dienen.»

«Zweifellos.»

Die Bediensteten liefen auf eine kleine Seitentür zu.

«Sie müssen von Lea sprechen. Hinterher», flüsterte Tiros.

Die beiden Burgbewohner machten sich nicht die Mühe, die Tür zu schließen. Sie schienen schnell zurückkehren zu wollen. Ihre unsichtbaren Verfolger huschten nach ihnen eine kalte Steintreppe in eine endlose, düstere Tiefe hinab. Bald erreichten sie einen großen, höhlenartigen Raum mit einer dicken, eisernen Tür. Die Tür wurde geöffnet.

Zu ihrer rechten Hand befanden sich ein paar große Regale und Tische mit Krügen voller Honigwein, Bechern und Schüsseln. Stühle standen lose herum. Auf einigen Tischen gab es Teller mit Brot, Käse und Fleisch. Schwarze Schlüssel lagen auf einem kleinen Regal. Schwarze Lanzen lehnten rechts an der Wand. Schwerter und Dolche blitzten daneben silberschwarz auf. In einem Erker prangte ein großes Strohlager mit vielen Decken.

Der Raum war gefüllt mit Morkas, die sich um die Waffen kümmerten oder an einem der Tische saßen und Honigwein tranken. Weiter hinten begann der Gang zu den Kerkern.

Der Anführer der Morkas löste sich aus einer Gruppe und ging auf die beiden Bediensteten zu.

«Ah, Brot und Wasser für die Gefangene.»

«Anweisung des Schwarzen Zauberers! Nur das Nötigste», antwortete ein Bediensteter barsch.

«Sie ist in der letzten Zelle. Aber ob sie bei Kräften bleibt? Ein Wachmann hat sie mit seinem Schwert verletzt, damit sie ihre Magie nicht entfalten kann. Die Wunde ist entzündet.»

«Dem Wachmann wird der Zorn seines Herrn sicher sein.» Die Bediensteten stapften an den Morkas vorbei in den Gang zu den Kerkern.

Tims Hände ballten sich zu Fäusten und brannten lichterloh. Sein Blut rauschte siedend heiß durch die Venen und eine Feuerkugel entstand.

Etwas Weiches schob sich auf seine Arme. Shaja hielt ihn mit ihren Händen fest und sah ihn mitfühlend an. «Noch nicht. Zuerst müssen wir Lea finden.» Der Klang ihrer sanften Stimme erreichte Tims aufgewühltes Gemüt. Er beruhigte sich und die Energiekugel erlosch.

Ein paar Morkas blickten sich plötzlich aufmerksam um. Sie hatten etwas Rotes aufleuchten sehen und rückten den unsichtbaren Eindringlingen gefährlich nahe. In letzter Sekunde schoben sich Shaja, Rose, Tim und Tiros an ihnen vorbei und liefen den beiden Bediensteten in den Gang zu den Kerkern hinterher.

Da umwehte sie plötzlich ein eisiger Hauch. Er nahm zu und pfiff schaurig vor sich hin.

«Marwin», flüsterte Shaja. Ihre Augen richteten sich in weite Ferne. «Er kommt hierher. Wir haben keine Zeit mehr zu verlieren.»

Die beiden Bediensteten liefen an ungefähr einem Dutzend Zellen und genauso vielen Morkas vorbei, bis sie an der letzten Zelle angelangt waren. Drei Morkas traten aus einem düsteren Halbschatten hervor.

«Das ist für die Gefangene.» Die Bediensteten stellten das Tablett mit dem Brot, dem Becher und dem Krug ab und begaben sich schnell wieder zurück. Selbst für sie war dieses Verlies unwirtlich und kalt.

WUSCH!

Der Hauch trug nicht nur die Ankunft des Schwarzen Zauberers mit sich, sondern auch seinen herben Duft.

«Jetzt kannst du deine Magie entfalten», sagte Shaja rasch.

Blitzschnell verließ Tim den Schutz des Elbenschleiers und entfesselte seine Feuerkraft. Die glutroten Energiebälle trafen auf überraschte Morkas und töteten sie. Ihre Körper und Waffen lösten sich umgehend auf und nur noch ein schwarzer Schlüsselbund blieb auf dem Boden liegen. Tim schnappte sich schnell den Schlüsselbund und trat wieder unter den Elbenschleier. Unsichtbare, eisige Finger hatten bereits nach ihm gegriffen und mussten der Magie des Elbenschleiers weichen.

Die heimlichen Retter traten an die letzte Zelle und Tim schloss mit zittrigen Händen auf.

Lea kauerte in der hinteren Ecke. Ihr Gesicht war wächsern. Ein Arm hing leblos herunter und Blut rann in kleinen Rinnsalen aus der Wunde, die ihr zugefügt worden war.

Tim stürzte unter dem Elbenschleier hervor und hockte sich neben seine Schwester.

«Tim?» Lea dachte, dass nun der Fieberwahn bei ihr einsetzen würde, da sie ihren Bruder vor sich sah. Aber als sie Tims Griff spürte, wusste sie, dass er keine Einbildung war. Weinend sackte sie in seine Arme. «Tim, du bist hier.»

Vorsichtig zog Tim seine Schwester nach oben. «Ich bin nicht allein. Komm.» Behutsam führte er Lea unter den Elbenschleier.

Tiros, Rose und eine junge Elbin blickten Lea besorgt an. Die Elbin stellte sich als Shaja vor.

Lea fragte nicht, wie sie den Weg zu ihr gefunden hatten. Es war ihr auch egal. Sie war einfach nur froh, dass sie überhaupt hier waren. Das kam einem Wunder gleich.

Rose untersuchte den verletzten Arm und kramte aus dem kleinen Beutel, der immer an ihrem Gürtel hing, ein paar grüne Blätter hervor. Mit sicheren Griffen legte sie die Blätter auf die Wunde. Sie verschmolzen mit der Haut, das Blut versiegte und die Schmerzen verschwanden.

In Leas Wangen kehrte Farbe zurück. «Danke», hauchte sie, hielt sich aber trotzdem noch an Tim fest.

«Die Heilkräuter werden dir Linderung verschaffen, aber der dunkle Bann ist bereits in die Wunde eingedrungen. Ich kann ihn nicht mehr aufhalten», sagte Rose bedenklich.

«Sie muss in die Elbenwelt. Nur unsere Heiler können ihr noch helfen. Beeilen wir uns. Der Schwarze Zauberer nähert sich rasch», drängte Shaja.

Sie konnten den Weg ungehindert zurücklegen - auch durch den Raum, in dem die Morkas versammelt waren. Als sie jedoch an der kleinen Seitentür ankamen, die auf den Burghof führte, war diese verschlossen.

«Wenn wir die Tür öffnen, sehen es die Burgbewohner.»

«Vielleicht achten sie nicht darauf. Wir müssen es riskieren. Es gibt keinen anderen Weg.» Tim war wild entschlossen, Lea zu retten. Trotz ihrer Unterschiede liebten sich die Geschwister. Tim würde es sich nie verzeihen, wenn Lea etwas geschah. Sie war *seinetwegen* durch das Tor der Zeit gegangen. Sie durfte nicht *seinetwegen* eine dunkle Morkafrau werden. Resolut drückte er die Klinge hinunter.

«Seht! Die Tür öffnet sich! Sie sind hier! Elbenmagie macht sie unsichtbar!», schallte es erbarmungslos durch die Luft. «Versperrt alle Wege. Sie dürfen uns nicht entkommen.» Marwin hatte unterdessen die Schwarze Burg erreicht und alle Morkas, die ihm zur Verfügung standen, auf den Hof gerufen. Ein Hindurchkommen war für die Gefährten unter dem Elbenschleier unmöglich.

«Kannst du kein Tor der Zeit öffnen und uns hier rausbringen?», wollte Tim von Shaja wissen.

«Nein, hier herrscht die Finsternis. Hier können nur dunkle Tore geöffnet werden, keine hellen. Deshalb bin ich auch nicht in Kiltúr angekommen. Deine Schwester kann nur gerettet werden, wenn wir uns ergeben. Ich weiß nicht, wieso, aber ich kann es spüren.»

Tim nickte. Die Sinne der Elben waren stärker ausgeprägt und er wollte Shaja vertrauen. «Also gut, ergeben wir uns.»

DAS OPFER EINER KÖNIGIN

Im Thronsaal der Burg durfte die Wunde von Lea zumindest versorgt werden. Erstaunt über den Befehl des Schwarzen Zauberers legte Rose abermals ein Blatt auf die Wunde, die wieder aufgebrochen war. Das Blut versiegte und Lea fühlte sich besser.

Die Freunde standen mitten in einer silberschwarzen Halle und Marwin stieg auf einen Thron aus lauter silberschwarzen, spitzen Mondsicheln. Die Burg war trotz ihrer Kälte fürstlich ausgestattet. Silberschwarze Teppiche, Kerzenständer, Vorhänge und Säulen zeugten von Reichtum. Doch es war ein Reichtum des Blutes. Dunkel war seine Energie und dunkle Fäden zogen sich durch das Silber der Halle. Auch durch die silbernen, langen, reich verzierten Tische und Bänke zogen sich schwarze Fäden.

Der Schwarze Zauberer betrachtete die Gefangenen eingehend. An Tim und Lea blieb er hängen. «Habe ich euch endlich. Und diesmal ging es ziemlich leicht - nach meinen gescheiterten Versuchen, dich zu töten.» Marwin blitzte Tim böse an, dann schweifte sein Blick zu Lea. «Dafür hat es jetzt die unwissende Schwester erwischt. Ironie des Schicksals, würde ich sagen. Ihr werdet die besten Morkas, die es gibt.»

«Lasst uns frei!», rief Shaja ungehalten.

Der Schwarze Zauberer löste sich von den Geschwistern und wandte sich Shaja zu. Ein schwarzer Energieball, geladen mit der Wut auf diese dreiste Elbin, bildete sich in seiner rechten Hand. Sein Blick saugte sich an ihrem Antlitz fest und er hob den Arm. Da ließ er ihn plötzlich wieder sinken. «Du bist sehr vorlaut, junge Elbin. Sei's drum. Du hast mich auf einen Gedanken gebracht. Wenn du meinen Anweisungen folgst, werden alle verschont». Auf den Lippen des Schwarzen Zauberers entstand ein berechnendes Lächeln.

«Was wollt Ihr?», fragte Shaja ängstlich. Etwas Eisiges stieg ihren Rücken hinauf.

«Rufe deine Königin hierher.»

«NIEMALS!», rief Shaja erschrocken.

«Wie du willst», erwiderte Marwin gelassen. «*Ich* brauche keine Hilfe, *ihr* schon. Ihr besitzt keinen Elbenschutz mehr und seid meiner dunklen Magie ausgeliefert. Spürt ihr bereits die kalten Finger, die eure Körper und euren Geist umfassen? Wie lange werdet ihr wohl noch meiner Magie widerstehen können? In ganz Kiltúr findet ihr keinen Winkel, der nicht von meiner dunklen Magie durchdrungen ist. Die Herrin der Erde ist verletzt. Auch wenn das Heilkraut meine Magie stoppt, ist ein Teil bereits in ihr. Sie wird sich langsam zu einer Morkafrau wandeln.»

«NEIN!», rief Tim entsetzt. Feurige Kugeln entstanden in seinen Händen.

«Spar dir deine Magie.» Riesige, schwarze Energiekugeln bildeten sich in den Händen von Marwin. «Soll ich diesen Feuerjüngling töten? Du hast es in der Hand, Elbin.»

«Ich werde die Königin rufen», sagte Shaja leise.

«Das hört sich schon besser an.» Marwin nickte zufrieden, und als er sah, dass Tims Feuerkugeln wieder versiegten, ließ auch er seine dunkle Magie verschwinden.

Shaja schloss die Augen und versank in einen tranceartigen Zustand.

«Was macht sie da?», fragte Tim den Elbenhauptmann.

«Sie nimmt im Geist Kontakt mit der Königin auf und bittet sie hierher», erwiderte Tiros.

«Ist das Telepathie?»

«Ja. Wir sind alle über ein großes Kraftfeld miteinander verbunden. Wenn wir jemanden erreichen wollen, dann treten wir mit seinem Geist über dieses Feld in Verbindung. Ein Austausch findet statt. Diese Fähigkeit besitzen alle Elben, aber auch Menschen können dazu fähig sein.»

«Holt Gwendel», befahl Marwin seinen Männern. «Sie soll einen Kräutertrunk für unsere Gefangenen zubereiten, damit sie bei Kräften bleiben. Sonst wären sie wohl kein guter Anblick mehr für die Elbenkönigin. Keiner soll sich über meine Gastfreundschaft beschweren.» Die Worte trieften vor Sarkasmus.

«Du wirst für deine Taten bezahlen», rief Tiros.

«Das werden wir noch sehen, Elb.»

Nach einer Weile kamen Schritte heran. Eine Morkafrau betrat den Saal. Sie war groß, bleich und hager. Ihre dunklen Augen lagen ausdruckslos in ihrem knochigen Gesicht. Sie trug ein langes, dunkelgraues Kleid und hielt ein Tablett voller Holzbecher in ihren Händen. Langsam kam sie auf die Gefangenen zu und stellte das Tablett auf dem nächsten Tisch ab. Dann drehte sie sich zu Marwin um und verbeugte sich vor ihm. «Herr, ich habe Euren Befehl ausgeführt. Hier ist der Trunk für die Gefangenen.»

Marwin nickte leicht. «Trinkt. Das wird euch Kraft geben. Gwendel hat den Trunk aus Heilblättern zubereitet. Sie kennt sich mit Kräutern sehr gut aus.»

«Sie war auch die beste Heilerin in Kiltúr, ohne fremden Einfluss. Ihr habt sie willenlos gemacht», sagte Rose bitter.

Traurig sah sie zu der Freundin, mit der sie in Rhogat gelernt hatte und die sie nicht mehr erkannte.

Keiner der Gefährten rührte sich von der Stelle. Sie trauten dem schwarzen Zauberer nicht.

«Greift zu», ermunterte Marwin seine Gefangenen. «Oder denkt ihr etwa, ich will euch vergiften? Und wenn die Elbenkönigin hier erscheint, wird sie euch tot vorfinden? Das wäre bestimmt nicht dienlich für mich.»

Tim runzelte die Stirn und griff zögernd nach einem Becher. Er hatte eine ausgedörrte Kehle und auch Lea konnte einen erfrischenden Trunk gebrauchen. Marwin schien nur dafür sorgen zu wollen, dass die Elbenkönigin die Gefangenen in einem guten Zustand vorfand. Wenn er sie umbringen wollte, hätte er es sicher schon getan.

Sehr verhalten griffen nun auch Lea, Shaja, Tiros und Rose zu den Bechern.

Lea blickte skeptisch auf das teeartige Gebräu und schnupperte daran. «Dieser Geruch … Woher kenne ich ihn nur?», überlegte sie leise. Ihr Magen krampfte sich plötzlich heftig zusammen.

Auch Rose schnüffelte an dem Trunk und erkannte mit einem Mal das Böse darin.

«NEIN!», riefen Lea und Rose gleichzeitig. «TRINKT DAS NICHT!»

Tim, Shaja und Tiros ließen ihre Becher fallen.

«Ihr wolltet uns mit Bilsenkraut den Willen brechen. Ihr seid böse und hinterhältig, Marwin. Euch kann man nicht trauen.» Rose schmiss ihren Becher auch auf den Boden.

«Törichtes Weib», zischte der dunkle Zauberer zornig. Sein Plan war nicht aufgegangen. «Also gut, wie ihr wollt. Dem

Erdenweib wird es immer schlechter gehen. Ihr könnt nur hoffen, dass die Elbenkönigin bald hier erscheint, sonst wird eure Gefährtin verloren sein.»

«Du bist ein Monster», schrie Tim voller Ingrimm. «Wir werden dich vernichten!»

«Höchst interessant. Ich frage mich nur, *wie* ihr das anstellen wollt? Ihr seid die Gefangenen - nicht ich», erwiderte Marwin. Dann wandte er sich an die Morkafrau. «Gwendel, du kannst wieder gehen - und nimm diese Becher mit.»

Die bleiche Morkafrau sammelte mit ausdrucksloser Miene die Becher wieder ein. Sie verneigte sich stumm vor Marwin und verließ den Burgsaal.

Ein gleißendes Licht durchbrach mit einem Mal den düsteren Raum. Es drang von draußen durch die Fenster und die Schattenkrieger wichen furchtsam in die schwarzen Ecken des Mauerwerks zurück.

Einige Zeit später betrat die Elbenkönigin den Burgsaal. Keiner wagte sich in ihre Nähe. Eine Welle von hellem, magischem Licht begleitete sie. Diona schritt hoheitsvoll dem Thron von Marwin entgegen. Als sie die Gefangenen erreicht hatte, wanderten ihre Blicke zu ihnen. Etwas länger verweilte sie auf Lea. Warm und mitfühlend sah sie die junge Erdenfrau an. Dann wandte sie sich wieder Marwin zu und eine erhabene Unnahbarkeit senkte sich über ihr Antlitz.

«Diona», begrüßte Marwin seinen neuen Gast.

«Marwin», sagte Diona und verzog keine Miene. «Ihr wolltet, dass ich komme. Hier bin ich. Lasst die Gefangenen frei.»

«Nicht so schnell, Elbenkönigin. Ich freue mich, dass Ihr hier seid. Aber werdet Ihr auch bleiben? Denn das ist meine

Bedingung für die Freiheit der Gefangenen. Wenn ich Herr über die Erde bin, kann ich mit Euch an meiner Seite auch die Elbenwelt erobern. Was für eine Vorstellung, Herr über zwei Welten zu sein.»

«Nein!», rief Shaja entsetzt.

Diona blieb ruhig. «Den Platz an Eurer Seite werde ich nicht einnehmen», sagte sie gelassen.

«Dann verlasst meine Burg, aber die Gefangenen bleiben hier. Sie werden Morkas und die Magischen Vier wird es niemals geben», erwiderte Marwin kalt.

Bedrohliches Schweigen senkte sich über den Burgsaal. Sekunde wurden zur Ewigkeit.

«Ich sagte, den Platz an Eurer Seite nehme ich nicht ein. Aber ich werde bleiben. Lasst die Gefangenen also frei!», sagte Diona ruhig und wandte sich an Tiros, Shaja, Tim, Lea und Rose. «Ihr müsst gerettet werden, vor allem Lea. Das Tor der Zeit, durch das ich gekommen bin, befindet sich an der Grenze zu Kiltúr. Es ist noch geöffnet. Tiros und Shaja sollen Lea nach Maleia zu unseren Heilern bringen. Das Tor wird sich hinter euch wieder schließen. Tim, du gehst an die Burg von Serún. Du musst dort jemanden treffen. Und Rose kehrt in den Wald zu ihren Gästen zurück. Sie ist immer noch die Große Seherin der Erde und wird dort gebraucht.»

«Aber …», wollte Shaja widersprechen.

«TUT, WAS ICH SAGE!»

Der gebieterische Ton der Elbenkönigin wirkte und Shaja verstummte. Die Gefährten nickten Diona zu.

«Ihr bleibt also hier. Sollte das tatsächlich mein Sieg über Euch sein? Es sieht fast so aus, denn auch Ihr werdet meiner Magie verfallen, Elbenkönigin», frohlockte Marwin.

«Ich werde mich Eurer Magie *nie* beugen. Ich bleibe hier, das muss genügen», antwortete Diona fest.

«Ihr täuscht Euch gewaltig, Königin», erwiderte Marwin geringschätzig. «Niemand kann auf Dauer meiner Magie widerstehen, auch Ihr nicht.» Der schwarze Zauberer verzog den Mund zu einem kalten, zufriedenen Lächeln. «Ihr könnt gehen.» Mit einer kurzen Handbewegung unterstrich er seinen Befehl an die Gefangenen.

«Komm», sagte Tiros zu Shaja, die immer wieder flehend zu der Elbenkönigin sah. Er führte die junge Elbin sanft hinaus. Rose und Tim stützten Lea.

Kaum hatten sie den Burgsaal verlassen, legte Shaja ihren Elbenschleier über die kleine Gruppe. Sofort fühlten sie sich besser. Die eisigen Finger, die sie bereits umfangen hatten und nach ihrem Geist greifen wollten, verschwanden.

Stumm liefen sie durch die Stadt zu den Moossümpfen und durchquerten sie. Immer wieder blieben sie stehen und Rose legte ein neues Heilblatt auf Leas Wunde. Damit wurde eine Ohnmacht verhindert, aber ihr Zustand verschlechterte sich trotzdem. Schwarze Schatten zeigten sich um ihren Körper und in ihren Augen blitzte es schwarz auf. Tim wurde immer verzweifelter.

Als sie endlich die Grenze von Kiltúr erreicht hatten, sahen sie schon das gleißende Tor der Zeit. Sie liefen schneller und passierten endlich die Grenze.

Eilends nahm Shaja den Elbenschleier ab. «Wir müssen uns beeilen», drängte sie.

Tiros umfasste Lea. «Die Heiler in unserer Welt werden dir helfen können.» Ohne zu zögern, ging er mit der Herrin der Erde in den hellen Sog des Tores hinein.

Tränen rannen über Tims Gesicht.

«Mach dir keine Sorgen. Deine Schwester ist in guten Händen», versuchte Shaja, ihn aufzumuntern.

Tim schluckte schwer. Schniefend wischte er sich die Tränen aus dem Gesicht. «Danke für eure Hilfe.»

«Dafür sind wir da. Wir haben uns nicht zum letzten Mal gesehen», erwiderte die junge Elbin. Sie drehte sich um und lief auf das Tor der Zeit zu. Der Sog des Tores erfasste sie und zog sie in das Tor hinein. Hinter ihr verschloss es sich wieder.

Rose gab Tim noch ein paar Heilkräuter. «Hier Junge. Das wird wieder Farbe in dein Gesicht bringen.»

Tim nahm die Kräuter dankend an und steckte sie in den Mund. Die Sorge um seine Schwester saß tief und die Heilkräuter nahmen ihm etwas von dieser schweren Last.

«Ich gehe jetzt in den Wald zurück und du musst nach Serún. Deinen Freunden geht es gut bei mir. Ihr werdet euch wiedersehen. Denke nur immer an deine Bestimmung.» Rose lächelte und machte sich auf den Rückweg.

Tim sog die Luft tief in seine Lungen und lief auch los.

ZANELLO

Ein Sonnenstrahl strich über sein Gesicht und blendete ihn. Verschlafen blinzelte Tim mit seinen Augen. Der lichtvolle Arm des Himmels tanzte hartnäckig durch das große, ovale Burgfenster und schien Tim unermüdlich necken zu wollen. Ein schöner, warmer Tag kündigte sich an.

Tim öffnete seine Augen und wich dem Sonnenstrahl aus. Er stand auf, ging zum Fenster und erkannte am hohen Stand der Sonne, wie weit der Tag bereits fortgeschritten war. Ihm wurde bewusst, dass er fast bis zum Mittag geschlafen hatte. Schlagartig brach die Erinnerung an die vergangenen Ereignisse über ihn herein. Er sah das Bild seiner verletzten Schwester vor sich und ein tiefer Seufzer entrang sich seiner Kehle. Auch die Elbenkönigin schob sich in seine Gedanken. Wie es ihr jetzt wohl ging? Ihr Mut und ihr Einsatz waren bewundernswert. Er war sehr dankbar für ihre Rettung. Während Tim mit einem kräftigen Atemzug die frische Luft in seine Lungen pumpte, dachte er an Alexander von Serún. Der Landesherr hatte ihn am gestrigen Abend herzlich aufgenommen. Er wollte dem Herrn des Feuers so einen angenehmen Aufenthalt wie möglich bieten. Dazu hatte er auch Jacob, der immer noch an der Burg weilte, beauftragt, sich um Tim zu kümmern. Jacob fühlte sich geehrt und hatte Tim zu einem der besten Gästegemächer geführt. Er war nicht müde geworden, voller Hochachtung von ihm und seiner Schwester zu sprechen. Vor allem Tim war sehr tapfer. Tim hatte immer wieder abgewehrt, aber es hatte nichts genützt. In Jacobs Augen war Tim ein Held, und nichts und niemand konnte das ändern.

Tim drehte sich endgültig vom Fenster weg und ging zum Waschzuber, um ein Bad zu nehmen. Er zog sich an und begab sich auf den Burghof. Die abgebrannten Stallungen mussten erneuert werden. Dorthin wollte er gehen und sich nützlich machen.

Jacob eilte freudestrahlend auf ihn zu. «Tim, schön dich zu sehen. Wie geht es dir?»

Tim lächelte. «Danke, mir geht es gut. Ich mache mir nur Sorgen um meine Schwester. Aber ich glaube an die Elben und ihre Heilkraft. Und jetzt wird hier jede Hand gebraucht.»

«Hm ...», brummte Jacob. Irgendetwas schien ihm nicht zu behagen.

«Was ist?», wollte Tim irritiert wissen.

«Also ... der Burgherr meinte, dass du noch Ruhe brauchst und ich soll dir Gesellschaft leisten. Weißt du, es sind wirklich genug Leute da, die hier alles wieder in Ordnung bringen», wandte Jacob etwas gedehnt ein.

Tim schüttelte unwillig den Kopf. «Ich werde hier bestimmt nicht unnütz herumsitzen. Die Elbenkönigin schickte mich zu euch, und sie hatte recht. Hier wird jede Hand gebraucht.» Voller Elan marschierte Tim zu den Stallungen und kümmerte sich nicht mehr um Jacob.

Jacob wusste nicht, was er sagen sollte. Es blieb ihm gar nichts anderes übrig, als nachzugeben. Er konnte Tim schließlich keine Befehle erteilen und eilte ihm nach.

Wenig später kamen sie bei den Stallungen an und Tim sah sich um. Jeder Mann und jede Frau, die nach dem Kampf noch einigermaßen bei Kräften waren, halfen bei den Aufräumarbeiten. Dazwischen rannten Bedienstete mit Wassereimern umher oder holten frisches Gemüse aus dem

Garten. Die Sonne verwöhnte heute alle besonders stark und schickte Wärme und Zuversicht. Trotz der allgemeinen Zerstörung war die Luft mit fröhlichem Stimmengewirr erfüllt. Alle freuten sich über den errungenen Sieg und waren voll ungeduldiger Erwartung auf das bevorstehende Festmahl, welches es heute Abend geben sollte.

Tim blieb ruhig und packte einfach mit an. Auch Jacob griff endlich zu.

Die Zeit verging wie im Flug und die Jungen arbeiteten den ganzen Tag fast ohne Pause. Vor allem die ungewöhnlichen Kräfte von Tim trugen dazu bei, dass vieles schnell und zügig erledigt werden konnte. Dankbarkeit und Bewunderung flogen ihm von allen Seiten entgegen. Die Menschen an der Burg zollten dem Herrn des Feuers höchsten Respekt, und so ging der Tag irgendwann zur Neige.

Gerade hatte Tim geholfen, einen Stützpfeiler aufzustellen. Da hörte er plötzlich eine tiefe, sonore Stimme. «Ich hatte dir doch befohlen, Tim Gesellschaft zu leisten. Nun sehe ich, wie ihr hier ohne Unterlass arbeitet.» Alexander von Serún stand mit einem Mal hinter ihnen. Er trug keine Rüstung mehr, sondern sandfarbene Kleidung und einen braunen Umhang mit dem Wappen seiner Familie. In seiner Stimme schwang Unmut mit.

Jacob ließ vor Schreck den kleinen Holzbalken, der in seinen Händen lag, fallen. Schuldbewusst senkte er sein Haupt und suchte krampfhaft nach einer Erklärung.

«Herr, das ist einzig und allein meine Schuld.» Tim war sofort herbeigeeilt, um Jacob zu schützen. «Er kann nichts dafür. Jacob hat mir Euren Wunsch mitgeteilt, doch ich wollte unbedingt helfen. Ich fühle mich wieder völlig bei Kräften und kann beim besten Willen nicht untätig herumsitzen. Die Elbenkönigin hat mich an Eure Burg geschickt, und das war auch gut so. Wir haben schon viel geschafft.»

Alexander von Serún blickte sich um und staunte. «Nun ja, wenn das so ist …», brummte er besänftigt. «Ich achte selbstverständlich Euren Wunsch, Herr des Feuers. Es freut mich auch, dass die Stallungen schon fast wiederhergestellt sind. Aber jetzt muss ich Euch bitten, aufzuhören. Bald gibt es das große Festmahl. Erfrischt Euch und kommt in den Burgsaal.» Der Landesherr lächelte versöhnlich. «Und dasselbe gilt für dich, Jacob.»

«Danke Herr!», rief Jacob erleichtert und ging mit Tim zur Burg.

Nachdem sich Tim frisch gemacht hatte, begab er sich wenig später in den Burgsaal. Alle Bewohner und auch viele Menschen aus dem Ort fanden Platz an einer riesigen, festlich gedeckten Tafel. Es duftete nach frisch zubereitetem Essen und die Anwesenden freuten sich über diese Zusammenkunft.

Tim ließ seinen Blick über die Tische und Bänke schweifen. Bald hatte er Jacob entdeckt, der in der Nähe des Landesherrn saß. Alexander von Serún winkte ihm zu sich. Sein Platz befand sich neben ihm am oberen Ende der Tafel.

Während Tim durch den Saal lief, spürte er die neugierigen und interessierten Blicke der anderen Gäste. Tim wurde etwas unbehaglich zumute, aber tapfer setzte er einen Fuß vor den anderen.

Die Plätze rechts und links neben dem Landesherrn waren noch frei. Tim setzte sich rechts neben ihn.

Stille senkte sich plötzlich über den Saal. Tim dachte schon, es hätte mit ihm zu tun. Doch die Gäste wandten ihre Häupter ehrfürchtig zur Tür, die erneut geöffnet wurde. Ein leichter Windstoß fegte durch die Halle und eine große männliche Gestalt trat ein. Der Mann war vollkommen von einem mitternachtsblauen Umhang aus weichfließendem Stoff mit einer Kapuze, die tief in das Gesicht gezogen war, bedeckt. Forschen Schrittes marschierte er durch den Saal. Eine geradezu magische Ausstrahlung ging von ihm aus.

«Das ist Zanello, unser Zauberer. Er ist mir treu ergeben und lebt oben im Turm», erklärte der Landesherr Tim.

Alle Augen waren auf den Neuankömmling gerichtet. Auch Alexander von Serún blickte Zanello respektvoll entgegen. Dieser Zauberer fesselte die Menschen bereits durch sein bloßes Auftreten. Das war beeindruckend. Zanello war groß und schlank. Er bewegte sich geschmeidig wie ein Tiger. Tim war fasziniert. Neugierig beobachtete er, wie sich der Zauberer dem Platz neben dem Landesherrn näherte.

Zanello schaute weder nach rechts noch links und blieb erst vor dem Landesherrn stehen. Mit einer eleganten Bewegung nahm er seine Kapuze vom Kopf und grüßte kurz. Ein markantes Gesicht kam zum Vorschein. Seine braunen Augen, die von Wissen, aber auch von Kummer und Leid zeugten, blickten wachsam auf die Gäste und blieben für einen langen und sehr intensiven Moment an Tim hängen. Kaum merklich flackerte es in den Augen des Zauberers auf. Eine steile Falte bildete sich auf seiner Stirn. Dahinter schienen die Gedanken wild durcheinanderzuwirbeln. Tief vergrabene Gefühle schienen sich ihre Bahn zu brechen, denn die blasse Gesichtsfarbe wechselte in ein feuriges Rot und die markanten Wangenknochen bewegten sich unruhig. Zanello wankte leicht. Doch der Augenblick der Schwäche war schnell wieder vorbei. Der Zauberer riss sich zusammen. Er wollte sich keine Blöße geben. Völlig regungslos und beherrscht setzte er sich auf seinen Platz. «Danke Herr, für die Einladung zum Festmahl. Ich habe sie gern angenommen.» Zanello besaß eine sehr ausgeprägte, männliche Stimme. Gleichmütig schaute er den Landesherrn an, der nun sein Glas erhob.

«Wir haben uns heute hier versammelt, um unseren Sieg zu feiern. Ich möchte allen danken, die mit mir Seite an Seite gekämpft haben - den Menschen von Serún, den Elben und vor allem den beiden Auserwählten Tim und Lea. Möge die Herrin der Erde bei den Elben Heilung finden. Ebenso möchte ich Zanello für seine magische Heilarbeit bei unseren Verletzten danken. Kaum war er am frühen Morgen von seiner Reise zurückgekehrt, gönnte er sich keinen Schlaf, sondern kümmerte sich unermüdlich um die Verwundeten.»

Die Rede wurde mit Beifallsrufen aufgenommen.

«Nun wünsche ich allen ein frohes Festmahl.»

Die Gäste griffen zu. Tim hatte nach diesem arbeitsreichen Tag wirklich Hunger. Er freute sich auf die Köstlichkeiten, die vor ihm standen. Da waren auch Sternensaft und Schaumsüß. Diese beiden Getränke hatten Tim schon in Rhog sehr gut geschmeckt. Während des Festmahls spähte er immer wieder an dem Landesherrn vorbei auf Zanello. Der Zauberer konzentrierte sich nur auf das Essen und genoss jeden Bissen. Er schien alles um sich herum ausgeblendet zu haben. Doch plötzlich sah er auf und Tim direkt ins Gesicht. Er musste dessen Blick gespürt haben. Braune Augen tauchten in blaue. Ein magisches Band wurde geknüpft und eine merkwürdige Vertrautheit entstand zwischen beiden. Mehr denn je wollte Tim alles über diesen Zauberer erfahren.

Das Festmahl verlief weiterhin sehr fröhlich. Nach einiger Zeit wurde auch Musik gespielt.

Tims Blicke wanderten zu Jacob, der sich ausnahmsweise mal nicht für ihn interessierte. Er hatte nur Augen für eine hübsche, junge Burgbewohnerin - Maria. Sie suchte immer wieder die Nähe von Jacob und goss ihm unaufhörlich Wasser oder Honigwein in ein Glas. Im Moment tat sie es wieder. Wenn Jacob und Maria nicht gleich die Augen voneinander ließen, dann würde das Weinglas überlaufen.

«Jacob, pass auf!», rief Tim.

Jacob erschrak und zog das Glas schnell zurück. Ein paar Tropfen liefen dennoch daneben und Maria setzte den Krug ziemlich verlegen wieder ab. Mit hochrotem Gesicht machte sie sich daran, auch anderen Gästen nachzuschenken. Jacob bedachte Tim mit einem dankbaren Blick.

Tim nickte ihm zu und schob seinen Kopf wieder an dem Landesherrn vorbei. Zanello stierte gerade völlig abwesend vor sich hin. In seinen Augen lag ein tiefer melancholischer Ausdruck. Kaum merklich seufzte er, nahm sein Glas in die Hand und trank. Dann sah er auf.

Tim ruckte mit seinem Kopf zurück. Zanello musste nicht mitbekommen, dass er ihn schon wieder beobachtete.

Unvermittelt erhob sich der Zauberer.

Die Musiker hörten auf, über ihre geliebten Instrumente zu streichen. Die Gäste hörten auf, zu sprechen und zu essen. Alle starrten ausnahmslos auf den Zauberer dieser Burg.

«Vielen Dank für das köstliche Festmahl. Ich möchte mich nun zurückziehen.» Zanello verbeugte sich leicht vor dem Landesherrn und verließ die große Halle.

Die allgemeine Geräuschkulisse setzte wieder ein.

Am liebsten wäre Tim dem Zauberer auf der Stelle gefolgt, aber er hielt sich zurück. Er würde ihn morgen früh in seinem Turm aufsuchen. Tim war erstaunt über die Aufmerksamkeit, die der Zauberer an dieser Burg besaß. Er wartete noch eine Weile und verabschiedete sich dann.

Alexander von Serún entließ ihn mit den besten Wünschen für die Nacht. Abermals verstummten die Gäste, als Tim die große Burghalle verließ. Draußen hörte er, wie die Geräusche wieder einsetzten. Solch eine Aufmerksamkeit war schon fast unheimlich. Tim war froh, dem Festsaal entronnen zu sein.

Plötzlich kam ihm Jacob hinterher. «Tim, warum willst du schon gehen? Es ist doch gerade so amüsant.»

Tim musste schmunzeln. «Das glaube ich dir gern. Wie mir scheint, gefällt dir Maria, und umgekehrt ist es genauso. Sie wird nicht gerade glücklich darüber sein, wenn du nun auch gehst.»

Jacob sah ertappt aus und kratzte sich etwas verschämt am Hinterkopf. «Na ja, die Maria gefällt mir wirklich sehr.»

Tim schubste ihn freundschaftlich zur Tür. «Nun geh schon. Du sollst dich vergnügen und nicht auf mich Rücksicht nehmen. Ich möchte morgen sehr früh aufstehen und die Burg allein erkunden. Du kannst also ausschlafen.»

«Wirklich? Danke! Und eine geruhsame Nacht», erwiderte Jacob und lief freudestrahlend zum Burgsaal zurück.

Am nächsten Morgen erwachte Tim tatsächlich sehr früh. Die Sonne sandte ihre hellen Strahlen auffordernd in sein Zimmer. Tim räkelte sich ausgiebig, ehe er aufstand. Er machte sich frisch, zog sich an und begab sich auf den Weg durch die Burg. Die Menschen schliefen noch und die frühmorgendliche Stille stimmte Tim auf einen Besuch ein, von dem er nicht wusste, was ihn erwarten würde. Zielstrebig erklomm er bald die runde Treppe zum Turm hinauf. Oben angelangt, sah er eine offene Tür. *Hier* befand sich also die Behausung dieses geheimnisvollen Zauberers.

«Tritt ein, Tim», sagte eine männliche Stimme. «Ich hatte dich bereits gestern Abend erwartet. Aber so bist du heute da, das ist auch gut.»

Tim wunderte sich. Zanello hatte *ihn* erwartet. Warum? Spürte er auch diese besondere Verbindung zwischen ihnen? Klopfenden Herzens trat er ein und schloss die Tür.

Der Raum war hoch, groß, breit und rund wie der Turm. Wölbungen und Winkel, kleine Nischen, versteckte Erker - und damit gab es auch kleine Kanten hier. Zwei Türen führten in angrenzende Kammern. Ein riesiger, runder Tisch mit etlichen Hockern und wüsten, chaotischen Dingen darauf. Er bildete das schlagende, pulsierende Herz. Rauchwolken aus verschiedenen Näpfen und Gläsern gaben Lebenszeichen von sich. Einige vergilbte Bücher lagen achtlos neben den Gläsern und Näpfen. Zwei Truhen standen links an der Wand und auf der anderen Seite ragte ein rundes Regal in die Höhe. Töpfe, Krüge, Karaffen und kleine Schüsseln befanden sich darauf. Tims Augen weiteten sich vor Staunen.

In diesem Augenblick trat Zanello wie ein Geist aus einer Wölbung des Raumes hervor. Ruhig musterte er Tim.

Auch Tim hatte endlich Gelegenheit, Zanello zu betrachten. Der Zauberer hatte seinen Umhang abgelegt. Er trug dunkelblaue Hosen, ein dunkelblaues Seidenhemd und dunkelblaue Stiefel mit mattsilbernen Runensymbolen. Das lange, braune Haar hing offen über die Schultern und wurde nur mit einem Band um den Kopf gehalten.

«Da bist du also», sagte Zanello und meinte dann plötzlich fast zusammenhanglos: «TIM ... Das ist ein sehr seltener Name für diese Gegend. *Diesen* Namen habe ich schon lange nicht mehr gehört.»

Tim war überrascht. Was faselte der Zauberer da über seinen Namen?

Zanello schien jedenfalls nicht wirklich eine Antwort zu erwarten. Er kam ein paar Schritte näher und lächelte freundlich. «Komm, du bist sicherlich neugierig auf all diese Dinge hier. Willst du dich umsehen?» Mit einer einladenden Handbewegung zeigte der junge Zauberer auf seine vielen Utensilien, die wahrlich über den ganzen Raum verteilt waren. Stolz schwang in seiner Stimme mit.

Tim folgte nur allzu gern dieser Aufforderung. Er wollte unbedingt sehen, was für seltsame Dinge Zanello hier verborgen hatte. Als er an den Tisch trat, stellte er verblüfft fest, dass die kleinen und größeren Gläser, aus denen es dampfte und zischte, eine gewisse Ähnlichkeit mit einem Chemielabor aus der Schule besaßen. Und nicht nur das. Auf dem Tisch lagen viele gebastelte Gegenstände aus Holz oder anderen Materialien. Eines sah aus wie ein Flugzeug, ein anderes wie ein Auto, eines wie eine Uhr. Tim konnte es kaum fassen. Vorsichtig nahm er das Flugzeug in die Hand und betrachtete es von allen Seiten.

Gespannt beobachtete Zanello seinen Gast. «Du kennst das alles, nicht wahr? Du bist von der anderen Seite des Tores.»

Mit einem Ruck fuhr Tim herum. «Ja ...» Tim war völlig durcheinander. *Woher* kannte dieser Zauberer *all diese Dinge?* War *er* auch auf der anderen Seite des Tores gewesen? Hatte sich das Tor auf der magischen Seite schon viel eher geöffnet?

Vielleicht war er es ja gewesen, der durch das Tor der Zeit im Schulkeller kommen wollte, als er und seine Freunde das Tor entdeckt hatten? Bisher hatte Tim geglaubt, es sei der Hausmeister gewesen. Oder besaß dieser Zauberer die Gabe der Visionen und hatte all diese Dinge gesehen?

Zanello nahm ein kleines Holzauto in die Hand und spielte gedankenverloren damit. «Das Leben hat sich auf dieser Seite des Tores anders entwickelt als auf der Seite *ohne* Magie. Die Menschen wollten hier so leben, wie es ihnen von den Feen beigebracht wurde - *mit* Magie. Sie kennen all diese Dinge nicht.»

«Tim nickte langsam. «Aber *woher* kennst *du* diese Dinge?», stellte er Zanello die Frage, die ihn nun brennend interessierte.

Zanello schwieg. Nachdenklich schaute er auf Tim. «Erzähl mir von dir. Wie bist du hierhergekommen?» Eine ungeheure Kraft lag in seiner Stimme.

Tim konnte sich dieser Kraft nicht entziehen. Er war auch froh, seine Geschichte einmal vollständig erzählen zu können.

Zanello hörte mit ausdrucksloser Miene zu. «Wirklich sehr aufschlussreich», sagte er nachdenklich.

«Jetzt erzähl mir endlich von dir», forderte Tim Zanello nun ungeduldig auf.

Zanello atmete tief durch. Er ließ sich auf einen Stuhl fallen und hielt sein Haupt in seinen Händen verborgen. Ein lautes Stöhnen entrang sich seiner Kehle. Immer wieder schüttelte er den Kopf. Dann schoss er plötzlich mit einem Ruck nach oben. Sein Gemütszustand änderte sich so jäh, dass Tim völlig verdattert dastand und nicht reagieren konnte. Der Zauberer wirkte total aufgelöst. «Nach all den Jahren. Es ist ein Wunder.» Zanello schnappte nach Tim und schüttelte ihn.

«ZANELLO!», rief Tim erschrocken. Der Zauberer drehte vollkommen durch. «HÖR AUF!»

Zanello ließ Tim abrupt los. «Ich bin ...», fing er an. «Es ist so verrückt und doch ist es wahr. Oh Tim, mein richtiger Name ist *nicht* Zanello, und ich bin genauso wenig von dieser Seite des Tores wie du. Ich kam vor fünf Jahren durch dasselbe Tor der Zeit wie du und deine Freunde hierher. Mein richtiger Name ist ... MARTIN WINTER!»

Fassungslos suchte Tim Halt und griff nach dem Tisch. Seine Gedanken überschlugen sich. Vor ihm stand Martin Winter, *der Junge,* der auf unerklärliche Art und Weise im Schulkeller ums Leben gekommen sein und dessen Geist jetzt dort spuken sollte. Doch er war äußerst lebendig. *Er* war es, der vor fünf Jahren hierhergekommen war.

Der junge Zauberer wirkte gelöst wie lange nicht mehr. Seine Augen funkelten aufgeregt. «Ich war auf Legendenjagd und wollte in den Schulkeller. Da ich nicht unbemerkt an dem Hausmeister vorbeikam, überredete ich ihn, den Keller gemeinsam zu untersuchen. Plötzlich spürte ich einen kalten Luftzug, der in einen bestimmten Gang führte. Wir gingen hinein und Rufus Smirny lehnte sich an die Mauer am Ende des Ganges. Da öffnete sie sich. Ein gleißendes Licht kam zum Vorschein. Wir ahnten, dass wir den verschollenen Geheimgang mit dem Tor der Zeit gefunden hatten, und sind hindurchgegangen. Wir kamen unterhalb des Hügels an und liefen ins Dorf. Dort erfuhren wir alles, was wir wissen mussten. Aber wir erzählten nicht, woher wir kamen. Die Leute dachten, wir seien aus den Bergen. Einige Menschen leben dort ziemlich zurückgezogen. Wir wohnten in einem leeren Haus und kamen auch an die Burg von Rhog. Die ganze Zeit warteten wir, ob uns die Feen ein Tor öffnen würden, aber nichts geschah. Rufus Smirny machte oft Erkundungsgänge und verschwand plötzlich. Ich suchte ihn überall, fand ihn aber nicht. *Dafür wurde ich gefunden.* Im Wald begegnete mir Amatus, ein Elbenzauberer. Er nahm mich in die Elbensiedlung mit und unterrichtete mich. Magie und Kampfunterricht standen auf dem Tagesplan. Ich erhielt mein eigenes Elbenschwert. Weldor heißt es. Meine magischen Fähigkeiten kamen hervor.»

«Was besitzt du für magische Fähigkeiten?», wollte Tim wissen.

«Meine Magie ...» Zanello holte tief Luft und sah kurz zum Fenster hinaus. «Hm ... Keiner weiß von dieser Magie - jedenfalls bis jetzt nicht. Ich habe sie noch nie genutzt.»

«Das verstehe ich nicht. Du bist doch ein Zauberer und setzt deine Magie ein. Du heilst die Menschen und alle bewundern dich dafür.»

«Es geht auch nicht um *diese* Magie.»

«Wie? Besitzt du mehrere magische Fähigkeiten?», fragte Tim verwirrt.

«Ja», antwortete Zanello. «Das magische Heilen lernte ich von den Elben und im Haus der Heiler in Rhogat. Im Haus der Magier war ich auch. Aber Amatus holte noch eine andere Magie bei mir hervor - eine ganz *bestimmte.*»

«Was für eine? Nun erzähl schon?», rief Tim ungeduldig. Etwas regte sich in ihm.

«DIE MAGIE DES WASSERS! Ich bin der Herr des Wassers und gehöre zu den Magischen Vier.»

Tim starrte Zanello sprachlos an. Was sich hier offenbarte, war unfasslich.

«Ich kann magische Wasserbälle in den Händen entstehen lassen. Es ist pure Energie. Amatus meinte, dass die beiden Geschwister, die zu den Magischen Vier gehören, den Weg eines Tages auch auf die andere Seite des Tores finden. Seitdem warte ich auf euch.»

«Das ist ...» Tim fand keine Worte.

«... verrückt, nicht wahr? Ich habe viel von Amatus gelernt. Irgendwann traf er auf Marwin. Auch er wurde sein Schüler. Am Anfang verstanden wir uns gut, dann wurde er abweisend. Als er genug gelernt hatte, verschwand er plötzlich und tauchte als Schwarzer Zauberer wieder auf. Amatus beendete seinen Unterricht und schickte mich an die Burg von Serún. Seitdem lebe ich hier als Zauberer. Marwin hatte eines Tages mitbekommen, wie ich Wasserbälle in den Händen erzeugt hatte. Seitdem weiß er, dass ich einer der Magischen Vier bin. Das ist auch der Grund, warum er die Burgen von Rhog und Serún noch nicht angegriffen hat. Er hat Respekt vor meinen Fähigkeiten. Aber nun wird er immer stärker.»

«Ja, und wir sind jetzt zusammengeführt worden», ergänzte Tim.

«So ist es. Unser Schicksal will sich wohl erfüllen. Ich lernte die Menschen hinter dem Tor kennen und baute mir hier ein eigenes Leben auf. Am Anfang war es noch schwer, doch das änderte sich. Ich habe jetzt sogar das Gefühl, auf diese Seite des Tores zu gehören. Es ist mein Zuhause geworden. Als Zauberer werde ich geachtet und auch manchmal gefürchtet. Den geheimnisumwitterten Ruf habe ich mir selbst erschaffen. So werde ich in Ruhe gelassen. Deshalb gab es auch mein dramatisches Auftreten gestern beim Festmahl. Aber weil ich Gutes tue, viel Wissen um Heilkräuter besitze und mit meinen Händen heilen kann, sind die Menschen froh, dass ich da bin. Ich gehe auf Reisen, um noch mehr kennenzulernen. Als ich gestern zurückkehrte, erfuhr ich von dem Überfall auf die Burg und von euch. Ich konnte es kaum erwarten, dich zu treffen.» Zanello endete hier. Er trank seinen Becher leer und schüttete Wasser nach. Einen zweiten Becher, gefüllt mit Wasser, schob er Tim hin.

Tim war überwältigt von dem, was er innerhalb kürzester Zeit erfahren hatte. Diona kam ihm in den Sinn. Die Elbenkönigin hatte genau gewusst, dass Zanello an der Burg von Serún lebte. Nun erkannte Tim, wen er hatte hier treffen sollen. Die drei Menschen, die zu den Magischen Vier gehörten, waren offenbart. Es fehlte nur noch der Elb.

EIN GEFÄHRLICHER RACHEAKT

Tim blieb den ganzen Tag bei Zanello. Er musste ihm alles aus seiner Zeit und seiner Heimat berichten. Als Tim traurig erzählte, dass seine Mutter ums Leben gekommen war, weinte Zanello still vor sich hin. Tim schwieg, bis sich Zanello wieder beruhigt hatte.

Schließlich unterhielten sie sich von ihren besonderen Gaben. «Das Feuer ist für mich nicht heiß, sondern stärkt mich. Ich bin mit dem Feuer verbunden», erzählte Tim über seine Magie.

«Mir geht es so mit dem Wasser. Mein Element heilt mich. Schon als Kind bin ich immer gern ins Wasser gegangen. Ich steige hinein, und es fühlt sich an, als ob sich mein Körper erneuern würde», erwiderte Zanello.

«Trotzdem müssen wir mit unseren Gefühlen aufpassen. Als ich einmal wütend und voller Hass war, wurden meine Feuerbälle schwarz», gab Tim zu.

«Diese Erfahrung habe ich auch schon gemacht. Als mich Marwin heimlich beobachtet hatte, wie ich meine Magie erzeugte, forderte er mich heraus. Er stellte sich mir gegenüber und hatte schwarze Energiebälle in seinen Händen. Ich war ziemlich wütend darüber. Meine Magie krachte auf seine Magie. Doch meine Wasserbälle hatten ein dunkles Gesicht bekommen und Marwin wurde stärker. Ich besann mich und konnte ihn sogar besiegen. Daraufhin verschwand er. Ich habe es niemandem erzählt. Amatus bat mich, meine Magie vorerst nur mit ihm zu entfalten. Er zog dann jedes Mal einen Schutzring um uns. Ich sollte erst lernen, mit meinen

Gefühlen, die auch mit meiner Magie verbunden waren, umzugehen. Da ich nicht auf ihn gehört hatte, schwieg ich lieber. Beim Kampf gegen Marwin habe ich aber auch gelernt, meine Gedanken und Gefühle zu kontrollieren, sodass meine Magie rein bleibt.»

«Du hättest es trotzdem erzählen sollen. Vielleicht hätte Marwin aufgehalten werden können», meinte Tim, und in seiner Stimme schwang ein gewisser Vorwurf mit.

«Ich habe es aber nicht getan und kann es auch nicht mehr rückgängig machen. Ich kann nur daraus lernen und vorwärtsschauen. Erzählst du denn immer alles, was du tust? Vor allem, wenn es dir verboten wurde?»

«Nein.» Tim dachte an *sein* Abenteuerverbot. Aber wenn *er* es beachtet hätte, wären sie jetzt *nicht* hier. *Waren manche Erfahrungen also notwendig für das eigene Schicksal?* Vielleicht sogar auch für *das Schicksal anderer?* Seine Schwester war gekommen und hatte ihn und seine Freunde gerettet. Dann hatte sie ihre magischen Fähigkeiten erhalten. Sie hatten viel erfahren und *ihr* Schicksal hatte sich offenbart. Für die Menschen auf der nicht magischen Seite des Tores würde es eine bedeutsame Entdeckung sein, dass die Legende auf Wahrheit beruhte. Und nun brauchten sie die Magischen Vier. «Ob wir Marwin besiegen können? Was meinst du», fragte Tim leise.

Zanello zuckte mit den Schultern. «Ich habe mir diese Frage auch schon oft gestellt und weiß doch keine Antwort. Nach der *Prophezeiung der Magischen Vier* ist der Ausgang des Kampfes ungewiss.»

«Du kennst die Prophezeiung? Woher?»

«Von Amatus. Du warst doch auch bei den Elben. Haben sie dir die Prophezeiung nicht erzählt?»

«Nein.»

«Na ja, sie werden schon gewusst haben, dass du sie zum richtigen Zeitpunkt erfährst», schmunzelte Zanello.

«Die Elben sind immer so geheimnisvoll», meinte Tim.

«Ja, sie wollen nichts vorwegnehmen und jedem seine Entwicklung lassen. Entscheidungen sollen getroffen und Erkenntnisse gewonnen werden. Und da hat wohl jeder sein eigenes Tempo, was?», erwiderte Zanello.

«Stimmt», lächelte Tim.

«Also gut. Dann hör mal zu:

Blut kehrt zurück, zu der Welten Glück.
Urshija und Karl aus dem Elbental -
als Geschwisterpaar,
einen Teil der Magischen Vier stellen sie dar.
Aus den fernen Tiefen der Zeit
werden sie kommen zum Kampfe bereit.
Zusammen sie drei Menschenkinder sind,
sich mit dem Elben zu verbünden und
den Weg in das Reich der Dunkelheit zu finden,
sich zu stellen, dem Bösen und
mit ihren Kräften den Ausgang des Kampfes zu lösen.
Vier Mächte gegen das Böse der Welt -
kommt es darauf an, was Treue und Freundschaft zählt,
wird die Welt versinken in Dunkel oder Licht,
kann nur sagen, wem das Herz nicht bricht.
Nehmt euch in Acht vor Trug und Schein,
soll das Gute der Sieger sein.
Vier Stäbe mit dem Herz des Lebens bedacht,
können beenden des Bösen Macht.»

Tim überlegte. «Nehmt euch in Acht vor Trug und Schein? Vor welchem Trug? Und wem soll das Herz nicht brechen? Weißt du, was damit gemeint ist?»

«Keine Ahnung. Wir sollen wohl immer achtsam bleiben und auf unser Herz hören. Es ist mit dem Leben und auch mit den Elementen verbunden. Die Elemente besitzen die Urkraft allen Lebens, die uns uneingeschränkt zur Verfügung steht. Das Feuer kann das Böse verbrennen, das Wasser alles reinigen, die Erde Stärke geben, die Luft Leichtigkeit und Wandel.»

«Du weißt schon sehr viel», stellte Tim fest. «Erstaunlich, wie du dein Schicksal auf dieser Seite des Tores gemeistert hast. Wie bist du auf den Namen Zanello gekommen?»

«Ich brauchte einen Namen, der hierher passt, vor allem zu einem Zauberer. Mit Martin Winter war da nicht viel anzufangen. Der neue Name war plötzlich da.»

Es klopfte an der Tür.

«Herein», rief Zanello gebieterisch.

Vorsichtig wurde die Tür aufgeschoben und Jacob trat ein.

«Ah, Jacob. Bist du wegen der Lerneinheiten gekommen?»

«Nein, ich soll euch zum Abendmahl bringen. Alle warten schon.»

«Oh … ist es schon so spät?» Zanello erhob sich. «Die Zeit ist vergangen wie im Flug.»

«Tja, dann lasst uns mal gehen», meinte Tim, stand ebenfalls auf und verließ mit Jacob und Zanello den Turm.

Alexander von Serún saß bereits mit den meisten Burgbewohnern an der Tafel. Er freute sich, als er Tim und Zanello zusammen mit Jacob den Saal betreten sah. «Jacob!

Zanello! Tim! Kommt und speist an meiner Tafel. Es soll Euch an nichts fehlen.»

«Ihr seid sehr gastfreundlich», sagte Tim, als er bei dem Landesherrn angelangt war, und nahm neben ihm Platz.

Zanello setzte sich auf die andere Seite und Jacob rutschte etwas weiter vorne neben Maria. Die junge Frau strahlte bis über beide Ohren.

Doch Tim und Zanello blieben nicht lange. Kaum hatten sie aufgegessen, versicherten sie dem Landesherrn, dass es ausgezeichnet geschmeckt hatte, und gingen in den Turm zurück. Sie sahen sich Zanellos gebastelte Werke, Elixiere, Salben und Kräutermischungen an. Erst als ihre Augen permanent zufielen, begaben sie sich zu Bett.

Am nächsten Morgen begutachten Tim, Zanello und Jacob gerade den Wiederaufbau der Stallungen. Da trat Tiros zu ihnen und grüßte sie freundlich. «Auch deine Schwester sendet die besten Grüße», sagte er zu Tim. «Ihre Wunde ist geheilt und sie ist wieder wohlauf.»

Ein riesiger Stein fiel Tim vom Herzen.

«Ich möchte dich und Zanello bitten, in die Elbensiedlung mitzukommen.»

«Dann heißt es also Abschied nehmen», meinte Jacob und seufzte leicht.

«Sei nicht traurig. Vielleicht sehen wir uns ja wieder.»

«Ich werde dich jedenfalls nicht vergessen. Alles Gute für euch.» Gefühle überwältigten Jacob und er drückte Tim ganz fest an sich.

«Auch für dich alles Gute. Grüße den Landesherrn von uns. Wir danken für seine Gastfreundschaft.» Tim hob die Hand zum Gruß und verließ mit Zanello und Tiros die Burg.

Der Wald - gebündeltes Leben, kräftiges Holz und der intensive Duft nach diesem Element. Verhangenes Dickicht und lange, schwingende Äste schmückten diesen Ort wie Girlanden zu einem Fest. Sträucher wichen immer wieder vor ihnen zurück und legten einen Weg frei. Die Elbensiedlung war nicht leicht zu erreichen.

Endlich lichtete sich das Dickicht und der ganze Zauber der Elbensiedlung lag vor ihnen. Ein trauriges Elbenlied wehte plötzlich durch die Luft und verfing sich in ihren Ohren.

Tim blickte sich forschend um. Etwas war geschehen. Neblige Dunstschwaden stiegen plötzlich am Waldesrand auf. Knackende Äste und knisterndes Feuer drangen an sein ausgeprägtes Gehör. Mit einem Mal schien der ganze Wald in Aufruhr zu sein und stimmte in das Klagelied der Elben ein. Alles wiegte sich in Trauer. Ein Summen und Flirren schwirrte durch die Luft und zog in jede Zelle. Tiere heulten gequält auf. Feuer war ausgebrochen. Lodernde, sengende, beißende, rote Zungen fraßen sich durch den Wald. Die Elbensiedlung und jegliches Leben hier war in Gefahr.

Der Elbenkönig empfing sie mit ernster Miene. «Hubertus von Rhog hat einen Feuerring um den Wald gelegt. Er benutzt die dunkle Macht des Feuers und will kämpfen. Nach seiner schmählichen Niederlage sinnt er auf Rache. Er vermutet seine Feinde hier - den Herrn des Feuers, die Herrin der Erde und ihre Freunde. Doch er weiß um ihre Kraft und auch um die Magie der Elben. Deshalb greift er nicht offen an und steht mit seinen Männern am Rand des Waldes. Er will uns ausräuchern und aus dem Wald treiben, damit wir in seinen Pfeilhagel rennen. Hubertus von Rhog vermutet ganz richtig, dass die Elben nicht einfach durch ein Tor der Zeit in ihre

Welt verschwinden und den Wald und seine Bewohner im Stich lassen.» Der Elbenkönig wandte sich jetzt an seinen Hauptmann. «Tiros, nimm einige Männer und lauf zum Haus der Großen Seherin. Bring sie und die jungen Menschen hierher. Sollte sich Hubertus von Rhog doch in den Wald wagen, dann kämpft.»

Tim schaute prüfend zum Himmel. Der Rauch breitete sich zusehends aus. Wie ein angriffslustiger Drache zog er seine Kreise immer enger über dem Wald zusammen. Das Feuer war plötzlich fast hautnah zu spüren. Er fühlte, wie es sich hungrig durch den Wald fraß. Sehr deutlich sah Tim das Tanzen der Flammen vor sich, hörte ihr Zischen und fühlte die Hitze. Es kribbelte in seinen Händen. Heiße Lava schoss durch seine Venen. Das Feuer war Tims Element. Es verlieh ihm eine ungeheure Kraft. Die Magie in ihm wollte sich entfalten. Eine ungezügelte Welle setzte sich frei und Tim fühlte keinerlei Angst. «Ich werde Tiros und seine Männer begleiten», sagte er entschlossen.

Der Elbenkönig wirkte skeptisch. «Hier ist dein Element entfesselt - durch Rachegefühle. Es trägt eine zerstörerische Kraft. Dadurch kann es sein, dass du es nicht löschen, sondern noch mehr anfachen willst.

«Ich werde aufpassen.»

«Und wir passen auf Tim auf.»

«Gut, dann geht», sagte Diodorus und reichte Tim eine kleine Phiole. «Ein magisches Elixier. Es verhindert eine Rauchvergiftung.»

Tim trank ein paar Schluck und bedankte sich.

«Ich komme mit euch. Ihr werdet meine Magie brauchen», sagte Zanello ebenfalls aufbruchbereit.

«Du bleibst. Deine Kräfte werden *hier* gebraucht.» Die Stimme des Elbenkönigs duldete keinen Widerspruch.

Der Rauch brannte bald in ihren Augen, doch die Elbenkrieger und Tim trotzten ihm mit der Hilfe ihrer Magie. Das Feuer versprühte eine erbarmungslose Hitze und die Flammen tanzten um sie herum. Tim begann sich in diesem sengenden Wald sogar wohlzufühlen. Er empfand die Hitze nicht als quälend oder gar tödlich. Im Gegenteil, sie schien ihn zu durchdringen und seine Kräfte zu verdoppeln. Es bestand eine unbeschreibliche Verbindung zu seinem Element. Kraft rauschte durch seine Venen - unermessliche und starke Kraft. Tim musste tanzen, musste sich im Feuer bewegen, musste es entfachen. Mehr und mehr tauchte er in die tiefe Magie seines Elementes ein und verlor den Bezug zur Gegenwart. Die dunkle Kraft bewirkte eine getrübte Sicht. Er fühlte sich den Menschen und Elben überlegen. Seine Augen verklärten sich. In seinen Händen entstanden Feuerkugeln, die schwarze Fäden trugen. Sie würden dem Feuer im Wald helfen, sich zu vermehren und alles zu verbrennen.

Tim hob seine Hände, da wurde er ungestüm zu Boden gerissen. Seine Augen glühten. Er wollte sich wehren, aber viele Hände hielten ihn fest. Wie durch einen Nebelschleier sah Tim den Elbenhauptmann, der ohne Unterlass fremde Worte murmelte. Wütend wollte er ihn von sich stoßen. Der Elb schaute zum Himmel hinauf und schien auf etwas zu warten. Er und die anderen Elben drückten ihr ganzes Körpergewicht auf Tim, damit er die Feuerkugeln nicht losschleudern konnte. Die magischen Energiebälle wurden tatsächlich kleiner. Trotzdem hatte Tim immer noch das unbändige Verlangen, sich mit dem Feuer zu verbinden und kämpfte verzweifelt gegen die Elben an. Die Elbenkrieger verstärkten ihre Kräfte, um Tim am Boden zu halten. Erneut blickte Tiros zum Himmel hinauf und plötzlich erreichte der erste Regentropfen sein Gesicht. Die Feuerkugeln in Tims Händen verschwanden endgültig. Zufrieden lächelte der Elbenhauptmann.

Immer mehr Regentropfen fielen auf die Erde. Der Regen nahm zu und nur ein paar Minuten später war der blaue Sommerhimmel verschwunden. Dicke, dunkle Wolken hatten sich gebildet und ließen den Regen frei.

Vorsichtig erhoben sich die Elben und der Herr des Feuers wurde vom Regen berührt. Die heiße Lava in seinem Leib kühlte sich merklich ab. Tim erwachte aus seinem vernebelten Zustand. Klatschnass und über sich selbst erschrocken stand er auf und blickte zu den Elben. «Tut mir leid», entschuldigte er sich.

«Ist schon gut.» Tiros winkte ab. «Hörst du die Stimme im Wind? Sie bringt Regen», sagte er bedeutungsvoll.

Tim lauschte und hörte fremde, magische Worte durch die Luft wehen.

«Eon aka, tabur mala, en älas sé án fálnikar.»

«Das ist die Magie des Wassers, vereint mit Elbenmagie», erklärte Tiros.

Tim verstärkte sein Gehör und erkannte die Stimme, die den Regen brachte. «Zanello …», rief er.

«Ja. Ihr könnt eure Magie sehr vielfältig einsetzen», sagte Tiros, und Tim begriff, dass ihre Energiebälle noch lange nicht alles waren, was sie vollbringen konnten.

«FINDET SIE! TÖTET SIE!»

Die Luft trug plötzlich den Ruf nach Kampf mit sich.

«Hubertus von Rhog», rief Tiros. «Er sieht seine Rache in Gefahr. Das treibt ihn in den Wald. Wir müssen noch vor ihm bei Rose und den jungen Erdenmenschen sein.»

Im Laufschritt eilten sie dahin. Als sie die Lichtung, auf der die Große Seherin lebte, erreicht hatten, empfing sie eine lähmende Stille.

Tim stürmte zum Haus und riss die Tür auf. Gähnende Leere sprang ihm entgegen. Er rannte in den Holzschuppen und den Speicher. Verzweifelt rief er nach seinen Freunden und nach Rose. Beängstigendes Schweigen war die Antwort.

«Sie haben die Lichtung verlassen und wollten sich vor den Flammen in Sicherheit bringen. Ich kann ihre Anwesenheit im Wald aber noch spüren. Teilen wir uns auf und suchen sie. Dann sind wir schneller», erklärte Tiros.

Tim lief mit Tiros und Patu weiter. Der Regen ließ langsam wieder nach. Dicke Rauchschwaden, in denen ein klagendes Zischen zu hören war, blieben noch von dem zerstörerischen Feuer übrig. Die Elben und Tim durchkämmten den Wald. Körperlose, fluchende und schreiende Stimmen drangen immer mehr zu ihnen vor. Sie brachten Hass und feindliche Marschbefehle mit.

Tim rief etwas leiser nach seinen Freunden. Doch immer wieder war tiefes Schweigen die Antwort. Äste knackten, Feuernebel verdampfte - und von den Gesuchten gab es keine Spur. Tims Rufe wurden wieder lauter. Er musste seine Freunde und Rose unbedingt *vor* dem Feind finden. *Ohne sie* würde er diesen Wald nicht verlassen. Das Gefühl der Verzweiflung unterdrückte Tim dabei vehement.

Als Hubertus von Rhog und seine Männer in greifbare Nähe gerückt, aber durch den dichten Feuerdunst noch nicht zu sehen waren, hielt Tiros plötzlich warnend einen Finger vor den Mund.

Tim verstummte. Sein unaufhörliches Rufen hatte den Feind angelockt. Jetzt ließ er seiner Verzweiflung freien Lauf. «Wo seid ihr nur.» Tim lief ein paar Schritte zwischen den Bäumen umher, da stieß er plötzlich mit seinem Fuß gegen etwas Weiches. Er schaute nach unten und musste sich eine Hand vor den Mund halten, sonst hätte er laut aufgeschrien. Beinahe wäre er über Robby gestolpert. Der Freund lag ohnmächtig am Boden. Neben ihm befanden sich Nick, Selina und Rose im gleichen Zustand. Tim gab Tiros und Patu ein Zeichen.

Der Elbenhauptmann stieß einen hohen Laut aus. Es war das Signal für die anderen, ihre Suche abzubrechen und zu ihnen zu stoßen.

So sehr sich Tim freute, seine Gefährten und Rose gefunden zu haben, so sehr erschreckte ihn ihr Anblick auch. Ihre aschfahlen Gesichter deuteten auf einen besorgniserregenden Zustand hin. Hastig kniete Tim nieder und fühlte den Puls von Robby. Er lebte.

Tiros und Patu untersuchten die anderen. Auch sie lebten. Trotzdem schauten die Elben ernst auf die bleichen Gesichter.

«Der Feuerrauch hat sie vergiftet. Sie brauchen schnellstens Hilfe. Nur unsere Heiler vermögen das noch. Sie müssen unverzüglich in die Elbenwelt.»

Tim standen die Tränen in den Augen. «So habe ich mir unser Wiedersehen nicht vorgestellt, meine Freunde.»

«Wir müssen auf die anderen warten», erklärte Tiros. «Ohne ihre Hilfe können wir die Menschen nicht fortbringen.»

Lautlos zogen Tim, Tiros und Patu die reglosen Körper in die Nähe eines riesigen Baumstammes und warteten. Noch einmal stieß Tiros einen hohen Laut aus.

Die Stimmen der Feinde rückten immer näher. Durch den nachlassenden Dunst der Rauchschwaden wurde die Sicht immer freier. Gleich würden sie für die Blicke der Feinde sichtbar sein. Wo blieben nur die anderen Elben? Tim zückte sein Schwert. Feuerkugeln herzustellen, war im Moment viel zu riskant. Sie würden den Wald wieder in Brand setzen. Auch Tiros und Patu bereiteten sich auf einen Kampf vor und nahmen Pfeil und Bogen in die Hand. Entschlossen stellten sie sich vor die Körper der bewusstlosen Menschen.

ZISCH!

Etwas Dunkles surrte plötzlich durch die Luft und ein Speer krachte neben Tim in den Baum. Wie ein drohender Schatten schälte sich der Speerschütze aus dem nebligen Feuerdunst. Hubertus von Rhog hatte sie mit seinen Männern erreicht. «TÖTET SIE!»

Tiros und Patu antworteten mit ihren Pfeilen, und Tim stürmte mit erhobenem Schwert auf den Feind los.

KRACH!

Klingen wurden gekreuzt und die Elbenklinge summte ein Lied des Sieges. Tiros und Patu griffen nun auch zu ihren Schwertern und streckten den Feind ungehindert nieder.

Zweifel und Verwirrung schwirrten wie kleine Koboldelfen, die nur allzu gern ihren Schabernack mit anderen Lebewesen trieben, durch die Reihen der Angreifer. Mehr und mehr wichen sie zurück. Der Zweifel brachte die Angst und die Angst brachte Lähmung. Sie waren zwar in der Überzahl, aber der Feind erschien ihnen auf einmal viel zu groß und zu stark.

«ELENDE BASTARDE! GREIFT SIE AN! Kämpft oder die Hölle ist euch sicher», rief Hubertus von Rhog seinen dunklen Wahn hinaus.

Die Worte ihres Herrn wirkten. Hubertus von Rhog war zu manchem Zauber fähig, der den Männern Schmerz und Pein verursachen konnte. Also versuchten sie lieber, gegen diesen unheimlichen Gegner zu bestehen und griffen erneut an.

Doch die Elbenschwerter sangen auch weiterhin ein Lied des Sieges.

«TREIBT SIE ZUSAMMEN!», schrie Hubertus von Rhog nun außer sich. «WIR SIND IN DER ÜBERZAHL!» Der dunkle Landesherr wandte sich an den Mann neben ihm. «Willst *du* nicht auch eingreifen?»

Rufus Smirny nickte grimmig. Auch er war mitgekommen, um seine Feinde endlich zu vernichten. «Eure Männer sollen den Herrn des Feuers ablenken. Ich lege ihm einen Hinterhalt und werde ihn zur Strecke bringen. Durch den Nebeldunst wird er mich nicht bemerken.»

«GREIFT DIESEN MAGISCHEN JÜNGLING AN! ZEIGT KEINE FURCHT! GOLD UND SILBER SIND EUCH GEWISS!», schrie Hubertus von Rhog augenblicklich.

Tim schien plötzlich ein Magnet geworden zu sein, denn alle Angreifer konzentrierten sich nur noch auf ihn. Ohne einen Feuerball war eine Verteidigung unmöglich. Also entfachte er seine Magie und ein flammender Ball zischte durch die Luft. Der Feind wurde gleich reihenweise niedergestreckt, aber die Bäume in der Umgebung fingen erneut Feuer.

Für Rufus Smirny war das ein willkommener Umstand. Der stärker gewordene Feuerdunst verbarg ihn. Wie ein Tiger auf leisen Pfoten schlich er sich an Tim heran.

Doch Tims Sinne waren so geschärft, dass er die Gefahr im Rücken noch rechtzeitig spürte. Er schoss herum und parierte den Todesstoß. Ein weiterer Hieb sauste nieder. Rufus Smirny wurde am Bein getroffen. Der nächste Schlag verletzte einen Arm. Blut spritzte aus den Wunden. Das Elbenschwert flog erneut auf ihn herab.

«GNADE!», flehte Rufus Smirny. Gepeinigt vor Schmerzen ging er in die Knie. «Lass mich am Leben. Ich gebe meine Stelle als Hausmeister auf und verlasse die Schule. Ich tue nichts mehr, was euch schaden könnte. Bitte! Ich will nur am Leben bleiben. Das Tor der Zeit gehört euch.»

«DIE TORE DER ZEIT GEHÖREN NIEMANDEM!», knurrte Tim drohend, ließ seinen Arm mit dem Elbenschwert aber sinken.

«Verzeih. Ich habe nicht nachgedacht. Ich werde *nie* wieder ein Tor der Zeit *für mich* fordern.»

«Und Ihr werdet nicht nur von der Schule verschwinden, sondern auch von hier. Auf EURE Ratschläge wird Hubertus von Rhog in Zukunft verzichten müssen. Ist das klar?»

«Natürlich …»

«Gebt mir Euren Ring der Tore.»

«Was soll ich?»

«Ihr habt schon richtig verstanden! Den Ring der Tore! Na los!» Tim hob drohend sein Schwert.

Rufus Smirny zog den dunklen Ring schnell ab und reichte ihn Tim. Der Herr des Feuers griff zu und ließ ihn sofort wieder fallen. Ein heftiger Schmerz durchzog seine Hand.

In diesem Moment schwirrten plötzlich jede Menge Pfeile durch die Luft. Von allen Seiten kamen Elben herbei.

«RÜCKZUG!»

Hals über Kopf floh Hubertus von Rhog mit seinen Männern. Es kümmerte ihn nicht, was mit Rufus Smirny geschah. Er wollte nur sein eigenes Leben retten.

Die Elben respektierten den geschlagenen Feind und ließen ihn ziehen. So schnell würde niemand mehr den Wald angreifen.

Angstvoll beobachtete Rufus Smirny die Flucht.

«Seht Ihr, dass Ihr Euch mit den falschen Leuten verbündet habt?», sagte Tim zu ihm.

«Ich äh … Also ja…», gab Rufus Smirny nur sehr widerstrebend zu.

Tiros kam heran und bemerkte den dunklen Ring der Tore im Gras. Welch ungeheure Magie ging von ihm aus. Der Ring gaukelte ihm Bilder vor, vom stärksten Hauptmann, den es je in diesem Weltenverbund geben würde. Unbezwingbar und mächtiger als so mancher König. Wollte er sein Elbenheer nicht zu Ruhm und Ehre führen? Langsam bückte sich Tiros und streckte eine Hand aus … und … legte ein merkwürdiges, blaues, magisches Blatt auf den Ring.

Verblüfft beobachtete Tim, wie das Blatt den Ring wie eine zweite Haut umschloss. Dann löste es sich mit dem Ring auf. Fragend blickte er zum Elbenhauptmann.

Tiros lächelte. «Die dunklen Ringe der Tore führen in Versuchung. Sie gaukeln Bilder von Macht und Reichtum vor. Das ist ein magisches Ringblatt, das dunkle Ringe der Tore und ihre Magie auflösen können. Sie sind sehr selten geworden. Die meisten verschwanden zusammen mit den dunklen Ringen der Tore. .»

«Als ich den dunklen Ring in die Hand nahm, tat es weh. Warum fühlte Rufus Smirny keinen Schmerz?»

«Du kämpfst für das Licht. Er entschied sich für die Dunkelheit. Die Relikte dieser beiden Seiten verursachen ihren Feinden Schmerzen», erklärte Tiros.

Rufus Smirny starrte Tim und die Elben wie erwachend an. Der dunkle Ring der Tore war zerstört und damit auch der Bann, der sich über den Hausmeister gelegt hatte. Er war zwar schon immer mürrisch und ein Einzelgänger gewesen, aber kein Verbrecher. «Bitte helft mir», sagte er und wurde ohnmächtig. Aus seinen Wunden blutete es unaufhörlich.

«Könnt ihr etwas für ihn tun? Ich will nicht, dass er stirbt», wandte sich Tim an den Elbenhauptmann.

Tiros nickte. «Jeder Elb trägt Heilblätter bei sich. Hoffen wir, dass die Dunkelheit noch nicht zu stark in ihm war», sagte er, kniete nieder und legte die grünen Blätter auf die Wunden. Das Blut versiegte und die Wunden verschlossen sich.

Rufus Smirny erwachte aus seiner Ohnmacht und erhob sich umständlich. «Ich werde hierbleiben und mir an einem abgeschiedenen Ort ein neues Zuhause aufbauen», sagte er. «Danke, dass du mich verschont hast.»

«Fangt neu an und hütet Euch vor dem dunklen Bann», erwiderte Tim und Rufus Smirny humpelte davon.

Tiros entsandte einen Boten zur Elbensiedlung, der Bericht erstatten und alle erforderlichen Maßnahmen für eine Reise nach Maleia treffen sollte. Anschließend gab er Anweisung, Tragen aus dicken Ästen zu bauen.

Noch während er sprach, begannen die Elben mit ihrer Magie. Die Bäume lösten *freiwillig* Holz aus ihren dicken Stämmen und das Holz fügte sich zu Tragen zusammen. Rose und die Menschenkinder wurden vorsichtig darauf gebettet, und Tiros gab den Befehl zum Abmarsch

Tim blieb stets an der Seite seiner Freunde. Sein Herz lag ihm schwer in der Brust. Inständig betete er, dass sie am Leben bleiben würden.

Ein Sonnenstrahl brach plötzlich durch die Wolkendecke, die sich jetzt auflösen wollte. Er war ein Gruß des Himmels, der Hoffnung bringen sollte, aber auch das vergangene Grauen offenbarte. Tote Menschen lagen herum und verkohlte Bäume hauchten ihr Leben aus.

«Wir werden den Wald säubern und ihm seinen Glanz zurückgeben, und deinen Freunden und Rose wird geholfen werden.» In der Stimme des Elbenhauptmanns lag eine gewisse Magie, und die Schwere in Tims Herzen löste sich auf. Zuversicht zog wieder ein.

Als sie die Elbensiedlung erreicht hatten, wurden sie schon vom Elbenkönig erwartet. Er warf einen kurzen Blick auf die Tragen mit den bewusstlosen Menschen und seine Miene verdüsterte sich. «Wir gehen sofort los. Auch du kommst mit, Tim. Zanello ist bereits vorausgegangen und bereitet alles für unsere Ankunft vor.» Diodorus hob die rechte Hand und sein königlicher Ring der Tore leuchtete hell auf. Der magische Spruch der Tore der Zeit entrang sich seinem Mund. Ein Strahl schoss aus dem Ring mitten in den Himmel hinein und ein gleißendes Elbentor wurde geöffnet. Kleine, grelle Blitze tanzten in dem nebulösen Licht vor ihnen. Sagenhafte Energie pulsierte hier und legte in einem endlosen Strudel einen Weg frei.

Die Elben mit den Tragen der ohnmächtigen Menschen gingen hindurch. Weitere Elben folgten.

«Bist du bereit für die *Welt der Elben*, Herr des Feuers?», fragte der Elbenkönig.

Tim sah in das Tor und fühlte plötzlich, wie ein anderer Teil seines Blutes erwachte. Seine Ahnen aus der Elbenwelt riefen nach ihm. Seine Schwester war schon dort. «Ich bin bereit», sagte Tim fest.

Alle Elben, die nicht auf der Erde in der Siedlung des Waldes blieben, waren bereits durch das Tor gegangen.

Tim lief nun mit dem Elbenkönig auf das gleißende Licht zu. Muster und elbische Symbole bewegten sich auf einmal in dem Licht. Der Sog des Tores hatte sie erfasst. Sämtliche Gezeiten und das gesamte Weltall zogen an ihnen vorbei. Dies war nicht nur ein Tor der Zeit, wie es Tim aus dem Schulkeller kannte. Es war ein faszinierendes, strahlendes Himmelsportal. Dahinter lag die Elbenwelt und Tim freute sich, sie endlich kennenzulernen.

Was für ein neues Abenteuer.

FEE VALDANA

Diodorus war längst verschwunden und Tim rauschte durch ein riesiges Elbenmuster, das sich wie eine Blume für ihn öffnete. Sein Herz raste und ein heftiger Schwindel überfiel ihn. Schweißperlen traten auf seine Stirn. Da tauchte er in helles Tageslicht. Starke Arme griffen nach ihm und hielten ihn fest. Tim wankte so sehr, als befände er sich auf einem Schiff mitten auf tosender See. In seinem Kopf drehte es noch unaufhörlich und Sterne flogen an ihm vorbei.

Seine Augen blieben geschlossen. Er musste wieder eine normale Atmung, eine normale Standfestigkeit, überhaupt einen normalen Zustand erreichen. Sein Herz verlangsamte sich endlich, sein Atem wurde ruhiger und das Karussell in seinem Kopf hörte auf zu drehen. Tim öffnete die Augen und sah sich um. Der Elbenkönig stand vor ihm und schimmerte so hell und leuchtend wie ein Kristall. Er schien aus einzelnen Lichtfäden zu bestehen, die sich auf seltsame Art und Weise zu einer Gestalt formten. Selbst aus seinen großen, blauen Augen strömten unaufhörlich Strahlen. Nach einer halben Ewigkeit sah Tim den Elbenkönig endlich wieder wie immer. Diodorus hielt ihn noch am Arm fest. «Mir geht es gut», sagte Tim.

Vorsichtig ließ der König los. «Ihr werdet noch lernen, euch ohne Schwindel oder Ohnmacht durch die Tore der Zeit zu bewegen», erklärte er. «Willkommen in Maleia, dem Stern der Elben. Auch dein Blut wurde hier geboren.»

Tim richtete seinen Blick auf die Umgebung und sah, wie die anderen Elben mit den Tragen zu einer Stadt eilten, die sich unweit vor ihnen aufbaute. Bald waren sie verschwunden. Es sah so aus, als ob sie diese atemberaubende Silhouette der Stadt verschluckt hätte.

Tim stand mit dem König auf einer kleinen Anhöhe. Hier schien das Gras grüner, als auf der Erde zu sein. Die Farben der anmutigen Blumen leuchteten kräftiger und der Himmel war ein Stück blauer. Die riesige Felsformation, die sich auf der anderen Seite am Horizont in den Himmel reckte, strahlte in einem unfassbaren Silbergrau. Es gab Berge wie Terrassen, Berge wie Vogelköpfe und Brücken, Berge mit elbischen Symbolen und glasklare Wasserfälle. Zwei Seen schillerten vor den Bergen in einem hellen Türkis. Kleine Inseln lagen in den Seen, die mit bunt geschmückten Booten zu erreichen waren. Auf diesen Inseln befanden sich weiße Pavillons mit Bänken, die zum Träumen und Innehalten einluden. Glockenreine Töne woben sich durch die Luft, dazu ein Duft nach Rosen und Lavendel. Seidene Magie tanzte durch die Atmosphäre und umarmte ganz sanft jedes Lebewesen auf diesem Stern. Es war eine faszinierende und so andersartige Welt als auf der Erde. Ein Schwarm Vögel, die aussahen wie Kolibris, flogen vorbei. Ihr Lied zeugte von Freude und Leichtigkeit. Am Himmel befanden sich zwei Sonnen und ein riesiger Mond. Die beiden Sonnen strahlten so hell, dass es schon fast den Atem nahm.

Pulsierende Kraft durchfloss Tim. Er fühlte sein Element. Sein Leib zitterte und er nahm die Feuerstrahlen der beiden Elbensonnen tief in sich auf.

«Die Energie unseres Heimatsterns hat dich erfasst. Sie macht dich stärker», meinte Diodorus wissend. «Gehen wir in die Stadt.»

Tim genoss es, durch dieses neue Reich zu laufen. Er war *nur* auf Legendenjagd gewesen und befand sich *nun* in der Welt der Elben. *Was würde dieses Abenteuer noch für ihn und seine Gefährten bereithalten?*

Nach einiger Zeit hatten Tim und Diodorus die Stadt erreicht. Eine helle, dicke, feste Mauer hüllte die Häuser und Grünflächen ein. Einige Teile dieses mächtigen Schutzwalls bestanden aus kleinen Türmen, kristallinen Felsenstücken und hohen Bögen. Ein Elbentor gleich einem Augenpaar, das genau beobachtete, wen es in die Stadt ließ und wen nicht, wurde von zwei eindrücklichen Amethystobelisken umrahmt. Mächtige Bollwerke des Schutzes. Solch wuchtige Kristalle hatte Tim noch nie gesehen. Feine, violette Fäden wurden von den Obelisken vor das Tor gesponnen.

Diodorus lief mitten durch die Fäden hindurch und winkte Tim zu. Auch er durfte die Stadt betreten. Ein breiter Weg führte in die Richtung des weißgoldenen Königspalastes. Durch seine Größe und seine Kuppeln war er sehr gut zu erkennen. Die Wohnhäuser der Elben besaßen helle Farben und Elbensymbole. Kristalllaternen standen überall herum. In den Geschäften gab es faszinierende Angebote. Geschirr mit Elbenmuster, Gegenstände mit Elbenmuster, fremdartige Früchte, magische Relikte, Bücher in Elbenschrift und andere Dinge waren zu sehen.

Tim war überwältigt. «Es ist … unfassbar schön hier. Was ist das für eine Stadt?»

«Das ist Fee Valdana, die Hauptstadt unserer Welt», erklärte der Elbenkönig.

«Fee Valdana», wiederholte Tim andächtig. «Allein der Name ist schon voller Magie.»

Diodorus lächelte. «Der Name gebührt den Feen. Sie wurden als erste Lebewesen aus den Elementen geboren und riefen bereits ab dem zweiten Zeitalter unserer Welt lichtvolle Elben in ihr Reich. Die Elben lernten von den Feen, kehrten nach Maleia zurück und gaben das Wissen weiter. Freundschaft entstand zwischen Elben und Feen. Einige Feen errichteten kleine Dörfer in den Wäldern von She Darrash und blieben bei uns. Mit der Feen- und Elbenmagie bauten wir an den heiligen Berg Kaytum - er sieht aus wie ein Kristall - den Königspalast und davor unsere Hauptstadt auf. Tief im Herzen des Berges befindet sich ein großes Tor der Zeit. Wer dort hineingeht, verschwindet entweder für immer oder kommt, wenn er stark genug ist, unsterblich wieder hervor. Wir nennen es das Tor der Ewigkeit, da es die Verbindung zur Quelle jener Kraft darstellt, aus der die Elemente und alles Leben geboren wurden. In jeder Welt gibt es solch ein Tor.»

Ehrfurcht erfasste Tim. Er spürte eine Reinheit, die er so noch nie erlebt hatte. Auf wundersame Weise fühlte er sich zum ersten Mal seit Beginn dieses Abenteuers ruhig und geborgen. Dies war ein wichtiger Ort seiner Reise.

«Maleia besteht aus zwölf Reichen», erklärte der Elbenkönig. «She Darrash, Azurra, Shaganis, Kalderra, Ashalon, Sarash, Fehylon, Te Alon, Eldona, Lhamar, Gabur und Neshala. In Fee Valdana befindet sich der Sitz des Königshauses. Das große Valdourgebirge, welches du zur rechten Seite siehst, gehört zu Kalderra. Jedes Reich besitzt einen Ältestenrat, der die Geschicke des Reiches lenkt. Außerdem gibt es noch einen Großrat der Reiche. In diesem Rat befinden sich ein Abgeordneter eines Reiches und die Königsfamilie. Sie ist für ganz Maleia die Herrscherfamilie und beschützt diese Welt mit ihren besonderen Kräften. Zur gehören noch meine Gemahlin und meine Tochter.»

«Das klingt nach einer sehr friedvollen Ordnung.»

«Das ist es auch.»

«Sind die Elben unsterblich?»

«Ja und nein. Wir bestimmen selbst, wann wir aus einem Leben in eine nächste Lebensform übergehen. Das gilt jedoch nur für unseren Heimatstern. Er gibt uns die Kraft zur Unsterblichkeit. In allen anderen Welten sind auch wir sterblich. Den Elben, die auf der Erde leben, ist das bewusst. Sie haben ihr Schicksal selbst gewählt und wollen eurem Stern helfen. Das verdient unseren größten Respekt.»

Die Achtung vor den Elben auf der Erde stieg auch bei Tim gehörig. Welch ein Mut und welch eine Aufgabe, der sie sich da gestellt hatten. «Was ist mit Lea und mir? Sind wir in Maleia auch unsterblich? Weil doch Elbenblut in uns fließt?»

«Nein, ihr seid auf der Erde geboren und damit sterblich», antwortete Diodorus. Als er Tims nachdenkliches Gesicht sah, fragte er augenzwinkernd: «Traurig darüber?»

Tim lächelte. «Nein - nein, das bin ich nicht. Ich bin sogar froh. *Ein Auserwählter* zu sein, reicht mir schon.»

«Das ist *dein* Weg. Aber das Elbenblut wird dein Leben verlängern.»

«Wenn es mir nicht schon vorher im Kampf genommen wird», meinte Tim ironisch.

«Leben und Tod gehören zusammen. Deine Seele schickt dir nichts, was du nicht auch meistern könntest. Ich kann dir nicht sagen, ob du in einem Kampf sterben wirst oder nicht. Aber ich kann dir sagen, dass du die schönen Momente im Leben genießen sollst. Und sie werden dir genauso geschickt.

Nimm dir nicht die Freude am Leben, nur weil du Angst vor dem Tod hast.»

«Das werde ich nicht. Selbst wenn wir kämpfen müssen, habe ich doch schon unglaublich viel gesehen und gelernt.»

«So ist es. Ah … sieh nur, wir sind auf dem Marktplatz angekommen», sagte der Elbenkönig.

Eine bunte Vielfalt an den verschiedensten Dingen gab es hier. Kleidungsstücke, köstliche Früchte, Gewürze, Speisen, Tränke, Elixiere, magische Relikte und vieles mehr.

Wo sie hinkamen, verneigten sich die Elben vor dem König. Auch Tim wurde freundlich begrüßt. Die Elben besaßen eine feine, fließende Art. Sie erledigten alles mit einer gewissen Ruhe, und wenn sie sich unterhielten, war es sehr achtsam. Ihre Stimmen schwangen oftmals in einer melodischen Tonlage.

Sie liefen weiter und bald lag der Königspalast mit einer weitläufigen Parkanlage vor ihnen. Saftig grüne Rasenflächen, beschauliche Oasen, bunte Blumenhecken, Brunnen mit sprudelnden Wasserfontänen, ein Teich, verzierte Bänke und Elbenstatuen. Feuer, Wasser, Erde und Luft - alle Elemente gaben sich auf diesem Platz die Hand und erschufen Leben. Kleine Elfen schwirrten in der blühenden Natur hin und her. Neben der Treppe stand zu beiden Seiten ein großer Obelisk aus Bergkristall. Ein Elbensymbol prangte darauf. Mehrere kleine Terrassen schmückten den Palast und eine goldene Kuppel bildete den krönenden Abschluss.

Diodorus und Tim stiegen die Treppe zum Haupteingang empor. Lautlos öffnete sich die helle Tür und sie traten ein.

Zielgerichtet führte der Elbenkönig Tim durch den Flur die breite Treppe hinauf. Wachen standen in gleichmäßigen

Abständen auf jeder Seite. Die hohen Fenster ließen das Licht der beiden Elbensonnen ungehindert einfallen.

In dem Gang mit den Gästegemächern hielt Diodorus vor einer Tür, öffnete sie und deutete hinein. «Es wird dir hier gefallen.»

Tim betrat das Zimmer und sah einen hellen und sauberen Raum vor sich. Ein Holzschrank und ein Bett aus einer für Tim fremden Holzart, ein Kristallspiegel und eine weiße Alabasterwanne mit warmem Wasser fielen ihm sofort auf. Auf dem runden Tisch in der Mitte thronte eine Kristallschale mit Obst. Die Vorhänge an den Fenstern glänzten golden.

«Nimm ein Bad und komm in den Thronsaal. Er liegt unten im rechten Gang.» Der Elbenkönig zog sich zurück.

Das kristallklare Wasser lockte Tim in die Wanne. Welch eine Wohltat. Als er wieder aus dem Wasser stieg, waren seine Kleidungsstücke wie neu. Er zog sie an und staunte einmal mehr über die Elbenmagie. Es klopfte.

«Herein», rief Tim.

Die Tür flog auf.

«LEA!»

«TIM!»

Die Geschwister fielen sich in die Arme.

«Du siehst gut aus», stellte Tim fest, als er Lea wieder losließ und sie begutachtete. «Alles an dir strahlt so magisch.»

Lea lachte. Sie trug ein blaues, seidig schimmerndes Kleid und ihre langen Haare wurden von einem goldenen Stirnband gehalten. «Ich bin wieder vollkommen gesund», erklärte sie. «Die Elben sind mit ihren Fähigkeiten wahre Heilkünstler. Sie haben meine Wunde mit einem Elixier und Blättern gereinigt und die dunkle Magie herausgezogen.»

«Ich sehe es», rief Tim gut gelaunt.

«Die Elbenwelt tut mir gut, und wenn ich ein Kleid trage, fühle ich mich wesentlich besser als in Kampfkleidung. Aber lassen wir das. Ich soll dich in den Thronsaal bringen.» Lea hakte sich bei ihrem Bruder unter und schob ihn sanft zur Tür. Hinter ihnen klackte sie wieder ins Schloss.

Der Thronsaal der Elben war genauso hell und schimmernd wie der übrige Palast. Elbensymbole an den Wänden zeugten von hoher Magie. Zwei große, weiße, mit hellbraunen Symbolen verzierte Steintische und Stühle standen rechts und links im Saal. Der marmorne Fußboden glänzte wie flüssiges Gold. In hellen Blumentöpfen blühte üppiges Leben. Der weißgoldene Elbenthron, dem ein elbisches Symbol Kraft verlieh, diente einer freundlichen Herrschaft.

Ehrfürchtig schritten Tim und Lea auf den prachtvollen Thron zu.

Da erkannte er sie!

«DIONA! SHAJA!»

Auf dem Thron saß das Königspaar in trauter Zweisamkeit und daneben stand Shaja.

Heißes Feuer schoss durch Tims Venen. Die junge Elbin rief bei ihm ein ungeahntes Glücksgefühl hervor. Und auch Diona wohlbehalten wiederzusehen, versetzte ihn in Freude. Tim wusste kaum, was er sagen sollte.

Zanello betrat in diesem Moment den Thronsaal.

«Wir sind alle da. Setzen wir uns an den Tisch», sagte Diona.

Tim rutschte auf den Stuhl neben Shaja. Auch wenn er der jungen Elbin nah sein wollte, wandte er sich zuerst an die Elbenkönigin. «Herrin, ich freue mich, Euch zu sehen. Aber wie konntet Ihr aus Kiltúr entkommen?»

«Ganz einfach», sagte Diona. «Ich hatte nur versprochen, in der Schwarzen Burg zu bleiben, aber nicht *wie lange*. Also konnte ich gehen, wann immer ich wollte. Meine Elbenmagie schützte mich. Ich ließ sie auch in die Menschen fließen. Etwas von dem dunklen Bann konnte sich lösen. Leider wird er wieder erneuert werden. Marwin lässt seine Magie ständig frei. Als er die Burg endlich verließ, tat ich dies auch.»

«Ihr seid wahrlich klug» Tim lenkte seine Aufmerksamkeit nun auf Shaja.

«Ich freue mich, auch *dich* wiederzusehen», sagte er zu der schönen Elbin. Er hatte sich näher an sie herangebeugt und ihr blumiger Duft berührte seine Sinne.

«Ich mich auch.»

Die glockenhelle Stimme des Elbenmädchens strömte geradewegs in Tims Herz hinein. Er versank förmlich in ihren blauen Augen.

«Du hast *unsere Tochter* gern, nicht wahr?», fragte Diona.

Diese Worte waren wie eine eiskalte Dusche. Für einen Moment drehte sich sogar alles vor seinen Augen. Die schöne Silhouette von Shaja verschwamm und schien sich auf eine unüberwindliche Distanz von Tim zu entfernen.

«TOCHTER? Du bist … *die Elbenprinzessin?*»

«Ja.» Shaja runzelte die Stirn. Was war auf einmal mit Tim los? Er sah sie so seltsam an.

«EINE PRINZESSIN?»

«Was hast du nur, Tim?», fragte Shaja ängstlich. Ihr Herz krampfte sich plötzlich zusammen und ein tiefer Schmerz bohrte sich an die Oberfläche.

«Ich dachte, du bist *eine Auserwählte*, so ähnlich wie bei mir. Aber … doch *keine* Prinzessin», sagte Tim hilflos.

«Ich bin eine Auserwählte meines Volkes», verteidigte sich Shaja. «Das *ist* so ähnlich wie bei dir!»

«Ich bin KEIN PRINZ!», entrüstete sich Tim. «Aber du ... bist eine Prinzessin, und wie es aussieht, auch noch die Thronfolgerin von Maleia. Ich bin nur ein normaler Junge von der Erde.» Tims Blick fiel auf Shajas Ring an ihrer rechten Hand. Jetzt wusste er, dass es nicht nur ein Ring der Tore war, sondern auch ein Königsring.

«*Normal? DAS bist du ganz sicher nicht.* In dir fließt genauso Elbenblut wie in mir. DU BIST EIN TEIL DER MAGISCHEN VIER - DER HERR DES FEUERS!», hielt ihm Shaja entgegen. «Aber ist das denn so wichtig? Es zählt doch nur, dass wir uns gern haben.»

Tim wurde ruhig und dachte über Shajas Worte nach.

«Wir bewerten in unserer Welt nicht, welche Aufgabe ein Elb oder eine Elbin im großen Gefüge der Zeit erfüllen», sagte Diona mit Nachdruck. «Handwerker, Magier, König - alles gehört zusammen. Einer kann ohne den anderen nicht sein. Sie brauchen sich gegenseitig. Wir werden zusammengeführt und gehen wieder auseinander. Aber wenn Gefühle auftreten, dann beachten wir sie und bleiben.»

Tim nahm einen tiefen Atemzug. Der bohrende Schmerz in seinem Herzen löste sich auf. Er hätte es auch gar nicht länger ausgehalten. Dafür war er viel zu verliebt. «Ich mag dich, Shaja. Mein Herz tanzt, wenn ich dich sehe», flüsterte er.

Auch Shaja atmete sichtlich auf und der Schmerz in ihrem Herzen verschwand. Sie beugte sich noch näher zu Tim heran und er erhielt seinen ersten, zarten Kuss von einem Mädchen.

«Mein Bruder ist verliebt, und er lässt sich auch noch darauf ein. Welch ein Wunder», rief Lea erstaunt.

«Nun, da dieser glückliche Umstand geklärt wäre, ist es an der Zeit, endlich den Elben zu treffen, der zu den Magischen Vier gehört», sagte der Diodorus zufrieden. «Ihr seid auch die Hüter der Stäbe des Lebens, die mächtigsten magischen Relikte im Kampf für das Gute. Diese Stäbe werden in Maleia aufbewahrt und können nur von ihren rechtmäßigen Besitzern befreit werden. Dies ist ein weiterer Grund, warum ihr hier seid. Doch dazu ist eine Prüfung nötig, auf die ihr vorbereitet werdet. Andere magische Relikte werden zu euch kommen, damit ihr diese Aufgabe erfüllen könnt.»

«Oh je. Das hört sich nach viel Arbeit an.»

«Arbeit? Das ist EUER LEBEN!»

«Ja, ja …», meinte Lea achselzuckend.

«Wie geht es eigentlich unseren Freunden», wechselte Tim das Thema. «Können wir sie sehen?» Er hatte das Gefühl, dass alles gesagt war. Seine Gedanken galten jetzt Nick, Robby, Selina und auch Rose.

«Eure Freunde werden wieder gesund. Sie liegen in einem künstlichen Heilungsschlaf. Ihr müsst warten, bis sie wach werden.»

Das genügte Tim schon als Antwort. Der Tag fand einen guten Ausklang für ihn.

AMATUS UND KRISHA

Am nächsten Morgen wurden Tim, Lea und Zanello von einer Bediensteten auf eine Terrasse mit goldgelben Steinbänken und zwei imposanten Elbenstatuen, die von einer längst vergangenen Elbengeschichte erzählten, geführt.

Das Königspaar stand mit einem groß gewachsenen, drahtigen Elben auf der Terrasse. Der Elb strahlte Kraft und Energie aus. Sein Haupt bedeckte langes, hellgraues Haar. Er besaß wissende, graublaue Augen und auf seinem Gesicht und seinen Händen leuchteten lichtvolle Linien. Über einem blauen Hemd, einer langen hellgrauen Weste und einer hellbraunen Hose hing ein weißer Umhang. Der Saum golden verziert. Die Füße wurden von braunen, gemusterten Stiefeln bedeckt. Ein silbergrauer Ring blitzte an der linken Hand und ein Kristallamulett am Hals.

«Guten Morgen. Ich hoffe, ihr habt gut geschlafen. Ich möchte euch Amatus, einen der größten Zauberer unserer Zeit, vorstellen», sagte Diodorus.

Das also war Amatus, von dem Tim schon einiges gehört hatte. Er fühlte sofort ein Band zu ihm, ähnlich wie er es bei Zanello erlebt hatte.

«Seid gegrüßt», sagte Amatus mit einer angenehmen, tiefen Stimme. «Ich freue mich, nun auch dir zu begegnen, Tim. Ich bin ein Lehrer der Elbenmagie und gehöre zu den Magischen Vier. Mein Element ist die Luft und meine magische Kraft wird sich im Kampf gegen das Böse mit der euren vereinen.»

Jetzt konnte Tim die Verbundenheit verstehen. Sie schien ein Zeichen dafür zu sein, dass sie zusammengehörten.

«Du bist der Elb, der ein Teil der Magischen Vier ist? Das hast du nie gesagt», rief Zanello überrascht. Auch er hatte sich immer verbunden gefühlt, aber auf die Idee, dass Amatus zu den ihnen gehören könnte, war er nicht gekommen. Er hatte gedacht, dass es nur das Band der Magie wäre, an dem sich Zauberer erkannten.

«Dinge zu erfahren, deren Zeit noch nicht gekommen ist, verbrennt ihre Magie und nimmt dir ein Stück deines Lebens», erwiderte Amatus. «Du hast deine eigenen Entscheidungen getroffen und bist bis jetzt einen wichtigen Teil deines Lebens gegangen. Nun sind wir alle hier und die Zeit ist reif.»

«Die Magischen Vier sind vereint!», sagte der Elbenkönig. «Übt euch nun gemeinsam im Kampf.»

«Warum müssen wir uns andauernd im Kampf üben? Das können wir doch schon. Unsere Kräfte sind in Maleia auch stärker geworden.» Lea gefiel der Gedanke überhaupt nicht, wieder in ihre Kampfkleidung zu steigen. Sie hatte sich so sehr daran gewöhnt, ein Kleid zu tragen. Und sie liebte es, mit anderen Elbinnen über den Markt zu spazieren und sich über Kräuter zu unterhalten.. Außerdem dachte sie wieder öfter an zu Hause.

«Nur gemeinsam werdet ihr in der Lage sein, den Schwarzen Zauberer zu besiegen. Ihr müsst euch aufeinander einstellen und wissen, wie der andere im Kampf reagiert. Euer Band darf nicht zerbrechen.» Der Elbenkönig sah Lea vorwurfsvoll an. «Eure Stärke liegt in eurer Einheit!»

«Hm …» Lea strich nicht vorhandene Falten in ihrem Kleid glatt. «Mit diesen Stäben des Lebens können wir Marwin doch besiegen. Dann ist der Kampf gegen die Dunkelheit vorbei und wir können wieder nach Hause.»

«Ich glaube, es wird Zeit für Krisha», sagte Amatus.

«Wer ist Krisha?» Lea riss verdattert ihre Augen auf. Amatus schien völlig überhört zu haben, dass sie wieder nach Hause wollte.

«Kommt mit. Ich möchte euch mit einem besonderen Wesen bekannt machen. Es wird dir helfen, Lea.»

Lea spürte, dass Widerstand zwecklos war. «Von mir aus.»

Der Elbenzauberer führte Tim, Lea und Zanello einige Zeit später durch Fee Valdana. Am Marktplatz wurden sie kurz aufgehalten. Amatus unterhielt sich mit einem anderen Elbenzauberer. Er hieß Shoruk und war auch ein Lehrer der Elbenmagie. Die beiden waren etwa gleich alt und kannten sich gut. Dann ging es weiter durch die Stadt, bis sie an der Stadtmauer angelangt waren. Amatus trat mit seinen jungen Begleitern vor das Tor. «Wir sind am Ziel. Da ist Krisha.»

Tim, Lea und Zanello folgten der Handbewegung des Elben und sahen verwundert auf die beiden großen, eindrücklichen Amethystobelisken.

«Hier ist niemand - nur diese Obelisken», sagte Zanello.

«Und da ist Krisha», erwiderte Amatus gleichmütig.

«In den Obelisken?»

«Ja. In den Kristallen leben die Kristallwesen. Sie kommen aus der Kristallwelt, die sich auch in unserem Verbund befindet. Ein unfassbares Reich. Kristallstädte, Kristallberge, Kristallseen, Kristalltiere, Kristallmagie. Die Kristalle geben ihre Magie oder ihre Strahlen an die Umwelt ab. Es gibt unzählige Kristalle und jeder hat eine andere Aufgabe wie auch ein anderes Aussehen in Farbe und Form. Auf eurer Seite des Tores werden die Kristalle vor allem für die Technik verwendet. Hinter dem Tor nutzt man ihre Magie für vieles, vor allem aber zur Stärkung und Heilung. Seht euch mein Amulett an.» Amatus hielt sein Amulett nach vorn. «Dies ist ein Bergkristall. Es ist mein Stein, der seine Kräfte auf mich überträgt. Das Amulett ist ein wertvoller Talisman. Auch ihr werdet noch euer eigenes Amulett erhalten. Die Kristalle suchen sich ihre Träger aus, nicht umgekehrt. Ich erhielt mein Amulett vom Elbenorakel.»

Ehrfürchtig bestaunten Tim, Lea und Zanello den Kristall. «Kannst du uns noch mehr über die Kristalle erzählen?», fragte Lea. Ihr Interesse war plötzlich geweckt.

«Zu gegebener Zeit», antwortete Amatus. «Jetzt werde ich erst einmal Krisha rufen. Sie ist eine Amethystprinzessin und kann durch einen Amethyst überall erscheinen. Sie nutzt die Kristalle auch als Fenster, um in andere Welten zu schauen. Die Königsfamilie besitzt, wie bei den Elben, die meisten magischen Fähigkeiten.»

Der Elbenzauberer wandte sich an die Amethystobelisken. «KRISHA! Komm heraus und stell dich unseren jungen Erdenfreunden vor.»

Ein glänzender, violetter Lichtstrahl brach aus dem Kristall hervor. Der Obelisk schien sich zu öffnen und eine große, schlanke, fast filigrane, wunderschöne Frau trat heraus. Ihr Alter war kaum zu schätzen. Sie war ein atemberaubendes, strahlendes Kristallwesen. Ein strahlendes, amethystfarbenes Kleid. Ein strahlender, silbern und violett verzierter Gürtel, der bis zum Ende des Kleides reichte. Eine strahlende, kristalline Hautfarbe. Der Mund fein und rosig. Die großen Amethystaugen sprühten violette Funken. Ihre weißen und manchmal violett leuchtenden Haare hingen lang und glatt bis zu den Hüften hinunter. Auf ihrer Stirn glänzte ein silbernes

Band mit einem Amethyst in der Mitte. Schillernd und kapriziös war ihre ganze Erscheinung.

Mit offenen Mündern starrten Tim, Lea und Zanello das Kristallwesen an.

«Nun, wen haben wir denn da?», ließ sich ihre hohe, kristallklare Stimme in einem Singsang vernehmen. «Die Retter der Welt», gab sich Krisha gleich selbst die Antwort. Mit geschmeidigen Bewegungen kam sie auf die reglosen Freunde zu und musterte sie eingehend. Bei Zanello verweilte sie länger. In ihren Augen funkelte es. «Du gefällst mir. Möchtest du mit mir in mein Kristallreich kommen, wenn du deine Aufgabe erfüllt hast? Ich kann dir viel zeigen. Die Kristallwelt ist wunderschön.» Krisha kicherte leise und sah Zanello herausfordernd an.

Zanello wusste gar nicht, wie ihm geschah. Es war ja nicht so, dass er Krisha nicht anziehend fand. Im Gegenteil, sie war wunderschön. Aber mit ihr ins Kristallreich gehen? Nein, das wollte er dann doch nicht. Hilflos sah er zu Amatus.

«Lass ihn, Krisha. Tim, Lea und Zanello sollen heute nur erfahren, dass die Kristalle leben und ein Wesen haben. Sie sollen dich kennenlernen», sagte Amatus bestimmt.

«Schade», meinte Krisha und verzog schmollend den Mund. «Er ist sehr reizvoll und besitzt Zauberkräfte.» Krisha strich Zanello leicht mit einer glitzernden Hand über das Gesicht und gab ihm einen Kuss auf die Wange. Dann zog sie sich würdevoll zurück und blieb in einigem Abstand stehen.

Zanello wurde ganz eigentümlich zumute. Er fühlte noch immer den warmen Kuss des Kristallwesens auf seiner Haut und merkte, dass wahrlich *sehr* viel Leben in ihr steckte. Zaghaft lächelte er Krisha zu. «Du ... du gefällst mir auch.»

«Siehst du, Amatus. Er mag mich auch», meinte Krisha hoheitsvoll und ging wieder auf Zanello zu.

Der Elbenzauberer schüttelte unwillig den Kopf. «Das mag sein. Du hast ihn mit deinen Reizen auch ziemlich betört. Hör auf damit! Es gibt Wichtigeres zu tun.»

«Wie du willst.» Krisha ließ von Zanello ab und schwebte zurück.

«Schau dir bitte Lea an und gib ihr deine Magie. Sie ist die Herrin der Erde ...»

«... und voller Zweifel», ergänzte Krisha. Das Kristallwesen tänzelte nun auf Lea zu. Unmittelbar vor ihr blieb sie stehen und sandte helle, glitzernde Amethystfäden in sie hinein.

Eine Energiewelle nach der anderen jagte durch die junge Erdenfrau. Lea konnte die Kraft der Kristalle erkennen, die wiederum aus der Erde kam. Diese Kraft gehörte auch zu ihr. Sie fühlte sich vertraut an.

Das Kristallwesen hörte auf und trat von Lea zurück.

«Danke. Irgendetwas ist anders ... Mir ist so ...» Lea blickte auf ihre Hände, in denen sich magische Energiekugeln bildeten. Sie waren wesentlich stärker geworden. «Unfassbar. Ich glaube, ich habe nicht mehr so viel Angst zu kämpfen.»

«Das freut mich», erwiderte Krisha. «Herrin der Erde, es war mir eine Ehre.» Das Kristallwesen warf Zanello noch einen sehr bezaubernden Blick zu, bevor es wieder in einem der violetten Kristallobelisken verschwand.

«Behütet den Stein», hörten sie Krisha noch durch die Luft singen.

Tim, Lea, Zanello und Amatus spürten mit einem Mal in ihrer rechten Hand etwas Kaltes und Glattes. Dann wurde der Stein, der sich dort gebildet hatte, warm.

Ein kleiner, schimmernder Amethystobelisk leuchtete ihnen entgegen.

Amatus lächelte wissend. «Krisha hat uns ein magisches Relikt geschenkt. Wir werden es noch brauchen. Gehen wir nun auf den Kampfübungsplatz.»

Vier Elbenkrieger warteten dort auf sie.

Tiros und Nando kannten Tim und Lea schon. Die anderen beiden stellten sich als Olowyn und Jaral vor. «Es ist uns eine Ehre, mit euch zu üben», sagten sie voller Achtung vor den Magischen Vier.

Tim starrte Olowyn wie gebannt an. «Du siehst aus wie mein Geschichtslehrer», entfuhr es ihm fassungslos.

«Das will ich auch meinen», lächelte Olowyn. «Er ist mein Bruder. Olowen ist ein Späher auf der Erde und sollte ein Auge auf euch haben. Das tut er immer noch, indem er eure Familie beschützt.»

Jetzt konnte sich Tim die besondere Ausstrahlung seines Geschichtslehrers auch erklären. Er war sehr dankbar für die Voraussicht der Elben. «Unglaublich, was ihr für uns tut.»

«Das ist unsere Aufgabe», erklärte Nando schlicht.

Die Kampfübungen begannen. Zuerst traten Tim, Lea, Zanello und Amatus – dessen Schwert übrigens Léldier hieß - gegen die Elbenkrieger an. Trotz ihrer Kräfte konnten sie nicht immer gewinnen, was für die Kampfkunst der Elben sprach. Schließlich kämpften die Magischen Vier gegeneinander. Sie mussten nun lernen, eine Einheit zu bilden. Das war gar nicht so leicht. Jeder besaß seinen eigenen Kampfstil und sie mussten Gemeinsamkeiten finden oder herstellen. Endlich gelang es ihnen. Anschließend probten sie mit Pfeil und Bogen. Hier war Lea besonders gut. Dennoch wählten die Magischen Vier das Schwert als Hauptwaffe, der Stab des Lebens und ihre magischen Kräfte würden außerdem noch dazukommen. *So* würden sie gut ausgerüstet sein.

Die nächsten Tage waren für die Magischen Vier von Kampfübungen bestimmt. Aber es verging kein Tag, an dem sich Tim nicht nach seinen Freunden und Rose erkundigte. Ihr künstlicher Heilungsschlaf war verlängert worden, da sich ihr menschlicher Organismus noch an die Energie in Maleia gewöhnen musste. Danach wollten die Elben ihre neue Gäste noch darüber unterrichten, wo sie sich befanden.

Es geschah an einem weiteren Übungstag, als unvermutete Zuschauer plötzlich am Kampfplatz erschienen.

«NICK! ROBBY! SELINA! ROSE!», rief Tim. Er ließ sein Schwert fallen und rannte los.

Lea warf Amatus, gegen den sie gerade gekämpft hatte, einen entschuldigenden Blick zu und rannte ebenfalls los. Zanello folgte ihr.

«Ihr seht gut aus», sagte Tim, als sie sich aus der Umarmung gelöst hatten. «Und ihr tragt Elbensachen.»

«Ja, wir fühlen uns auch sehr wohl darin», meinte Nick.

Die Kampfübungen waren für heute beendet. Amatus ging zum Königspalast zurück, und Rose begab sich dorthin.

Tim, Lea, Zanello, Nick, Robby und Selina liefen in den Park unterhalb des Königspalastes und setzten sich auf eine Bank in eine der Ruheoasen.

«Ich fasse es immer noch nicht. Wir sind in der Elbenwelt. Wie ist es euch ergangen?», fragte Nick.

Tim erzählte. Während er sprach, hing Selina förmlich an seinen Lippen. Tim ignorierte das geflissentlich. Er sah Selina gar nicht an und Selina verzog angesäuert den Mund.

Robby war wie so oft einfach nur traurig darüber.

Zanello räusperte sich jetzt und alle sahen ihn an. Ruhig erzählte er *seine* Geschichte.

Robby, Nick und Selina hörten gespannt zu. Sie freuten sich, dass die Spukgeschichte aus der Grundschule endlich aufgeklärt war. MARTIN WINTER LEBTE!

«Die Menschen in Rhog müssen das erfahren», sagte Robby.

«Wir werden es ihnen sagen.»

«Vorausgesetzt, wir kommen wieder nach Hause. Da ist noch der Kampf gegen den Schwarzen Zauberer», wandte Lea berechtigterweise ein.

«Daran denke ich gar noch nicht», meinte Tim. «Ich freue mich erst einmal, dass wir wieder zusammen sind und niemandem etwas geschehen ist.»

«Das freut mich auch.» Selina strahlte Tim unverhohlen an. «Wir hatten nicht so eine aufregende Zeit wie ihr, dafür haben wir umso mehr an euch gedacht.» Bedeutungsvoll klimperte Selina mit ihren Augen.

Tim runzelte nur verärgert die Stirn, Robby wirkte noch niedergeschlagener und Nick schüttelte den Kopf.

«Es ging uns gut bei Rose», sagte Nick. «Wir haben viel über die Natur und die Kräuter erfahren. Jacob kam uns auch oft besuchen. Wir haben gelernt, uns mit Tieren zu verständigen. Es war ein tolles Gefühl, neben einem Fuchs oder Wolf zu laufen, ohne Angst zu haben. Robby und ich fanden das sehr aufregend und interessant.»

«Ja, ja …», wehrte Selina ab. «Tim hat uns trotzdem gefehlt. Ohne ihn ist es nun mal nicht dasselbe.»

Tim beugte sich zu Nick hinüber. «Hat diese Schwärmerei immer noch nicht aufgehört?», flüsterte er.

«Nein, im Gegenteil. Als ihr uns verlassen habt, ist es noch schlimmer geworden. Robby wird zwar beachtet, aber das ist auch schon alles.»

Tim blickte mitfühlend auf Robby. Die traurigen Augen seines Freundes sprachen Bände. Aufmunternd klopfte er ihm auf die Schultern. «Sie wird schon noch damit aufhören, wenn sie merkt, dass ich kein Interesse an ihr habe.»

Robby seufzte schwer. «Ich glaube nicht mehr daran.»

Da hatte Tim endgültig die Nase voll. Es wurde höchste Zeit für ein paar klärende Worte. Selina musste diese dumme Schwärmerei für ihn aufgeben und sich Robby zuwenden. Außerdem wollte er sich auch frei mit Shaja bewegen können. «Da ist noch etwas, was ich euch sagen muss», begann er tief durchatmend.

«Wirklich? Was denn?», fragte Selina neugierig und beugte sich weiter nach vorn.

«Ich bin zum ersten Mal verliebt - in die Elbenprinzessin. Shaja und ich, wir sind uns sehr zugetan. *Solche* Gefühle hatte ich noch *nie*. Das ist einfach überwältigend.»

Wie vom Blitz getroffen, zuckte Selina zurück. Sie starrte Tim völlig entgeistert an, als wäre er ein Aussätziger und sie würde es erst jetzt bemerken.

Nick und Robby hörten ihm dagegen interessiert zu und beglückwünschten ihn. Vor allem Robby freute sich über diese unverhoffte Wendung. Endlich hatte Tim ein Mädchen getroffen, das ihm gefiel. Verstohlen blickte er zu Selina.

Sie saß kreidebleich da und schniefte verdächtig.

Tim hatte nun doch Mitgefühl mit ihr. «Sieh mal, Selina, ich habe dir nie Hoffnungen gemacht. Aber es gibt da jemanden, der dich sehr mag und der *auch sehr tapfer* ist.»

Selina warf Tim und Robby bitterböse Blicke zu, als ob nur sie an ihrem jetzigen Zustand schuld seien. Sie sprang auf und rannte einfach davon.

«Selina beruhigt sich schon wieder. Ich freu mich jedenfalls für dich», meinte Nick.

«Ich mich auch», sagte Robby.

«Danke, Jungs»

Nach einer Weile dämmerte es schließlich. Tim, Nick, Robby, Lea und Zanello gingen zurück zum Königpalast. Im Thronsaal wartete das Abendessen auf sie. Das Königspaar, Shaja, Amatus und Rose waren auch da. Wenig später kam noch eine mürrische Selina herein. Sie setzte sich neben Lea und schnell war klar, dass Tim und Robby für sie gar nicht zu existieren schienen. Wenn sie sprach, wandte sie sich nur an die anderen.

«Selina ...», wollte Tim nach dem Essen noch einmal auf sie zugehen.

Doch Selina starrte ihn wütend an und fiel ihm ins Wort. «Ich habe aufgegessen und gehe jetzt wieder in mein Zimmer! Lass mich ja in Ruhe!» Mit einem heftigen Schwung schob sie ihren Stuhl vom Tisch und stand auf. Hoch erhobenen Hauptes stolzierte sie aus dem Saal.

Tim seufzte. «Gehen wir auch schlafen. Wir wollen morgen sehr früh aufstehen und unsere Kampfübungen fortsetzen.»

Die Freunde dankten für das Mahl, begaben sich in ihre Gemächer und tauchten bald in einen erholsamen Schlaf.

Am nächsten Morgen berichtete Amatus, dass Rose auf die Erde zurückgekehrt war. Sie wollte wieder in ihr Haus und gemeinsam mit den Elben beim Aufräumen des abgebrannten Waldes helfen. Neue Bäume, Sträucher, Blumen und Gras sollten gepflanzt werden. Neue Waldfrüchte sollte es geben. Auch sie besaß eine hohe Magie und konnte dazu beitragen. Außerdem wurden ihre magischen Heilkünste von den Menschen gebraucht.

«Und nun führe ich euch in die Bibliothek des Palastes», schloss Amatus seinen Bericht ab.

Regale voller Bücher, Tische mit kleinen Kristalllampen, weiche Stühle, Treppen in die oberen Etagen, der Duft nach Wissen. Die Sonnenstrahlen der beiden Elbensonnen beleuchteten sagenhafte Räumlichkeiten. Ein Elb und eine Elbin warteten auf sie.

«Das sind Endil und Nilan. Sie werden eure Lehrer sein und euch jeden Tag eine Lerneinheit geben.»

«Endlich lernen wir wieder etwas», rief Nick hocherfreut.

«Muss das sein?» Robbys Freude hielt sich dagegen in Grenzen. Er war froh, der Schule auf der Erde entronnen zu sein.

«Keine Sorge, die Lerneinheiten sind nicht allzu lang. Tim, Lea und Zanello müssen sich auch weiterhin im Kampf üben. Und die Freizeit soll schließlich nicht zu kurz kommen», erklärte Amatus und entfernte sich.

Robby brummte nur etwas Unverständliches vor sich hin, aber die anderen schienen sich zu freuen. Selbst Selina.

Die erste Lerneinheit begann. Es gab das Allgemeinwissen über den Aufbau der Elbenwelt. Nach zwei Stunden wurde die Lerneinheit beendet und Tim, Lea und Zanello gingen auf den Kampfübungsplatz. Amatus war bereits da und die Übungen begannen. Das Gespür füreinander wurde immer feiner und sie bauten ein tiefes Vertrauen zueinander auf. Ihre Einheit sollte sich festigen und ihre Magie sollte sie tragen.

Fünf Tage später saßen Tim, Lea, Zanello, Nick, Robby und Selina in der Bibliothek und sahen sich ein Buch mit Bildern zu den Reichen der Elbenwelt an. Das Königspaar, Shaja und Amatus traten ein.

«Können wir euch kurz stören?», fragte Diona freundlich.

Die Freunde sahen erwartungsvoll auf.

«Shaja wird für Lea, Tim und Zanello morgen ein Tor der Zeit öffnen, das sie zu den Zwergen bringt, die hier leben», erklärte die Königin.

«Zwerge? In der Elbenwelt?», fragte Zanello verwundert.

«Einige Zwerge kamen einst auf Einladung der Elben aus ihrer Welt in unsere. Sie sind beachtliche Kristallwissende und leben im Valdourgebirge. Dort bauen sie Kristalle für uns und auch für sich selbst ab. Ihr sollt sie kennenlernen, und wenn ihr es vermögt, gewinnt ihr sie als Freunde.»

«Dann müsst ihr ja schon wieder weg», meinte Nick traurig.

«Sie kommen und gehen. So ist das nun mal mit ihnen.» Der Zynismus in Selinas Stimme war nicht zu überhören.

«Selina, was soll das?», rügte sie Tim.

«Was soll was? Ist doch so. Wir sitzen hier und ihr seid fort. Immer wieder warten wir brav auf die Herrschaften.» Selina sprach endlich wieder mit Tim, aber voller Frust und Zorn.

«Sag mal, spinnst du? Ihr habt schon *so viel mehr gelernt als andere Menschen*. Bei Rose und jetzt hier. Die Elben haben euch *sogar das Leben gerettet*. Ein bisschen mehr Dankbarkeit könntest du schon zeigen», entrüstete sich Tim.

«Ach was ...» Selina winkte ab. Sie wollte nichts davon hören, sonst musste sie noch zugeben, dass Tim recht hatte.

«Tim, Lea und Zanello gehören zu den Magischen Vier. Sie haben ein Schicksal zu erfüllen, *und das habt ihr auch*. In unserer Welt gibt es einiges, was sie für den Kampf gegen das Böse brauchen, aber *auch ihr* sollt hier viel Wissen mitnehmen und es in eure Welt bringen», sagte Diona gütig.

«Falls wir je wieder zurückkommen», mokierte sich Selina.

«Was euch bestimmt ist, wird geschehen. Was euch nicht bestimmt ist ...», erwiderte die Königin rätselhaft.

«Ja, ja. Ich weiß. Keine Zukunftsaussichten, die das Leben vorwegnehmen», gab Selina widerwillig zu.

«Wir sollten heute keine Kampfübungen mehr durchführen. Verbringt die Zeit miteinander. Eure Freundschaft kann das gebrauchen. Schaut euch Fee Valdana an», sagte Amatus.

«Von mir aus.» Selina wollte den Elben gegenüber nun doch nicht als unhöflich erscheinen.

Die Hauptstadt der Elbenwelt präsentierte sich den jungen Menschen von ihrer besten Seite. Die Häuser, die Geschäfte und auch der Markt hatten viel zu bieten.

Doch es kam keine richtige Freude auf. Selina trübte die Stimmung. Sie war schlecht gelaunt und murrte nur herum. Es sei langweilig hier und sie wolle ganz schnell wieder fort.

Da platzte Tim endgültig der Kragen. «Hör sofort auf mit deiner Nörgelei. Es ist schön hier. Und wenn *du* das nicht so empfindest, ist das *dein* Problem. Das ist *das* Abenteuer, worauf *du* dich eingelassen hast. Also reiß dich zusammen.»

«Wenn ich das vorher gewusst hätte ...» Selina schossen die Tränen in die Augen.

«Was? Dass ich mich verliebe. Das meintest du doch, oder? Ich habe *kein* Interesse an dir, und *das* hast du vorher gewusst.»

Ohne noch ein Wort zu sagen, rannte Selina davon.

«Das war ziemlich hart», meinte Lea zu ihrem Bruder.

«Aber sonst wacht sie doch nicht auf», entgegnete Tim.

Lea seufzte. «Ja, wahrscheinlich ...»

Nick und Robby sagten nichts. Sie wussten, dass diese Worte längst überfällig gewesen waren.

Rechtzeitig zum Abendmahl kehrten die Freunde in den Königspalast zurück. Selina fehlte. Sie hatte sich das Essen auf ihr Zimmer bringen lassen, damit sie ja niemanden sehen musste. Die anderen ließen sich dadurch nicht stören und schwatzten ausgelassen mit den Elben.

Nach dem Abendmahl unternahmen Tim und Shaja einen Mondspaziergang. Sie liebten diese gemeinsamen Momente, die leider viel zu kurz kamen.

«Wir haben wenig Zeit miteinander», sagte Tim versonnen. «Wie soll das nur mit uns werden?»

«Ich kann nicht in die Zukunft sehen. Sie ist noch wie ein unbeschriebenes Blatt. Ihr habt eine Aufgabe zu erfüllen. Davon darf ich euch nicht abhalten. Und dann sind da noch deine Freunde. Sie wollen auch Zeit mit dir verbringen.»

«Also wegen Selina ...», fing Tim an.

«Selina mag dich. Ich habe Mitgefühl mit ihr», unterbrach ihn Shaja. «Sie ist impulsiv und trägt ihr Herz auf der Zunge. Verurteile sie nicht dafür. Auch sie wird ihren Weg finden ...»

«Hoffen wir es mal», meinte Tim und gab Shaja einen Kuss. Erst kurz nach Mitternacht gingen sie zu Bett.

KALDERRA

Am nächsten Morgen standen Tim, Lea und Zanello vor einem gleißenden, geöffneten Tor der Zeit.

«Ihr werdet im Valdourgebirge vor dem Eingang in das Zwergenreich ankommen. Ein Zwerg wird euch erwarten und euch zum König führen. Viel Glück», sagte Shaja.

«Danke, bis bald.» Tim gab Shaja noch einen leichten Kuss, dann lief er mit Tim und Zanello in das Tor der Zeit hinein. Hinter ihnen verschloss es sich wieder.

Vor einem riesigen Felsen mit einem großen, eisernen, verschnörkelten Tor kamen sie an.

«Umwerfend», rief Tim, als er seinen Kopf in die Höhe reckte und das Tor betrachtete.

«Ja, aber auch die Steine sind eindrücklich.» Zanello lief auf einen blau leuchtenden Kristall zu. «So viele Farben, so viele Formen. Solche Steine habe ich noch nie gesehen.» Vorsichtig strich er mit seinen Fingern über die glatte Oberfläche. Er fühlte sich Krisha plötzlich nahe, sah sie sogar vor sich. Das Kristallwesen übte einen eigenen Zauber auf ihn aus. Zanello drehte sich schnell weg, damit das merkwürdige Ziehen in seinem Herzen aufhörte. Er sah zu dem gigantischen Eingang in das Felsenreich. Zu jeder Seite stand ein steinerner Zwerg. Lange Bärte. Mürrische Gesichter. Einer von ihnen hielt eine Axt in der Hand und der andere einen überdimensionalen Hammer. Das mächtige Eingangsportal war mit Ornamenten und Symbolen versehen.

Es knarrte und rumpelte. Das mächtige Steintor schob sich auf und die Freunde gingen in das Felsenreich hinein.

«Da sind also die Menschenkinder», grummelte ein Zwerg hinter der Steinwand und musterte sie eingehend. «Hm, ziemlich jung und dünn. Und Ihr sollt die Retter der Welt sein?», wollte er mit einer gehörigen Portion Skepsis wissen. Er hatte braune Augen, eine braun gegerbte Haut und trug eine dunkelgraue Hose, ein braunes Hemd und eine grüne Weste. An einem Finger glitzerte ein grüner Kristallring. Seiner Farbe nach zu urteilen, war es Jade.

«Guten Tag Herr Zwerg», sagte Lea mutig. «Ich bin Lea, das ist mein Bruder Tim und das ist Zanello.» Lea deutete mit einer Hand jeweils auf ihre Begleiter. «Wir freuen uns, hier zu sein, und danken schon jetzt für die Gastfreundschaft der Zwerge. Wir sind vielleicht noch jung vom Alter und zart von Gestalt, doch verfügen wir über besondere Gaben.»

Das Gesicht des Zwerges entspannte sich. «Es fehlt Euch nicht an Mut, das muss man sagen, junge Herrin. Verzeiht einem alten Zwerg seine eigenwillige Begrüßung. Ich bin Fangir, ein treuer Diener unseres Königs, und ich werde Euch zu ihm führen.»

An den Steinwänden hingen brennende Fackeln, die einen breiten Weg in das unterirdische Reich beleuchteten.

Es ging tief hinab in den Berg. In einer riesigen Halle, die von Torbögen und Steinsäulen getragen wurde, kamen sie an. Bewaffnete Zwerge standen hier mit undurchdringlichen Mienen Wache. Sie durchquerten die Halle und erreichten vier große, mit Symbolen versehene Steintore.

«Das ist nun wahrlich beeindruckend», sagten die drei jungen Menschen.

Ein Tor öffnete sich, wie von unsichtbarer Geisterhand geführt. Reichhaltiges Leben quoll hervor.

«Willkommen in Kalderrash, unserer Hauptstadt», sagte Fangir und machte eine einladende Handbewegung in ein lichtvolles Zwergenreich.

Zuerst kamen sie an Höhlen, die in verschiedenen Farben glänzten, vorbei. Hier wurden wertvolle Kristalle abgebaut. Andere Höhlen waren die Werkstätten der Zwerge. In ihnen zeigten sie ihr handwerkliches Können.

Steinhäuser tauchten auf, aus denen Zwerge kamen. Ganze Familien lebten hier. Dicke Steinsäulen, Kristallobelisken und Zwergenstatuen. Kristalle an den Wänden, Kristalle an der Decke und auf dem Boden. An der Decke klebte noch eine goldene Sonnenscheibe, die für eine taghelle Beleuchtung sorgte. Aber auch Pflanzen gab es hier und viel Moos. Am Ende der Stadt stand der Zwergenpalast.

«Das ist überwältigend.» Auch wenn die Hoffnung auf eine Rückkehr nach Hause immer noch da war, konnte sich Lea der Einzigartigkeit dieses Reiches nicht entziehen.

«Eine Sonne unter der Erde?», fragte Zanello verblüfft.

«Das ist eine Pyritsonne. Sie gibt uns nicht nur Helligkeit, sondern besitzt auch eine große Heilwirkung, wie selten ein Stein. Unsere robuste Gesundheit haben wir nicht zuletzt ihr zu verdanken.» Fangir lächelte stolz und stapfte mit seinen kurzen Beinen weiter zum Königspalast.

Auch dort glänzten Pyritverzierungen an den Wänden und der Decke. Im Thronsaal fiel Tim, Lea und Zanello sofort der rechteckige, schwarze Kristalltisch mit passenden Stühlen auf. Ein Bergkristallobelisk thronte auf dem Tisch. Am Ende des Saales führte eine Treppe zu zwei goldenen Thronsesseln hinauf, auf denen ein Zwerg und eine Zwergin hoheitsvoll saßen. In einem Kamin loderte Feuer. Grüne Efeuranken an den hellen Wänden und große Blumentöpfe sprachen von Leben.

«Mein König, meine Königin. Ich bringe Euch die jungen Erdlinge, die wir erwartet haben.» Fangir verneigte sich ehrerbietig vor dem Königspaar.

«Danke.» Der Zwergenkönig besaß eine tiefe, metallische Stimme. «Nehmt am Obsidiantisch Platz. Er beschert eine ruhige Unterhaltung. Ich bin Tharok, der König der Zwerge, und das ist Morene, meine Gemahlin.»

Tim, Lea und Zanello verneigten sich kurz, stellten sich vor und nahmen mit den Zwergen am Tisch Platz.

«Wo sind sie?» Eine Zwergin mit mächtigen, wallenden Kleidern und langen, roten Haaren stürmte herein. «Warum hast du mir nichts gesagt, Tharok? *Ich* hätte sie begrüßen sollen», herrschte sie den Zwergenkönig ungehalten an.

Noch bevor er antworten konnte, erhob sich die Königin. «Wir wollten sie von *Fangir* begrüßen lassen und sind *dir* keine Rechenschaft schuldig. *Du* hast dich *unserer* Entscheidung zu beugen, meine liebe Schwester!»

«Das ist Syberia. Sie besitzt die Gabe der Visionen und ist unsere Zauberin», stellte der König mit gepresster Stimme die Zwergin vor. «Sie ist unsere Ratgeberin und führt Zeremonien und Rituale durch. Aber *keine* dunklen Rituale wie mir zu Ohren kam», sagte Tharok mit Nachdruck.

«Pah, dunkle Rituale. Wer hat dir das erzählt? Fangir?», blaffte Syberia zornig zurück. «Ich mache keine dunklen Rituale. Die Zwerge kennen meine Magie nicht. *Ich* bin hier die Zauberin, nicht *sie*.»

«Ich warne dich, Syberia. Vergiss nicht, wem deine Treue gehört», antwortete Tharok bestimmt.

«Du musst es ja wissen», krächzte Syberia und stierte den Zwergenkönig böse an. Dann richtete sie ihre Blicke auf die Neuankömmlinge.

Tim, Lea und Zanello wurde unbehaglich zumute. In die Augen der Zwergin trat ein dunkler Schatten und auch um ihren Körper tauchte er auf. Die drei Freunde konnten durch ihre Gabe die Dunkelheit bei anderen Wesen erkennen. Doch plötzlich war der Schatten wieder verschwunden. Trotzdem wollten sie auf der Hut sein.

«Syberia, wenn du uns jetzt bitte wieder verlassen würdest?», forderte Morene die Zwergin unmissverständlich auf.

«Wie du willst», fauchte Syberia und rauschte davon.

«Syberia hat sich sehr verändert. Sie war mir treu ergeben, doch nun scheint sie unter dem Einfluss von Thoruk zu stehen. Sie sät Zwietracht unter meinen Männern. Dabei sollte sie die Botschafterin zwischen beiden Zwergenreichen sein», sagte Tharok und seufzte tief.

«Welche beiden Zwergenreiche? Und wer ist Thoruk?», fragte Lea verwirrt.

«Als wir auf Einladung der Elben nach Maleia kamen, gab es hier nur ein Zwergenreich. Thoruk und ich sind Söhne des Zwergenkönigs von Nibaru. Ihr müsst wissen, dass unsere Familien sehr groß sind. Wir besitzen noch einige Schwestern und Brüder und viele Cousinen und Cousins. Da ich der Ältere bin, wurde ich hier als König eingesetzt und Thoruk als mein Berater. Wir hatten einen Eid geschworen, uns niemals von Macht und Reichtum blenden zu lassen und uns in der Familie zu beschützen. Doch Thoruk wollte plötzlich nicht mehr, dass wir den Elben Kristalle geben. *Er* wollte die Magie nur noch für sich allein nutzen. Ich war dagegen, da übte er einen Anschlag auf mich aus. Zum Glück wurde der Anschlag von Fangir vereitelt. Wir verbannten Thoruk mit seinen Gefolgsmännern in die Höhlen von Kanorra. Sie liegen auf der anderen Seite des Valdourgebirges und sind nicht so reich an Kristallen. Thoruk sollte dort zur Besinnung kommen und Syberia gilt als Bindeglied zwischen uns. Kanorra und Kalderra sind die beiden Zwergenreiche, von denen ich sprach. Und jetzt droht mein Bruder mit Krieg.»

«Du solltest Verstärkung aus Nibaru holen», rief Fangir.

«Nibaru?» Fragend blickten Tim, Lea und Zanello auf den Zwergenkönig.

«Das ist unsere Heimatwelt. Sie liegt in einem anderen Weltenverbund. Aber wir kommen überall dorthin, wo wir eingeladen werden. Wir bauen Kristalle ab und leben friedlich mit den Bewohnern, ohne jeglichen Machtanspruch.»

«Wieso wurde Euer Bruder dann so herrschsüchtig?», fragte Zanello.

«Wir wissen es auch nicht», sagte Tharok. «Da ich einen Krieg vermeiden will, habe ich keine Verstärkung geholt.»

«Syberia sollte Thoruk einen magischen Diamant geben, damit sein Geist wieder klar wird. Doch offensichtlich hat sie es nicht getan und sich auch der Dunkelheit zugewandt. Fangir beobachtete, wie sie einen dunklen Zauber um den Thron legen wollte», ergänzte die Königin.

«Schicke Syberia zurück nach Nibaru, Tharok. Dort wird ihr die Dunkelheit und auch ihre Magie genommen. Sie wird keine Zauberin mehr sein und kann auch kein Unheil mehr anrichten», rief Fangir.

«Ich will Syberia noch nicht aufgeben. Sie besitzt viel Wissen und hat es bisher für das Gute eingesetzt.»

«Nun aber nicht mehr. Irgendetwas Dunkles schleicht durch unser Reich. Geht nach Nibaru und lasst mich gegen Thoruk kämpfen. Ihr sollt einmal das nächste Königspaar von Nibaru werden. Euch darf nichts geschehen», sagte Fangir aufgebracht.

«Nein», erwiderte Tharok nachdrücklich. «Seit dem vierten Zeitalter gab es keine Dunkelheit mehr in der Elbenwelt. Doch plötzlich taucht sie wieder auf. Ich werde die Elben nicht im Stich lassen und davonlaufen.»

«Sind wir deshalb hier?» Das roch ziemlich nach Kampf und Lea hatte sich nur noch auf *einen* Kampf eingestellt - *gegen den Schwarzen Zauberer*.

«Ihr sollt hier vor allem ein magisches Relikt erhalten. Wir sind Zwerge und können uns ganz gut selbst verteidigen.» Ein unverbrüchlicher, aber auch abweisender Stolz lag in der Stimme des Zwergenkönigs.

Lea, Tim und Zanello spürten diese unterschwellige Abweisung und sagten nichts mehr.

«Tharok, was soll nun mit Syberia werden?», fragte Fangir.

«Du bist mein treuester Freund, Fangir. Ich habe noch Hoffnung für Syberia. Morene behält sie im Auge. Sie bleibt hier, und wir auch», erklärte Tharok fest.

«Dein Herz ist manchmal zu groß», murrte Fangir und winkte unwillig ab. Er konnte seinen König nicht verstehen. Frühere Treue und Wissen waren eine Sache, aber hier war Dunkelheit am Werk und ein ganzes Volk in Gefahr. Wenn Syberia ihren dunklen Zauber weiterhin ausübte, war es aus mit einem lichtvollen Zwergenreich.

«Lass gut sein, Fangir. Wir sollten uns jetzt um unsere Gäste kümmern», lenkte Morene ein. Die Zwergenkönigin mit dem dichten, langen, rotbraunen Haar nickte ihrem Gemahl auffordernd zu. Sie stand auf und wollte damit das Ende der Unterhaltung signalisieren. Ihr grüner Rock schwang und schillerte dabei wie flüssige Smaragde. Staunend beobachteten es Tim, Lea und Zanello.

«Dann folgt mir mal in die Kristallhöhlen», sagte Tharok und erhob sich. Seine grauen Augen blickten wach umher und die dunkelbraunen, langen Haare waren so dicht wie sein Bart. Die braune, rüstungsartige Kleidung und sein eindrücklicher Umhang passten zu ihm. Sein königlicher Ring der Tore, in den ein dunkelblauer Stein eingefasst war, blitzte ab und zu in eben dieser Farbe auf.

«Wir gehen in die Kristallhöhlen», sagte Zanello. Seine Gedanken schweiften wieder zu Krisha. Etwas verträumt folgte er den anderen.

«Wir arbeiten dort einvernehmlich mit den Kristallwesen zusammen», erklärte Tharok.

«Kristallwesen? Wir haben auch schon eines gesehen», meinte Zanello versonnen.

«Hm», brummte Tharok. «Interessante Wesen, nicht wahr? Manchmal stehen wir auch im Wettstreit zueinander. Die Zwerge sind ziemlich stolz auf ihr Wissen um die Kristalle und was sie alles aus ihnen machen können, selbst ohne Magie und nur mit ihrer Handwerkskunst. Die Kristalle gehören zum Element Erde wie wir.»

Der Zwergenkönig blieb vor einer violett glänzenden Höhle stehen. «Die Amethysthöhle», sagte er.

«Amethyst ...»

Wie von einem unsichtbaren Band gezogen, ging Zanello in die Höhle hinein.

«ZANELLO! *Diese* Höhle war *nicht* unser Ziel», rief Tharok. Aber als Zanello nicht hörte, lief er ihm mit einem bösen Blick hinterher.

«Das wird interessant», meinte Lea und grinste.

«Und ob. Wenn jetzt Krisha auftaucht …», lachte Tim.

Die beiden gingen auch in die Höhle und sahen Zwerge, die den violetten Kristall aus dem Felsen lösten und ihn auf einem Wagen abtransportierten. Dabei wurde stets darauf geachtet, nie mehr Kristalle als nötig abzubauen. Das Gleichgewicht des Berges sollte gewahrt werden.

Plötzlich erschien ein violetter Blitz in der Höhle und Krisha trat aus dem Amethyst hervor. Sie ging federnden Schrittes auf Zanello zu und funkelte ihn mit ihren violetten Augen verführerisch an.

«Was habe ich gesagt», raunte Tim seiner Schwester zu.

«Krisha.» Zanello wurde ganz eigentümlich zumute und sein Herz pochte einige Takte schneller.

Das Kristallwesen berührte ihn mit einer Hand an der rechten Wange. «Du bist immer noch so magisch und stark. Na, wie ist es? Wirst du eines Tages in mein Reich kommen?» Krisha umschmeichelte Zanello und hauchte ihm einen Kuss auf die Wange.

Zanello war gefangen von ihrer kristallklaren Schönheit und Magie. Er war wie in Trance und konnte kaum sprechen.

«KRISHA!» Tharok brach den Bann. Der Zwergenkönig funkelte das Kristallwesen wütend an. «Hast du ihn etwa mit deiner Magie in die Höhle gelockt?»

Krisha seufzte. «Und wenn schon? Was willst du dagegen tun? Ich kann durch jeden Amethyst, der ein Tor der Zeit ist, überall hingelangen und meine Magie verbreiten.»

«Du hast ihnen deine Magie schon gegeben. So war es mit den Elben abgesprochen. Nun sind sie in *meinem* Reich.»

«Also ihr Zwerge seid wirklich ein ziemlich mürrisches Volk», schimpfte Krisha, und sah die drei jungen Menschen an. «Erwartet bloß nicht zu viel von ihnen. Menschen mögen sie überhaupt nicht.» Hoch erhobenen Hauptes schritt sie zu der violetten Wand zurück und verschwand wieder.

Fragend blickten Tim, Lea und Zanello auf Tharok

«Es stimmt», brummte der Zwergenkönig. «Wir Zwerge sind lieber unter uns und haben nicht viel für andere Völker übrig, vor allem nicht für Menschen. Sie sind so ... Nun ja, es muss einen Grund geben, warum ausgerechnet drei Menschen auserwählt wurden, Teil der Magischen Vier zu sein. Wir wollen versuchen, Euch zu vertrauen, und werden noch sehen, was in Euch steckt.»

Tim, Lea und Zanello konnten ihm den Grund auch nicht sagen. Sie hatten ja selbst noch mit sich zu tun.

«Kommt weiter», meinte Tharok schließlich.

Die nächste Höhle war durch eine Tür verschlossen und der Zwergenkönig wollte vorbeigehen, aber Zanello hielt ihn wieder auf. «Was ist mit dieser Höhle?», fragte er.

«Diese Höhle gehört nur den Zwergen», brummte Tharok.

«Das glaube ich nicht. Hier geschieht Magie und ich bin ein Magier.» Zanello öffnete die Tür und lief in die Höhle hinein.

Tim und Lea folgten ihm.

Tharok eilte grummelig hinterher. Da es die Auserwählten waren, wollte er sie nicht wieder unsanft herausbefördern.

Es war eine Diamanthöhle. Etliche Zwerge brannten ein Symbol in ausgesuchte Steine und ließen Strahlen aus einem Bergkristallstab auf die Steine fließen.

«Unsere magische Höhle», erklärte Tharok notgedrungen. «Hier werden von unseren Zauberern magische Diamanten hergestellt. Solch ein Kristall kann die Dunkelheit aus einem Lebewesen lösen. Es gibt hier nur eine Diamanthöhle und wir müssen sehr sorgsam mit dem Stein umgehen.»

Zanello stand neben einem Tisch und ließ heimlich einen magischen Diamanten in seiner Hosentasche verschwinden.

«Können wir die Höhle nun wieder verlassen?», fragte der Zwergenkönig unmissverständlich.

«Können wir», sagte Zanello.

Die nächste Höhle schimmerte blau und grün.

«Der Aquamarin - Euer Stein, Herr des Wassers.»

Tharok lief auf einen runden Tisch zu, nahm ein Amulett in die Hand und gab es Zanello. «Es gehört Euch.»

Zanello griff zu, bedankte sich und legte das Amulett um. Eine ungeheure Kraftwelle durchfuhr ihn. Er spürte tiefe Magie und stellte eine Verbindung zu seinem Amulett her.

Sie verließen die Höhle wieder und kamen in eine rote Kristallhöhle, wo Tim sein Feueropalamulett erhielt.

Zum Schluss traten sie in eine Höhle mit sandfarbenen und braunen Wänden. Sie zeugten sehr deutlich vom Element Erde. Hier bekam Lea ihr Amulett überreicht, welches ihr eine magische Kraft verlieh.

«Also dafür, dass ich *nie hier* sein wollte, bin ich jetzt doch beeindruckt», sagte sie.

«Ihr wolltet nie hier sein, Herrin der Erde?» Tharok runzelte die Stirn. Er war überrascht und auch besorgt, solche Worte von einem der Magischen Vier zu hören.

«Nein, und ich werde froh sein, wenn der Kampf gegen den Schwarzen Zauberer vorbei ist und wir nach Hause können.»

«Fordert das Schicksal nicht heraus, Herrin», meinte Tharok in seiner brummigen Art. «Ihr seid die Auserwählten, sonst hätten sich die Amulette nicht mit Euch verbunden.»

Fangir kam plötzlich in die Höhle. «Mein König, ein Späher meldete uns, dass Thoruk mit seinen Männern nach Kalderra marschiert. Er rüstet zum Kampf. Wie lauten Eure Befehle?»

Tharok sackte in sich zusammen. Er atmete schwer.

«Wie lauten Eure Befehle?», wiederholte Fangir beharrlich.

Der Zwergenkönig straffte sich. «Nun gut, treffen wir Vorbereitungen für einen Krieg.» Traurig sah er seine Gäste an. «Ihr findet allein in den Palast zurück?»

«Sollen wir nicht helfen?», wollte Tim wissen.

«Nein, ein Zwergenkrieg ist nichts für Menschen. Und schon gleich gar nicht, wenn sie nicht hier sein wollen.»

Leas Bemerkung schien den Zwergenkönig mehr getroffen zu haben, als ihnen lieb war. Er beachtete die drei Menschen nicht mehr und ging mit Fangir davon.

«Das gibt's doch nicht. Der lässt uns hier einfach stehen. Also mir reicht's. Gehen wir wieder», rief Lea zornig.

«Nein, wir bleiben. Irgendetwas sagt mir, dass wir hier noch gebraucht werden.»

«Du willst doch bloß wegen Krisha bleiben, weil du sie wiedersehen könntest», warf Lea Zanello vor.

«Nein, ich habe schon etwas mehr Magie gelernt als ihr und mein Gefühl sagt mir, dass wir hierbleiben sollten.»

Lea schwieg. Sie hatte sich von ihrer Wut leiten lassen. Zanello hatte zweifellos recht.

«Na kommt. Gehen wir in den Palast», meinte Tim. Er wollte seiner Schwester nicht auch noch Vorwürfe machen und lächelte ihr aufmunternd zu.

Dankbar ging Lea mit ihrem Bruder und Zanello mit.

Vor der geöffneten Eingangstür zum Thronsaal prallten sie jedoch zurück. Ein schwarzer Kristalltisch. Ein schwarzer, runder Kristallspiegel auf dem Tisch. Ein schwarzer Schatten, der sich um eine Zauberin wob, die in den Kristallspiegel sprach. Syberia holte einen schwarzen Stein hervor und malte ein goldenes Runensymbol darauf.

Lea, Tim und Zanello beobachteten sie von der Tür aus.

«Was macht sie da?» Lea fühlte Kälte in dem Thronsaal.

«Jedenfalls keine Lichtmagie. Sie muss aufgehalten werden», sagte Zanello und stürmte in den Thronsaal.

Syberia, die sie noch nicht bemerkt hatte, schrie auf und warf ihm den schwarzen Stein zu. Zanello wich gerade noch aus. Schwarzer Nebel trat aus dem Stein.

Tim und Lea konnten Syberia gerade noch festhalten, als diese in dem dunklen Nebeldunst den Thronsaal verlassen wollte. Mit aller Kraft schoben sie die Zwergenzauberin zurück in den Saal.

Zanello löste unterdessen den Nebel mit einem kleinen Kristallstab auf. Der Stab lag auf dem Tisch und Zanello spürte Lichtmagie darin.

In diesem Augenblick betraten Tharok, Morene und Fangir den Saal. Sie erfassten sofort, was geschehen war. Der restliche dunkle Nebel verzog sich. Stillschweigend öffnete Tharok mit seinem Königsring ein Tor der Zeit.

«Na endlich», sagte Fangir.

«Du hast dunkle Magie im Thronsaal gesponnen, Syberia. Hast die Kraft des Obsidiantisches und des Obsidianspiegels missbraucht. Statt Schutz und fließende Lebensmagie aufzubauen, wolltest du uns beides entziehen. Ich konnte es spüren, denn mir wurde Kraft genommen. Jetzt geht es mir wieder besser. Da muss ich mich wohl bei Zanello bedanken ... und auch bei Tim und Lea. Fangir bringt dich nach Nibaru zurück. Dort wird dir die dunkle Magie wieder genommen. Was dann mit dir geschieht, werden wir sehen.»

«NEIN!», rief Syberia, wurde aber schon von Fangir geschnappt. Der Zwerg war stark und fesselte die Zauberin im Handumdrehen. Dann lief er mit ihr geradewegs in das Tor der Zeit, das sich hinter ihnen wieder verschloss.

«Ich danke Euch», sagte Tharok zu den drei Menschen. «Ich glaube nun an Eure Kräfte. Bitte kämpft an meiner Seite. Mein Bruder steht mit einer Streitmacht vor unseren Toren.»

«Wir helfen Euch», erwiderten Tim, Lea und Zanello fest.

Vor dem Palast hatte sich eine die Streitmacht von Tharok aufgebaut. Als sie ihren König sahen, ertönte ein Gesang.

«Hammer und Axt, Kristalle und Berge
Kennzeichnen die Zwerge.
Doch nehmen wir nie zu viel.
Friedliche Handwerkskunst ist unser Ziel.
Wir können auch kämpfen,
um Habgier und Zorn zu dämpfen.
Wir haben einen Eid geschworen,
für unseren König vom Blute erkoren.
So treten wir für ihn an
und kämpfen gegen den dunklen Bann.»

«Meine Brüder, kämpfen wir für unser Volk!», rief Tharok und hob seinen Hammer. Es war ein überdimensionales Relikt und leuchtete im Glanz der Kristallwände.

Der Zwergenkönig führte mit Tim, Lea und Zanello die Streitmacht an. Nach einiger Zeit stoppten sie vor den riesigen Toren von Kalderra.

Es donnerte gegen ein Tor.

«ÖFFNE DIE TORE UND KÄMPFE, THAROK! ODER ERGIB DICH!»

«Ich bin der rechtmäßige König. Du bist mir zu Treue verpflichtet, Thoruk. Lege deine Waffen nieder. Ich will euch Frieden und eine Rückkehr zu uns anbieten.»

«DAS WIRD NICHT GESCHEHEN! ICH WILL MIT DIR SPRECHEN! ÖFFNE EIN TOR!»

Tharok gab den Befehl und ein Tor öffnete sich. Eine große Streitmacht wurde sichtbar. Ein Zwerg, der ebenfalls mit einem überdimensionalen Hammer bewaffnet war, trat vor.

Der Zwergenkönig lief ihm entgegen.

«Du ... bist bei Kräften?», fragte Thoruk seinen Bruder ungläubig.

«Bist du enttäuscht? Wie du siehst, hat Syberias Zauber nicht gewirkt. Sie ist jetzt in Nibaru. Komm wieder zur Vernunft, Thoruk. Ich will nicht gegen dich kämpfen.»

«Du musst mir nur den Thron geben!»

«Das geht nicht.»

«Dann bist du des Todes.» Neid und Machtgier loderten in den Augen des Zwergenprinzen. «Wir sind in der Überzahl und haben gute Kämpfer unter uns.»

«Thoruk, bitte ergib dich», sagte Tharok unbeirrt. «Auch wir haben große Kämpfer in unseren Reihen.»

«Meinst du etwa die drei Menschen? Das ich nicht lache. Die sehen ziemlich mickrig aus. Ich glaube kaum, dass sie mein Heer aufhalten können. Du bist wahrhaft verrückt geworden, Tharok. Ein Verrückter, der die Zwerge anführen will. ICH werde der Herr über Kalderra und später auch über Nibaru sein. Dann werde ich mir überlegen, welche Kristalle ich noch an die Elben gebe. Ich sage ihnen einfach, dass es nicht mehr so viele Kristalle gibt. Mein Heer wird wachsen und eines Tages werde ich mächtiger sein als die Elben. Dann wehe ihnen … Die Elbenwelt wäre mein Kronjuwel.»

«Du bist derjenige, der verrückt ist. Dunkelheit hat dich verblendet», unterbrach Tharok die wahnwitzige Rede seines Bruders.

«Seht ihr. ER ist von Sinnen und begreift seine Lage nicht. GREIFT SIE AN!», schrie Thoruk außer sich. Er warf seinen Mantel zur Seite und stürmte auf seinen Bruder los.

Lea hatte den Angriff in einer kurzen Vision, die vor ihrem geistigen Auge erschienen war, vorausgesehen. Sie war sofort losgerannt und konnte den Todesschlag gerade noch rechtzeitig mit ihrem Schwert parieren. Verblüfft stellte sie dabei fest, dass es sie sehr viel Kraft gekostet hatte. In dem Hammer des Zwergenprinzen schwang hohe Magie.

«Menschen? Und dazu noch ein Weib. Wie konntet Ihr diesen Schlag abwehren? Das ist unmöglich!»

«Was glaubt Ihr, wie das möglich war?» Lea umkreiste den Zwerg nun mit einem zuckersüßen Lächeln. Tim und Zanello traten zu ihr. «Wir sind Menschen, das ist richtig. Aber wir sind noch viel mehr. Wir sind ein Teil der Magischen Vier. Ihr habt schon von uns gehört, nehme ich an. *Hatte Euer Bruder etwa vergessen, dieses Detail zu erwähnen?»*

Thoruk wich bestürzt zurück. Für einen Sekundenbruchteil ließ er sogar seinen Hammer sinken. Diese Sekunde nutzte Zanello aus und warf ihn mit einem gezielten Kinnhaken nieder. Dann steckte er den magischen Diamantstein in seine Hosentasche. Etwas Dunkles trat aus ihm heraus.

Der Zwergenkönig ließ aus seinem Königsring helle Strahlen auf diesen schwarzen Schatten fließen und zerstörte ihn so.

Als ihr Herr von der Finsternis befreit war, wurden es auch seine Männer. Der Bann war gebrochen. Die Zwerge waren zum Glück noch nicht zu tief in die Dunkelheit gefallen. Verwirrt sahen sie sich um. Warum hatten sie sich bekämpfen wollen? Sie waren doch *ein Volk*!

Thoruk kam langsam wieder zu. Er setzte sich auf und sah sich fragend um. Plötzlich stiegen vergangene Bilder vor seinem geistigen Auge auf - Bilder seiner Kindheit. Sie waren unbeschwert, fröhlich und schön. Er rannte mit seinem Bruder um die Wette, spielte und lachte. Sie versteckten sich in den Felsen von Nibaru vor den Eltern, die sie suchten, und erschreckten sie. Die Zeit verging. Einige ihrer älteren Cousins waren bereits in anderen Welten, um dort zu leben. Dann kam die Einladung der Elben. Tharok und Thoruk waren nun alt genug und wollten in die Elbenwelt gehen. Tharok wurde König und Thoruk schwor ihm Treue. Er freute sich völlig uneigennützig für seinen Bruder und wusste, dass sein Platz an seiner Seite war. Irgendwann würden sie andere Zwerge in Maleia ablösen und sie würden nach Nibaru zurückkehren.

«Bruder, verzeih mir. Ich traf in den Bergen eine Fee. Sie gaukelte mir Macht und Reichtum vor und belegte mich mit einem dunklen Bann. Auch Syberia traf auf diese Fee und ihre Magie wurde dunkel.» Thoruk brach unter dieser schweren Last förmlich zusammen.

Thoruk sah sehr ernst aus. «Ich verzeihe dir, mein Bruder. Jetzt wissen, wie die Dunkelheit zu uns kam, doch dass es eine Dunkelfee ist, bedeutet nichts Gutes. Feen können launisch und unberechenbar sein. Wenn sich eine Fee in Wut oder Zorn befindet, kann das die Feenkönigin mit ihrer Magie zum Glück wieder ausgleichen. Es gab schon lange keine Dunkelfee mehr. Wenn solch eine Fee in die Elbenwelt kam, dann ist größte Achtsamkeit geboten. Unsere Wachen müssen verstärkt werden. Auch der Elbenkönig muss gewarnt sein.»

«Die Dunkelfee war auch auf der Erde», sagte Thoruk.

«WAS? Ob sie dem Schwarzen Zauberer begegnet ist? Dann wäre ihre dunkle Magie erklärbar.» Tharok wirkte sehr nachdenklich.

«Wir werden alles tun, um den Schwarzen Zauberer zu besiegen», bekräftigte Zanello.

Thoruk verneigte sich nun ehrfürchtig vor den drei jungen Menschen. «Ihr seid die Auserwählten, und das Volk der Zwerge steht tief in Eurer Schuld. *Ich* stehe in Eurer Schuld. Durch Euch wurde ein Krieg der Zwerge verhindert. Habt Dank! Von nun an kämpfe ich an Eurer Seite», sagte er voller Reue.

«Auch ich möchte Euch danken und werde Euch im Kampf gegen das Böse unterstützen.» Tharok griff in seine Wamstasche und holte vier Zirkonsteine hervor. «Diese Steine sind für die Magischen Vier. Übergebt Amatus einen Stein. Sie sind sehr wertvoll und werden Euch ihre Macht noch offenbaren. Von nun an sind wir Verbündete.»

Tim, Lea und Zanello nahmen die Steine an und bedankten sich. Sie versicherten, dass sie gern geholfen hatten und auch weiterhin für sie da waren.

«Es herrscht wieder Frieden unter den Zwergen. Geht nach Hause und verrichtet eure Arbeit», rief der Zwergenkönig den Männern zu und wandte sich dann an die drei Menschen. Er brachte sogar ein winzig kleines Lächeln zustande. «Und Ihr kehrt zum Elbenpalast zurück. Berichtet, was vorgefallen ist.» Tharok murmelte ein paar magische Worte und aus seinem Ring der Tore brach ein heller Strahl hervor. Ein Tor der Zeit wurde geöffnet.

Nach einem herzlichen Abschied gingen Tim, Lea und Zanello in das Tor hinein. Auch wenn die Welt der Zwerge durchaus ihre Reize besaß, freuten sie sich, bald wieder den blauen Himmel über sich zu sehen.

DIE HÜTER DER STÄBE DES LEBENS

Diona, Diodorus, Shaja, Robby, Nick und Selina hatten ihnen aufmerksam zugehört.

Tim gab Amatus noch den Zirkonstein von Tharok, und der Elb bedankte sich. Trotzdem sah er betroffen aus. «Eine Fee hat sich auf die Dunkelheit eingelassen? Das ist nicht gut. Alle müssen gewarnt sein.»

«Ich werde sofort eine Botschaft an die Könige in unserem Weltenverbund senden», sagte Diodorus. «Und auch an die Feen, die bei uns in den Wäldern von She Darrash leben. Das große Haupttor zu ihrer Heimatwelt ist immer offen. Es muss geschützt werden. Auf die anderen Feentore sollten sie sehr gut aufpassen. Auch unsere Elbentore brauchen einen Schutz. Ich werde tun, was getan werden muss!»

«NEIN! Nicht DU» ICH werde gehen!», sagte Diona.

«MUTTER! VATER! Das könnt ihr nicht tun.» Shaja sprang erschrocken auf.

«*Ich* gehe», wiederholte Diona unbeirrt. «*Meine* Königsmagie ist noch *nicht* eingesetzt worden.»

«Aber ... *ich* will das nicht», rief Shaja verzweifelt.

«Wir sind, was wir sind - Könige der Elben. «Wir haben ein Volk zu schützen. Du weißt das, Shaja. *Du* bist die Prinzessin und kennst unsere Pflichten.»

Shaja schluckte schwer und nickte.

«Was hat das alles zu bedeuten?», fragte Tim Amatus. Ein beklommenes Gefühl schlich sich in sein Herz.

«Jede Königsfamilie besitzt eine einzigartige Magie, die sie zum Schutz ihres Volkes und ihrer Welt einsetzen kann. Diese

Magie kann nur einmal angewandt werden und bedeutet dann den Tod. Dem Elbenkönigspaar wurde diese Magie jedoch zweimal geschenkt. Diodorus hat sie bereits einmal eingesetzt, Diona noch nicht. Deshalb wird *sie* diese Magie nun entfalten und die Elbentore schützen. Diona wird danach für einige Tage, vielleicht sogar Wochen nicht in ihrer vollen Kraft sein. Sollte in dieser Zeit etwas Unvorhergesehenes passieren, ist sie ohne Schutz.»

«Verstehe.» Tim wurde noch beunruhigter. Er fühlte Shajas Schmerz um ihre Mutter und hoffte, dass alles gut ging.

«Die Magischen Vier müssen jetzt die Stäbe des Lebens befreien. Ich werde euch führen», sagte Diodorus.

«Und wieder gehen sie dahin.» Selina konnte einfach nicht anders und musste ihren Unmut loswerden, obwohl auch sie um die Dringlichkeit dieser Aufgabe wusste.

«Wenn die Stäbe befreit sind, werdet ihr mit euren Freunden in das Feenreich gehen», sagte Diona milde.

«WIRKLICH?» Selina bekam große Augen. Sie konnte nicht glauben, was sie da gehört hatte.

«Auch ihr wurdet ins Feenreich gerufen.»

«Na endlich wird es mal interessant.» Jetzt gab es wenigstens etwas, worauf sich Selina freuen konnte. Dann war sie wieder mit Tim zusammen und Shaja war weit fort.

«Es ist die ganze Zeit schon interessant», rügte sie Robby. Auch *er* hatte keine Entschuldigung mehr für ihr unmögliches Verhalten.

«Robby? Du warst auch gegen dieses Abenteuer.»

«Aber *ich* bin nun mal hier! Und ich will niemandem das Leben unnütz schwer machen!»

«Das will ich auch nicht!»

Jeder hätte Selina sofort widersprechen können, doch niemand sagte etwas. Sie steckte zu sehr in ihrer Opferrolle und wollte sich nicht helfen lassen. Als sie auch noch sah, wie Tim einen Arm um Shaja legte, wandte sie sich trotzig ab. Diese schöne Elbenprinzessin gab ihr den Rest.

Tim und Shaja ließen sich von Selina nicht beeindrucken. Beide genossen das zarte Erwachen ihrer Liebe wie einen aufgehenden, sonnigen Morgen.

«Wir gehen jetzt in den heiligen Berg Kaytum», sagte der Elbenkönig. «Dort warten die Stäbe des Lebens. Den heiligen Berg dürfen nur die Magischen Vier und das Königspaar der Elben betreten.»

«Seid ihr wirklich sicher, dass wir bereit für diese Stäbe sind?», wandte Lea nachdenklich ein. Sie konnte fühlen, dass sich eine enorme Kraft in den Stäben regte.

Amatus lächelte geduldig. «Verlier deine Zweifel. Sie sind nur Hindernisse auf deinem Weg. Sei froh und dankbar, dass du für das Licht kämpfen kannst. Darin liegt die größte Kraft, die es gibt - die Liebe. Sie macht uns stark und wir können das Unmögliche wagen. *Das* gilt für jeden.» Der Elbenzauberer blickte dabei besonders auf Nick, Robby und Selina. Aber Selina verzog nur den Mund.

«Und jetzt solltet ihr gehen. Wir wünschen euch Glück», sagte Diona freundlich, aber bestimmt.

Der Elbenkönig führte die Magischen Vier quer durch den Palast. Am Ende eines kleinen, versteckten Ganges hielt er an und streckte die Hand mit dem Königsring aus. Nach ein paar elbischen Worten zeigte sich eine Tür in der Wand, die sich langsam öffnete. Eine Treppe wurde sichtbar, die sich wie ein großer Wurm hinab in das Erdreich schlängelte.

«Der heiligen Berg Kaytum», sagte Diodorus, während sie Stufe für Stufe nach unten stiegen. «Der Berg hat sich wie ein schützender Kristall um das Tor der Ewigkeit gelegt. Und der Palast wurde an den Berg gebaut, damit nur die Königsfamilie und die Auserwählten Zugang zu ihm haben. Einer einzigen Elbin gelang es bisher, in das Tor zu gehen und unsterblich wieder hervorzukommen. Im ersten Zeitalter wurde unsere Welt von einem Kriegsplaneten angegriffen und sie bekam eine Vision. Ihr Gabe war besonders hoch ausgeprägt. Nur ein Opfer sollte noch helfen können, einen Schutz um die Elbenwelt zu legen. Die Elbin war bereit und ging in das Tor der Ewigkeit. Doch die Reinheit in ihrem Herzen führte sie unversehrt wieder hervor. Ein mächtiger Strahl schoss von Maleia hinaus und legte sich als Schutz über unseren Stern. Das Tor zu dem Kriegsplaneten wurde verschlossen und die Elbin wurde das erste Orakel unserer Welt. Es war eine Prüfung für sie. Im dritten Zeitalter gab sie ihre Aufgabe jedoch wieder ab, da sie ein sterbliches Leben führen wollte. Sie ging auf die Erde, um dort zu helfen. In eurer Welt hatte gerade das erste Zeitalter begonnen. So bekam die Elbenwelt ein neues Orakel, das bis heute sein Amt ausübt.»

«Sehr bemerkenswert», meinte Lea. Sie bewunderte diese Elbin für ihren Mut.

Immer tiefer stiegen sie in das Erdreich hinab. Zum Glück war es hier unten nicht kühl oder modrig. Im Gegenteil, sogar ein erfrischender Duft umwehte sie und spendete ihnen ausreichend Sauerstoff.

«Wie kamen die Stäbe des Lebens in diesen Berg?» Tim spürte eine Kraft, von der er nicht wusste, ob sie von dem Tor der Ewigkeit oder den Stäben des Lebens stammte.

«Die Stäbe stiegen aus dem Tor der Ewigkeit empor und legten sich der Elbin, die gerade das neue Orakel geworden war, mit der *der Prophezeiung der Magischen Vier* in die Hände. Sie erschuf die Halle der Stäbe der Stäbe des Lebens. Dort gibt es vier Kammern, in denen die Stäbe aufbewahrt werden. Die Magie des Elbenorakels schützt diese Halle. Nur die Königsfamilie und die Auserwählten können sie betreten.»

Ein leichter Sog wallte plötzlich nach oben. Ungeheure Kraft pulsierte darin.

«Passt auf», warnte Diodorus. «Tretet nicht daneben. Tief unter uns befindet sich das Tor der Ewigkeit. Wir gehen ihm ein Stück entgegen. Ihr könnt den Sog des Tores spüren. Im Moment noch leicht, aber er wird kräftiger werden.

Tims Schritte beschleunigten sich. Nach einer Weile wurde sein Blut heiß. Feuer loderte in seinen Venen. Der Sog des Tores nahm zu. Starke Magie wurde gewoben. Er musste ganz schnell nach unten. Er musste zu diesem Tor. Vor ihm lief Lea und er drängte sie, die Treppe schneller hinabzusteigen.

«Was ist los mit dir, Tim?»

«Ich muss zum Tor, stehe davor …» Der Blick starr, die Schritte jetzt am Rande der Treppe. Der nächste Schritt würde ins Leere treten. Tim bemerkte es nicht.

«TIM!» Lea riss ihn gerade noch zurück.

Tim kam wieder zu sich und balancierte sich aus. «Danke. Das war aber unheimlich. Ich glaube, dieses Tor der Ewigkeit zieht mich an.»

«Die Magie der Ewigkeit ist sehr vielfältig. Aus ihr gingen die Elemente hervor. Das kann bei euch zu solch einer Reaktion führen», erwiderte Diodorus.

«Aber warum nur bei mir und nicht bei den anderen?»

«Auch wir spüren diese Magie», sagte Amatus. «Vielleicht können wir uns nur besser konzentrieren.»

Tim nickte und einige Zeit später standen sie endlich auf festem Boden. Vor ihnen lag ein Tunnel, der zu jeder Seite von einem violetten Wächterobelisken geschützt wurde.

«Der Amethyst wird uns passieren lassen. Gehen wir.» Beherzt schritt der Elbenkönig vorwärts. Auch er war zum ersten Mal hier. All das hatte er nur in einer Vision gesehen.

Sie liefen durch die violetten Fäden, die sich vor den Tunnel gesponnen hatten. Als sie den Tunnel wieder verließen, kam eine glänzende Kristallfläche, die aussah wie ein zugefrorener See, zum Vorschein. Auf der gegenüberliegenden Seite gab es eine weißblaue Kristallhöhle.

«Hier befindet sich das Herz des Berges», erklärte Diodorus. «Aus der Magie des Tores der Ewigkeit wurde der Kristall des ewigen Lebens geboren. Er darf nicht aus dem Berg entfernt werden, da er und auch unsere Welt sonst ihre Kraft verlieren würden. Ihr seht diesen Mutterkristall im Boden und an den Wänden. Er bildet auch die Halle, in der sich die Kammern der Stäbe des Lebens befinden.» Diodorus streckte seine Hand mit dem Ring der Tore aus und sprach magische Worte. Der Ring sandte einen Strahl auf die andere Seite an die weißblaue Felsenwand. Eine ovale, mit Symbolen versehene Tür wurde sichtbar. «Hinter dieser Tür liegt die Halle der Stäbe des Lebens.» Der Elbenkönig betrat den Kristallboden und winkte den Magischen Vier zu.

Tim, Lea, Zanello und Amatus bewegten sich langsam vorwärts. Unter ihnen begann es, in verschiedenen Farben zu leuchten. Sehr behutsam liefen sie über die Kristalloberfläche, die jedoch sehr hart und stabil war.

Als sie auf der anderen Seite ankamen, öffnete sich die Felsentür. Eine große, gewölbte Halle empfing sie. Auch hier schimmerte Kristall vom Boden und von den Wänden. Die hohe Kristalldecke wurde von etlichen Steinsäulen getragen. In der Mitte stand die weiße Statue einer Elbenfrau. Wie ein riesiger Schutzengel erhob sie sich mit ausgestreckten Armen über dem Raum. Ihr Gesicht war völlig aus hartem Granit, trotzdem schien es zu leben. Ihre Augen durchbohrten die Neuankömmlinge bis ins tiefste Mark.

Ein Schauer durchlief Tim, Lea und Zanello. Sie konnten ihre Blicke kaum von der Statue wenden. Erst nach ein paar Minuten gelang es ihnen. Aufmerksam blickten sie sich um. Zu beiden Seiten waren zwei dicke, weiße Türen mit goldenen Elbenornamenten und einem leuchtenden Bergkristall in den Felsen eingelassen. Das mussten die Kammern der Stäbe des Lebens sein. Zusammen mit der Elbenstatue war das alles, was sich in diesem Höhlenraum befand.

«Und wie sollen wir nun in die Kammern der Stäbe des Lebens kommen?», fragte Zanello den Elbenkönig.

«Die Kammern sind jeweils einem Element zugeordnet. Sie öffnen sich, wenn der wahre Auserwählte vor die richtige Tür tritt und den Namen seines Elementes ruft. Geschieht das nicht, wird die Kammer verschlossen bleiben. Der Stab des Lebens ist dann unerreichbar für euch. Das Elbenorakel übergab uns ein Rätsel. Es wurde von Königsfamilie zu Königsfamilie weitergegeben. Ihr müsst es lösen, um in die richtige Kammer zu kommen.»

«Ist das die Prüfung, die auf uns wartet?», fragte Lea.

«Ja, aber keine Sorge. Die Auserwählten werden es auch lösen können.»

«Na Ihr habt ja viel Vertrauen zu uns.»

«Natürlich, und das solltet ihr auch haben. Hört gut zu:

Die Sterne sind das Licht und das Leben.
Sie beeinflussen uns in allem,
was wir tun und geben.
Sie werden euch den Weg
in die richtige Kammer weisen.
Seht genau hin und
erkennt in den Sternen die Zeichen.»

Tim, Lea und Zanello waren noch ratloser als vorher.

«Die Zeichen stehen in den Sternen? Was soll das bedeuten? Sterne sind am Himmel und wir sind unter dem Berg,» Tim drehte sich zu Amatus und sah ihn fragend an. Er musste am ehesten eine Antwort wissen.

Amatus lächelte und richtete seinen Blick nach oben.

«Seht nur!», rief Lea. «Aus den Kristallen an der Decke werden plötzlich Sterne. Sie stellen sogar Sternenbilder dar.»

Ergriffen sahen Tim, Lea und Zanello nach oben, aber die Ratlosigkeit blieb. «Wir können nicht in den Sternen lesen», sagte Tim.

Amatus studierte die Himmelsdecke aufmerksam. Er glaubte daran, dass sie die Auserwählten waren. Also musste es irgendwo ein Zeichen geben. Sein Amulett hämmerte plötzlich heftig gegen seine Brust. Der Elbenzauberer schloss die Augen und umfasste es. Ein Bild zeigte. Lächelnd öffnete er die Augen wieder und lief zielstrebig auf eine Tür zu.

«LUFT!», rief er und die Tür öffnete sich.

«Amatus, was hast du gesehen? Hilf uns!», rief Tim.

«Das kann ich nicht. Jeder muss das Rätsel allein lösen. Wir sind die Magischen Vier, glaubt daran. Verbindet euch mit eurem Element, benutzt euer Amulett und schaut genau hin!» Amatus ging durch die Tür, die hinter ihm ganz sanft wieder ins Schloss fiel.

«Na toll, und was jetzt?» fragte Lea hilflos.

«Tun wir, was Amatus gesagt hat.» Zanello fasste nach seinem Amulett, wurde ganz still und schloss die Augen.

Die magischen Geschwister folgten seinem Beispiel.

Bald öffneten Tim, Lea und Zanello ihre Augen wieder. Sie hatten zwar noch nichts gesehen, aber sie hörten plötzlich eine Stimme, die vorher noch nicht dagewesen war. Die Stimme war weiblich und sehr klar. «Lasst euch von eurem Herzen leiten. Hört auf die Kraft und die Stimme eures Blutes und seht erneut in die Sterne. Löst euch von allen Gedanken und ihr werdet den Weg finden. Amatus kann seinen Stab erst an sich nehmen, wenn auch ihr in euren Kammern steht. Nur *gemeinsam* könnt ihr euren Stab ergreifen, denn nur *gemeinsam* werdet ihr stark genug sein, gegen das Böse anzutreten. Nur ein *gemeinsamer* Strahl aus allen vier Stäben kann es besiegen.»

Tim, Lea und Zanello spürten die Magie hinter den Worten. Sie wussten nicht, woher sie kamen, aber sie hörten darauf. Erneut schlossen sie ihre Augen und hielten ihr Amulett ganz fest umklammert. Eine Reise zu ihrem Herzen begann. Es sprach zu ihnen und sie tauchten tief in die Magie des Lebens ein. Bilder stiegen mit einem Mal aus dieser Tiefe herauf.

Vor Tims geistigem Auge tauchte eine blutrote Flamme auf. Lea sah einen braunen Berg mit grünen Wiesen und Zanello erblickte einen rauschenden Wasserfall. Sie öffneten fast gleichzeitig ihre Augen und sahen zum Sternenhimmel hinauf. Das Wunder geschah. Genau diese Bilder schwebten jeweils über einer Tür.

«Wir haben unsere Türen gefunden», rief Tim glücklich.

Eilends liefen sie los und stellten sich vor ihre Tür.

«FEUER!»

«WASSER!»

«ERDE!»

Die Türen öffneten sich und Lea, Tim und Zanello traten ein. Hinter ihnen fielen die Türen wieder zu.

Der Raum war eher klein. Nur ein Tisch mit einem weißen Tuch stand in der Mitte, auf welchem der Stab des Lebens auf seinen rechtmäßigen Besitzer wartete. Die Kristalle an der Wand sorgten für eine ausreichende Beleuchtung.

Tim sah sich in der Kammer um. Nur ein weißer Tisch mit einem Stab darauf. Was sollte er jetzt tun? Sollte er einfach nach diesem mächtigen, magischen Relikt greifen? Oder gab es auch hier etwas zu beachten? Tim trat näher an den Tisch heran und musterte den Stab des Lebens. Der Stab bestand aus einer Holzart, die er nicht kannte. Er war gedreht und am oberen Ende rotierte, von großen Holzfingern gehalten, ein roter Kristall. Der Kristall sah aus wie eine Kugel, in der ein Feuer zu brennen schien oder ein Vulkan loderte. Tim war fasziniert. Der Stab war eine sehr kostbare Erscheinung mit einer außergewöhnlich starken Magie. Dann, ganz plötzlich, griff er zu. Die Kristalle an der Wand flackerten hell auf und Tim wurde fast geblendet.

Jeder einzelne Kristall sandte einen Strahl in die Mitte des Raumes, der unvermittelt zu vibrieren begann. Unermessliche Kräfte wurden freigesetzt. Ein Wirbel entstand um den Tisch herum und entwickelte einen heftigen Sog. Der Fußboden tat sich auf und gab den Blick auf das Tor der Ewigkeit frei. Tim wankte. Was hatte er falsch gemacht? Der Wirbel und die Öffnung im Boden wurden immer größer. Tim konnte kaum noch stehen. Krampfhaft hielt er den Stab, der zu leuchten begonnen hatte, fest und überlegte. Der Wirbel kam weiter auf ihn zu, würde ihn gleich erreicht haben und nach unten ziehen. Intuitiv griff er nach seinem Amulett. Sein Blut - das Blut der Elben - rauschte durch seine Venen.

«FEUER!», rief Tim aus vollem Halse.

Im nächsten Augenblick sandte der Stab einen feuerroten Strahl auf den Fußboden, der sich daraufhin wieder schloss. Tim vereinte sich mit der Kraft des Stabes und richtete ihn gegen den Wirbel, dessen Finger schon nach ihm griffen. «FEUER!», rief er abermals.

Erneut schoss ein Strahl aus dem Stab hervor. Der Wirbel zog sich augenblicklich zusammen, verlor seine Kraft und erlosch. Friedliche Stille legte sich über den Raum.

Tim nahm einen tiefen Atemzug. Voller Stolz blickte er auf seinen Stab des Lebens, der aufgehört hatte, zu leuchten. Matt schimmerte der rote Kristall vor sich hin. Langsam öffnete sich die Tür zur Kammer und Tim trat freudig hinaus.

Amatus, Lea und Zanello kamen auch aus ihren Kammern. «Wir haben es geschafft», riefen sie freudestrahlend. Die Stäbe des Lebens hatten ihre rechtmäßigen Besitzer gefunden und waren aus ihrem Tiefschlaf erwacht.

«Die Magischen Vier sind auferstanden», sagte Diodorus, als er die vier Hüter der Stäbe des Lebens vor sich sah. Er hatte geduldig gewartet und stellte zufrieden fest, dass er sich in seinen Schützlingen nicht getäuscht hatte.

Siegreich hoben Tim, Lea, Zanello und Amatus ihre Stäbe.

«DER ERDSTAB!», rief Lea. Ein braun-grüner Kristall drehte sich am oberen Ende. Es sah aus, als ob ein Berg mit grünen Wiesen in dem Kristall stehen würde.

«DER WASSERSTAB!», rief Zanellos. Ein leuchtender, türkisfarbener Kristall mit einem rauschenden Wasserfall war an dessen Spitze zu sehen.

«DER FEUERSTAB!» In Tims Kristall flammte es feuerrot auf. Die Magie des Feuers zeigte sich mit ungezügelter Kraft.

«DER LUFTSTAB!» Der Kristall seines magischen Stabes war durchsichtigen. Ein gigantischer Luftwirbel bewegte sich in ihm.

«Danken wir auch dem Elbenorakel. Es hat euch im Herzen erkannt und zu euch gesprochen», sagte der Elbenkönig.

Amatus, Tim, Lea und Zanello sandten einen Dankesgruß an das Orakel.

Da wurde die Statue plötzlich lebendig und eine überirdisch schöne Elbin lächelte ihnen zu. Die Magie der Ewigkeit wob sich durch den Raum. «Ich war einst das Orakel der Elben. Die Stäbe des Lebens kamen zu mir, damit ich sie für euch aufbewahre. Sie haben nun ihre Hüter gefunden. Nutzt diese magischen Relikte weise. Sie bergen eine große Magie. Ich wünsche euch Glück auf eurem Weg.»

Die Statue wurde wieder zu festem Stein, doch einige Tropfen der Magie der Ewigkeit rieselten noch durch den Raum und bescherten einen ergriffenen Augenblick der Stille.

Amatus fasste sich als Erster wieder. «Gehen wir zurück. Wir müssen noch mit den Stäben üben, bevor wir den Kampf gegen den Schwarzen Zauberer wagen können», sagte er.

Schweigend machten sie sich auf den Rückweg durch dieses unterirdische Reich der Elbenwelt.

Im Königspalast warteten Shaja, Nick, Robby und Selina auf sie. Die Elbenkönigin hatte die einzigartige Königsmagie entfaltet und den Elbentoren damit einen zusätzlichen Schutz verliehen. Dadurch war sie sichtlich geschwächt worden und lag nun in ihren Gemächern.

Der Elbenkönig wollte sofort zu seiner Gemahlin. «Ich gehe zu Diona», sagte er und verließ den Thronsaal.

Shaja war bis jetzt bei ihrer Mutter gewesen. Aber als sie die Ankunft ihres Vaters und der Magischen Vier gespürt hatte, war sie in den Thronsaal gekommen.

Amatus berichtete ihnen, was sie erlebt hatten.

«Ich freue mich für euch», sagte Shaja erleichtert.

Tim ging zu ihr und zeigte ihr seinen Stab.

Die Elbenprinzessin strich ganz leicht darüber. «Was für eine unfassbare Magie.»

«Wir freuen uns auch für euch», rief Selina. Aber der Blick, den Tim und Shaja zuwarf, war nicht gerade freundlich.

Tim drehte sich zu Selina um und lächelte. «Schön, dass ihr euch alle freut.»

Aber als er keine Anstalten machte, zu Selina zu kommen und ihr seinen Stab zu zeigen, stapfte sie wütend mit einem Fuß auf dem Boden auf.

Tim schüttelte nur den Kopf.

«Wir müssen nun mit den Stäben üben», erklärte Amatus. «Die Stäbe wurden aus den Elementen geboren. Sie besitzen einen eigenen Willen und werden euch prüfen, ob ihre Hüter ihrer Kraft auch gewachsen sind. Gehen wir hinaus auf den Kampfübungsplatz. Die anderen können gern mitkommen.»

«Wie großzügig», maulte Selina, lief aber auch los, denn sie wollte nicht allein im Königspalast zurückbleiben.

Nick, Robby, Selina und Shaja blieben am Rand des Platzes stehen und beobachteten die Magischen Vier.

«Habt keine Angst und verbindet euch mit euren Stäben, wie ihr es auch mit euren Amuletten gemacht habt», sagte Amatus. «Dann ruft den Namen eures Elemente. Seht her!»

Der Elbenzauberer schloss seine Augen, hob seinen Stab und öffnete die Augen wieder.

«LUFT», rief er laut.

Die kristalline Kugel am oberen Ende des Stabes rotierte plötzlich. Der Luftwirbel fegte heftig umher. Ein kristalliner Strahl brach hervor.»

Tim, Lea und Zanello schlossen ihre Augen und hoben ihre Stäbe. Sie verbanden sich im Geist mit ihren magischen Relikten und öffneten ihre Augen wieder.

«FEUER!»

«WASSER!»

«ERDE!»

Auch aus ihren Stäben ergossen sich Strahlen in die Luft, nur besaßen sie die Farbe *ihres* Elementes. Tim, Lea, Zanello und Amatus lenkten ihre Stäbe zusammen und die Strahlen bündelten sich in einem einzigen Strahl, der all diese Farben trug. Es war der *Strahl der Elemente*.

Ihre Freunde klatschten begeistert Beifall.

Immer wieder übten sie und nicht immer klappte es. Die Magischen Vier merkten, dass höchste Konzentration gefragt war, und hatten sich der Kraft ihrer Stäbe bald angepasst. Nun waren sie wirklich eins mit ihnen geworden.

Sogar Selina vergaß angesichts dieser Bedeutung für kurze Zeit ihren Groll gegen Tim. Aber als Shaja zu ihm lief und ihn umarmte, drehte sie sich wieder ziemlich misslaunig weg.

«Eure Aufgaben in der Elbenwelt sind beendet. Morgen werden euch die Feen eines ihrer Tore öffnen. Sie erwarten euch», erklärte Shaja.

«Sehr schön», meinte Selina.

«Es ist vorerst unser letzter gemeinsamer Abend. Hast du Lust auf einen Mondspaziergang?», wandte sich Shaja nun direkt an Tim.

«Liebend gern.» Tim strahlte und fasste Shajas Hand. «Bis später», sagte er zu seinen Freunden und ging mit der Elbin davon.

Selina starrte ihnen wütend hinterher. «Kommt jemand mit zurück in den Königspalast. Ich will nicht mehr hier draußen bleiben.»

«Wir kommen mit, wenn du etwas netter bist», meinte Robby vorwurfsvoll.

«Wie bitte?» Selina drehte sich einfach um und lief allein los.

«Das kann sie wirklich gut», meinte Nick voller Ironie.

«Ich gebe es auf», sagte Robby kopfschüttelnd.

«Hört auf, euch Gedanken um Selina zu machen. «Ewig wird sie das auch nicht durchhalten. Kommt lieber noch mit Zanello und mir in den Park.» Lea lächelte Nick und Robby zu und die beiden ließen sich nur allzu gern darauf ein.

IM MAGISCHEN FEENREICH

Das Tor der Zeit, das jetzt vor ihnen seine Magie entfaltete, war anders. Blumenmuster tauchten immer wieder auf und verströmten sogar einen süßlichen Duft. Der Sog des Tores war auch nicht so stark.

«Eine Reise durch ein Feentor ist unglaublich», sagte Shaja. Da gibt es keine Sterne oder andere Himmelsgestirne. Es ist, als würdet ihr durch ein riesiges Blumenmeer fliegen. Der Duft der gesamten Natur umfängt euch.»

«Werden wir uns wiedersehen?» Tim wollte nicht gehen.

«Ihr werdet noch kämpfen müssen. Mein Vater wird an eurer Seite sein und ich werde die Geschicke in Maleia lenken. Wenn es meiner Mutter besser geht, wird auch sie kämpfen. Jede Königsfamilie bekommt diesen Unterricht. Ich weiß nicht, wie der Kampf ausgehen wird. Aber ich weiß, dass ich sehr verliebt in dich bin.»

Tim gab Shaja einen Kuss. «Ich hoffe, wir sehen uns wieder.»

Selina drehte sich einfach brüsk um und lief in das Tor hinein. Nick und Robby grüßten Shaja noch freundlich, dann folgten sie Selina. Nach ihnen begaben sich Lea, Zanello und Amatus in das Tor. Tim, der nicht gehen wollte, wurde von Shaja sanft hinterhergeschoben.

Sie flogen auf einem gleißenden Weg dahin, der gesäumt von Blumen und Blumenbändern war. Vulkane, Berge, Wiesen, Seen und Luftwirbel zogen an ihnen vorbei, Blumenmuster wurden durchquert und kleine Blitze explodierten neben ihnen. Ein weiteres Tor öffnete sich, durch das sie flogen. Es war das Tor auf eine andere Ebene und doch befanden sie sich noch in ihrem Weltenverbund. Wankend kamen sie in einem saftig grünen, strahlenden Waldreich an.

Die jungen Menschen waren durch die Magie der Elben nicht mehr ohnmächtig geworden. Sie konnten nun unbeschwert durch ein Tor der Zeit reisen, aber noch nicht durch die Zeit. Dazu brauchten sie die Torblätter.

Bäume, Sträucher, Gras, Moos und steinige Wege umgaben sie. Dicke Wurzeln ragten aus der Erde. Kleine Lichtungen versteckten sich hinter einzelnen Baumgruppen. Fremdartige Früchte, sonnige und schattige Plätze. Kleine Elfen, die ihre Magie versprühten. Kein abgebrochener Ast und kein verdorrtes Blatt trübten das Bild. Ein süßlicher Duft flog um ihre Nasen. Leise Musik wehte durch die Baumwipfel. Es waren die Töne der Feen, die durch ihr grünes Reich tanzten. Seidene Magie durchtränkte das gesamte Land.

«Das ist …» Selina fand keine Worte.

«Endlich im magischen Feenreich», sagte Nick. Er konnte neues Wissen förmlich riechen. «Wohin sollen wir jetzt gehen?»

«Ich … glaube da entlang.» Robby starrte verblüfft auf eine wehende Gestalt, die hinter den Bäumen zu ihrer rechten Seite verschwand. Es war eine Fee, die ihnen zugewinkt hatte.

«Schaut nur, die Waldelfen begleiten uns. Sie weben mit den Feen ihre Magie in die Wälder und beschützen sie.» Lea erinnerte sich an die kleinen Unterrichtseinheiten, die sie während ihrer Genesung von den Elben bekommen hatte.

Die Waldelfen winkten ihnen fröhlich zu. Sie sahen wie kleine Mädchen und Jungen mit Libellenflügeln aus. Ihre großen, spitzen Ohren lugten zwischen den Haaren hervor.

Aus ihren Augen strahlte ein goldenes Licht und traf die Natur, die gleich noch einmal so hell erstrahlte. Die Elfen schwirrten um Sträucher, Bäume, Pflanzen und Blumen. Mit fröhlichen Gesichtern vollbrachten sie ihre Magie.

Einige Elfen wurden auf die Neuankömmlinge aufmerksam und flogen zu ihnen. Eine Elfe kam besonders nah an sie heran. Gleich darauf hörten sie eine feine Stimme.

«Willkommen im magischen Feenreich.»

«Danke, es ist sehr schön hier», erwiderte Lea.

Die kleine Elfe lachte und flog davon.

Bald grüßte sie das erste Feendorf. Blumenumrankte Häuser, Blumentöpfe, Blumenterrassen. Pilze mit Gesichtern. Grüne Moosgeister. Waldschratte an den Wurzeln der Bäume. Elfen, die auch hier ihre Magie versprühten. Ein buntes Leben herrschte in dem Dorf. Einige Feen kamen aus den Häusern. Sie berührten Bäume und Sträucher oder schmiegten sich eng an sie. Magie wurde gewoben. Die Feen waren von großer, schlanker Statur und besaßen durchsichtige Libellenflügel. Sie trugen lange Haare bis zu den Hüften. Ihre Augen und ihre Gesichter waren genauso verschieden wie ihre Kleider. Aber jede Fee war durchtränkt von einem ganz eigenen Liebreiz. Eine andere Welt.

Zwischen den Häusern erhoben sich luftige Steinhallen, die von grünen und braunen Steinsäulen getragen wurden und mit den Bäumen zu verwachsen schienen. Unterhalb der Säulen standen Töpfe und Schalen, aus denen ungewöhnliche Pflanzen ihre Köpfe nach draußen reckten.

Die Freunde ließen das Feendorf hinter sich. Eine Fee wies ihnen immer wieder den Weg. Sie kamen durch andere Dörfer, bis sie endlich das Herz des Reiches vor sich sahen -

den Palast der Feenkönigin. Der steinerne Bau fügte sich wie alles hier sehr harmonisch in die Natur ein.

Sie stiegen eine breite Treppe hinauf und kamen durch helle, luftige Gänge. Überall gab es kleine und große Terrassen. Zahlreiche Blumentöpfe zierten auch hier den Boden oder hingen an den Wänden. Grüne oder bunt blühende Lianen rankten sich von den großen, ovalen Fensteröffnungen in den Palast. Die Sonnenstrahlen gelangten in jeden Winkel und die Magie der Feenkönigin wob sich hindurch.

Drei Feen kamen auf sie zu.

«Willkommen in meinem Reich», sagte eine Fee, die sehr erhaben und würdevoll war. «Ich bin Diandra, die Königin der Feen. Das sind meine treuen Beraterinnen Liljana und Shialin. Shialin war es, die euch zu uns geholt hat.»

«Danke», sagten die Freunde. «Wir freuen uns, bei Euch zu sein.»

Die Magischen Vier, Robby, Nick und Selina musterten die Feen verstohlen. Sie waren sehr schön. Ihre Haut war wie reinster Alabaster und ihre Gesichtszüge sehr ebenmäßig. Die Feenkönigin trug ein langes, sonnengelbes Kleid und hatte einen langen Gürtel um ihre Taille geschwungen. Der Gürtel glänzte silbern. Ihre Haare waren von einem satten Goldbraun und ihre dunklen, braunen Augen schienen bis auf den Grund einer Seele blicken zu können. Ein feines Kristalldiadem legte sich um ihre Stirn und ihr seidiges Haar.

Liljana besaß langes, goldenes Haar und helle, türkisfarbene Augen. Sie trug ein lichtgrünes Seidenkleid mit feenartigen Zeichen am unteren Rand. Ein Band aus Blumen war um ihre Stirn gewunden. Derselbe Gürtel, wie ihn die Feenkönigin trug, schmückte auch ihre Taille.

Shialin besaß langes, rötliches Haar und glasklare, blaue Augen. Sie trug ein silberfarbenes Kleid, welches ebenfalls am unteren Rand von Feenmustern verziert war. Auch um ihre Taille war ein magischer Gürtel geschwungen.

Zanello war hingerissen von den Feen, wobei er sich kaum entscheiden konnte, welche ihm besser gefiel. Doch da tauchte das Bild von Krisha vor ihm auf und er wusste, dass er ihr sehr zugetan war.

«Ihr seid von uns gerufen worden», sagte die Feenkönigin. «Jeder Einzelne von euch!»

Die jungen Menschen widersprachen dieser majestätischen Erscheinung lieber nicht.

«Ihr sollt hier lernen und Wissen in eure Welt bringen.» Die freundliche Miene der Königin änderte sich abrupt. «Leider befinden wir uns in schwierigen Zeiten. Eine Fee wandte sich der Dunkelheit zu. Sie ging auf die Erde, um Magie zu weben. Als sie zurückkehrte, stand sie unter einem dunklen Bann. Es dauerte eine Weile, bis wir es bemerkten. Ich wollte sie von der Finsternis befreien, aber sie entkam. Sofort versiegelte ich unsere Tore und das Haupttor wird bewacht. Die Fee traf den Schwarzen Zauberer und nahm seine Magie an. Zum ersten Mal seit Beginn dieses Zeitalters taucht die Dunkelheit wieder auf. Wir dachten schon, der neue Wandel der Zeit hätte begonnen. Aber es gab noch keinen Ruf.»

«Wandel der Zeit?» Fragend blickten Zanello Diandra an.

Auch Tim und Lea horchten auf.

«Der Wandel der Zeit geschieht, wenn ein altes Zeitalter zu Ende geht», erklärte Diandra. «Dunkel und Licht kämpfen um die Herrschaft der neuen Zeit. Ein Ruf wird in die Welten gesandt, der den Wandel verkündet. Wir sind zwar wieder am

Ende eines Zeitalters angelangt, aber der Ruf wurde noch nicht ausgesandt.»

«Der Schwarze Zauberer könnte ein Vorbote sein? Er besitzt einen dunklen Ring der Tore. Woher hat er ihn?», gab Shialin zu bedenken.

«Die Orakel schweigen. Sein Auftauchen hat also nichts mit dem Wandel der Zeit zu tun», antwortete Diandra.

«Aber seine Macht ist groß.»

«Mag sein. Ich glaube, Marwin wird nur testen wollen, wie weit er gehen kann. Deshalb sind wir auch sehr wachsam geworden. Doch nun kümmern wir uns um unsere Gäste. Wir gehen jetzt zum magischen Spiegelsee. Dort werden sie einiges über uns erfahren und Magie bekommen.» Diandra bedeutete ihren Gästen, ihr zu folgen. Liljana und Shialin schlossen sich an.

Bald öffnete sich das Waldreich und ein See lag vor ihnen. Rings um den See waren Feen versammelt. Diandra ging zu dem Gewässer und stellte sich auf einen großen, flachen Stein.

Sprachlos starrten die jungen Menschen auf dunkles, trübes Wasser. Der Himmel über dem See verfinsterte sich immer mehr und Blitze zuckten ab und zu hernieder. Dunkle Wolken schoben sich vor die Sonne und schickten Kälte. Klagende Laute wehten durch die Luft.

Die Feenkönigin breitete ihre Libellenflügel aus und hob ihre Arme. Goldene Lichtbänder drangen von ihr in die Mitte des Sees. «Herrin des Sees, Nola, verdunkle nicht länger dein Gemüt. Wende dich wieder dem Licht zu. Lass deinen Zorn nicht an diesem Ort aus», rief die Feenkönigin laut.

«Was passiert hier?», fragte Lea. Sie schaute gespannt auf die Feen, genauso wie ihre Gefährten.

«Hört, schaut und lernt», erwiderte Shialin leise. «Ich werde euch über die Feen berichten. Es gibt Erdfeen, Luftfeen, Wasserfeen und Feuerfeen. Wir sind den Elementen des Lebens zugeordnet, so wie ihr. Alle erfüllen ihre Aufgabe zum Erhalt und Schutz der Natur und der Tiere. Es gibt ein Lied, das wir Feen singen. Möchtet ihr es hören?

«Das wollen wir», rief Nick. Endlich lernte er etwas.

«Dann hört gut zu.

Feen wurden geboren aus den Elementen.
Wir sind gekommen, Leben zu spenden.
Fühlt das Wasser, das Feuer, die Erde, die Luft.
Riecht unseren einzigartigen Duft.
Wir sind die Erdfeen.
Gärten, Wälder, Berge, Blumen und Bäume
bilden unsere geliebten Räume.
Wir sind die Feuerfeen.
Vulkane und jegliches Feuer
sind uns heimisch, lieb und teuer.
Wir sind die Wasserfeen.
Dazu gehören Nymphen, Nixen und Meerjungfrauen -
die in den Meeren, Ozeanen und Seen ihr Heim erbauen.
Wir sind die Luftfeen.
Durch den Sturm, die Luft und den Wind
fliegen wir, weil wir dort zu Hause sind.
Folgt unserer Spur durch die Natur.»

«Ein sehr schönes Lied», meinte Nick, als die Fee geendet hatte. «Und wir haben gleich einiges über die Feen erfahren.»

«Ja, ich kann sie spüren.» Lea besaß einen verklärten Blick.

Ein dunkler Blitz krachte plötzlich über den See und die Feenkönigin zerteilte ihn mit ihrer Magie. «Nola! Komm wieder zu dir!», rief Diandra mahnend.

«Wer ist Nola?», wollte Lea wissen.

«Nola ist die Wasserfee des magischen Spiegelsees. Wir Feen fühlen die Freude der Natur genauso wie ihren Schmerz. Unser Reich befindet sich in einer verborgenen Welt in diesem Verbund. Es ist eine andere Ebene - die Ebene der Elemente und der Natur. Immer wieder gehen wir in die Welten und weben dort Magie. Nola war in Kurunthan und kehrte gestern zurück. Seitdem verdunkelt sie den See. Die Dunkelfee war in Kurunthan und einige Bewohner ließen sich auf sie ein. Flüsse und Seen wurden ausgesaugt und schwarze Wassergeister erschaffen. Nun sitzt Nola in ihrem großen Gram im See und ihr Schmerz wird in die Welt zurückgesandt, wo er seinen Ursprung fand. Dies wirkt sich auch auf die Lebewesen aus, die ihn verursacht haben. So bleiben sie erst recht in der Dunkelheit. Wir wollen Nola nun helfen, ihren Schmerz aufzulösen und ihre lichtvolle Magie in diese Welt zu senden. Nur das kann ihnen noch helfen. Natürlich sind wir auch erschrocken über die Vorgänge in Kurunthan und haben die Könige in den Welten alarmiert.» Die Feenkönigin wandte sich wieder dem See zu. «Nola! Bitte komm heraus. Ich muss dich sonst holen», rief sie unbeirrt.

Ein gewaltiger, dunkler Wirbel entstand im See und eine wunderschöne Wassernymphe erhob sich in der Mitte des Wirbels. Ihre weißen, langen Haare wehten in der Luft. Ihr aquamarinfarbenes Kleid bauschte sich um ihren Körper auf und ihre türkisfarbenen Augen schossen Blitze. Ein dunkler Ring umgab sie.

Amatus hob intuitiv seinen Stab des Lebens. Er spürte, dass der Stab dieser Dunkelheit durchaus gewachsen war.

Doch die Feenkönigin schüttelte nur den Kopf und Amatus senkte seinen Luftstab wieder. Sie waren hier im Feenreich und Diandra wusste, was zu tun war.

«Nola! Das Licht ist dein Zuhause, nicht die Dunkelheit», rief Diandra eindringlich.

«An dem dunklen Ring um Nola erkennt ihr, dass es sich um eine Dunkelfee handelt. Durch die Magie der Königin und auch unsere Magie kann jedoch jede Dunkelfee wieder zum Licht zurückgeholt werden. Es sei denn, diese Fee wählt den Weg der Finsternis freiwillig», erklärte Shialin.

«Was willst du von mir, Diandra», rief Nola mit donnernder Stimme. «Ich werde sie ALLE bestrafen! Sie fügen der Natur Schmerzen zu. Die Natur weint.»

«Lass dich nicht von Hass und Zorn leiten», rief Diandra besonnen. «Vergib und hilf ihnen, die Natur zu retten. Erfülle dein Gemüt wieder mit Licht.»

Düstere Blitze zuckten auf. Der Wirbel im See verstärkte sich. Aus der Nymphe schossen dunkle Wasserstrahlen gegen die Feen am Rand des Sees.

Entsetzt wichen Tim, Lea, Zanello, Nick, Robby und Selina zurück. Doch sie wurden von Amatus, Liljana und Shialin festgehalten. «Habt keine Angst. Ihr seid durch die Magie der Königin geschützt», erklärte Liljana.

«Komm zurück ins Licht», rief Diandra beharrlich.

Als die Wasserfee nicht hörte, hob die Feenkönigin ihre Arme und ihr magischer Gürtel leuchtete hell auf. Aus ihm und ihren Händen wurden magische Strahlen gesandt. Liljana und Shialin vollbrachten mit ihren magischen Gürteln dasselbe. Die Strahlen drangen durch Nola hindurch. Diandra gab nun auch den anderen Feen ein Zeichen. Die Feen fassten sich an den Händen und sangen:

«*Nawirá inlá, Nawirá ná sahn.*
Nawirá seh, ilá én avahn.»

Shialin übersetzte leise für ihre Gäste:

«*Liebe öffnet, Liebe ist da.*
Liebe ist es, die ich sah.»

Die Wassernymphe wurde ruhiger. Der dunkle Wirbel im See verschwand, Blitze und Donner verebbten. Nola wurde unermüdlich von den Strahlen erfasst, schwebte auf die Feen zu und sank schließlich erschöpft auf einen Stein.

Der Himmel wurde wieder hell. Die Sonne brach sich ihre Bahn. Das dunkle Wasser wurde kristallklar und türkisblau. Das Licht kehrte an den Ort zurück.

Die Feen schauten mitfühlend auf Nola. Ohne einen Vorwurf entfernten sie sich vom See. Nur Liljana, Shialin, die Königin und ihre Gäste blieben noch.

Nola erhob sich langsam. Der dunkle Ring, der sie umgab, war verschwunden. Sie schwebte zurück zu ihrem Gewässer und tauchte hinein. Wenig später stieg sie mit einem strahlenden Gesicht wieder empor. Aus ihren klaren Augen schossen türkisfarbene Blitze. «Ich werde meine Lichtmagie nach Kurunthan senden und euch gebe ich sie auch.» Nola hob ihre Hände und helle Strahlen strömten zu Tim, Lea, Zanello, Amatus, Nick, Robby und Selina.

Auch Diandra, Shialin und Liljana setzten ihre Magie frei. Aus ihren magischen Gürteln flossen Lichtfäden zu ihren Gästen, die tief in sie eindrangen. Nach einigen Sekunden versiegte die Magie wieder und Nola verschwand im See.

Robby, Nick und Selina wankten. Sie mussten diese hohe Magie erst einmal verarbeiten. Eine neue Kraft stieg in ihnen empor. Langsam standen sie wieder fest auf ihren Beinen.

Robby lauschte staunend. «Ich höre und sehe jetzt viel deutlicher.»

«So sollte es sein», bestätigte Diandra.

Auch die Sinne der Magischen Vier waren noch mehr verschärft worden.

«Wow. Die Natur leuchtet», rief Lea.

«Alles wird von strahlenden Farben umgeben», sagte Tim.

«Ich habe zwar Magie gelernt, aber auch ich habe das vorher noch nicht gesehen», staunte Zanello.

«Das Zischen des Feuers. Das tiefe Brummen der Erde. Das Wispern der Wellen. Das Flüstern des Windes.» Amatus lächelte mit einem fernen Blick. «Die Sinne der Elben waren schon schärfer, aber nun sehe ich bis zum Kern der Dinge.»

«Die Magie wirkt. Das ist gut. Empfangt nun ein magisches Relikt. Es ist von unserem Orakel.» Diandra holte vier Gürtel unter ihrem Umhang hervor und gab sie den Auserwählten.

Tim, Lea, Zanello und Amatus bedankten sich und legten die Feengürtel um. Sie waren leicht und geschmeidig und passten sich der Farbe ihrer Kleidung an.

«Dieser Gürtel kann jegliche Dunkelheit, egal wo sie sich befindet, auflösen. Sollte die Dunkelheit in einem Wesen jedoch zu stark sein, dann stirbt es. Auch Liljana, Shialin und ich tragen solche Gürtel.»

«Wir werden wirklich für einen Kampf ausgestattet», stellte Lea ungläubig fest.

«Es ist eure Aufgabe, für die ihr jegliche Hilfe bekommt. Jetzt werdet ihr noch fliegen üben.»

«Fliegen?», rief Tim verblüfft. «Ich glaube, das können wir nun wirklich nicht.»

«Dazu brauchen wir den Flugzauber, der nicht mehr durchführbar ist. Das wisst Ihr, Diandra», sagte Amatus scharf. «Der Zauberspruch und die Elixiere verschwanden, als die Finsternis bei einem Wandel der Zeit den Flugzauber missbrauchte und schwarze Flügelhörner mit Klauen und riesigen Mäulern erschuf. NEKROX.

«Nekrox?» Lea konnte plötzlich eisenbeschlagene Klauen vor sich sehen. Sie schüttelte sich und die Vision verschwand.

«Der schwebende Tod von oben.» Amatus verzog das Gesicht. «Kaum jemand konnte ihnen entkommen. Erst als die Finsternis besiegt wurde, lösten sie sich auf.»

«Das ist lange her. Heute geht es um den Flugzauber, der immer noch durchgeführt werden kann. Du kennst ihn, Amatus - vom Elbenorakel», sagte Diandra bestimmt.

Im Gesicht des Elbenzauberers arbeitete es. Er war nur ein einziges Mal in den Kristallpalast des Elbenorakels gerufen worden, und dieser Besuch hatte sein ganzes Leben verändert. Er hatte einiges erfahren, auch den Flugzauber. *Die richtige Magie, der Flugzauberspruch und das Flugelixier bringen das Fliegen zu dir. Das waren die Worte des Elbenorakels», sagte er.

«Und der Flugzauberspruch?», drängte die Feenkönigin.

«Der Spruch ist ziemlich und lautet:

«Nák tornú seh ham.»

«Ihr habt die Magie und den Spruch. Nun bekommt ihr das Elixier. Wir Feen können es immer noch herstellen.» Diandra holte eine kleine Glasphiole mit einer hellblauen Flüssigkeit aus ihrem Kleid hervor. «Nehmt das Elixier und übt. Euer Körper und euer Geist müssen sich auf das Fliegen einstellen können. Wenn es Abend ist, kehrt ihr in den Palast zurück.»

Diandra überreichte Amatus die Phiole und entfernte sich mit Liljana und Shialin.

«Jetzt sollt ihr auch noch fliegen», rief Selina. «Ihr seid wahrlich Helden.» Ihre grünen Augen funkelten, als sie zu Tim trat. Sie strich ihm über den Umhang. «Fliegen - dann kannst du mich immer retten», sagte sie strahlend.

Für einen Moment versank Tim sogar in ihren Augen. Er war es gewohnt, Shaja in die Augen zu sehen. Dabei vergaß er, dass es nicht sie war, die so strahlend vor ihm stand.

Selina frohlockte. Jetzt würde Tim sie endlich sehen und Shaja vergessen.

«TIM!», rief Lea.

Erschrocken kam er wieder zu sich und schob Selina weg. «Lass mich in Ruhe, Selina.»

«Hör ja auf, meinen Bruder umgarnen zu wollen», rief Lea erzürnt.

«Die ältere Schwester beschützt ihren jüngeren Bruder. Wie toll. Er braucht keinen Babysitter mehr.»

«Aber er braucht einen Schutz - und zwar vor dir!»

«Das ist nicht wahr!»

«Oh doch. Lass endlich deine dumme Schwärmerei für Tim sein. Sie geht uns gehörig auf die Nerven, Selina», mischte sich nun auch Nick ein.

«Tim liebt Shaja», bekräftige Robby.

«Ihr seid unmöglich!» Selina schoss herum, machte einen Schritt, fiel über einen Stein, stand wieder auf und verschwand hinter dem nächsten dicken Strauch.

«Danke, dass ihr mich unterstützt habt, aber ich kann schon allein auf mich aufpassen», meinte Tim etwas unwillig.

«Das sah aber ganz anders aus», zweifelte Lea.

«Als Selina vor mir stand, habe ich nur an Shaja gedacht. Ich wäre schon wieder zu mir gekommen.»

«Wirklich? Das glaube ich nicht.»

«Du glaubst so manches nicht …»

«Die Wirren der Liebe. Meine jungen Erdenfreunde, wir müssen uns jetzt darauf konzentrieren, fliegen zu können», unterbrach Amatus den Disput. Er hatte Zanello inzwischen das Flugelixier gereicht und der junge Menschenzauberer übte schon. Auch Amatus hatte das Elixier eingenommen.

Tim und Lea schluckten nun auch ein paar Tropfen, sagten den Flugzauberspruch und hoben von der Erde ab.

Die Magischen Vier übten den ganzen Tag und Nick und Robby spornten sie an. Aber mehr als zwei oder drei Meter konnten sie sich nicht vom Boden entfernen. Die luftigen Höhen blieben ihnen versagt.

Als die Feenkönigin am Abend davon erfuhr, runzelte sie die Stirn. «Ihr braucht noch mehr Hilfe.»

Am nächsten Morgen wurden die Magischen Vier sehr früh geweckt. Es gab frisches Obst und Quellwasser zur Stärkung, dann brachten sie Liljana und Shialin in den Wald.

Es ging immer tiefer in das Herz des Waldes hinein. Überall, wo sie hinkamen, erwachte Leben.

In den Bäumen entstanden Gesichter, die sie grüßten. Aus Sträuchern formten sich Gestalten und winkten ihnen zu.

Jeder Grashalm bekam ein Auge. Aus grünen Hecken wurden eine Art Wurm, der plötzlich schnell davon sauste.

«Das sind Strauchwalons», erklärte Shialin. «Sie können eine sehr hohe Geschwindigkeit entwickeln.»

Eine Blumenwiese kreuzte ihren Weg. Die Blumen standen plötzlich auf und sahen aus wie magische Feen.

«Und das sind Blumendevas», erklärte Liljana. «Durch die Begegnung mit der Natur in unserem Reich sollt ihr lernen, dass alles lebt, was erschaffen wurde. Pflanzen, Sträucher und Bäume. Sie spenden Sauerstoff und damit Leben. Diese Magie erhalten sie wiederum von uns. Auch Tiere sind in diesen natürlichen Kreislauf eingebunden. Sie helfen den Menschen, besitzen einen Geist und geben Botschaften. Beobachtet sie und behandelt sie gut.»

«Das tun wir», sagten die jungen Menschen ernst.

Die beiden Feen lächelten. Da begann die Erde plötzlich zu vibrieren. Es donnerte und eine Erschütterung durchlief den Boden. Die Bäume schüttelten ihre Kronen.

«Was passiert hier?», fragte Lea ängstlich.

«Die Flügelhörner kommen. Sie werden euch helfen.»

Mit einem Mal rauschte eine große Staubwolke heran. Als die Staubwolke die kleine Gruppe erreicht hatte, stoppte sie. Der Staub verzog sich und machte die Sicht auf vier Flügelhörner frei. Es waren wunderschöne, edle Tiere. Sie ähnelten den Einhörnern, besaßen eine silbrig weiße Farbe und breite gefiederte Flügel. Die Hörner auf ihrer Stirn funkelten silbern. Zwei Flügelhörner kamen auf sie zu.

«Ich bin Panashir, König der Flügelhörner.»

«Ich bin Nabuu, die Königin. Wir leben auch in diesem Reich und werden euch helfen, zu fliegen und zu reiten.»

Zwei weitere Flügelhörner trabten heran.

«Das sind Pyrmar und Herosh», sagte Panashir. «Sie sind Prinzen ihrer Rasse. Steigt auf unsere Rücken. Auch der Elb, der schon reiten kann.

Amatus ließ sich durch die unwirsche Art des Flügelhorns nicht beeindrucken und stieg auf den Rücken von Herosh.

Lea begab sich zu Nabuu. Zanello zu Pyrmar und Tim zu Panashir.

«Bis bald», riefen Liljana und Shialin.

Die Flügelhörner rauschten plötzlich in einem rasanten Tempo durch den Wald. Die jungen Erdlinge krallten sich mit aller Kraft in ihren dichten, langen Mähnen fest.

«Habt keine Angst und fühlt die Energie», rief Panashir.

Doch Tim, Lea und Zanello verkrampften immer mehr. «Atmet tief ein und entspannt euch. Ihr werdet getragen», rief Amatus. «Fühlt den starken, sehnigen Leib unter euch. Das Reiten ist euch ins Blut gelegt. Lasst die Angst los.»

Tim, Lea und Zanello wurden ruhiger. Sie fühlten in ihr Element hinein. Kraft durchströmte sie. Plötzlich war ihnen der Körper des Flügelhorns vertraut. Sie ließen ihre Finger locker und schmiegten sich an sie. Das war magisch. Die jungen Menschen richteten sich auf und hielten ihre Gesichter in den Wind. Befreit lachten sie auf und genossen den Ritt.

Irgendwann drehten die Flügelhörner um und trugen sie noch tiefer ins Feenreich.

«Ihr könnt nun reiten», sagte Panashir zu Tim, Lea und Zanello. «Jetzt kommen wir zum Fliegen.

Es ging alles viel zu schnell, als dass sie hätten reagieren können. Mit einem Mal erhoben sich die Flügelhörner in die Luft. Unaufhaltsam, steil und schnell. Die Magischen Vier klebten an ihren Leibern und hielten sich an ihren dichten Mähnen fest. Erst in wahrlich luftiger Höhe wurde der Flug verlangsamt. Die Flügelhörner drehten sich um, ließen einen silbernen Strahl aus ihren Hörnern in die Magischen Vier strömen und warfen sie dann von ihren Rücken.

«FÜHLT FLIEGEN!»

Tim, Lea, Zanello und Amatus waren so überrumpelt, dass sie weder denken, geschweige denn fühlen konnten. In einem rasanten Senkrechtflug ging es nach unten. Wollten sie die Flügelhörner umbringen? Waren es Nekrox? Aber dazu fehlten ihnen die Klauen, das schwarze Federkleid und die reißenden Mäulern. Nein, es waren reine Flügelhörner.

«HIILLFEEE!», schrie Lea aus Leibeskräften.

«Ihr habt die Magie. Ihr habt das Elixier. Ihr habt den Spruch. IHR KÖNNT FLIEGEN!», rief Panashir.

Die Magischen Vier sausten weiter in die Tiefe.

«Wir müssen sie auffangen», rief Nabuu ihrem Gemahl zu.

«Nein, sie können es. Glaube an sie und schick ihnen diese Kraft!»

Gleich würden die Magischen Vier den Boden erreicht haben. Es wurde brenzlig.

«IHR SEID DIE AUSERWÄHLTEN! GLAUBT AN EUCH! ZIEHT EURE STÄBE UND RUFT EUER ELEMENT! DANN FLIEGT!» Panashir wurde fast heißer, so laut rief er.

Die Worte drangen endlich zu Tim, Lea, Zanello und Amatus vor. Sie zogen ihre Stäbe aus der Halterung am Rücken, riefen den Namen ihres Elementes und dazu den Flugzauberspruch. Kurz vor dem Boden stoppte ihr Flug, der beinahe zu einem Todesflug geworden wäre. Sie schwebten über dem Boden und ganz langsam ging es wieder nach oben. Bald hatten sie die Flügelhörner erreicht.

«Juhuu …», riefen Tim, Lea und Zanello.

Die Magischen Vier flogen mit den Flügelhörnern um die Wette und landeten irgendwann auf dem Boden.

«Danke», sagte sie lachend zu den Flügelhörnern.

«Marwin kann fliegen, also müsst ihr es auch können», sagte Panashir. «Er bekam diese Magie von der Dunkelfee. Durch den Ring der Tore wurde sie noch verstärkt. Wir wünschen euch Glück.»

Die Flügelhörner erhoben sich in die Lüfte und flogen davon.

«Flügelhörner kommen nur noch selten durch ein Tor der Zeit in eine andere Welt», sagte Amatus versonnen. «Ihre Rasse wurde fast ausgelöscht. Viele von ihnen verwandelten sich durch den dunklen Zauber in Nekrox. Umso mehr freue ich mich, dass sie uns mit ihrer Magie geholfen haben. Was ist? *Fliegen* wir zum Feenpalast?»

Tim, Lea und Zanello. «Wer der Erste ist», riefen sie.

Schnell flogen sie dahin und kamen gleichzeitig an.

Im Feenpalast gab es ein freudiges Wiedersehen. Selbst Selina verzog den Mund zu einem leichten Lächeln, als die Magischen Vier von ihrem Erfolg erzählten.

«Der Abend gehört euch», sagte Diandra froh gestimmt. «Shialin wird euch morgen früh holen.»

«Ihr müsst uns unbedingt zeigen, wie ihr fliegt», meinte Robby aufgeregt, als sie wenig später durch das Feenreich spazierten. Nur Amatus war im Palast geblieben.

«Wissenschaftlich ist das kaum zu erklären. Ihr könnt ohne Flügel fliegen. Sehr erstaunlich wie euer Körper das macht.»

«Der Professor und seine Wissenschaft …»

«Selina! Keinen Streit! Nicht heute Abend!», sagte Lea. «Wir sind so froh, dass wir fliegen können.»

Selina sagte nichts mehr und spazierte nun stumm neben den anderen her. Irgendwann gingen sie zu Bett.

Am nächsten Morgen saßen die Magischen Vier, Nick, Robby und Selina in einer Feenschule - einem hellen und luftigen Haus, wo junge Feen unterrichtet wurden. Das Wissen war von Geburt an in ihren Zellen gespeichert, musste aber nun hervorgeholt werden. Holzbänke mit Blumenkissen und Holztische standen bereit. Ein Tisch mit vielen Utensilien behauptete seinen Platz ganz vorn im Raum.

«So eine Schule könnte sogar mir gefallen», rief Robby.

«Das grenzt an ein Wunder.»

«Das ist kein Wunder. Ich sagte: -*könnte*-»

«Das hab ich wohl überhört», meinte Nick.

Eine Fee trat ein. «Ich bin Eyfee», stellte sie sich den neuen Schülern vor. «Wir heißen unsere Gäste in einer magischen Feenschule willkommen.»

Die Gefährten bedankten sich und stellten sich vor.

«Fangen wir mit der Magie des Lebens an», sagte Eyfee. «Aus ihr sind die Elemente und alles entstanden, was Leben bedeutet. Wir nutzen wiederum einen Teil dieser Magie, um damit unser Leben zu erschaffen.» Eyfee malte Blumen aus Energie in die Luft, die plötzlich echte Blumen wurden, und erschuf dazu einen Topf mit Erde. Die Blumen schwebten in den Topf und reckten ihre Hälse nach oben. Die Fee malte einen Feenstab in die Luft, der auch echt wurde. Mit ihm berührte sie die Blumen und den Topf und beides wuchs zu einer stattlichen Höhe heran.

«Wie macht ihr *das*?», rief Nick mit hochroten Wangen.

«Da auch in jedem Lebewesen der unauslöschliche Funke der Magie des Lebens steckt, können wir alles erschaffen, was wir uns vorstellen. Wir verbinden uns mit diesem Funken. Ihr könnt das auch. Die Magie des Lebens besitzt verschiedene Formen. Es gibt:

> *die Magie der Zeit und der Gestirne,*
> *die Magie der Elemente,*
> *die Magie der Worte und Zahlen,*
> *die Magie der Visionen und Elixiere,*
> *die Magie der Natur und der Tiere,*
> *die Magie der Heilung und der Symbole,*
> *die Magie des Bewusstseins und vieles mehr.*»

«Du meine Güte. Das klingt alles interessant.»

«Das freut mich», erwiderte Eyfee.

«Er ist ja auch ein Professor. So einer will immer lernen», murrte Selina.

«Wollt ihr denn nicht lernen?»

Selina schwieg daraufhin und Eyfee fuhr fort.

«Wir sind in den Kreislauf des Lebens eingebunden. Dabei stellen wir nur einen kleinen Funken in einer unendlichen Schöpfungsmatrix voller Welten und Wesen dar. Wenn unser Funke kraftvoll brennt, dann wird er zum Feuer. Es kriecht durch die Erde, weht durch die Luft, fließt im Wasser und lodert hell in unserem Leben auf. Lichtvoll genutzt, erfüllt es uns und auch andere mit Glück und einem langen Leben. Die Schöpfungsmatrix, der Urgedanke der Magie des Lebens, ist in unseren Zellen gespeichert. So kann jede Zelle, wenn sie einmal krank werden sollte, auch wieder heilen. Wir müssen nur erkennen, warum sie aus der Ordnung gefallen ist.»

«Selbstheilungskräfte», rief Nick und Selina verdrehte nur die Augen.

«Ja», lächelte Eyfee. «Die Magie der Pflanzen oder Steine kann euch dabei auch helfen.»

«Darüber haben wir einiges bei Rose, der Großen Seherin der Erde, gelernt», rief Selina. Sie wollte sich nun auch einmal hervortun und sah die Fee herausfordernd an.

«Dann vergesst es nur nicht», meinte die Fee kurz.

«Bestimmt nicht!», sagte Selina trotzig. Die Antwort hatte ihr nicht gefallen und sie schwieg wieder eisern.

«Herrin der Erde, kommt zu mir», sagte Eyfee zu Lea und Lea folgte dieser Aufforderung. «Eure Magie wurde durch ein Kristallwesen - ein Wesen der Erde noch verstärkt. Wie ist es? Wollen wir ein magisches Kristallelixier herstellen?»

«DAS WILL SIE NICHT!»

Diese Worte zischten wie dunkle Blitze aus einem dunklen Feentor hervor. Schwarzer Nebel wallte bedrohlich auf. Eine Fee mit langen schwarzen Haaren, schwarzen Augen und einem schwarzen langen Kleid flog aus dem Nebel hervor. Sie trug ein glänzendes, dunkles Diadem auf dem Kopf. Aus ihren Händen strömten schwarze Fäden.

Die Magischen Vier wollten ihre Energiekugeln auf die Dunkelfee schießen, da war sie schon wieder verschwunden.

Unvermutet stand sie neben Lea. «Hab ich dich! Das ging ja leichter als gedacht. Bist du es wirklich, Herrin der Erde?» Die Dunkelfee sog den Geruch von Lea in ihre Nase. «Oh ja, du bist es», stellte sie zufrieden fest. Mit ihrer dunklen Magie erschuf sie eine Wand aus einer schwarzen Hecke mit silberschwarzen Dornen und Blitzen um sich und Lea herum. Unüberwindlich ragte sie wie ein dunkler Turm in die Höhe.

«LEA!»

«TIM! HELFT MIR!»

Tim, Zanello und Amatus stiegen in die Höhe und wollten über den dunklen Turm fliegen. Aber der Turm wuchs mit ihnen.

Verzweifelt versuchte Lea, sich aus der Umklammerung der Dunkelfee zu befreien. Doch es gelang ihr nicht.

«Gib dir keine Mühe. Ich stehe mit Marwin im Bunde und habe meine Magie mit seiner vereint. Er ist stärker als ihr. Ihr Unwissenden habt keine Ahnung. Ich werde dich vernichten, Herrin der Erde und die Magischen Vier werden dann aufhören, zu existieren.»

Lea war nicht nur wütend auf diese Fee, sondern auch auf sich selbst. Wie hatte sie sich nur so schnell gefangen nehmen lassen können?

Die Dunkelfee schraubte ihre Arme mit einer ungeheuren Kraft um Lea und erhob sich mit ihr in die Luft. Der Heckenturm wurde wieder kleiner, aber schwarzer Nebel verhüllte sie. Dadurch blieben sie vor den Blicken der anderen verborgen. Durch die magische Hecke war erstes Licht gedrungen. Die Dunkelfee unterschätzte die Stäbe des Lebens keineswegs. Die Hecke würde bald zerstört sein. Sie musste sich beeilen, sonst würde ihr Vorhaben noch vereitelt werden. Marwin verließ sich auf sie.

«HILFE!» Lea schrie aus Leibeskräften, während sie mit der Fee unaufhörlich nach oben stieg.

«Wirst du wohl still sein!» Die Dunkelfee drückte Lea die Kehle zu und der Atem ging ihr aus.

Da umschwirrten sie lauter kleine Lichtpunkte.

«Elfen und ihre Magie», rief die Dunkelfee verächtlich. «Ihr kleinen Plagegeister. Euch hatte ich ganz vergessen. Ihr könnt meinen magischen Nebel durchdringen. Aber ihr könnt auch durch meine Magie sterben.» Wütend ließ die Dunkelfee Leas Hals los und schoss einen schwarzen Blitz aus ihrer Hand auf die Elfen. Doch die kleinen Waldgeister wichen dem Blitz aus und wollten die Dunkelfee daran hindern, Lea noch mehr zu umklammern.

«Ihr guten Elfen, habt Dank», rief Lea erfreut.

«ES REICHT!» Schwarze Blitze schossen aus den Augen der Dunkelfee.

Die Waldelfen wurden getroffen und fielen tot zu Boden.

Entsetzen ergriff Lea.

«So wird es allen ergehen, die dir zu Hilfe eilen.» Kalte Wut schwang in der Stimme der Dunkelfee mit.

«Du Ungeheuer.» Lea rannen Tränen über die Wangen.

Die Dunkelfee lachte kalt. «Diese dummen Elfen können mich nicht aufhalten. Niemand kann das.»

«ICH SCHON!» Helles Licht durchbrach den Wald. «Du lässt sie sofort los, Maylen.»

DIANDRA!» Nun war doch so etwas wie Zweifel in dem Gesicht der Dunkelfee zu lesen.

Die Feenkönigin schwebte plötzlich neben ihnen. Helle Strahlen flossen aus ihrem Gürtel und zerteilten den Nebel.

Die Dunkelfee wich den magischen Strahlen immer wieder sehr geschickt aus und hielt Lea dabei fest umklammert. «So leicht kannst du mich nicht bezwingen, Diandra. Ich bin durch die dunkle Magie stärker geworden. Ihr seid töricht, wenn ihr glaubt, Marwin aufhalten zu können.»

«Dann sind wir das vielleicht. Aber wir kämpfen trotzdem gegen Tyrannei und Unrecht. Die dunkle Magie ist nicht stärker, Maylen. Das täuscht.» Diandra wollte die Dunkelfee immer noch retten. «Lass Lea frei.»

«Wie du willst», rief Maylen und grinste böse. Sie schoss einen schwarzen Blitz in die Herrin der Erde und ließ los. Maylen lachte schallend, als Lea völlig gelähmt zu Boden rauschte. Der Fall war ungezügelt und rasant. Gleich würde es vorbei sein mit der Herrin der Erde.

Es waren Sekundenbruchteile, die über das Leben von Lea entschieden. Die schwarze Dornenhecke wurde endlich von einem Lichtstrahl aus drei Stäben des Lebens zerteilt. Tim und Zanello schossen hindurch und auf Lea zu. Mit allerletzter Kraft streckten sie ihre Arme aus.

«Wir haben dich!» Millimeter über dem Boden wurde Lea aufgefangen.

Amatus donnerte unterdessen Strahlen aus seinem Stab des Lebens auf die Dunkelfee.

«Ihr kriegt mich nicht!», rief die Dunkelfee und drehte mit ihren Händen magische Kreise in der Luft. Schwarze Wirbel entstanden, aus denen schwarze Blitze flogen.

Jeder Einzelne wurde von der Feenkönigin mit ihrer Magie zerteilt.

Die Dunkelfee sprach magische Worte in der Feensprache und ein schwarzes Tor der Zeit öffnete sich. Schwarzer Nebel umhüllte es und breitete sich aus. Maylen wollte durch das Tor fliehen, kam aber nicht vorwärts.

Diandra hatte Beinfesseln erschaffen, die sich um die Dunkelfee gelegt hatten. Sie reichten an langen Fäden bis in die Erde. Dadurch war es ihr unmöglich, zu fliegen.

«NEIN!» Maylen tobte. Aus ihren Augen zischten schwarze Blitze, da fiel ein heller Strahl auf die Dunkelfee. Sie erstarrte in ihren Bewegungen. Die Beinfesseln lösten sich und leblos fiel sie zu Boden.

Da Maylen zu sehr in der Dunkelheit gefangen war, musste sie sterben.

Eyfee hatte Lea inzwischen ein Elixier gereicht und Liljana und Shialin ließen Strahlen aus ihren magischen Gürteln in sie fließen. Die beiden Beraterinnen waren mit ihrer Königin gekommen.

Lea erholte sich.

«Du hast uns vielleicht einen Schreck eingejagt.» Er sah noch etwas blass aus, aber er war erleichtert.

«Frag mich mal», sagte Lea und sah Diandra dankbar an. «Das war also die Dunkelfee.»

«Sie war meine Schwester.» Die Feenkönigin wirkte traurig.

«Und jetzt ist sie tot», meinte Lea mitfühlend. «Das tut mir leid.»

«Sie hat ihr Schicksal selbst gewählt. Ihr müsst nun auf die Erde zurück. Meine Schwester war eine Botin des Krieges. Als ich vor ihr in der Luft schwebte, sah ich, was sie sah. Marwin wird morgen nach Sonnenaufgang ein Tor nach Serún öffnen und die Burg angreifen. Ihr müsst die Menschen dort warnen. Den Elben geben wir Bescheid. Sie werden euch beistehen. Der Schwarze Zauberer darf die Burg nicht einnehmen. Dann würde er über weite Teile des Landes herrschen. Der Rest wäre ein Kinderspiel für ihn.»

«Und was wird aus uns? Ich meine, wir wollen auch zurück auf die Erde. Aber wir können nicht gegen diese Morkas in den Kampf ziehen», gab Robby zu bedenken.

«Auch ihr geht zurück und begebt euch in die Burg. Dort seid ihr sicher», erwiderte die Feenkönigin.

«Keine unnötigen Aktionen! Bleibt in der Burg! Versprecht es mir!», sagte Tim sehr eindringlich zu seinen Freunden. Er wollte sich keine Sorgen um sie machen müssen.

Nick, Robby und Selina versprachen es. Sie waren diesen dunklen Kriegern auch gar nicht gewachsen.

Die Feenkönigin öffnete ein Tor der Zeit.

Die Gefährten bedankten sich für alles und gingen mitten in ein gleißendes Blumenmeer hinein.

VIER MÄCHTE GEGEN DAS BÖSE DER WELT

Dunkle Wolken begrüßten sie auf der Erde und dunkel war auch das, was hier geschehen sollte.

Die Gefährten kamen vor der Burg von Serún an und rannten sofort auf den Burghof.

Jacob, der immer noch an der Burg weilte, bemerkte sie. «Ihr seid wieder da», rief er freudig.

«Wo ist der Landesherr?»

Jacobs Lachen erstarb. Tim war sehr ernst und brachte ein Gefühl von Gefahr mit.

«In der Burg. Was ist passiert?»

«RÜSTET ZUM KAMPF! UNVERZÜGLICH!»

Es war ein Kriegsruf, der über den Burghof hallte und jeden aus seinen bedrohlichen Schwingen erreichte. Ein hektischer Tag und eine ebenso geschäftige Nacht waren die Folge dieses Rufes. Ihnen blieb wenig Zeit, aber sie mussten sie so gut wie möglich nutzen.

Rose und einige Elbenheiler aus der Waldsiedlung kamen an die Burg, um für die Verwundeten zu sorgen.

Am nächsten Morgen standen alle Männer aus Serún bereit, um gegen den Feind zu kämpfen.

Der Landesherr schmetterte mit seiner kräftigen Stimme einen lauten Ruf über den Burghof.

> *«Wir erheben unser geweihtes Schild.*
> *Der Schatten des Bösen die Lande verhüllt*
> *und seinen Hunger nach Macht für sich stillt.*
> *Freiheit und Ehre, es zu verteidigen gilt.»*

Die Männer hoben ihre Schwerter zum Zeichen der Treue für ihren Herrn. Entschlossen marschierten sie hinter ihm und den Magischen Vier vor die Burg.

Ein helles Tor der Zeit öffnete sich. Elbenkrieger betraten die Erde, angeführt von ihrem Hauptmann, ihrem König und einer kraftvollen Königin. Diona war wieder genesen und wollte es sich nicht nehmen lassen, für die Erde und die Menschen zu kämpfen.

«Die Königin!», rief Tim erfreut.

«Sie besitzt eine außerordentliche Magie», sagte Amatus. «Außerdem ist sie eine ausgezeichnete Kämpferin.»

Das Elbenkönigspaar trat zu Alexander von Serún.

«Wir sind Wesen aus verschiedenen Welten, aber einem Weltenverbund. Gemeinsam treten wir gegen die Dunkelheit, die uns beherrschen will, an.»

«Von Landesherr zu Landesherr, von Freund zu Freund, von Bruder zu Bruder. Unsere Völker sind eins», erwiderte Alexander von Serún.

Die beiden königlichen Anführer reichten sich die Hände.

WUMM!

Die Erde wurde erschüttert.

WUMM!

Etwas donnerte über den Boden! Ein riesiges, schwarzes Tor der Zeit öffnete sich und eine gewaltige, schwarze Masse strömte heraus.

Mit wehendem, silberschwarzem Umhang führte Marwin sein dunkles Heer an. Plötzlich riss er sein silberschwarzes Schwert in die Höhe und rannte los. «AUF SIE!», brüllte er hasserfüllt und in einem blinden Wahn von Herrschsucht.

Seine Gegner hoben ebenfalls ihre Schwerter und stürmten todesmutig in die Schlacht.

KRACH! WUMM!

Beide Seiten prallten aufeinander. Nicht nur die Elben, auch Alexander von Serún konnte mit seinen Männern dem ersten Ansturm der Morkas standhalten. Doch die dunklen Krieger waren in der Überzahl. Wie lange würde es noch dauern, bis sie die Oberhand gewonnen hatten?

«Wir müssen zusammenbleiben und versuchen, zu Marwin vorzudringen», rief Amatus.

Tim, Lea und Zanello hielten sich eisern in seiner Nähe. Sie blieben zum Glück stets Sieger in den Zweikämpfen und drangen weiter zu Marwin vor. Doch der Schwarze Zauberer entzog sich ihnen und hielt sie mit seinen schwarzen Energiekugeln auf Abstand. Die Magischen Vier setzten ihre Energiekugeln nicht ein, da sie sonst auch die eigenen Männer getötet hätten. Zu nah waren Freund und Feind beieinander. Marwin war das egal. Hauptsache, er hielt die Magischen Vier von sich fern.

«Seht! Dort ist Hubertus von Rhog», rief Lea.

Der dunkle Landesherr krachte mit einem stumpfsinnigen Gehorsam voller Wucht auf seine Gegner ein.

«Lassen wir ihn. Wir müssen zum Landesherrn», rief Tim.

Die Magischen Vier kämpften sich weiter vorwärts. Ihre Elbenschwerter rissen Lücken in die Reihen der Feinde. Marwin bemerkte sie erst in letzter Sekunde. Schwarze Energiekugeln flogen durch die Luft. Tim, Lea, Zanello und Amatus mussten ausweichen und ein paar ihrer eigenen Männer schützen. Der Schwarze Zauberer entdeckte die Stäbe des Lebens und wirkte zum ersten Mal verunsichert.

Wenn seine Feinde zusammenblieben, bedeutete das für ihn den sicheren Tod.

«VERNICHTET DIE MAGISCHEN VIER!», brüllte er wie von Sinnen über das Schlachtfeld.

«LOS! WEITER!», rief Amatus unbeirrt.

«TÖTET SIE», schrie Marwin.

«VERTRAUT EURER KRAFT!»

Tim, Lea und Zanello wollten sich auch nicht aufhalten lassen. Etliche kampfeswütige Morkas griffen sie nun gleichzeitig an, aber die Magischen Vier verteidigten sich standhaft und behielten stets die Oberhand. Hartnäckig blieben sie zusammen.

Die Schlacht tobte unvermindert fort und immer wieder stellten sich den Magischen Vier mehrere Morkas auf einmal entgegen. Der Schwarze Zauberer trieb seine Schattenkrieger gnadenlos an. Doch keiner vermochte es, sie zu töten.

Diodorus und Diona drangen zu den Magischen Vier vor und halfen ihnen, den Weg freizuschlagen. Tiros, Nando, Jaral und Olowyn kamen hinzu. Die besten Elbenkämpfer standen Seite an Seite und ließen ihre Schwerter klingen. Immer weniger Morkas waren noch zwischen den Magischen Vier und Marwin. Immer näher rückte der Schwarze Zauberer. Nur noch zehn Morkas, nur noch sieben, nur noch drei …

Da erhob sich Marwin pfeilschnell in die Luft. «Folgt mir, wenn ihr könnt», rief er höhnisch.

Lea, Tim, Zanello und Amatus flogen ihm nach.

Erschüttert stellte Marwin fest, dass seine Feinde auch fliegen konnten. Nichts, außer Luft, befand sich noch zwischen ihnen.

«DIE STÄBE!», rief Amatus.

Tim, Lea und Zanello hoben ihre Stäbe. Sie verbanden sich mit ihnen und riefen den Namen ihres Elementes. Plötzlich brach aus jedem Stab ein Strahl hervor.

«Lenkt sie zusammen», rief Amatus.

Lea, Tim und Zanello lenkten ihre Stäbe zusammen. Da ertönte ein lauter Schrei vom Kampffeld unter ihnen. Es war eine Stimme, die ihnen bekannt vorkam. Tim schaute nach unten und sah zuerst Robby, der mit blinden Schwertschlägen wild drauflos hieb und dann Selina, die ebenfalls mit einem Schwert bewaffnet vor Robby herlief und sich krampfhaft gegen die Schattenkrieger verteidigte. Die beiden hatten ihr Versprechen, dem Schlachtfeld fernzubleiben, nicht gehalten. Was hatte sie dazu bewogen? Sie schwebten in Lebensgefahr.

«Tim, schau nicht nach unten und konzentrier dich. Die Elben sind schon auf dem Weg zu ihnen. Das hier ist wichtiger», rief Lea ihrem Bruder zu.

Tim lenkte seinen Blick wieder nach oben und wollte seinen Strahl endgültig mit den anderen Strahlen vereinen, da schrie Selina erneut auf. «Mist», fluchte er und schoss wie ein Blitz nach unten. Das Band der Magischen Vier war zerbrochen.

«Nein», schrie Lea entsetzt. Ihr Strahl traf zwar zusammen mit den Strahlen von Zanello und Amatus auf Marwin, aber töten konnten sie ihn nicht. Der Schwarze Zauberer fiel getroffen zu Boden, aber seine dunkle Magie rettete ihm das Leben. Ein schwarzer Nebelteppich hatte den Sturz im letzten Moment noch abgefedert. Marwin war durch den Treffer und das Ausüben der Magie deutlich geschwächt. Seine Morkas schirmten ihn sofort vor den Feinden ab.

Tim war unterdessen auf dem Schlachtfeld genau neben Selina, die verletzt am Boden lag, gelandet. Sie blutete aus einer Wunde am Bein. Robby stand keuchend vor ihr und wehrte die unaufhörlichen Schläge eines Morkas nur noch schwach ab. Er wurde am Arm verletzt, am Bein, erhielt einen Schlag in den Rücken und ging endgültig zu Boden. Tim versetzte dem Morka den Todesstoß. In Windeseile bildete er einen neuen Strahl aus seinem Feuerstab und schleuderte ihn gegen die angreifenden Schattenkrieger. So verschaffte er sich genügend Freiraum. Er schnappte Selina unter einen Arm und Robby unter den anderen. Barsch befahl er ihnen, sich gut festzuhalten. Selina und Robby klammerten sich mit letzter, verzweifelter Kraft an Tim. Sie waren kreidebleich und kämpften gegen eine Ohnmacht. Eilends erhob sich Tim in die Luft und flog zur Burg. Trotz des Gewichtes konnte er sein Ziel schnell erreichen.

Als er seine Freunde auf dem leeren Burgplatz abgesetzt hatte, platzte es auch schon aus ihm heraus. «SEID IHR VÖLLIG ÜBERGESCHNAPPT? WARUM SEID IHR NICHT AUF DER BURG GEBLIEBEN?» Aufgestaute Emotionen schwemmten an die Oberfläche.

Selina und Robby schwiegen betreten. Sie brachten keinen Ton heraus und schämten sich. Verbissen kämpften sie gegen ihre heftigen Schmerzen. Selina wollte keinen einzigen Klagelaut von sich geben und Robby verdrehte die Augen in Erwartung einer bevorstehenden Ohnmacht. Unaufhörlich rann Blut aus seinen Wunden. Aber er wollte nicht umfallen.

In diesem Moment kam Nick herbeigerannt. «Mein Gott! zum Glück lebt ihr!», rief er befreit.

«Kannst *du* mir erklären, was in Robby und Selina gefahren ist?», wollte Tim von Nick wissen. Er war immer noch ziemlich wütend.

«Wir haben die ganze Zeit den Verwundeten geholfen», erklärte Nick. Dann wollten wir unbedingt wissen, was auf dem Kampffeld los war, und stiegen auf die Burgmauer. Wir haben euch kämpfen sehen, da begann Selina plötzlich laut loszuschimpfen. Dafür, dass sie die ganze Zeit kaum ein Wort mit uns gewechselt hat, war das ziemlich viel auf einmal. Sie fing an, auf Robby einzureden. Er solle sich ein Beispiel an Tim nehmen und schauen, wie tapfer er kämpft. Robby ließ alles geduldig über sich ergehen, bis Selina völlig austickte. Sie sagte, sie werde Tim beweisen, wie tapfer sie sei, und dann würde er sie auch mögen. Wie von der Tarantel gestochen, rannte sie plötzlich von der Burgmauer runter und durch das kleine Seitentor hinaus in die Schlacht. Wir waren völlig verdattert und konnten sie nicht aufhalten. Selina schnappte sich das Schwert eines toten Elbenkriegers und stürzte ins Kampfgetümmel. Robby rannte Selina hinterher, nahm sich auch ein Elbenschwert und bahnte sich damit einen Weg zu ihr. Er wollte sie beschützen und holte sie zum Glück ein. Die beiden konnten sich erstaunlicherweise eine ganze Weile gegen die Morkas verteidigen. Vermutlich sind wir durch die Magie der Elben und Feen wirklich stärker geworden. Doch dann wurden sie verletzt, und du bist gekommen. Hoffentlich hört Selina nun auf, dich und Robby mit ihrer blöden Eifersucht zu tyrannisieren. Was dabei rauskommt, sieht man ja. Nichts als Unglück.» Nick war genauso wütend wie Tim.

«Siehst *du*, was *du* mit deiner dummen Eifersucht anrichtest. Hör endlich auf, mir nachzujagen. Schau, wie sehr dich Robby liebt. Er hätte sein Leben für dich gegeben», blaffte Tim Selina immer noch voller Zorn an.

«Es … es tut mir leid.»

«Ah …» Robby hatte keine Kraft mehr und wurde in diesem Moment ohnmächtig. Mit flachem Atem lag er da und sah mehr tot als lebendig aus.

Entsetzen ergriff Tim, Nick und Selina.

«ROBBY! NEIN!», rief Selina voller Schuldgefühle. Trotz ihrer Schmerzen im Bein kniete sie neben ihm nieder. «Du darfst nicht sterben», weinte sie. «Es tut mir so leid. Bitte! Hörst du. Bleib bei mir. Ich mag dich doch auch.» Etwas löste sich in ihrem Herzen. Sie weinte unaufhörlich und wandte sich dann tränenüberströmt an Tim. «Verzeih mir. Ich wollte, dass Robby auch so stark und furchtlos ist wie du. Dabei habe ich übersehen, dass er das längst ist. Ich könnte mich für meine blinde Schwärmerei dir gegenüber ohrfeigen und für mein blödes Benehmen dazu. Ich war wirklich schrecklich zu euch, Jungs.»

Tim holte tief Luft. Eigentlich war er noch stocksauer und wütend auf Selina, aber ihre Reue rührte ihn. Außerdem brauchte Robby dringend Hilfe.

Einige verletzte Kämpfer kamen auf den Burghof. Unter ihnen war Jacob, der gestützt wurde. Er hatte tapfer gekämpft, doch als er am Bein verletzt worden war, hatte ihn Alexander von Serún in die Burg geschickt. Sein Blick fiel auf Robby. Er machte sich von dem Kämpfer los und kniete neben ihm nieder. «Noah, trag Robby in die Burg zu den Elbenheilern. Ich komme schon allein klar.»

Der Kämpfer, der Jacob gestützt hatte, hob Robby auf seine starken Armen und trug ihn in die Burg.

«Die Elbenheiler werden Robby mit ihrer Magie schon wieder hinbekommen. Selina kann sich auch gleich behandeln lassen. Mach dir keine Sorgen, Tim. Du wirst jetzt im Kampf gebraucht.» Aufmunternd klopfte Nick seinem Freund auf die Schultern.

«Gut», meinte Tim und beruhigte sich endlich. «Ich gehe zurück in die Schlacht. Diese Rettungsaktion hat wertvolle Zeit gekostet. Macht keinen waghalsigen Sachen mehr.»

«Nein, nun geh schon», erwiderte Nick und schubste Tim vorwärts.

Tim erhob sich in die Luft und flog zum Kampfgetümmel zurück. Dunkle Rüstungen. Helle Rüstungen. Tim suchte Lea, Amatus und Zanello. Endlich hatte er Amatus und Zanello erspäht. Aber von seiner Schwester fehlte jegliche Spur. Tim sah sich weiter um, doch Lea blieb verschwunden. Wo war sie nur? Eine kalte Hand griff plötzlich nach seinem Herzen. Bange flog er auf das Kampffeld hinab. Er musste wissen, wo Lea war, und landete in der Nähe seiner Gefährten.

«Nun, junger Freund, nicht so stürmisch», sagte mit einem Mal eine eisige Stimme hinter ihm. «Wir wollen mal sehen, wie stark du bist. Kämpfe mit dem Schwert.»

Marwin war so unvermutet aufgetaucht, dass Tim weder seine Energiekugeln noch seinen Feuerstab einsetzen konnte. Er musste mit dem Schwert, das er in der Hand hielt, kämpfen und wehrte den Schlag des Schwarzen Zauberers gerade noch ab. Etliche Morkas stellten sich an Marwins Seite.

Amatus, Zanello und einige Elben traten an Tims Seite. Sie schenkten sich nichts.

«Als du weg warst, sind wir Marwin gefolgt», rief Amatus. «Aber seine Morkas beschützten ihn. Hubertus von Rhog kam mit seinen Männern noch dazu. Es gelang ihnen, Lea zu überwältigen. Sie wollen sie an die Burg von Rhog bringen. Lea ist zum Glück noch unverletzt! Rette sie! Wenn du fliegst, kannst du sie einholen. Wir schaffen das hier und halten Marwin in Schach.»

«Versucht es, wenn ihr könnt», rief Marwin schadenfroh. «Habt ihr die Prophezeiung vergessen? Wie war das noch mal mit dem Band der Freundschaft und dem Herzen, das nicht brechen soll? Durch dieses törichte Mädchen wurde der Todesschlag auf mich vereitelt und die Einheit der Magischen Vier zerbrach.»

Tim schnürte es eisig die Kehle zu. Mit einem Mal erkannte er das ganze Ausmaß von Selinas Verhalten. Es waren ihr gebrochenes Herz und seine Entscheidung gewesen, welche letzten Endes zur Trennung der Magischen Vier geführt hatten. Und nicht nur das, Lea wurde gefangen genommen.

Marwin schoss hämisch lachend schwarze Energiekugeln auf seine Gegner. Zanello und Amatus schleuderten ihre Energiekugeln zurück. Dunkle Magie krachte auf Lichtmagie und es gab eine heftige Explosion.

«Nun flieg schon los! Rette deine Schwester!», rief Zanello.

Tim reagierte endlich. Mit einem Satz erhob er sich in die Luft. Er wollte sich erst gar nicht verstecken und spähte immer wieder nach unten, ob er einen Trupp Reiter sah. Lea musste so schnell wie möglich befreit werden.

Da kam ein kleine, festungsähnliche Anlage mit einigen Häusern in Sicht. Sie schienen verlassen zu sein, aber dann entdeckte Tim Morkas und die Männer von Hubertus von Rhog auf den Zinnen der Festungsmauer. Dorthin hatte er sich also geflüchtet. Tim zog seinen Feuerstab und schoss einen glutroten Strahl auf die Feinde. Er hörte nicht auf und sein Strahl traf auch die Mauer und das große Haupthaus in der Anlage. Wenig später landete er ungehindert auf einem freien Platz. Mit lautem Geschrei stürzten nun aus den Gebäuden Schattenkrieger, die nur auf ihn gewartet hatten. Tim hatte sich bereits darauf eingestellt. Feuer brannte in seinen Händen und Feuer donnerte aus seinem Stab. Er rotierte kurz um die eigene Achse und erfasste alle Morkas mit seinem magischen Feuer. Die Morkas fanden ausnahmslos den Tod. Ihre Körper und Waffen lösten sich auf und bald war der gesamte Platz leer. Tim überlegte, wo Hubertus von Rhog Lea hingebracht haben könnte und marschierte gleich darauf zielgerichtet zum großen Haupthaus.

Mit einem heftigen Schwung riss er die Eingangstür auf. Ein breiter Flur. Eine Treppe - und Tim hastete hinauf. Oben angelangt, sah er seine Vermutung bestätigt. In einer großen Halle stand Hubertus von Rhog und hielt Lea fest umklammert. Sie war gefesselt und geknebelt. Ein Dolch ritzte ihren Hals und ein Blutstropfen quoll hervor.

«Keinen Schritt näher oder sie ist tot», zischte der dunkle Landesherr und fixierte Tim mit einem eiskalten Blick.

Tim ließ sich nicht beirren. «Lasst sie frei und ich werde Euch verschonen», entgegnete er mit einer gefährlichen Ruhe.

Hubertus von Rhog runzelte die Stirn. «HERBEI IHR SCHATTENKRIEGER!», rief er.

«Spart Euch die Mühe. Sie sind alle tot.»

«Tot? Wie du willst. Er zerrte Lea mit sich zur hinteren Wand, wo eine runde Treppe in den nächsten Stock führte.

Lea wollte sich befreien, aber bei einer falschen Bewegung würde der Dolch den Todesstoß ausführen. Also wurde sie die schmale Treppe hinaufgeschleift.

Tim fühlte sich hilflos. Er konnte nichts tun, sonst hätte er auch Lea getötet. Zumindest folgte er ihnen. Sie kamen in einen leeren Raum, der hinaus auf eine Terrasse führte. Die Begrenzung der Terrasse war zerstört worden, als Tim mit seinem Feuerstab auf die Morkas und die Männer von Rhog geschossen hatte.

Hubertus von Rhog ging immer mehr auf das Ende der Terrasse zu. «Ich warne Euch, Herr des Feuers. Lasst mich hier raus und Ihr bekommt Eure Schwester unversehrt zurück.»

«Ich glaube Euch kein Wort.»

Die Schritte des Landesherrn wurden weiterhin rückwärts gesetzt. Der Abgrund kam gefährlich nahe. Hubertus von Rhog wollte sich umsehen und rutschte aus. Zusammen mit Lea stürzte er in die Tiefe. Da Lea gefesselt war, würde es auch ihren sicheren Tod bedeuten.

Tim flog augenblicklich los, wurde aber von einem hellen Licht geblendet. Ein Flügelhorn schwebte in diesen Strahlen nach oben, mit Lea auf dem Rücken.

«LEA! NABUU!»

«TIM! Ich wusste, dass du kommen würdest.»

«Verzeih mir Lea. Ich hätte auf dich hören sollen. Wegen mir konnten wir Marwin nicht töten und du wurdest gefangen genommen.»

«Schon gut. Nabuu hat mich aufgefangen und mit ihrem Horn meine Fesseln und meinen Knebel gelöst. Ich hätte am Ende genauso gehandelt wie du. Wir beschützen doch immer unsere Familien und unsere Freunde.»

«Ja, das tun wir», lachte Tim.

«Ihr solltet wirklich vorsichtiger sein», rief ein weiteres Flügelhorn, das neben Nabuu auftauchte.

«PANASHIR!»

«Wir haben vom Feenorakel die dringende Botschaft erhalten, euch zu helfen. Wir mussten zum ersten Mal wieder durch ein Tor der Zeit in eine andere Welt gehen.»

«Wir wollten euch nicht …»

«Ach was! Nun steig schon auf! Ihr habt eine Schlacht zu schlagen. Dieser Hubertus von Rhog ist tot. Ihn konnten wir nicht mehr retten.»

«Wir danken euch!» Tim saß schnell auf dem Rücken des Flügelhorns und gemeinsam flogen sie zur Schlacht zurück.

Angestrengt suchten sie Amatus und Zanello. Bald hatten sie die beiden entdeckt. Sie befanden sich immer noch in der Nähe von Marwin.

«Wir wünschen euch Glück», riefen die Flügelhörner, als Tim und Lea von ihren Rücken stiegen und zum Kampffeld nach unten flogen. Nabuu und Panashir begaben sich zum Tor der Zeit zurück und verschwanden darin.

Blankes Entsetzen zeigte sich in Marwins Augen, als er Tim und Lea sah. Die Magischen Vier waren wieder vereint. «VERNICHTET SIE!», schrie er hasserfüllt.

Etliche Morkas stürzten sich auch schon todesmutig auf die Magischen Vier, doch die Strahlen aus den Stäben des Lebens bereiteten jedem Angriff ein Ende. Tim, Lea, Zanello und Amatus bildeten eine unüberwindliche Einheit. Der Schock stand Marwin deutlich ins Gesicht geschrieben und er flog nach oben. Er hatte einiges dafür getan, damit die Magischen Vier sich nicht vereinen konnten. Doch es hatte nichts genützt. Er musste fliehen und sich verbergen. Eine neue Zeit würde kommen und er würde aus der Asche auferstehen, um erneut nach der Weltherrschaft zu greifen.

«Marwin darf nicht entkommen!», rief Amatus.

Die Magischen Vier erhoben sich in die Luft und flogen ihm nach.

«Wir müssen einen gemeinsamen Strahl erzeugen», rief Amatus.

Die vier Hüter der Stäbe des Lebens konzentrierten sich voll und ganz auf ihre Kraft, während sie Marwin nacheilten. Doch zu einem gemeinsamen Strahl kamen sie nicht. Vorerst mussten sie nur ihre Flugkünste beweisen. Der Schwarze Zauberer flog auf und nieder und immer wieder Kurven, damit er von einem Strahl aus den Stäben des Lebens nicht getroffen werden konnte. Doch die Magischen Vier gaben nicht auf und hoben ihre Stäbe. Da schoss Marwin plötzlich nach unten. Offenbar wollte er sich im Dickicht des nahenden Waldes verstecken.

«Lenken wir unsere Stäbe zum Boden», rief Amatus. «JETZT»

Die Magischen Vier richteten ihre Stäbe auf Marwin, der den die Erde gleich erreicht haben würde. Dann erschollen ihre Rufe.

«FEUER!»

«WASSER!»

«ERDE!»

«LUFT!»

Vier Strahlen aus vier Stäben brachen hervor und vereinten sich zu einem einzigen Strahl. Marwin versuchte vergebens, auszuweichen. Der Strahl aus den Stäben des Lebens traf ihn. Ein entsetzter Schrei ertönte. Ein letzter, ungezügelter Flug und Marwin schlug dumpf auf dem Boden auf. Der Schwarze Zauberer war tot.

«WIR HABEN ES GESCHAFFT!»

Die Magischen Vier flogen nach unten. Der Einsatz ihrer Magie hatte sie mehr Kraft gekostet, als sie gedacht hätten.

«Ich kann es kaum glauben», entfuhr es Lea. Erschöpft stützte sie sich auf ihren Erdstab.

«Das war ziemlich anstrengend», meinte auch Zanello.

«Seht!» Tim deutete mit dem Kopf auf den Schwarzen Zauberer.

Sein Körper löste sich auf. Sein Ring der Tore und sein silberschwarzes Schwert mit ihm. Nichts blieb mehr von ihm übrig. Und so erging es jedem einzelnen Schattenkrieger. Lauter schwarze Rauchfäden verdampften im Wind. Bald waren nur noch Menschen und Elben übrig.

Die Erde erbebte plötzlich. Es war ein Beben, das in weiter Ferne stattfand, aber auch hier deutlich zu spüren war. Alle Blicke richteten in die Richtung, aus der das Beben kam. Ein riesiger, dunkler Staubwirbel bildete sich am Himmel.

«Die Schwarze Burg versinkt im Erdboden», sagte Amatus.

Alle Kämpfer gedachten für einen Moment der Bewohner der Burg.

Dann brandete lauter Jubel los. Der Schwarze Zauberer war besiegt und die Schlacht um die Erde gewonnen.

Eine Fülle an Dankesworten flogen den Magischen Vier entgegen. Sie waren die Helden der Stunde und hatten ihre Aufgabe erfüllt. Auch die Elben wurden nicht vergessen.

«Ihr alle habt tapfer gekämpft», rief Amatus. «Das Land gehört wieder euch. Frieden kehrt ein.»

«Die Erde wurde von einer finsteren Macht befreit. Sie hat alle bedroht. Wir kehren nun auf unseren Heimatstern zurück, doch einige Elben werden weiterhin in der Siedlung im Wald bleiben. Unsere Freundschaft verbindet uns», sagte der

Elbenkönig. Er öffnete mit seinem Ring der Tore ein Tor der Zeit und wandte sich an die Magischen Vier. «Habt Dank! Wir werden uns wiedersehen.» Dann ging er mit seiner Gemahlin durch das Tor. Die Elbenkrieger begleiteten sie und ihre toten Kameraden schwebten neben ihnen.

«Grüßt meinen Bruder auf der Erde», rief Olowyn. Er war mit Tiros, Jaral und Nando unverletzt geblieben und nun gingen sie als Letzte durch das Tor.

«Danke, das werden wir», rief Tim.

Das Tor verschloss sich wieder.

Tim, Lea und Zanello sahen ihnen traurig nach. Sie fühlten eine starke Verbundenheit zu den Elben. Würden sie sich je wiedersehen? Würde Tim Shaja wiedersehen? Seine Gefühle zu ihr waren nach wie vor ungebrochen. War ihnen überhaupt ein gemeinsamer Weg vergönnt?

Alexander von Serún begab sich mit den Magischen Vier und den restlichen Männern in die Burg.

«Wir werden Abgesandte nach Kiltúr schicken und den Landesherrn aus dem Kerker befreien. Die Ordnung wird wieder hergestellt und auch hier kehrt Frieden ein.»

Nick rannte ihnen entgegen und fiel Tim freudestrahlend um den Hals. «Ihr seid wohlauf und habt gesiegt. Ich freue mich so. Robby und Selina sind gut versorgt. Sie befinden sich in einem künstlichen Heilungsschlaf. Die Elbenheiler sind wirklich großartig.»

«Sind viele verletzt?»

«Ja, die Heiler und Rose haben alle Hände voll zu tun.»

«Dann sollten wir mit der Magie der Feengürtel helfen», erklärte Amatus.

Die Magischen Vier liefen mit Nick zu den Verwundeten.

Tränen und schmerzverzerrte Gesichter empfingen sie. Es waren noch längst nicht alle versorgt.

Stumm berührten Tim, Lea, Zanello und Amatus ihre magischen Feengürtel und ließen ihre heilende Magie frei.

Dankbar registrierten die Elbenheiler und Rose diese Hilfe.

Einige Zeit später halfen sie noch, das Schlachtfeld zu räumen und die Toten in einem reinigenden Feuer durch ein Tor in den Himmel zu schicken.

Im Burgsaal stand anschließend Essen für alle bereit. Als sich ein sättigendes Gefühl einstellte, wollte jeder nur noch ins Bett. Der Schlaf ließ nicht lange auf sich warten.

NACH HAUSE ZURÜCK

Am nächsten Morgen schob sich die Sonne wieder strahlend hell an den Himmel und sandte ihre warmen Strahlen auf eine gesäuberte Erde. In der Nacht hatte es geregnet. Die Tränen des Himmels hatten die letzten Überreste der Asche des Todes und des Blutes hinweggeschwemmt. Neues Leben konnte wachsen.

Tim sah gedankenverloren zum Burgfenster hinaus. Marwin war besiegt worden und eine ungeheure Last von ihnen gefallen. Nun mussten er, seine Schwester und ihre Freunde auf ihre Seite des Tores zurückkehren und den Menschen dort die Wahrheit sagen. Er wollte seine Eltern auch wiedersehen, und trotzdem war der Wunsch da, hierzubleiben. Aber nicht zuletzt galt seine größte Sehnsucht einer jungen Elbin - Shaja. Ihre Heimatwelt war zum Teil auch die seine. Tim seufzte.

Da klopfte es an der Tür.

«Herein», rief er.

Lea, Nick, Robby, Selina, Amatus, Zanello und … Shaja traten ein.

In einem Moment noch wie zur Salzsäule erstarrt. Im anderen Augenblick voller Leben. Tims Augenmerk lag nur auf einer wunderschönen, jungen Elbin.

«SHAJA!»

Er riss sie in seine Arme und schwenkte sie im Kreis. Es tat gut, sie zu spüren. Ein inniger Kuss wurde getauscht.

«Meine Eltern haben die Geschicke in Maleia wieder übernommen und lassen euch grüßen. Ich wollte dich noch einmal wiedersehen, Tim. Deshalb bin ich da und auch …»

«Äh … Ich müsste da noch etwas sagen», unterbrach Selina die Elbenprinzessin.

Shaja und Tim lösten sich voneinander. Die junge Elbin zeigte auf seine Freunde.

«Sie brauchen dich auch.»

«Ihr seid also wieder gesund! Das freut mich.» Tim ging auf Robby und Selina zu und umarmte auch sie.

Zu Tims Überraschung trat Selina jedoch schnell wieder von ihm weg. Tim griff wieder nach Shajas Hand.

«Es … es tut mir leid», sagte Selina zu den beiden.

«Was tut dir leid?», wollte Shaja wissen.

«Na ja, ich hab mich ziemlich dumm benommen. Ich meine, ich hab dich ignoriert, nur weil ich für Tim geschwärmt habe.»

Shaja lächelte. «Das ist bereits vergeben.»

«Danke.» Selina wandte sich nun an Robby. «Du warst so tapfer, hast dein Leben für mich aufs Spiel gesetzt. Also, ich würde gern…» Hilflos suchte sie nach Worten. «Ich meine, wenn du willst …» Selina biss sich auf die Lippen. «Also was ich sagen will …» Ihre Hände krampften sich ineinander. «Du und ich, wir könnten doch …»

«Was könnten wir?», fragte Robby atemlos. Er sah aus, als ob es Gold vom Himmel regnen würde. Das Wunder, an das er nicht mehr geglaubt hatte, schien gerade zu passieren.

«Nun mach es mir doch nicht so schwer. «Ich würde gerne mit dir …»

Robby hielt es nicht mehr aus. Er umarmte Selina und strahlte sie an. Ganz vorsichtig gab er ihr einen Kuss.

Erleichtert erwiderte Selina die Umarmung.

«Das wurde aber auch Zeit», meinte Nick aufatmend.

«Und wie», freute sich Tim.

«Die Dinge fügen sich gut», stellte Shaja zufrieden fest. «Ich bin auch noch hier, um euch wieder auf eure Seite des Tores zu bringen. Ihr werdet in der Nacht zum großen Frühlingsfest ankommen.» Shaja holte ein paar Torblätter aus ihrer Tasche. «Die Torblätter sind für Nick, Robby und Selina. Tim und Lea sind jetzt stabil genug, um eigenständig durch die Zeit reisen.»

Nick, Robby und Selina griffen zu.

«Ich würde gern bei dir bleiben, Shaja», sagte Tim aus einem tiefen aufsteigenden Gefühl heraus.

«Ihr müsst zurück und den Menschen auf eurer Seite eine Botschaft bringen. Unser Weg und auch der Weg der Magischen Vier hat gerade erst begonnen.»

«Und ich würde gern einmal zu den Häusern des Wissens gehen, um Magie zu lernen», erklärte Nick inbrünstig.

«Ihr könnt mit mir kommen», rief Zanello. «Ich will nach Rhogat zum Haus der Alchemisten. Magie und Alchemie gehören zusammen. Es fehlen mir noch einige Lerneinheiten. Vielleicht bekomme ich sogar das *Buch der Seelen* zu Gesicht, wo ich doch jetzt einer der Magischen Vier bin.»

«Das Buch der Seelen?»

Tim, Nick und auch Lea horchten auf. Selbst Robby und Selina, die eigentlich wieder nach Hause wollten, blickten gespannt auf Zanello.

«Im *Buch der Seelen* stehen Schicksalswege beschrieben. Die Magie des Lebens hat dieses Buch erschaffen. Ich würde zu gern wissen, ob wir vielleicht noch einmal gegen irgendetwas Dunkles bekämpfen müssen oder wie mein Weg aussieht.» Zanello dachte dabei auch an Krisha.

«WAS? In dem Buch steht alles über unser Leben?», fragte Lea ungläubig.

«Ganz so ist es nicht», mischte sich Amatus ein. «Und Zanello weiß das. Ich habe ihm vom *Buch der Seelen* erzählt. Es gibt einen guten Grund, warum es bisher nur wenige gesehen haben. Das *Buch der Seelen* liegt an einem verborgenen Ort in Rhogat. Wir wissen nicht einmal, in welchem Haus es sich befindet. Es erscheint Auserwählten, um darin etwas Bestimmtes zu lesen.»

«Wir sind Auserwählte», rief Zanello protestierend.

Der Elbenzauberer ging nicht darauf ein. «Das Buch erscheint, wenn es notwendig ist. Danach verschwindet es wieder. Niemand hat es jemals gefunden. Die Seiten in dem Buch sind leer und nur *die Seiten*, die gelesen werden sollen, füllen sich mit magischer Schrift. Derjenige, für den die Zeilen bestimmt sind, kann sie lesen. Die Worte erscheinen, wenn sie wirklich gebraucht werden und nicht nur für den Auserwählten, sondern für das Schicksal von vielen wichtig sind. Das *Buch der Seelen* tauchte auf, als die Elbin, die unser erstes Orakel wurde, im ersten Zeitalter eine Botschaft brauchte, um den Sieg über den Kriegsplaneten zu erringen. So zeigte sich das Buch. Die Blätter füllten sich und sie ging durch das Tor der Ewigkeit. Dass sie ein Orakel werden würde, stand nicht darin. Es kommt auf unsere Entscheidungen an. Seitdem erschien das *Buch der Seelen* nur noch zweimal - um einem Alchemisten vom Elixier des Lebens zu berichten, und einem Heiler von den Tor- und den Ringblättern. Das Elixier des Lebens wurde hergestellt, aber es blieb zusammen mit dem *Buch der Seelen* verborgen. Die Magischen Blätter für die Tore der Zeit werden heute noch genutzt, wobei die Ringblätter sehr selten geworden sind. Ihr seht, so schnell kommt das *Buch der Seelen* oder eine andere tiefe Magie nicht zum Vorschein.» Amatus endete und warf noch einen vorwurfsvollen Blick auf Zanello.

«Ist ja schon gut.» Zanello winkte ab.

«Ihr werdet die Häuser des Wissens noch kennenlernen», erklärte Amatus. «Ich kann es sehen. Ihr bekommt ein Zeichen, dann führt euch der Weg wieder zurück.»

«Wie lange sollen wir denn warten?»

«Ja, wir können doch gleich wiederkommen, nachdem wir allen die Wahrheit gesagt haben.

Während Tim und Nick mit ihrer Ungeduld zu kämpfen hatten, waren Robby und Selina jedoch froh, erst einmal nach Hause zu kommen. Lea konnte zwar auch wieder in ihr vertrautes Leben zurück, aber tief in sich fühlte sie, dass dies nicht lange so bleiben würde.

Plötzlich hörten sie draußen laute Rufe und liefen zum Fenster. Ein Tross Reiter galoppierte auf den Burghof. Unter ihnen befand sich eine etwas müde, schöne junge Frau mit langen, blonden Haaren. Sie trug Reiterhosen, einen weiten Mantel und saß fest im Sattel. Ihr Gesicht wurde von einem Lächeln erhellt.

Die Tür des Wohntraktes flog auf und Alexander von Serún kam festen Schrittes auf den Burghof. An seiner Seite befand sich Jacob.

«Robert von Rhog!» Alexander von Serún eilte auf den langjährigen Freund zu, der inzwischen mit seinem Gefolge von den Pferden gestiegen war. Die beiden Männer sahen sich tief in die Augen. Eine Umarmung folgte.

«Alexander, ich bin zurück.»

«Das ist wahrlich eine Freude, und so wie du aussiehst, hast du eine lange Reise hinter dir.»

«Eine sehr lange», erwiderte der Landesherr von Rhog bedeutungsvoll. «Und es hat sich gelohnt. Die Liebe kam in mein Leben zurück. Darf ich vorstellen? Das Emma, eine Druidin und meine Gemahlin.»

Die Magischen Vier, Shaja, Robby, Nick und Selina kamen auch auf den Burghof.

«Ah, da sind ja auch unsere Helden», rief Alexander von Serún und winkte seine Gäste heran. «Robert, darf ich Euch die Magischen Vier und ihre Freunde vorstellen?» Der Landesherr von Serún deutete auf Tim, Lea, Zanello und Amatus. «Sie haben uns von einem Schwarzen Zauberer und seinen Schattenkriegern befreit.»

«Eure Geschichte wurde bereits über die Lande getragen. Danke, dass Ihr an unserer Seite gekämpft habt. Wir kommen direkt aus Rhogat. Sie bereiten sich auf euch vor. Ihr seid Auserwählte und dürft an den fünf Häusern des Wissens lernen.»

«Glaubt mir, wir können es kaum erwarten», meinte Nick.

Amatus lächelte. «Zuerst müssen sie ihrer Seite des Tores ein Stück Magie zurückbringen.»

«Oh, das ist gut. Ihr seid jederzeit bei uns willkommen», meinte Robert von Rhog.

«Und Ihr bei uns, mein Freund. Begebt Euch in die Burg, erfrischt und stärkt Euch.» Der Landesherr von Serún nickte einem Bediensteten auffordernd zu.

«Danke.» Robert von Rhog begab sich mit seinem Gefolge in die Burg.

«Für uns wird es nun Zeit», sagte Amatus zu Alexander von Serún. «Wir müssen gehen.»

«Auch für Euch sind unsere Tore stets offen.»

«Dann heißt es jetzt Abschied nehmen», sagte Zanello. «Ich werde noch heute nach Rhogat gehen.»

«Und wir kehren in die Elbenwelt zurück.» Amatus nickte Shaja auffordernd zu.

Die Elbin öffnete ein Tor der Zeit und Tim war der Letzte, der durch das Tor ging. Danach verschloss es sich wieder.

Nach einer Reise durch raumloses Universum kamen sie in einem kalten, unterirdischen Gewölbe an.

«Wir sind wieder da!» Robby konnte es kaum fassen. Er war noch etwas benommen. Seine Hände tasteten den Steinboden im Schulkeller ab und griffen nach etwas Metallenem. «Meine Taschenlampe!» Ein runder Lichtkegel flammte auf.

Auch Tim und Nick fanden ihre Taschenlampen und knipsten sie an.

«Tja, dann gehen wir mal in unsere Schlafsäle», meinte Tim.

«Vergesst nicht, euch umzuziehen», sagte Lea.

«Bestimmt nicht», erwiderte Selina. «Wir haben zum Glück Wechselsachen dabei.»

Plötzlich sahen sie sich nur stumm an. Erst jetzt erfasste ihr Bewusstsein, dass sie wieder *zu Hause* waren, und das auch noch in der Zeit, in der sie *ihre* Seite des Tores verlassen hatten. Mit einem Mal lachten sie befreit drauflos.

Einige Zeit später gelangten sie ohne Zwischenfälle in ihre Schlafsäle, zogen sich um und rutschten in ihre Schlafsäcke. Doch Schlaf fand keiner von ihnen.

Am nächsten Morgen leerte sich die Schule sehr schnell.

Tim, Nick, Robby, Selina und Lea blieben allein zurück. Ihre Kleidung von der magischen Seite des Tores hatten sie in ihren Rucksäcken verstaut. Die Stäbe des Lebens und die Elbenschwerter steckten Tim und Lea in ihre Schlafsäcke, die aufgeschlagen blieben. Die Kristallamulette würden sie immer tragen. Einvernehmlich gingen sie zur Schulleiterin. Ihr würden sie den Geheimgang und das Tor der Zeit zeigen.

«WAAAS?» Frau Leander sah die Freunde an, als ob sie Geister vor sich sehen würde. «Seid ihr sicher, dass es euch gut geht?»

«Sind wir.» Tim blieb standhaft. «Bitte! Sie müssen mit uns in den Keller kommen.»

Die Schulleiterin erhob sich nur sehr widerstrebend. Aber sie musste ihren ehemaligen Schülern diesen Gefallen tun. Dann könnte sie beweisen, dass Tim wie immer flunkerte. Vielleichter ließ er es endlich sein.

Doch es sollte anders kommen.

Perplex starrte die Schulleiterin bald in ein umwerfend helles Licht hinein. «DAS TOR VON RHOG», brachte sie fassungslos hervor. «DIE LEGENDE IST ALSO *WAHR!*»

«Ja», sagte Tim und erzählte das Wichtigste ihrer Geschichte - vor allem von Martin Winter und dem Hausmeister. Von den Magischen Vier, dem Schwarzen Zauberer und dem Kampf um die Erde erzählte er nichts. *Der Schwarze Zauberer war tot.* Es reichte, wenn die Menschen im Moment nur wussten, *dass die Legende lebte.*

Frau Leander drehte sich wie in Zeitlupe zu den Freunden um. «Das ist unfassbar. Ich muss mich wohl bei euch entschuldigen. Ihr bringt uns etwas Wichtiges zurück. Jetzt weiß ich auch, warum Rufus Smirny verschwunden ist. Ich sollte wohl dankbar sein. Zum Glück gab es einige Väter, die sehr bereitwillig beim Aufräumen helfen. Einer von ihnen sucht sogar neue Arbeit. Er ist an der Stelle des Hausmeisters sehr interessiert.»

«Das sind gute Nachrichten», meinte Tim.

«In der Tat. Das Wissen um das Tor von Rhog ist in unserem Dorf gut aufgehoben - bis auch wir es weitergeben werden.»

«Wir wollen nun endlich nach Hause.»

«Das glaube ich euch gern. Geht nur. Geht ...»

Tim drückte den Mauerknopf wieder in Wand und lief mit seinen Gefährten zurück.

Frau Leander folgte ihnen nur sehr langsam.

Wenig später waren sie auf dem Heimweg.

Selina, die in der Nähe der Schule wohnte, verabschiedete sich schon bald. «Ich bin froh, wieder zu Hause zu sein. Obwohl es auf der anderen Seite des Tores auch interessant war.» Ein schelmisches Grinsen huschte über ihre Lippen, ein kleiner Kuss an Robby und sie radelte davon.

Die anderen liefen durch den großen Naturschutzpark zur Rosenallee. Da die Schlafsäcke von Tim und Lea mit ihren Stäben des Lebens und den Elbenschwertern bepackt waren und quer über ihren Rädern lagen, war das Fahren unmöglich.

In der Rosenallee kam zuerst Nick zu Hause an, dann Robby - und endlich standen auch Tim und Lea vor ihrem Elternhaus.

Stumm sahen sich die Geschwister an.

«Wir werden ihnen *alles* erzählen», sagte Lea.

Tim nickte.

Leas Augen schlossen sich plötzlich. Ein leichtes Wanken. Blässe in ihrem Gesicht.

«Lea ...» Tim griff erschrocken nach seiner Schwester.

Langsam öffnete Lea ihre Augen wieder und streifte Tims Arm ab. «Ich sah eine Vision. Meine erste Vision, Tim.»

«Was hast du gesehen?»

«Die Magischen Vier, die fünf Häuser des Wissens, eine fremde Welt, Kampf …» Lea sah ihren Bruder seltsam an. «Ich hatte gedacht …» Ein paar Tränen lösten sich. «Wir können unsere Gaben nicht leugnen. Sie sind einfach da - und unser Schicksal auch. Es geht weiter, Tim …»

Tim blieb ruhig. Er hatte es nicht anders erwartet. «Das wird es, Lea … Und nun komm rein.»

Die Geschwister gingen ins Haus. Ihr Gepäck legten sie im Flur ab und ihre Füße trugen sie in die Küche.

Das Rutschen von Stühlen, das Klappern von Geschirr, das Öffnen von Schränken und der Duft von frischen Brötchen und Kaffee wehten ihnen entgegen. Ihre Eltern bereiteten das sonntägliche Frühstück vor.

Tim und Lea fielen ihnen in die Arme.

«Was für eine stürmische Begrüßung. Man könnte meinen, ihr seid eine halbe Ewigkeit fortgewesen», rief Jack Hunter.

«Uns kam es wie eine halbe Ewigkeit vor.»

«Ja, manchmal kann eine Nacht eine Ewigkeit bedeuten und es passiert so viel wie in einem ganzen Jahr», ergänzte Tim.

Die Eltern blickten verdutzt auf ihre Kinder. Was war plötzlich mit ihnen los? Irgendetwas schien anders zu sein.

Mary Hunter musterte ihren Sohn aufmerksam und ihre Augen weiteten sich. Sie erkannte ihn kaum wieder. «So, wie unser Sohn aussieht, war es wohl doch eine halbe Ewigkeit. Er hat sich verändert. Sein Gesicht ist markanter geworden. Seine Züge klarer, tiefer und fester. Junge, was hast du gemacht?» Mary Hunter sah zu ihrer Tochter. «Auch Lea hat sich verändert. Kinder, was ist mit euch passiert?»

«Wir werden eben erwachsen», meinte Lea leichthin.

«Alle beide? Mir scheint, Tim hat da noch etwas mehr Zeit als du, Lea.»

«Ja. Trotzdem, irgendetwas ist mit euch passiert. Eine Mutter sieht das.»

«Wir werden es euch erzählen. Setzen wir uns an den Tisch», sagte Tim.

Einige Zeit später hatten die Eltern die Geschichte von Tim und Lea erfahren - *alles darüber*. Sie wirkten sehr gefasst.

Nun waren es Tim und Lea, die darüber staunten.

«Wir haben schon immer gemerkt, dass auch wir anders sind», sagte Mary Hunter schließlich. «Es wird die Linie eures Vaters sein, in der Elbenblut fließt. Er nimmt oft alles anders wahr und seine Sinne sind sehr geschärft.»

«Auch du hast die Magie nie vergessen. Du siehst die Dinge oft voraus. Ich glaube, auch in dir fließt magisches Blut.»

«Mag sein. Aber unsere Kinder sind die Auserwählten. Ich mache mir Sorgen darüber. Wenn ihnen nun etwas passiert? Fremde Welten, gefährliche Kämpfe ...»

«Dann gib ihnen deine Kraft und deine guten Wünsche mit auf ihren Weg. Das wird sie stärken.»

«Klug wie immer», lächelte Mary Hunter und wandte sich an ihre Kinder. «Meine Liebe möge euch stets begleiten und schützen.»

Tim und Lea spürten diese Liebe. Darin lag eine tiefe Magie. Sie bedankten sich.

Nach dem Essen holten die Geschwister ihr Gepäck und brachten es in ihre Zimmer. Der Stab des Lebens und das Elbenschwert wanderten in den Kleiderschrank, genauso wie der Feengürtel und ihre Elbensachen. Der Zirkonstein und der Amethystobelisk fanden ihren Platz auf dem Schreibtisch.

Jeder hing anschließend seinen eigenen Gedanken nach. Erst zu einem späten Mittagessen gingen sie zurück in die Küche.

Der Nachmittag und der Abend wurden geprägt von gemeinsamen Spielen, einem Spaziergang und viel Lachen. In dieser Nacht schliefen Tim und Lea tief und fest.

Am Montagmorgen brach wieder ein normaler Schultag für die Freunde an. Zumindest wollten sie versuchen, dass es ein normaler Tag werden würde.

Tim, Nick, Robby, Selina und Lea trafen sich vor der Schule.

Selina nahm Robbys Hand, gab ihm einen Kuss und demonstrierte so, dass sie zu ihm gehörte. Helle Aufregung entstand bei den Schulkameraden, vor allem bei Selinas Freundinnen. Selina und Robby waren *ein Paar!* Das war eine Sensation. Einfach jeder kannte Selinas Vorliebe für Tim. Doch das Mädchen erklärte achselzuckend, dass sie Tim nicht mehr interessieren würde und sie Robby jetzt ganz toll fand. Er war auch sehr mutig, denn er machte bei Tims Abenteuern immer mit. Durch diese Aussage stieg Robby wesentlich im Ansehen der Schüler, vor allem der Schülerinnen. Einige Mädchen freuten sich sogar, dass Selina jetzt von Tim abließ. Dieser Junge war schon immer höchst interessant gewesen. Verführerisch blickten sie ihn an.

Doch Tim ließ das alles ziemlich kalt. Er blieb betont unnahbar und ging bald mit Nick, Robby und Selina in die Schule hinein. Seine Schwester folgte ihnen, musste aber in ein anderes Klassenzimmer.

Tim war heute in der Geschichtsstunde besonders glücklich über das Wiedersehen mit Olowen. Er grüßte ihn herzlich von seinem Bruder. Es war schön, dass es den Elben als Olowen

Scout hier gab. Auch durch ihn fühlte er sich der Elbenwelt ein Stück näher. Tims Blicke schweiften zum Fenster hinaus. Wann würde das Zeichen kommen? Wann würden sie wieder durch das Tor der Zeit gehen? Und wartete dann wirklich eine fremde Welt und der nächste Kampf auf sie, wie es Lea gesehen hatte? Oder war es nur eine ferne Vision, die nicht unbedingt wahr werden musste?

Ein Sonnenstrahl schoss plötzlich durch das Fenster und traf auf Tims Kristallamulett. Feuerrot leuchtete es auf und sprach zu ihm.

> *«Flammen tanzen stark und warm.*
> *Dein Schicksal reicht dir seinen Arm.»*

DIE LEGENDE

Was bedeutet eine Legende?
Sie spaziert durch Häuser und Wände.
Wo kommt die Legende nur her?
Warum glauben sie Kinder so sehr?
Jeder erzählt gern spannende Geschichten.
Was haben diese Worte zu berichten?
Ich sehe genauer hin.
Welches Wort ergibt einen Sinn?
Dann erkenne ich den tiefen Kern.
Die Worte leuchten wie der hellste Stern.
Sie sind magisch, rein und klar.
Und ich erkenne: Die Legende ist WAHR.

RHOG

KENNST DU DIE TORE SCHON?

Inhalt

Danksagung

Es war ein interessanter Weg, diesen ersten Teil meiner
Fantasy-Saga entstehen zu lassen. Ich danke allen,
insbesondere meinen Kindern, die mir dabei geholfen haben.
Vielen Dank an Eva Pospiech für die wunderbare
Covergestaltung und Innenillustrationen.
Ein herzlicher Dank geht auch an meine Leser. Ich wünsche
Euch kurzweilige, magische, mitreißende Lesestunden.
Taucht ein in fremde Welten, reist zu magischen
Geschöpfen und erlebt ihre Geschichten.

Seid bereit für die Tore der Zeit.

Herzlichst
Anke Simon

TIM